HEYNE
BUCHER

Von Victoria Holt sind unter dem Pseudonym Philippa Carr als Heyne Taschenbücher erschienen:

Das Schloß im Moor · Band 01/5006
Geheimnis im Kloster · Band 01/5927
Der springende Löwe · Band 01/5958
Sturmnacht · Band 01/6055
Sarabande · Band 01/6288
Die Dame und der Dandy · Band 01/6557
Die Erbin und der Lord · Band 01/6623
Die venezianische Tochter · Band 01/6683
Im Sturmwind · Band 01/6803
Die Halbschwestern · Band 01/6851
Im Schatten des Zweifels · Band 01/7628
Der Zigeuner und das Mädchen · Band 01/7812
Sommermond · Band 01/7996

Von Victoria Holt sind als Heyne Taschenbücher erschienen:

Das Haus der tausend Laternen · Band 01/5404
Die siebente Jungfrau · Band 01/5478
Die Braut von Pendorric · Band 01/5729
Das Zimmer des roten Traums · Band 01/6461
Der scharlachrote Mantel · Band 01/7702
Die geheime Frau · Band 04/16
Der Fluch der Opale · Band 04/35
Die Rache der Pharaonen · Band 04/66

VICTORIA HOLT

DIE RACHE DER PHARAONEN

Roman

WILHELM HEYNE VERLAG
MÜNCHEN

HEYNE ROMANE FÜR ‹SIE›
Nr. 04/66

Titel der Originalausgabe
THE CURSE OF THE KINGS
Aus dem Englischen übersetzt von Eva Schönfeld

Dieser Titel ist bereits unter der Band-Nr. 01/5317
in der Allgemeinen Reihe erschienen

Wilhelm Heyne Verlag GmbH & Co. KG, München
Printed in Germany 1991
Umschlagillustration: Walter Wyles/Agentur Luserke
Umschlaggestaltung: Atelier Ingrid Schütz, München
Gesamtherstellung: Ebner Ulm

ISBN 3-453-04928-4

1
Der Fluch

Der plötzliche, geheimnisumwitterte Tod von Sir Edward Travers in den achtziger Jahren löste nicht nur in seiner engeren Heimat, sondern im ganzen Land Verblüffung und zum Teil abenteuerliche Vermutungen aus.
Die Schlagzeilen der Tagespresse lauteten etwa so:
TOD DES BERÜHMTEN ARCHÄOLOGEN SIR EDWARD TRAVERS
IST ER DEM FLUCH DER PHARAONEN ZUM OPFER GEFALLEN?
Und in unserem Lokalblättchen stand:
Der Tod unseres verehrten Sir Edward, der kürzlich aufs neue zu einer Ausgrabungsexpedition ins Land der Pharaonen aufgebrochen war, wirft abermals die Frage auf, ob nicht etwas Wahres an dem alten Glauben ist, jeder, der die Totenruhe der altägyptischen Könige störe, setze sich ihrer Feindschaft und Rache aus? – Wie dem auch sei, Sir Edwards plötzlicher Tod führte zum vorzeitigen Abbruch dieses Forschungsunternehmens.
Sir Ralph Bodrean, unser Gutsherr und Sir Edwards vertrautester Freund, hatte die Expedition finanziell unterstützt. Daß er bei Erhalt der Todesnachricht einen Schlaganfall erlitt, trug natürlich zur Gerüchtebildung bei. Es war zwar schon sein zweiter, und er erholte sich auch diesmal, aber seine Gesundheit war zweifellos an-

gegriffen, und die Abergläubischen sahen in dieser Tatsache eine weitere Folge des mysteriösen Fluches.
Das Begräbnis des toten Forschers fand auf dem heimischen Friedhof statt. Sein einziger Sohn Tybalt, der als Nachwuchs-Archäologe ebenfalls schon einige Aufmerksamkeit erregte, folgte dem Sarg als erster der Leidtragenden. Ihm folgten zahlreiche Vertreter der Wissenschaft, des Adels und – selbstverständlich – der Presse. Ich glaube kaum, daß unsere kleine, aus dem zwölften Jahrhundert stammende Dorfkirche je zuvor eine so illustre Trauergemeinde gesehen hat.
Ich war damals die sogenannte Gesellschaftsdame Lady Bodreans, der Frau des ebengenannten apoplektischen Sir Ralph. Die Stellung entsprach meiner Natur in keiner Weise; nur die Armut hatte mich genötigt, sie anzunehmen.
Während der Trauerfeierlichkeiten, wohin ich Lady Bodrean begleitete, konnte ich meine Augen nicht von Tybalt Travers losreißen. Seit unserer ersten Begegnung hatte ich hingebend, töricht und hoffnungslos für ihn geschwärmt, denn daß ich bei einem so vornehmen und gelehrten jungen Herrn keine Chance haben konnte, blieb mir voll bewußt. Für mich war er der Inbegriff aller männlichen Tugenden. Er war gottlob kein geleckter Schönling, sondern nur groß, sehnig und mittelbrünett von Haut- und Haarfarbe; er hatte eine durchgeistigte Gelehrtenstirn, verdächtig sinnliche Lippen, eine vorspringende, arrogant wirkende Nase und tiefliegende, verschleiert dreinblickende graue Augen. Man wußte nie so recht, was hinter seinem überlegenen und distanzierten Gebaren stecken mochte. Gerade deshalb sagte ich mir oft: Es dauert sicher ein Leben lang, bis man ihn versteht – aber welch aufregende und lohnende Forschungsaufgabe wäre das!

Nach der Beerdigung kehrten Lady Bodrean und ich unverzüglich nach Keverall Court, dem alten Familienstammsitz, zurück. Sie klagte und nörgelte noch ausdauernder als gewöhnlich, und ihre Laune besserte sich nicht, als sie erfuhr, daß inzwischen mehrere Zeitungsberichterstatter dagewesen seien, um sich nach Sir Ralphs Befinden zu erkundigen.
»Die reinsten Aasgeier!« schimpfte sie. »Natürlich können sie es kaum erwarten, daß auch er stirbt ... Das würde so schön in ihre idiotischen Fluch-Stories passen!«
Ein oder zwei Tage später führte ich Lady Bodreans Hunde spazieren, wie es zu meinen täglichen Pflichten gehörte. Und ebenso gewohnheitsmäßig lenkte ich meine Schritte zur Villa Gizeh, dem Wohnsitz der Familie Travers. Ich stand, wie so oft, vor dem schmiedeeisernen Tor und blickte sehnsüchtig nach dem Haus. Darauf, daß Tybalt selbst herauskommen würde, war ich keineswegs gefaßt – aber zur Flucht war es zu spät; er hatte mich schon gesehen und kam auf mich zu.
»Guten Tag, Judith. Was machen Sie denn hier?«
Ich erfand rasch einen plausibel klingenden Grund. »Lady Bodrean wollte gern wissen, wie es Ihnen geht.«
»Danke, gut. Aber kommen Sie doch herein.«
Sein unerwartetes Lächeln war beglückend. Lächerlich! Wie hatte ich, die sonst so vernünftige und stolze Judith Osmond, in eine derart alberne und aussichtslose Verliebtheit verfallen können?
Er führte mich zwischen ziemlich verwildertem Gebüsch den Gartenweg hinauf und öffnete die schwere Haustür, an der ein exotischer Metallklopfer in Form einer grinsenden Dämonenfratze angebracht war. Hatte Sir Edward beabsichtigt, damit ungebetene Besucher abzuschrecken?

Drinnen schluckten dicke Orientteppiche jeden Schall. Unsere Schritte wurden lautlos. Tybalt geleitete mich in einen vorwiegend in Dunkelblau und Gold gehaltenen Salon, der ebenfalls durch schwere Vorhänge und Teppiche wie gepolstert war. Sir Edward hatte jeglichen Lärm verabscheut. Dafür sprangen einem überall Beweise seiner Forschertätigkeit ins Auge – in diesem Zimmer waren es die rarsten fernöstlichen Fundstücke. Nur der Konzertflügel brachte einen Hauch unseres viktorianischen Englands hinein.

Tybalt bot mir einen Sessel an und setzte sich mir gegenüber.

»Wir bereiten eine neue Expedition an die Stelle vor, die mein Vater vorzeitig im Stich lassen mußte«, erzählte er mir nach wenigen Einleitungsfloskeln.

»Oh . . . halten Sie das für klug?«

»Aber Judith! Glauben Sie etwa an die Gerüchte um den Tod meines Vaters?«

»N-nein, natürlich nicht.«

»Es stimmt schon, daß er kerngesund war oder schien – und trotzdem hat es ihn erwischt. Das kommt vor. Ich glaube, er war gerade einer ganz großen Entdeckung auf der Spur.«

»Man hat doch eine Obduktion vorgenommen?«

»Ja, aber erst hier in England. Die Todesursache ließ sich nicht mehr mit Sicherheit ermitteln – Grund genug für alle möglichen Spekulationen. Und dazu noch Sir Ralphs Schlaganfall . . .«

»Sie meinen, da ist schon ein gewisser Zusammenhang?« fragte ich.

»Ein ganz alltäglicher. Sir Ralph war natürlich erschüttert über den Tod seines alten Freundes. Dazu kommt sein zu hoher Blutdruck; er hatte ja schon mal einen Anfall ohne jeden mysteriösen Anlaß, und die Ärzte haben

ihm seit Jahren empfohlen, ein bißchen mehr auf seine Gesundheit zu achten. Dennoch treibt es mich jetzt mehr denn je nach Ägypten. Ich muß wissen, was mein Vater beinahe entdeckt hätte und ... ob dieses Vorhaben wirklich etwas mit seinem Tode zu tun hat.«
»Nehmen Sie sich in acht!« fuhr es mir heraus.
»Ich glaube, damit einen Wunsch meines Vaters zu erfüllen«, erwiderte Tybalt lächelnd.
Ich nahm wieder Haltung an. »Wann reisen Sie ab?«
»Die Vorbereitungen dauern wahrscheinlich noch ein Vierteljahr, und dann ...«
In diesem Moment unterbrach uns das Hereinkommen einer Dame, die Tabitha Grey hieß und mich wie alles in der Villa Gizeh brennend interessierte. Sie war schön, aber auf eine so unaufdringliche Weise, daß man es erst nach mehrmaligem Sehen merkte. Ihr Charme war seltsam mit stiller Resignation gemischt. Mir war nie ganz klar geworden, welche Stellung sie eigentlich hier einnahm; wahrscheinlich die einer sehr privilegierten Hausdame.
»Judith läßt herzliche Grüße von Lady Bodrean ausrichten«, erklärte Tybalt, bevor ich zu Worte kam.
»Darf ich Ihnen eine Tasse Tee anbieten?« fragte Tabitha.
Ich lehnte dankend ab: Meine Ausgangszeit sei ohnehin schon überschritten. Tabitha lächelte verständnisinnig. Jedermann wußte, daß Lady Bodrean keine sehr angenehme Brotgeberin war.
Tybalt begleitete mich zurück. Diese nie erwartete Höflichkeit warf mich fast um, und obwohl er nur von der bevorstehenden Expedition sprach, schwebte ich wie auf Wolken, besonders als er in ganz ernsthaftem Ton sagte:
»Ich wünschte, Sie könnten mitkommen.«

Es war wie ein Wunder, wie ein Traum, von dem ich damals noch nicht wußte, daß er sich tatsächlich erfüllen würde. Wie hatte dieses Märchen nur angefangen? Ich überlegte krampfhaft . . . Wahrscheinlich schon an meinem vierzehnten Geburtstag, als ich in einem frischausgehobenen Grab ein Bruchstück aus der Bronzezeit fand.

2
Der Bronzeschild

Mein vierzehnter Geburtstag war eines der denkwürdigsten Daten meines Lebens, nicht nur wegen meines ersten archäologischen Fundes, sondern weil ich erstmals etwas über meine eigene Herkunft erfuhr.

Doch ich will der Reihe nach erzählen. Der Schild kam zuerst. Es war ein früher, heißer Julinachmittag, und das Pfarrhaus schien menschenleer, weil weder meine »Tanten« Dorcas und Alison (unser Verwandtschaftsgrad war nicht ganz klar) noch ihr Vater, Reverend James Osmond, noch die beiden Hausmädchen zu sehen oder zu hören waren. Ich nahm an, daß die Mädchen sich in der mittäglichen Freizeit zwecks vertraulicher Herzensergießungen in ihre Dachkammer zurückgezogen hatten, Dorcas im Garten arbeitete, Alison nähte oder stickte, und daß der ehrwürdige Reverend im Studierzimmer über seiner nächsten Predigt eingeduselt war.

Ich irrte mich, zumindest in bezug auf Dorcas und Alison, die aufgeregt in einem ihrer Schlafzimmer zusammensaßen und beratschlagten, wie sie's »dem Kinde sagen« sollten. Mit vierzehn Jahren, meinten sie, dürfe ich nicht länger im dunkeln gelassen werden ...

Inzwischen war ich schon auf dem Friedhof und sah zu, wie Pegger, unser alter Totengräber, ein Grab aushob. Der Friedhof hatte von jeher eine magische Anziehungskraft auf mich ausgeübt. Manchmal, wenn ich

mitten in der Nacht aufwachte, hockte ich mich aufs Fensterbrett und schaute mit wohligem Gruseln auf die Grabsteine hinunter. Bei Nebel konnte ich mir einbilden, sie regten sich, und gleich würde ich hier oder da ein emporsteigendes Totengerippe erblicken. Aber auch bei hellem Mondschein oder Stockdunkelheit und Regen arbeitete meine Phantasie; ich kam immer auf meine Kosten.
Pegger hielt im Graben inne, um sich mit seinem großen roten Taschentuch den Schweiß von der Stirn zu wischen und mich, wie es seine Art war, sehr streng anzusehen.
»Für Ihr Alter, Miß Judith«, sagte er, »haben Sie viel Sinn für die letzten Dinge. Darin gleichen wir uns wohl. Wenn ich hier in der Grube stehe und die Erde hochschaufle, denke ich stets an denjenigen, der hinein soll – ich kenne ja alle mein Leben lang.«
Pegger sprach mit Grabesstimme, was natürlich mit seinem Beruf zusammenhing. Er hatte das Amt des Totengräbers von seinem Vater und Großvater geerbt und wirkte mit der silberweißen Mähne und dem langen Bart schon rein äußerlich wie eine Prophetenfigur aus dem Alten Testament.
»Dies wird die letzte Ruhestätte von Josiah Polgrey«, fuhr er fort. »Siebzig Jahre währte sein Leben, und nun tritt er vor das Angesicht seines Schöpfers.« Pegger schüttelte bekümmert den Kopf. Offenbar schätzte er Josiahs Chancen in der Ewigkeit nicht sehr hoch ein.
»Gott urteilt vielleicht nicht so streng wie Sie, Mr. Pegger«, meinte ich.
»Hüten Sie Ihre Zunge, Miß Judith!« mahnte er. »Das grenzt ja an Gotteslästerung!«
»Ach was. Der buchführende Engel weiß, wie ich's gemeint habe.« Und da Mr. Pegger die Augen gen Himmel verdrehte, fügte ich besänftigend hinzu: »Haben Sie

überhaupt schon zu Mittag gegessen? Es muß doch ungefähr halb drei sein!«
Ich hatte das unberührte rote Baumwollbündel auf dem Nachbargrab bemerkt, das, wie ich aus Erfahrung wußte, den kalten Imbiß enthielt, den Mrs. Pegger ihrem Mann an arbeitsreichen Tagen mitzugeben pflegte. Er folgte meinem Blick, stieg aus der Grube, setzte sich auf den Nebenhügel und knüpfte das Bündel auf.
»Wie viele Gräber mögen Sie wohl schon in Ihrem Leben gegraben haben?« fragte ich.
»Ich habe das Zählen aufgegeben, Miß Judith.«
»Und nach Ihnen wird Ihr Sohn Totengräber sein, nicht wahr?«
»Wenn es Gott gefällt«, erwiderte Pegger indigniert, »werde ich selbst noch ein paar Gräber schaufeln, ehe ich den Spaten an meinen Ältesten weiterreiche.«
»Sicher gehört auch viel Augenmaß dazu«, sinnierte ich. »Für die kleine Mrs. Edney müßten Sie wahrscheinlich keine so große Grube ausheben wie zum Beispiel für ... na ja, sagen wir Sir Ralph Bodrean.«
Auf diese raffiniert-beiläufige Art brachte ich die Rede endlich auf Sir Ralph, von dem ich nie genug hören konnte. Und da die Sünden der Mitmenschen Mr. Peggers Lieblingsthema waren, hoffte ich einige mir noch unbekannte Details zu erfahren. Sir Ralph war in jeder Hinsicht überlebensgroß, auch als »Sünder«.
Ich hatte unseren Gutsherrn von frühester Kindheit an ehrfurchtsvoll angestaunt. Wenn er mit seinen Vollblutpferden auf der Dorfstraße an mir vorbeifuhr oder -ritt, klopfte mir das Herz. Ich knickste, wie Dorcas es mir beigebracht hatte, und meistens hob er die schweren Lider, sah mich einen Moment mit halbem Lächeln an und grüßte herablassend zurück. Irgendwer hatte den alten lateinischen Spruch auf ihn übertragen; »Hütet eure

Töchter, wenn Caesar in Sicht ist!« Nun, und der Caesar unserer Gegend hieß Sir Ralph Bodrean. Ihm gehörte fast das ganze Dorf mitsamt den ausgedehnten Ländereien weit und breit. Seine Pächter betrachteten ihn als guten Herrn und sahen vor lauter Respekt gern durch die Finger, wenn ihre Töchter sich mit ihm über Sitte und Anstand hinwegsetzten. Diese Großherzigkeit sicherte ihnen Arbeit und Brot, und die zahlreichen illegitimen Sprößlinge wurden besser versorgt als die meisten ehelich geborenen Bauern- und Tagelöhnerkinder unserer Zeit.

In den Augen des frommen Totengräbers war Sir Ralph natürlich der Inbegriff des Lasters. Da er in Anbetracht meiner Jugend nicht von fleischlichen Sünden zu reden wagte, begnügte er sich mit einer Aufzählung der läßlicheren, die jedoch nach Mr. Peggers Meinung in ihrer Gesamtheit auch schon genügten, diesen Sünder zum ewigen Höllenfeuer zu verdammen. Zum Beispiel die vielen Gesellschaften! Die Jagden! Seine allgemeine Prunk- und Verschwendungssucht! Seine reichen, eleganten und oft lautstarken Freunde, die aus Plymouth und sogar aus London kamen und die schlichten Altvätersitten auf dem Lande zu verderben drohten!

Was mich betraf, so sah ich diese glänzenden Zugvögel stets gern, und besonders glücklich schätzte ich mich, täglich – außer samstags und sonntags – ins Herrenhaus zu dürfen, um am Unterricht der einzigen ehelichen Tochter Sir Ralphs, Theodosia, und seines Neffen Hadrian teilzunehmen. Dies war eine sehr große Vergünstigung für die Enkelin Reverend Osmonds, die sonst kaum zu einer soliden Schulbildung gekommen wäre. Die kleinen Bodreans hatten eine Gouvernante, und für einige Fächer war Oliver Shrimpton, unser junger Pfarramtsgehilfe, zuständig.

Doch an diesem Julinachmittag behielt ich die Freude über meine bevorzugte Stellung für mich, um Mr. Peggers interessanten Redefluß nicht zu dämmen. Er beklagte Sir Ralphs Unsitte, »seine Nase in Dinge zu stekken, die Gott der Herr wohlweislich verborgen hält«.

»Was meinen Sie denn damit, Mr. Pegger?«

»Wissen Sie nicht, Miß Judith, daß er hier auf Carters Wiese Ausgrabungen vornehmen will? Ich nenne das Gottes Erde aufwühlen, nach heidnischem Zeug buddeln, er und seine feinen Freunde aus der Großstadt ... Kein gottesfürchtiger Mensch brächte das über sich!«

»Aber Mr. Pegger, es handelt sich um eine sehr ehrbare Wissenschaft: Archäologie, Altertumsforschung.«

»Ganz gleich, wie sie's nennen. Wäre es Gottes Wille, diese Dinge ans Tageslicht zu bringen, so hätte er sie nicht mit Erde zugedeckt.«

»Ich glaube nicht, daß Gott persönlich sie zugedeckt hat.«

»Wer sonst?«

»Die Zeit«, erwiderte ich naseweis.

Mr. Pegger seufzte, stieg in das halbfertige Grab zurück und grub weiter.

»Stellen Sie sich doch vor«, spann ich meinen Faden fort, »wir fänden hier Überreste einer römischen Siedlung! Das würde uns weltberühmt machen!«

»Wir brauchen keine Weltberühmtheit, Miß Judith. Uns ziemt allein ...«

»Gottesfurcht«, nahm ich ihm das Wort aus dem Munde. »Nehmen Sie's mir nicht übel, aber ich finde Sir Ralphs Vorhaben großartig. Es ist ja kein plötzlicher Spleen. Er hat sich immer für Altertumsforschung interessiert, und berühmte Wissenschaftler zählen zu seinen Freunden. Vielleicht heißt seine Tochter deswegen Theodosia und sein Neffe Hadrian.«

»Heidnische Namen!« donnerte Mr. Pegger aus der Grube.
»Sachte, sachte ... Wissen Sie nicht, daß Theodosia ›Gottesgeschenk‹ bedeutet? Und Hadrian ... So hieß, glaube ich, ein römischer Kaiser.«
»Ordentliche Christenmenschen taufen ihre Kinder nicht so«, beharrte er.
»Na, ich heiße wenigstens Judith. Die steht schon in der Bibel. Aber Dorcas, Alison, Lavinia ... Was mag Lavinia bedeuten?«
»Ach, Miß Lavinia«, murmelte Pegger. »Wie traurig, daß sie so jung und in Sünden sterben mußte.«
»So schrecklich sündhaft kann sie nicht gewesen sein. Alison und Dorcas sprechen stets sehr liebevoll von ihr.«
Auf dem Treppenabsatz des Pfarrhauses hing ein Bildnis der jüngsten Pfarrerstochter, das meine Phantasie von klein auf ebenso beschäftigt hatte wie der Friedhof. Ich malte mir gern aus, daß Lavinia zuweilen um Mitternacht herumspukte und wir am nächsten Morgen den Rahmen leer finden würden, weil sie versäumt hatte, rechtzeitig mit dem Schlage eins wieder hineinzukommen.
»Wir sind allzumal Sünder«, behauptete Mr. Pegger störrisch, »besonders die Weiber.«
»Na, hören Sie mal! Lavinia bestimmt nicht.«
Er lehnte sich einen Moment auf den Spatengriff und kratzte in seiner weißen Prophetenmähne. »Sie war die Hübscheste von den Dreien.«
Wenn mir Lavinias Porträt nicht bekannt gewesen wäre, hätte das nicht viel besagt, denn Dorcas und Alison waren zwar sympathisch und bieder, aber durchaus keine Schönheiten. Außerdem zogen sie sich so spießig an, wie man es von Pfarrerstöchtern erwartete – oder wie es auf

dem Lande einzig vernünftig und praktisch war. Lavinia hingegen trug auf dem Bild ein Samtkleid und einen Federhut. Aber vielleicht war das nur für die Porträtsitzungen ausgeliehen.

»Schlimm, daß sie gerade an jenem Tag mit der Eisenbahn fahren mußte«, sagte ich aus meinen Gedanken heraus.

»So geht es, Miß Judith. Keiner denkt daran, daß er im nächsten Moment vor Gottes Richterstuhl stehen kann. Tuet Buße, auf daß ihr nicht in euren Sünden dahinfahrt . . .«

»Herrje, Mr. Pegger, hören Sie doch endlich mit Ihren Sünden auf. Lavinias Vater und ihre älteren Schwestern haben sie innig geliebt. Das spricht doch wohl für sie.«

Merkwürdigerweise ließ Mr. Pegger das Thema fallen. Er wischte sich die Stirn, murmelte etwas über die Hitze und stieg aus dem Grab, denn er war fertig. Ich beugte mich über die gähnende schwarze Höhle, und plötzlich ergriff ich den Spaten und sprang hinunter.

»Was soll denn das?« stieß Mr. Pegger erschrocken hervor.

»Nichts weiter . . . Ich möchte nur mal wissen, wie man sich in Ihrem Beruf vorkommt.« Ich grub schon hastig. »Wie modrig das riecht!«

»Kommen Sie heraus! Sie machen sich doch nur schmutzig!«

»Bin ich schon. Puh, wie man in die lockere Erde einsinkt . . . Wenn die Seitenwände nun zusammenrutschen? Haben Sie nie Angst, lebendig verschüttet zu werden?«

»Mein Leben ist in Gottes Hand. Kommen Sie heraus.«

Ich beachtete ihn nicht, denn soeben war der Spaten auf etwas Hartes gestoßen. Ich ging in die Knie, wühlte mit den Händen nach und beförderte schließlich ein arg pa-

tiniertes, seltsam geformtes Stück Metall zutage. »Sehen Sie mal, Mr. Pegger«, schrie ich aufgeregt. »Was mag das sein?«
Er bückte sich zu mir hinunter. »Irgendein alter Sargbeschlag«, knurrte er. »Jetzt kommen Sie aber raus, Miß Judith.« Er streckte mir die Hand hin, und diesmal ließ ich mir willig hinaufhelfen, freilich nicht ohne meinen Fund.
»Aber schauen Sie doch genau hin, Mr. Pegger. Sind da nicht irgendwelche Gravierungen drauf – oder wie das heißt?«
»Werfen Sie's lieber weg. Sie könnten sich an den drekkigen Zacken verletzen«, riet Mr. Pegger.
Ich dachte nicht daran. Ich nahm es mit nach Hause und reinigte es vorsichtig. Das Bruchstück schien aus Bronze zu sein, war leicht gewölbt und zeigte tatsächlich einige tief eingeritzte Zeichen oder Ornamente. Dennoch war ich nicht ganz bei der Sache, denn das Gespräch mit dem Totengräber hatte meine Gedanken auch sehr stark auf Lavinia zurückgeführt, die jüngste Tochter des Reverend Osmond, die bei einem Zugunglück auf der Strecke Plymouth–London ums Leben gekommen war.
»Sie war auf der Stelle tot«, hatte Dorcas mir oft versichert, wenn wir die Blumen auf ihrem Grab in Ordnung brachten, »und das ist noch ein Segen . . . Besser tot als ein Krüppel fürs Leben wie manche der anderen Opfer damals. Sie war gerade erst einundzwanzig geworden. Eine Tragödie.«
»Was suchte sie denn in London, Dorcas?« hatte ich gefragt, als ich zum erstenmal davon hörte.
»Eine Stellung.«
»Als was?«
»Oh . . . als Gouvernante oder so etwas Ähnliches.«
»Nanu, weißt du's denn nicht genau?«

»Ich nehme es an ... Sie wohnte damals bei einer entfernten Verwandten.«

»Bei welcher?«

»Himmel, Kind, deine ewigen Fragen! Ich sag' dir ja, eine *entfernte* Verwandte. Wir kannten sie kaum und hören nichts von ihr. Lavinia hatte sie wegen ... wegen ihrer Stellungssuche um Rat gebeten, und so ergab es sich, daß sie später ausgerechnet in Plymouth in den Unglückszug stieg. Die Nachricht von ihrem Tod hat uns fast das Herz gebrochen.«

»Ach so, darum habt ihr mich ins Haus genommen. Als Ersatz für Lavinia.«

»Liebling, niemand ist ›Ersatz‹ für jemand anderen und schon gar nicht für Lavinia. Du bist du selbst, und wir haben dich um deinetwillen lieb.«

»Aber nicht so wie Lavinia. Ich ähnele ihr kein bißchen, oder?«

»Nein, kein bißchen.«

»Sie war bestimmt immer artig und sanft, nie vorlaut, frech oder rechthaberisch und so weiter ... Alles, was ich bin.«

»Übertreibe nicht, Judith. Nein, sie war nicht wie du, aber auch sie konnte bei aller Sanftmut manchmal recht ... eigensinnig sein.«

»Nun gut, jedenfalls habt ihr mich nur ins Haus genommen, weil sie tot war. Und ich war ein Waisenkind und irgendwie mit euch verwandt.«

»Ja ... in gewisser Weise.«

»Komisch, ihr scheint nur ›entfernte Verwandte‹ zu haben, so um sechzehn Ecken herum. Wer waren denn meine nächsten Verwandten? Meine Eltern zum Beispiel?«

»Das wirst du schon alles zu seiner Zeit erfahren«, hatte Dorcas mit einer gewissen Hast geantwortet. »Warte

doch, bis du größer bist. Wir wissen ja selbst nicht so genau Bescheid.«
An dieses Gespräch dachte ich, während ich in meinem Zimmer am Waschtisch stand und das gefundene Bronzestück putzte. Ich trocknete es gerade, als es an die Tür klopfte.
»Herein!« rief ich erstaunt, weil innerhalb der Familie selten geklopft wurde. Dennoch waren es Dorcas und Alison, die auf der Schwelle erschienen, und zwar mit so feierlichen Gesichtern, daß mir angst und bange wurde. Ich vergaß meinen Fund und fragte beklommen: »Ist etwas passiert?«
»Wir haben dich nach Hause kommen hören«, sagte Alison.
»Oje, war ich wieder so ein Trampel?«
Sie tauschten einen lächelnden Blick. »Nein, nein«, sagte Dorcas dann, »wir haben auf dich gewartet und deshalb die Ohren gespitzt.«
Hierauf entstand eine Pause. Ich spürte, daß etwas Ungewöhnliches in der Luft lag. »Ihr habt doch was«, drängte ich endlich. »Nun sagt's schon!«
»Ruhig, Kind . . . nichts Besonderes. Nichts Schlimmes. Wir überlegen schon seit einiger Zeit, wie wir dich aufklären sollen, und da der vierzehnte Geburtstag gewissermaßen ein Meilenstein ist . . .«
Ich hätte beinahe gelacht. »Macht's nicht so spannend«, sagte ich.
Alison holte tief Luft, und Dorcas nickte ihr ermutigend zu. »Also, Judith, die Sache ist die . . . Du bist bei uns aufgewachsen, und wir haben dich immer bei der Meinung gelassen, du seiest eine entfernte Verwandte.«
»Über sechzehn Ecken«, ergänzte ich.
»Aber das stimmt nicht.«
Ich zuckte zusammen und blickte von einer zur andern.

»Wer bin ich denn dann?«
»Unser liebes Pflegetöchterchen.«
»Ja, das weiß ich, aber wer sind oder waren meine Eltern.«
Alison räusperte sich. »Du warst bei dem Eisenbahnunglück dabei ... im selben Zug wie Lavinia.«
»Was? Ihr sagtet immer, damals sind so viele Menschen ums Leben gekommen. Waren meine Eltern dabei?«
»Ähem ... ja, wahrscheinlich.«
»Himmel, wißt ihr denn nicht, wie das alles ablief und wer sie waren?« schrie ich ungeduldig.
»Schsch, Liebling, reg dich nicht auf! Nein, leider war die Identität deiner Eltern trotz aller Nachforschungen nicht festzustellen. Sie ... waren sehr entstellt und hatten keine Papiere bei sich. Du, das Baby, warst wie durch ein Wunder unverletzt geblieben; und um in unserer Trauer um Lavinia irgend etwas zu tun, haben wir dich adoptiert.«
»Was wäre aus mir geworden, wenn ihr das nicht getan hättet?«
»Oh, dann hätte sich bestimmt ein anderer gefunden.«
Ich bekam feuchte Augen, als ich an all ihre Güte und all meine Ungezogenheit dachte. Herrgott, wie hatten sie sich aufgeopfert, und wie hatte ich sie fast vierzehn Jahre lang geplagt!
Impulsiv stürzte ich auf sie zu und versuchte beide gleichzeitig in die Arme zu schließen.
»Judith, Judith, nicht so stürmisch!« lächelte Dorcas, obwohl ihre Augen naß waren. Freilich hatte sie sowieso ein bißchen »dicht am Wasser gebaut«, wie es bei uns hieß.
Alison sagte gefaßter: »Du warst uns ein Trost, Kleine. Wir brauchten etwas zum Liebhaben, nachdem Lavinia nicht mehr war.«

»Danke für die Aufklärung«, sagte ich. »Kein Grund zum Heulen. Vielleicht bin ich eine verschollene Prinzessin oder die Erbin eines Großgrundbesitzers, und meine Familie hat sich seit über dreizehn Jahren halb kaputt gesucht . . .«
Alison und Dorcas zwangen sich wieder zum Lächeln.
»Wie schon gesagt, leider war nichts Genaues festzustellen. Viele der Katastrophenopfer damals waren bis zur Unkenntlichkeit . . . verletzt. Papa konnte unsere arme Lavinia zwar noch identifizieren, aber er kam furchtbar erschüttert zurück.«
»Warum habt ihr mir immer erzählt, ich wäre mit euch verwandt?«
»Weil wir deine kindliche Unbefangenheit so lange wie möglich erhalten wollten. Vielleicht hattest du außer deinen Eltern gar keine Familie mehr. Jedenfalls ist nie eine Suchanzeige aufgegeben worden. Wir haben uns jahrelang darum gekümmert.«
»Wie aufregend! Dann bin ich womöglich ein königlicher Bastard oder ein Zigeunerkind« – Dorcas und Alison zuckten zusammen – »oder eine Spanierin. Sehe ich mit dem schwarzen Haar und den braunen Augen nicht ziemlich spanisch aus? Na ja, ich gebe zu, hier in Cornwall ist das nichts Apartes. Seit die Spanier mit ihrer Armada bei uns notlandeten, herrscht eine beträchtliche Rassenmischung.«
»Judith, du phantasierst zuviel«, begann Dorcas.
»Ich bin froh, daß sie es so sachlich aufnimmt«, unterbrach Alison.
»Ja, wie sollte ich's denn sonst aufnehmen? Ich hab' oft genug nach meinen Eltern gefragt. Nun weiß ich endlich, daß sie mich nicht böswillig verlassen oder ausgesetzt haben, sondern daß *sie* die Bedauernswerten sind. Ich werde nie mehr einen Groll gegen Unbekannt hegen.«

»Da wir deinen Namen nicht wußten, hat Vater dich Judith getauft.«
»Danke, ich bin mit meinem Namen zufrieden. Und Dank für die nette Geburtstagsüberraschung. Ich finde alles wunderbar romantisch. Aber nun guckt euch mal an, was ich heute gefunden habe. Sieht aus wie ein Museumsstück, nicht?«
»Was ist es?«
»Keine Ahnung. Diese eingekerbten Linien sind vielleicht Runen. Was meinst du, Dorcas?«
»Wo und wie hast du das gefunden?«
»In dem frischen Grab, das Mr. Pegger gerade für Josiah Polgrey ausgehoben hat. Ich hab' ein bißchen mitgebuddelt und bin dabei auf dieses Ding gestoßen. Mal sehen, was es wert ist. Auf jeden Fall ist es ein Geburtstagsgeschenk von Josiah Polgrey und irgendeinem Toten, der vielleicht vor Tausenden von Jahren hier gelebt hat.«
»Kind, was für Ideen!« Alison drehte mein kostbares Fundstück nachdenklich hin und her. »Ja, ich glaube, ich habe so was schon in Museen gesehen. Sir Ralph würde dir auf Anhieb sagen können, ob es von Bedeutung ist.«
»Ihr glaubt also auch, daß es etwas bedeutet?«
Wieder tauschten meine beiden Nenntanten Blicke. Dann sagte Alison langsam:
»Möglich. Nimm es auf alle Fälle mit nach Keverall Court, Judith, und frage, ob Sir Ralph es sehen möchte. Er interessiert sich ja für solche alten Sachen.«
Ich strahlte.
Da Sir Ralph sowieso Ausgrabungen auf Carters Wiese plante, war es bestimmt ein großes Plus für mich, daß ich als allererste etwas gefunden hatte.
»Ich gehe gleich hin!« rief ich begeistert.

»Ja, aber wasche dich vorher, zieh dich um und kämme dich.«
Ich lachte, und mein Herz quoll vor Liebe über. Dorcas und Alison waren so rührend gut – und so herrlich normal!
Außerdem war es immer noch mein Geburtstag; ich hatte eben erfahren, daß ich ein geheimnisvolles Findelkind war und daher Gott weiß was sein konnte, und zu alledem hatte ich wahrscheinlich einen ganz ungewöhnlichen Fund aus der Bronzezeit gemacht. Aber ihre größte Sorge war, daß ich ordentlich gewaschen, gekleidet und gekämmt vor das Angesicht des Herrn trat!

Ich ging durch einen der Torbögen in den Hof, schnupperte in Richtung des Pferdestalls und tippte auf den altertümlichen Prellstein, was bekanntlich Glück bringt. Die schwere, eisenbeschlagene Tür zur Halle des Herrenhauses knarrte beim Öffnen. Wie still es heute war! Ich schaute auf die Ritterrüstungen und Waffen zu beiden Seiten der breiten, geschwungenen Treppe und auf das schöne alte Zinngeschirr, das, solange ich mich erinnern konnte, den musealen Refektoriumstisch schmückte. Heute stand auch eine große Vase mit frischen Blumen darauf.
Wo mochten Hadrian und Theodosia wohl gerade sein? Ich malte mir aus, wie ich ihnen morgen von meinem Fund erzählen würde, der in meinen Augen schon zu etwas Unerhörtem und Einzigartigem angewachsen war. Die berühmtesten Archäologen der Welt würden sich vor mir verbeugen, die Ehrendoktorate würden mir förmlich nachgeworfen, und . . . und . . .
Hinter mir wurde ein Stuhl gerückt. Ich hatte den Diener Derwent, der den Eingang zu bewachen hatte, aus seinem wohligen Dösen aufgeschreckt.

»Ach, Sie sind's nur, Judith«, murmelte er erleichtert. »Bitte melden Sie mich Sir Ralph. Es handelt sich um eine Angelegenheit von äußerster Tragweite«, erklärte ich hochtrabend.
Derwent hob halb amüsiert die Brauen. »Geben Sie nicht so an, Miß. Ich kenne Ihre Tricks.«
»Es ist kein Trick. Ich habe etwas Einmaliges gefunden. Meine Tanten meinten, ich müsse es sofort Sir Ralph zeigen, und weh dem, der es ihm vorenthält!«
»Sir Ralph und Lady Bodrean sitzen gerade beim Tee.«
»Egal – sagen Sie ihm wenigstens, daß ich hier bin und warum!«
Immerhin war Sir Ralphs Steckenpferd allgemein so bekannt und geachtet, daß ich binnen fünf Minuten wirklich in die Bibliothek geführt wurde, wo er mich inmitten seiner exotischen Souvenirs erwartete. Ich legte einfach mein Bronzestück vor ihm auf den Tisch und merkte gleich, daß es den gewünschten Eindruck auf ihn machte.
»Mich laust der Affe«, sagte er. »Wo hast du denn das her?«
Ich erzählte ihm von meinem Friedhofserlebnis. Seine buschigen Brauen ruckten in die Höhe. »Was hast du denn auf dem Friedhof zu schaffen?«
»Ich wollte mal wissen, wie man sich als Totengräber fühlt.«
Sir Ralph konnte auf zweierlei Arten lachen: Die eine war ein brüllendes Röhren, die andere ein kaum hörbares Glucksen tief unten in der Kehle, und die zeigte meist an, daß er sich wirklich amüsierte. Heute gluckste er. »Bronzezeit«, sagte er sachlich, als er sich endlich ausgegluckst hatte.
»Ja, das dachte ich mir auch schon. Interessant, ja?«
»Sicher. Bist ein braves Kind. Falls du noch was findest,

bring es nur immer gleich zu mir.« Damit wies er mit dem Kinn zur Tür, aber ich war nicht gesonnen, mich so kurz abfertigen zu lassen.
»Sie wünschen mein Fundstück zu behalten, Sir, wenn ich Sie recht verstanden habe?« fragte ich.
Er verengte die Augen und mahlte kurz mit den Kiefern.
»Was heißt ›mein‹ Fundstück!« blaffte er mich an. »Es ist nicht deins.«
»Wieso? Ich habe es doch gefunden.«
»Finden heißt nicht Behalten. Zumindest nicht bei Gegenständen dieser Art, mein Kind. Die gehören nämlich der Nation.«
»Komisch!«
»Du wirst im Lauf der nächsten Jahre noch vieles komisch finden.«
»Es ist also wirklich von archäologischem Wert?«
»Was weißt du von Archäologie?«
»Oh, allerhand. Da wird in großem Stil gebuddelt, und man findet herrliche Sachen: römische Bäder und Mosaiken und kaputte Statuen und so weiter.«
»Das klingt ja fast, als würdest du gern mal ›in großem Stil‹ mitmachen?«
»Und ob! Ich würde mich dazu eignen. Ich würde sicher Sachen finden, von denen die anderen bisher nicht mal etwas geahnt haben.«
Jetzt lachte er sein röhrendes Gelächter. »An Selbstbewußtsein fehlt es dir jedenfalls nicht! Aber wenn du dir unter Archäologie vorstellst, daß man nur fortlaufend römische Villen und trojanische Schätze entdeckt, bist du auf dem Holzweg. In den meisten Fällen geht ein ungeheurer Kraft-, Geld- und Zeitaufwand drauf, und alles, was man findet, ist ein kleiner Dreck – wie dein Bronzeschildstückchen. Von der Sorte haben wir mehr

als genug. Und die meisten Fachkollegen finden ihr Leben lang nichts Besseres.«
»Ich würde *große* Entdeckungen machen«, behauptete ich zuversichtlich.
Er legte mir die Hand auf die Schulter und drängte mich sanft zur Tür. Aber da ich ihn kannte und bewunderte, war ich ob dieser milden Art des Abschiebens nicht weiter beleidigt. Schließlich hatte er zugegeben, daß mein Fund das Bruchstück eines Schildes aus der Bronzezeit war, und ich war stolz darauf, meinen ersten Beitrag zur internationalen Wissenschaft geleistet zu haben.

Nicht nur bei mir selbst, sondern auch bei meinen adligen Mitschülern Hadrian und Theodosia hatte ich merklich an Prestige gewonnen, wie ich vor Beginn des nächsten Unterrichts in Keverall Court erfreut feststellte. Ich hatte die beiden, besonders Theodosia, immer ein bißchen minderbegabt gefunden, obwohl sie etwas älter waren als ich. Seit ich aus den engen Pfarrhausverhältnissen auf Hadrian und Theodosia losgelassen war, hatte ich im Handumdrehen die Führung im Schulzimmer an mich gerissen, und die beiden Sanften, Blonden, Blauäugigen hörten widerspruchslos auf mein Kommando.
Sir Ralph hatte seiner Tochter und seinem Neffen offenbar von meiner »Ausgrabung« erzählt und mich gelobt, weil ich so gescheit gewesen war, sie ihm zu bringen. Das stärkte mein Ansehen ungemein, und ich nützte die Situation nach Kräften aus. Im Laufe meiner dramatischen Erzählungen wurde das kümmerliche Bronzestück zu reinem Gold, das ein prähistorischer König extra für mich im Boden vergraben hatte.
Nachmittags stiftete ich Theodosia und Hadrian an, sich Spaten zu besorgen und unter meiner Leitung auf Car-

ters Wiese zu graben, um den Forschern die dort vermuteten Schätze vor der Nase wegzuschnappen. Wir wurden entdeckt und tüchtig ausgescholten; aber Sir Ralph hielt es nach diesem Beweis unseres Eifers für richtig, uns in die Grundbegriffe der Archäologie einführen zu lassen. Miß Graham, die vielgeprüfte Gouvernante, mußte sich deshalb durch Stöße von Fachliteratur hindurcharbeiten und uns das Wichtigste in leicht faßlicher Form beibringen. Hierbei war ich weitaus begeisterter bei der Sache als die anderen, und Sir Ralph, der sich Bericht erstatten ließ, schien sich allmählich wirklich für mich zu interessieren.
Um diese Zeit zog sein Freund Sir Edward Travers nebst Familie in den ehemaligen Witwensitz des Bodrean-Gutes. Das Gerücht von vielversprechenden Ausgrabungsstätten hatte ihn angezogen, zumal er schon lange ein ruhiges Landhaus in der Nähe seines Freundes suchte. Er gab gelegentlich Gastvorlesungen in Oxford, befand sich aber meistens auf Forschungsreisen. Seine Zeitungsberichte und Bücher waren in Fachkreisen wohlbekannt.
In unserem stillen Dörfchen herrschte nicht geringe Aufregung, als die Kunde von dem neuen glanzvollen Zuwachs ruchbar wurde. Am meisten freute sich natürlich Sir Ralph, wie mir Tochter und Neffe erzählten, besonders im Hinblick auf seine Ausgrabungspläne.
Das neue Heim der Familie Travers wurde in »Villa Gizeh« umbenannt, nach den ägyptischen Pyramiden, wie Dorcas vermutete. Anhand des Konversationslexikons stellten wir fest, daß sie recht hatte.
Nun war das düstere alte Haus mit dem verwilderten Garten also wieder bewohnt, was mich um das Vergnügen brachte, Theodosia mit Spukgeschichten zu ängstigen. Allerdings gab ich mich nicht so ohne weiteres ge-

schlagen. »Wenn ein Haus mal verhext ist«, raunte ich mit gekonntem Schaudern, »bleibt es für immer und ewig verhext. Ihr werdet ja merken, daß es da nicht mit rechten Dingen zugeht!«
Und wirklich verbreiteten sich bald sonderbare Gerüchte: Das Haus sei voll von so merkwürdigen Mitbringseln aus aller Welt, daß es der Dienerschaft vor dem Betreten einiger Zimmer gruselte. Wäre Sir Edward nicht ein so berühmter Gelehrter gewesen, dessen Glanz auf sie zurückstrahlte, so hätten die meisten nach wenigen Wochen gekündigt.
Sir Edward war Witwer. Sein Sohn Tybalt war schon erwachsen und studierte; seine Tochter Sabina hingegen war ungefähr gleichaltrig mit Theodosia, Hadrian und mir und nahm deshalb bald an unserem Hausunterricht teil.
Tybalt war mir zuwider, lange bevor ich ihn persönlich kennenlernte – nur weil seine Schwester so hemmungslos für ihn schwärmte. Ihren Reden zufolge war er allwissend, allmächtig, herrlich von außen und innen, kurzum gottähnlich. Sabina redete fast ununterbrochen, ohne sich um die Reaktion ihrer Zuhörer zu kümmern, falls man ihr überhaupt zuhörte. Gegen ironische Randbemerkungen war sie immun. Ich sagte Hadrian unter vier Augen, das käme von dem unnatürlichen Leben in dem alten Spukhaus mit einem stets zerstreuten Gelehrten-Vater und teils verängstigten, teils angsteinflößenden Dienstboten. Zwei davon waren nämlich Ägypter namens Mustapha und Absalam. Sie trugen lange weiße Burnusse und glitten auf ihren Sandalen so lautlos durchs Haus, daß sie beständig gerade da auftauchten, wo man nicht auf sie gefaßt war, und das brave einheimische Personal erschreckten. Waren sie nun Spitzel oder nicht?

Im übrigen war Sabina hübsch; das mußte ihr der Neid lassen. Sie hatte ein kleines, herzförmiges Gesicht, seidige blonde Locken und große graue Augen mit langen Wimpern. Theodosia, die selbst wenig Reize aufwies, bewunderte sie selbstlos. Die Freundschaft der beiden Mädchen bewirkte, daß Hadrian und ich sich notgedrungen enger zusammenschlossen als zuvor. Manchmal trauerte ich der Zeit nach, als die Familie Travers noch nicht dagewesen war und wir ein so vertrautes kleines Trio gebildet hatten – das heißt im Klartext: Ich sah meine Hauptrolle bedroht. Dorcas hatte mich immer ermahnt, die andern nicht so herumzukommandieren und zu verlangen, daß jedermann meine Ansichten teilte. Schließlich kamen Hadrian und Theodosia aus einem großen Hause und ich nur aus einer armseligen Pfarre. Daß ich am Unterricht der vornehmen Kinder teilnehmen durfte, war eine große Gunst, aber ich benahm mich, als sei ich die Tochter des Hauses und die andern die Almosenempfänger. Ich hatte Dorcas oft zu erklären versucht, das käme nur von Hadrians Energielosigkeit, und Theodosia sei ohnehin zu dumm, um je eine eigene Meinung zu haben.
Doch nun war Sabina auf der Bildfläche erschienen – nicht nur hübsch, sondern stets freundlich und gutgelaunt, nie ausfallend und somit ein ziemliches Gegenstück zu mir. Ihre blonden Locken fielen von Natur immer auf die gepflegteste Weise, während ich meine dichte schwarze Mähne kaum bändigen konnte, ganz egal, wie ich sie zu binden oder zu stecken versuchte. Ihre grauen Augen funkelten, wenn sie Spaßiges erzählte, und leuchteten, wenn sie von dem angebeteten Bruder Tybalt sprach. Sie war eine Art Fee, deren Gegenwart die Atmosphäre unseres Schulzimmers vollkommen veränderte.

Von ihr erfuhren wir natürlich auch genau, wie es in der Villa Gizeh zuging. Ihr Vater vergrub sich oft tagelang in seinem Studierzimmer und ließ sich nur von den katzenpfötigen ägyptischen Dienern Mustapha und Absalam bedienen. Dann speiste Sabina allein mit der Hausdame Tabitha Grey, die nebenbei ihre Klavierlehrerin war. Sabina nannte sie »Tabby«. Ehe ich sie kannte, stellte ich mir unter ihr ein mausgraues mittelalterliches Wesen vor. Als ich sie dann zum erstenmal sah – eine aparte, interessante jüngere Dame –, war ich sehr verblüfft.
Ich sagte Sabina, wenn sie Personen so schlecht beschreiben könnte, würde es mich gar nicht wundern, wenn sich ihr vergötterter großer Bruder als mickriger, kurzsichtiger Student entpuppte, der für nichts als verstaubte Papyri und Mumien Sinn hätte und vor allem Lebendigen kläglich versagte.
Sabina lachte nur. »Warte, bis du ihn siehst.«
Wir alle (offen gestanden, auch ich) konnten kaum erwarten, daß er zu den Semesterferien von Oxford nach Hause kam. Aber kurz vor dem ersehnten Termin berichtete Sabina mit Tränen in den Augen, er käme nun doch nicht. In Northumberland waren Ausgrabungen begonnen worden, an denen er während der ganzen Ferien teilnehmen wollte. Und ihr Vater, Sir Edward, hatte die Absicht, zu ihm zu stoßen.
Glücklicherweise kam während der Semesterferien ein Stellvertreter, Tybalts Studiengenosse Evan Callum. Um sich ein bißchen Geld zu verdienen, hatte er es übernommen, uns in die Anfangsgründe der Archäologie einzuführen.
Er machte seine Sache so gut, daß ich bald nicht mehr an Tybalt dachte und mich mit Feuereifer auf den neuen Lehrstoff warf, während die anderen nur mäßig interes-

siert waren. Manchmal spazierte ich nachmittags mit Evan Callum zu Carters Wiese, und er erläuterte mir die praktischen Seiten des dortigen Vorhabens. Einmal trafen wir dabei zufällig Sir Ralph Bodrean.

»Na, immer noch neugierig auf Altertümer?« erkundigte er sich jovial.

Ich sagte, mehr denn je.

»Hast du inzwischen noch was gefunden?«

»Leider nein, aber ich hab' ja auch nicht viel Gelegenheit.«

Er knuffte mich spaßhaft in die Rippen. »Bilde dir bloß nicht ein, daß man dauernd was findet, auch wenn man Gelegenheit hat. Du kannst mit deinem Erstling schon ganz zufrieden sein.« Sein innerliches Glucksen deutete an, daß er sich freute, mich weiter so eifrig bei der Sache zu sehen.

Etwas später zeigte mir einer der Arbeiter, die für die Ausgrabungen angeheuert waren, wie man zerbrochene Tongefäße provisorisch zusammensetzte (»Erste Hilfe« nannte er es), bis sie fachgerecht restauriert werden konnten und eventuell von einem Museum angekauft wurden.

Zunächst war ich etwas ernüchtert von dem vielen Kleinkram, der beachtet werden mußte und sich mit meinen hochfliegenden Träumen nicht vertrug, aber dann sah ich die Notwendigkeit ein und begeisterte mich für alles, auch das scheinbar Nebensächliche.

Außerdem übernahm jetzt Tabitha Grey unsere Musikstunden, die bisher von der armen, überforderten Miß Graham mehr schlecht als recht mit abgehalten worden waren, so daß wir jetzt auf mehreren Gebieten eine ungewöhnlich gründliche und umfassende Bildung genossen. Dorcas und Alison waren entzückt und betonten unermüdlich, daß wohl kein anderes armes Mädchen

hierzulande je so ein Glück gehabt hätte und daß ich guten Gebrauch davon machen sollte.
Das tat ich schon aus eigenem Antrieb, außer in Miß Grahams Handarbeitsstunden. Häkeldeckchen und Kreuzstichmuster machten mich geradezu rebellisch – solch eine sinnlose Zeitvergeudung! Aber von den Stunden bei Evan Callum konnte ich nie genug haben. Tagtäglich lag ich ihm in den Ohren, was ich noch tun könnte, um später auf möglichst große und weite Expeditionen mitgenommen zu werden, und er meinte lachend, für eine Frau sei das heutzutage schwierig, es sei denn, sie heirate beizeiten einen Archäologen. Sonst dämpfte er meinen Enthusiasmus nicht, denn es machte ihm selbst Spaß, eine so gelehrige Schülerin zu haben.
Die alten Ägypter hatten es mir besonders angetan, weil sie laut Evan noch unheimlich viele Rätsel aufgaben. »Im Tal der Könige sind noch ungeahnte Schätze verborgen, Judith«, pflegte er zu sagen, und selbstverständlich träumte ich davon, daß *ich* sie entdecken und die Hochachtung solcher Koryphäen wie Sir Edward Travers erringen würde.
Ich muß gestehen, daß er mich bisher enttäuscht hatte. Wenn man ihn überhaupt einmal traf, war er in Gedanken so weit weg, daß er uns junges Gemüse völlig übersah. Seine Augen waren stets mit seltsamem Ausdruck in weite Fernen gerichtet – wahrscheinlich in die Tiefen der Vergangenheit.
»Sein gräßlicher Sohn Tybalt ist sicher genauso«, sagte ich zu Hadrian.
Tybald war für mich inzwischen ein Inbegriff pedantischen, verknöcherten Strebertums geworden, gerade weil Sabina so von ihm schwärmte. Hadrian und ich zogen sie oft ziemlich taktlos damit auf, aber sie war so gutartig, daß sie nur lachte und sagte:

»Denkt, was ihr wollt. Was kümmert es Tybalt? Er ist über dummes Geschwätz doch haushoch erhaben!«
Trotz allem zog mich die Villa Gizeh magisch an, und ich freute mich auf die neueingeführten Klavierstunden bei Tabitha Grey, obwohl ich beklagenswert unmusikalisch war. Aber meine Phantasie geriet in Wallung, sooft ich das »verwunschene« alte Haus betrat. »Es hat was Bedrohliches«, sagte ich zu Hadrian, der mir wie üblich zustimmte.
Düster war die Villa auf jeden Fall. Zum Teil waren die wildwuchernden Büsche und Bäume, die sie umgaben, daran schuld, aber auch drinnen war alles mit dicken Vorhängen und prunkvoll gemusterten Wandteppichen verhängt. Jeder Laut war so gedämpft, daß man selten jemanden kommen oder gehen hörte. Infolgedessen hatte ich in diesem Hause dauernd das Gefühl, heimlich beobachtet zu werden. Außerdem wohnte eine hexenartige alte Frau unter dem Dach, offenbar in einer für sie reservierten, abgeschlossenen Wohnung. Nachdem ich sie einmal am Fenster gesehen hatte, fragte ich Sabina nach ihr.
»Das ist Nanny Tester. Sie war schon Mutters Kinderfrau und dann Tybalts und meine.«
»Was macht sie da oben?«
»Nichts. Sie wohnt eben dort.«
»Aber ihr braucht doch keine Kinderfrau mehr!«
»Denkst du vielleicht, wir werfen alte Dienstboten hinaus, nachdem sie uns jahrzehntelang treu ergeben waren?« erwiderte Sabina, ausnahmsweise etwas indigniert.
»*Ich* halte sie für eine Hexe.«
»Halte sie für was du willst, Judith Osmond. Für uns ist und bleibt sie die gute alte Nanny Tester.«
»Sie hat bestimmt den Bösen Blick. Immer klebt sie am

Fenster, wenn wir kommen, und weicht nur zurück, wenn wir hinaufblicken und damit zeigen, daß wir ihr ewiges Spionieren bemerkt haben.«

»Was brauchst du dich um unsere Nanny zu kümmern?« meinte Sabina achselzuckend, und darauf wußte ich ausnahmsweise keine Antwort.

Das große Musikzimmer war noch das hellste und normalste im ganzen Haus, obwohl auch dort reichlich chinesische Vasen, Drachen und Figuren verteilt waren – fette, schläfrig lächelnde Buddhas in einer Sitzhaltung, die ich erfolglos nachzuahmen versuchte, zerbrechliche Damen mit undurchdringlichen und Mandarine mit grausamen Gesichtern. Und wenn ich unter »Tabbys« Anleitung meine Tonleitern und Etüden klimperte, fand ich sie nicht minder rätselhaft als die gemalten oder geschnitzten chinesischen Damen ringsumher.

Sooft sich die Gelegenheit bot, stahl ich mich vor oder nach dem Unterricht auch in die anderen Zimmer, wobei ich den armen Hadrian zum Mittun zwang. Er fand dieses Herumstöbern mit Recht unverschämt, aber er wagte nicht, sich zu sträuben, weil ich ihn sonst der Feigheit bezichtigt hätte.

Von Evan Callum wußten wir, daß Sir Edward nicht nur an altchinesischen, sondern auch an altägyptischen Entdeckungen maßgeblich beteiligt war, und die Geschichte der Pharaonenzeit faszinierte mich am allermeisten. Evan zeigte uns sehr gute Abbildungen und erklärte die dargestellten Szenen und Götterkulte. Ich lauschte hingerissen, wenn von Amon Ra, Isis, Osiris und Horus die Rede war, und begriff vollkommen, warum sie manchmal Falken-, Ibis- oder Schakalköpfe trugen: nämlich zum Zeichen ihrer über alles Menschliche hinausgehenden Macht.

Der Horusfalke zum Beispiel war ein Symbol des

durchdringenden, untrüglichen Blickes ... Das mußte doch jedem einleuchten.
Aber noch mehr beschäftigten mich die eigentümlichen Begräbnisriten der alten Ägypter, die ihre Könige und Großen einbalsamierten, so daß die sterbliche Hülle Jahrtausende überdauerte, während die Seele mit allem gewohnten Prunk für das Leben im Jenseits versehen wurde, sogar mit Sklaven, die sich mit ihren toten Herren oder Herrinnen einmauern lassen mußten, um ihnen auch in der Ewigkeit weiterzudienen.
»Diese Sitte, den Vornehmen oft die erlesensten Kostbarkeiten ins Grab mitzugeben, hat natürlich von jeher die Räuber angelockt«, erklärte Evan. »Manche Grabkammern sind schon vor Jahrhunderten ausgeplündert worden, ungeachtet der Legende vom Fluch der Pharaonen, der jeden treffen soll, der frevelhaft ihren Frieden stört.«
Ich war von alledem so fasziniert, daß ich am liebsten viele andere Stunden geschwänzt hätte, um sie mit Evan zu verbringen und ihn nach weiteren Einzelheiten über die alten Ägypter auszufragen. Als Sabina beiläufig erwähnte, sie hätte schon einmal eine echte Mumie gesehen, wurde ich fast neidisch.
»Wo?« fragte ich.
»Vater hat sie in einer Art Sarg mitgebracht, und ...«
»Es heißt ›Sarkophag‹«, verbesserte Evan.
»Aha, danke. Der Sarkophag steht noch in einer Kammer bei uns in der Villa, aber die Mumie ist jetzt im Britischen Museum, glaube ich. Sie sah gräßlich aus«, fügte Sabina schaudernd hinzu. »Ich bin froh, daß sie weg ist.«
»Wie schade!« rief ich. »So etwas Interessantes – stell dir doch nur vor, jemanden im Haus zu haben, der vor Jahrtausenden so lebendig war wie wir!«

Im Laufe der nächsten Tage beschloß ich, mir wenigstens den Sarkophag zeigen zu lassen, ob es Sabina nun paßte oder nicht, und als Theodosia das nächste Mal Einzelunterricht bei Tabby hatte (sie war uns im Klavierspiel weit voraus), nötigte ich Sabina, Hadrian und mich zu der bewußten Kammer zu führen. Ich wußte schon vom Hörensagen, daß die Dienstboten aus abergläubischer Furcht stets einen weiten Bogen darum schlugen.

Die Kammer enthielt nur deckenhohe Bücherregale und den Sarkophag, der in eine Ecke gerückt war. Er ähnelte einem steinernen Wassertrog, aber um seinen oberen Rand zogen sich mehrere Reihen von eingeritzten Hieroglyphen.

Ich ging in die Hocke, um sie von nahem zu sehen.

»Mein Vater ist noch mit der Entzifferung beschäftigt«, erklärte Sabina. »Wenn er fertig ist, kommt auch der Sarkophag ins Britische Museum.«

»Ich wünschte, die Mumie wäre noch drin«, seufzte ich, indem ich einige Hieroglyphen vorsichtig mit dem Finger nachzog.

»Ach was, so sehenswert sind Mumien wirklich nicht. Du kannst dich in jedem größeren Museum davon überzeugen. Nichts weiter als stocksteife Figuren, die von oben bis unten in einem dicken Wickelverband stekken.«

Ich richtete mich aus der Hocke auf und ließ meinen Blick über die dichtgedrängten Bücherrücken streifen. Viele der Titel waren in Sprachen oder Schriftzeichen gedruckt, die ich nicht kannte.

»Dieser Raum hat wirklich eine seltsame Atmosphäre«, sagte ich. »Kein Wunder, daß die Dienstboten sich graulen. Merkt ihr es nicht auch?«

»Ach Unsinn, du willst uns ja nur wieder einschüch-

tern«, antwortete Hadrian. »Es ist nur ein bißchen düster – das macht der Baum vor dem Fenster.«
»Aber ich höre auch was: so ein geisterhaftes Stöhnen . . .«
»Das ist der Wind im Kamin«, sagte Sabina abwehrend. »Nun kommt wieder raus; wir dürfen uns hier nicht erwischen lassen.«
Sie und Hadrian waren sichtlich erleichtert, als sich die Tür hinter uns schloß, aber mir ging das kurze Erlebnis nicht mehr aus dem Sinn. In den nächsten Tagen borgte ich mir von Evan alles Erreichbare über Mumien und Begräbnisriten. Da ich wie immer, wenn ich von einer Idee besessen war, von nichts anderem reden konnte, fiel ich meiner Umgebung beträchtlich auf die Nerven.
»Nun hör endlich auf mit deinen langweiligen Mumien!« schalt Sabina einmal, und Theodosia nickte dazu. »Schließlich sind es nur verdorrte uralte Leichen. Wenn man sie auswickelt und der frischen Luft aussetzt, zerfallen sie zu Staub. Findest du einen Haufen Staub so begeisternd?«
»Ja, denn ich stelle mir immer vor, wie sie einst ausgesehen und gelebt haben mögen.«
»Schön, meinetwegen, aber laß uns endlich damit in Ruhe.«
Ich ließ die Mädchen tatsächlich etwas mehr in Ruhe, aber nur, weil es mir gelungen war, Hadrian auf meine Seite zu ziehen und einen absonderlichen Streich mit ihm auszuhecken. Ich wollte nämlich durchaus wissen, wie man sich als Mumie in einem Sarkophag fühlte, und zugleich den verständnislosen Mädchen einen heiligen Schrecken einjagen. Hadrian stibitzte ein paar alte Bettlaken, die wir in Streifen rissen und in unseren Notentaschen versteckten, als die nächste Klavierstunde nahte. Theodosia kam zuerst dran, und während sie spielte,

schlichen Hadrian und ich in die Kammer. Ich umhüllte Kopf und Hals mit einem Leinenstück, in das ich vorsorglich drei kleine Löcher für Augen und Nase geschnitten hatte, und Hadrian mußte mich kunstgerecht mit den langen Bettuchstreifen umwickeln. Dann krabbelte ich einigermaßen mühselig in den Sarkophag, rückte mich zurecht und schickte Hadrian wieder zu den andern, nachdem ich ihm nochmals eingeschärft hatte, wie er sie in die Kammer locken sollte.

Meine einzige Entschuldigung ist meine kindische Gedankenlosigkeit. Damals fand ich meinen Einfall ungeheuer witzig und mich sehr tapfer, denn als ich so in der kalten Steinmulde lag, wandelten mich doch leise Zweifel an, ob diese Keckheit nicht den Zorn der alten Götter auf mich herabbeschwören würde.

Die Zeit wurde mir lang, bis endlich die Tür aufging. Ich hörte Sabina ungehalten sagen: »Was ist da schon groß zu sehen ... Judith scheint dich mit ihrer Verrücktheit angesteckt zu haben!« Dann trat sie mit Hadrian und Theodosia ein, und im nächsten Moment ertönte ein gellender Schrei. Ich fuhr unwillkürlich in meinen behindernden Wickeln in die Höhe. Etwas Schlimmeres hätte ich nicht tun können. Theodosia wankte, als die gespentische Gestalt so plötzlich von den Toten auferstand, und sank ohnmächtig zu Boden.

»Es ist doch nur Judith!« und »Keine Angst, ich bin's bloß!« schrien Hadrian und ich gleichzeitig, aber es war zu spät – Theodosia rührte sich nicht mehr.

»Ich glaube, sie ist tot«, sagte Sabina, deren Gesicht so weiß war wie meine Vermummung. »Du hast sie umgebracht.«

»Theodosia, nein!« jammerte ich, so rasch wie möglich aus dem Sarg kletternd. »Du kannst nicht tot sein! Deswegen stirbt man doch nicht gleich!«

Ich zuckte zusammen. Auf der Schwelle stand ein hochgewachsener fremder Mann, der allen mir bekannten Leuten so wenig glich, daß ich ihn in der allgemeinen Verwirrung sekundenlang wirklich für eine rächende Gottheit hielt. Wütend genug sah er aus.
Er starrte mich an, die mit teilweise herabhängenden Bandagen beschämt dastand, und dann fiel sein Blick auf Theodosia.
»Großer Gott!« stieß er hervor und kam rasch vollends herein, um sie aufzuheben.
»Sie ist vor Schreck ohnmächtig geworden«, stammelte Sabina. »Judith hat sich heimlich als Mumie verkleidet.«
»Was für ein Blödsinn!« Er warf mir einen so verächtlichen Blick zu, daß ich froh war, mein knallrotes Gesicht noch hinter dem weißen Fetzen verborgen zu wissen.
»Ist sie tot, Tybalt?« fragte Sabina drängend.
Er antwortete nicht, sondern kehrte uns den Rücken und trug Theodosia auf seinen Armen hinaus. Sabina folgte ihm.

Während ich mich mit Hilfe des stummen und bestürzten Hadrian aus den Binden wickelte und sie zu einem Bündel zusammenrollte, kam Sabina zurückgelaufen.
»Die Erwachsenen sind sehr besorgt um Theodosia«, berichtete sie und fügte mit einem Anflug von Schadenfreude hinzu: »Und auf euch beide haben sie alle eine Riesenwut.«
»Hadrian kann nichts dafür«, sagte ich edel. »Es war *meine* Idee, nicht wahr, Hadrian?«
Er bestätigte es.
»An deiner Stelle würde ich nicht weiter stolz darauf sein«, meinte Sabina streng. »Du hättest Theodosia zu Tode erschrecken können.«

»Ist sie wieder bei Besinnung?« fragte ich ängstlich.
»Das schon, aber sie ist noch kreidebleich und zittrig und schnappt nach Luft.«
»Na, Hauptsache, sie erholt sich.«
Tybalt, Sabinas sagenhafter großer Bruder, kam mit finsterer Miene herein, maß Hadrian und mich von oben bis unten mit einem vernichtenden Blick und fragte, was wir beiden uns eigentlich bei diesem blödsinnigen Streich gedacht hätten.
Hadrian sah mich an und überließ mir die Antwort wie gewöhnlich.
»Ich wollte doch nur mal eine Mumie spielen«, murmelte ich.
»Sind Sie nicht schon ein bißchen zu groß für solche Kindereien?«
Ich fühlte mich ganz klein und häßlich und gedemütigt.
»Haben Sie nicht mal daran gedacht, welche Wirkung Ihr sogenannter Spaß auf Uneingeweihte ausüben könnte?«
»Nein, so schlimm habe ich's mir nicht vorgestellt.«
»Nächstes Mal überlegen Sie sich gefälligst vorher, was Sie tun. Das menschliche Gehirn ist nämlich zum Denken da, falls Ihnen das noch nicht aufgegangen sein sollte.«
Hätte jemand anderer mich so zurechtgewiesen, so wäre ich um eine schnippische Antwort nicht verlegen gewesen. Aber Tybalt war eine Ausnahmepersönlichkeit. Das war mir vom ersten Moment an klar geworden.
Er wandte sich zu Hadrian. »Und was hast du zu sagen?«
»Nur dasselbe wie Judith. Wir haben es nicht böse gemeint.«
»Also dann laßt solche Dummheiten künftig bleiben.«
Er schritt hocherhobenen Hauptes hinaus.

»Nun kennen wir den großen Tybalt!« sagte Hadrian mit einer Grimasse, als er außer Hörweite war.
»Das kann man wohl sagen«, stimmte ich ungewöhnlich wortkarg zu.
»Dabei hast du immer behauptet, er sei bestimmt ein mickriger, kurzsichtiger Stubenhockertyp.«
»Na, da hab' ich mich eben geirrt. Gehen wir jetzt lieber.«
Von der Treppe aus hörten wir Tybalts Stimme aus einer halb offenen Tür: »Wer ist eigentlich diese freche Göre?«, womit selbstverständlich ich gemeint war.
Sabina kam uns in der Halle entgegen. »Ihr sollt jetzt nach Hause gehen – ich meine, zu euch, Hadrian. Theodosia wird mit dem Wagen hingebracht. Ihr werdet schon noch eure Abreibung kriegen.«
Und die schien sie uns diesmal von Herzen zu gönnen.

Miß Graham, die Gouvernante, erwartete uns mit bekümmerter Miene – aber so sah sie meistens aus. Erst viel später begriff ich, daß die Arme in der dauernden Angst lebte, wegen unserer Untaten zur Verantwortung gezogen oder gar entlassen zu werden.
»Mr. Tybalt Travers hat Theodosia hergefahren und sich bei Sir Ralph über eure Ungezogenheit beschwert. Ihr müßt beide mit einer strengen Strafe rechnen. Theodosia liegt schon im Bett. Lady Bodrean ist sehr besorgt und hat nach dem Arzt geschickt. Ihr wißt doch, daß Theodosia etwas anfällig ist.«
Ich fand im stillen, daß Theodosia sich furchtbar anstellte. Sie wußte doch nun, daß die »Mumie« niemand anderes als ich gewesen war, und sollte mittlerweile über den Schreck hinweggekommen sein!
Doch half alles nichts; wir wurden in die riesige Bibliothek zitiert, die mit Kunstschätzen und Altertümern aus

aller Welt vollgestopft war wie ein Museum und mich normalerweise brennend interessiert hätte. Aber jetzt sah ich nur die beiden gebieterischen Gestalten, die uns bedrohlich entgegenstarrten.

»Was hat dieser Blödsinn zu bedeuten, he?« polterte Sir Ralph.

Hadrian war in Gegenwart seines Onkels sowieso immer wie mit Stummheit geschlagen, so daß es mir überlassen blieb, abermals eine Entschuldigung zu stottern.

»Erstens ist es euch verboten, Sir Edwards Arbeitsräume zu betreten, und zweitens, mit wissenschaftlichen Objekten derart groben Unfug zu treiben. Ich werde euch den gebührenden Denkzettel verpassen. Strafe muß sein.«

Ich wollte Tybalt nicht zeigen, daß ich Angst hatte. Die schlimmste Strafe, die ich mir ausmalen konnte, war Ausschluß von den Lektionen bei Evan Callum.

»Und was hast du zu sagen?« Sir Ralph funkelte jetzt den armen Hadrian an.

»Es ... es sollte ... nur ein Ulk sein ...«

»Ein schöner Ulk!«

»Es war *meine* Idee«, verteidigte ich ihn.

»Natürlich.« Sir Ralph wandte sich wieder mir zu.›Judith, die Rädelsführerin.« Ich merkte mit Erleichterung, daß er innerlich gluckste, wenn auch nur sekundenlang.

»Ab ins Pfarrhaus, junge Dame. Du wirst schon sehen, was bei solchen Streichen herauskommt. – Und du, teurer Neffe, verzieh dich auf dein Zimmer! Ich werde dir eine Tracht Prügel verabreichen, an die du dein Leben lang denken wirst. Marsch!«

Armer Hadrian! Mit sechzehn Jahren noch so gedemütigt zu werden – und das obendrein im Beisein Tybalts!

Im Pfarrhaus empfingen mich Dorcas und Alison sehr aufgeregt. Mein sündhafter Schabernack hatte sich offenbar herumgesprochen wie ein Lauffeuer.
»Aber Judith, wenn Sir Ralph dir nun das Haus verbietet?«
»Hat er das vor?« fragte ich entsetzt.
»Nein, aber er hat dir eine Strafarbeit geschickt, und wir sollen aufpassen, daß du sie gewissenhaft ausführst. Natürlich können wir unter diesen Umständen keinen Widerspruch riskieren.«
»Schon recht. Was ist das für eine Strafarbeit?«
»Du bekommst Stubenarrest, um ein Buch zu lesen, das Mr. Callum für dich ausgesucht hat, und einen ausführlichen Aufsatz darüber zu schreiben . . . Bei Wasser und Brot, und wenn es eine Woche dauert.«
Lieber, guter Evan! Als ob das eine Strafe für mich wäre! Das Buch handelte von den Dynastien Altägyptens und war ungemein fesselnd geschrieben, so daß ich schöne Stunden darüber verbrachte, zumal unsere Köchin sich weigerte, Sir Ralphs Befehl zu befolgen. Sie sei nicht seine Angestellte, sagte sie, und sie denke nicht daran, die liebe Kleine verhungern zu lassen. Es machte mir Spaß, daß ich plötzlich für sie, die mich sonst oft »Teufelsbraten« titulierte, »die liebe Kleine« war. Jedenfalls schmuggelte sie mir gerade jetzt einige meiner Leibgerichte in die Klausur.
Trotzdem erledigte ich meine Arbeit in Rekordzeit, und Evan erzählte mir später im Vertrauen, daß Sir Ralph sie mit großem Wohlgefallen gelesen hätte.

Wir wuchsen heran, und manches änderte sich, jedoch so allmählich, daß wir es kaum gewahr wurden.
Tybalt war jetzt öfter in der Villa Gizeh. Einer meiner Lieblingsträume war um diese Zeit, daß ich eine uner-

hörte Entdeckung machte oder Hieroglyphen von so ungeahnter Bedeutsamkeit entzifferte, daß ich die wissenschaftliche Welt erschütterte und Tybalt mir vor Bewunderung unverzüglich Herz und Hand antrug. Dann würden wir nach Ägypten gehen, weitere Ruhmestaten vollbringen und weltberühmt werden. »Dir verdanke ich alles«, pflegte Tybalt am Ende des Traumes zu sagen.

Leider schenkte er mir in Wirklichkeit kaum Beachtung, und wenn er überhaupt je an mich dachte, so wahrscheinlich nur an die nichtsnutzige Göre, die sich als Mumie herausstaffierte, um andere harmlose Mädchen zu erschrecken.

Theodosia stand ihm viel näher als ich. Ungeachtet ihrer Zimperlichkeit schien er sie zu mögen. Außerdem sahen sie sich oft bei Tisch, denn die Bodreans luden Vater und Sohn Travers regelmäßig ein, während ich nach beendetem Unterricht ins Pfarrhaus zurückmußte.

Hadrian wurde mit achtzehn auf die Universität geschickt, um Archäologie zu studieren, was mehr dem Wunsch seines Onkels als seinem eigenen entsprach, aber als »armer Verwandter« hatte er keine andere Wahl. Onkel Ralph hatte ihn einst aus Gnade und Barmherzigkeit in Keverall Court aufgenommen; folglich hatte Onkel Ralph zu bestimmen, was aus ihm werden sollte.

»Du Glücklicher!« seufzte ich neidvoll, als er sich verabschiedete. »Was gäbe ich darum, wenn ich an deiner Stelle Archäologie studieren dürfte!«

»Kann ich mir denken«, erwiderte er trocken. »Du warst ja immer die Aktivere von uns beiden.« Womit er zart die Tatsache umschrieb, wie sehr ich ihn während der gemeinsamen Schuljahre herumkommandiert hatte.

Er fehlte mir. Wenig später verließ uns auch Evan

Callum, der inzwischen promoviert hatte und eine Assistentenstelle an einer anderen Universität bekam. Wir Mädchen wurden zwar noch weiter von Miß Graham, Oliver Shrimpton und Tabitha Grey unterrichtet, aber man merkte, daß das Schwergewicht sich allmählich auf andere Gebiete verlagerte.

Dorcas versuchte, mir einiges von dem beizubringen, was sie »Hausfrauenkünste« nannte, also Kochen, Bakken, Einmachen und so weiter. Ich hatte dazu weder viel Lust noch Talent, wenn ich mir auch ihr zuliebe Mühe gab. »Du wirst es brauchen, wenn du deinen eigenen Haushalt führst«, meinte sie sorgenvoll. »Denke daran, daß du demnächst achtzehn wirst, Judith. Viele Mädchen sind in dem Alter schon verheiratet.«

Ich wußte, daß sie und Alison sich um meine Zukunft Sorgen machten und mich gern recht bald unter die Haube gebracht hätten, und ich wußte auch mit wem, nämlich mit unserem jungen Pfarramtsgehilfen Oliver Shrimpton.

Oliver war allgemein beliebt. Er war nicht gerade ehrgeizig, aber mit vollem Herzen bei seinem Beruf und versprach ein Seelsorger im wahrsten Sinne des Wortes zu werden. In den letzten zwei oder drei Jahren, als Reverend James Osmond immer klappriger wurde, hatte Oliver ihm schon den größten Teil der Gemeindearbeit abgenommen. Er kam gut mit den alten Damen zurecht, und die nicht ganz so alten himmelten ihn an. Ein paar späte Mädchen konnten sich gar nicht genug für unsere kirchlichen Angelegenheiten betätigen. Ob sie ebensoviel frommen Eifer entfaltet hätten, wenn Oliver nicht noch zu haben gewesen wäre?

Er und ich hatten uns immer gut vertragen. Zwar hatte ich in seinen Fächern nicht besonders geglänzt, aber da wir nun schon so lange unter einem Dach lebten, war er in meinen Augen so etwas wie ein großer Bruder geworden. Manchmal gab ich im stillen vor mir selber zu, daß ich mich wahrscheinlich an den Gedanken gewöhnt hätte, seine Frau zu werden und den Rest meines Lebens im Pfarrhaus zu verbringen, wenn Tybalt mir nie in den Weg gekommen wäre. Natürlich war es beschlossene Sache, daß Oliver Reverend Osmonds Amtsnachfolger werden würde, falls dieser starb oder sich zur Ruhe setzte.

Niemand wußte von meinen Gefühlen für Tybalt. Darüber konnte ich nicht sprechen, zumal es mir selbst lächerlich vorkam, in jemanden verliebt zu sein, der kaum von meiner Existenz Notiz nahm.

Aber auch das änderte sich ein wenig, was ich in erster Linie Tabitha Grey verdankte. Sie hatte bemerkt, wie sehr es mich betrübte, daß die Stunden bei Evan Callum aufgehört hatten. Übrigens kam mir Tabitha jetzt viel jünger vor als früher. Es ist wohl immer so, daß einem mit vierzehn Leute von vierundzwanzig schon ziemlich alt scheinen, während man mit achtzehn durchaus einen Blick für den reiferen Charme einer Achtundzwanzigjährigen bekommt. Und Tabitha hatte einen ganz eigenen Charme. Sie wurde von Fernerstehenden mit »Mrs. Grey« angeredet und mußte folglich einmal verheiratet gewesen sein. Vielleicht war sie sehr jung Witwe geworden – das hätte die sanfte Melancholie erklärt, die ich manchmal in ihren Zügen zu lesen glaubte. Meist gab sie sich liebenswürdig und heiter, aber in jeder Weise zurückhaltend. Daß sie mit ihrer schlanken Gestalt, ihrem gewellten, dunklen Haar und den lichtbraunen Augen sehr schön sein konnte, besonders am Klavier, wenn ihr Ausdruck sich zauberhaft vergeistigte, habe ich wohl schon irgendwo erwähnt.

»Wieso ist sie eigentlich Hausdame bei euch?« fragte ich

Sabina einmal. »Sie wirkt doch wie eine Lady – als ob sie es gar nicht nötig hätte!«
»Auch vornehme Damen müssen sich manchmal ihr Brot selber verdienen«, erwiderte Sabina. »Für uns ist sie ein Geschenk des Himmels. Sie sorgt für alles und alle, sogar für Nanny Tester, obwohl die es nicht zugeben will – sie hält den Haushalt in Schwung und die Dienstboten auf Trab. Sie versteht eine Menge von Vaters und Tybalts Arbeit; beide fachsimpeln stundenlang mit ihr über Ausgrabungen und all den Kram.«
Das gab Tabitha und mir etwas Gemeinsames, und eines Tages nach der Klavierstunde wagte ich, sie darauf anzusprechen. Erfreulicherweise ging sie lebhafter als sonst auf das Thema ein. Sie erzählte mir sogar, daß sie mit Sir Edward und einer Gruppe anderer Forscher einmal bei der Ausgrabung einer römischen Niederlassung in Kent gewesen sei.
»Wenn Sabina heiratet und aus dem Hause ist, kann ich wieder mit«, fügte sie hinzu. »Ein Jammer, Judith, daß Sie ein Mädchen sind. Als Junge hätten Sie bei Ihrem Interesse Archäologie zum Beruf machen können.«
»Leider hätten wir in der Pfarre sowieso nicht genug Geld für das Studium gehabt. Ich kann von Glück sagen, daß die Bodreans mich so lange hier am Privatunterricht teilnehmen ließen. Nun muß ich bald selbst ans Geldverdienen denken, obwohl ich nicht weiß, was für eine Stellung für mich in Frage käme. Wahrscheinlich bestenfalls Kindermädchen oder Gouvernante.«
»Wer weiß, was das Schicksal noch mit Ihnen vorhat«, sagte Tabitha lächelnd und lieh mir einige Bücher. »Einstweilen lesen und lernen Sie nur weiter, soviel Sie können.«
Etwa vierzehn Tage später, als ich einen Abendspaziergang zur Villa Gizeh machte, um die Bücher zurückzu-

geben, hörte ich schon beim Herankommen Klavierspiel und sah vorsichtig durch die Fenstertür in den großen Salon. Aber Tabitha saß nicht allein am Flügel, wie ich gedacht hatte, sondern spielte vierhändig mit Tybald.

Als das Stück zu Ende war, lächelte er ihr zu, und ich dachte: Ach, wenn er mich doch auch mal so anlächelte!

Wie es meistens geht, spürten die beiden, daß sie beobachtet wurden, und wandten die Köpfe gleichzeitig der Glastür zu. Ich fühlte mich wie ertappt und schämte mich; aber sie schienen zu meiner Ehre anzunehmen, ich hätte nur nicht stören wollen, solange das Musikstück dauerte.

»Kommen Sie doch herein, Judith«, rief Tabitha freundlich. »Ah, Sie bringen die Bücher zurück, danke. Ich habe sie ihr geborgt, Tybalt, weil sie schon seit Jahren echtes Interesse für diese Dinge zeigt.«

Tybalt las die Titel und sah mich zum erstenmal mit warm aufleuchtenden Augen an.

»Haben Sie sie wirklich von Anfang bis Ende gelesen?«

»Natürlich. Für mich ist das spannender als jeder Roman.«

»Dann müssen wir noch mehr für sie heraussuchen, Tabitha.«

»Das war ohnehin meine Absicht.«

Wir plauderten noch eine Viertelstunde angeregt zu dritt. Nie, seit Evan Callum weg war, hatte mich ein Gespräch so mitgerissen. Und dann begleitete Tybalt mich sogar zur Pfarre zurück, trug die neugeborgten Bücher und erzählte so unbefangen von seinen bisherigen Forschungsabenteuern, als wäre ich seinesgleichen.

Ich lauschte beseligt.

An der Tür des Pfarrhauses fragte er mich ganz ernsthaft, ob er mich wirklich nicht gelangweilt hätte.

»Aber Sie wissen nun doch, wie sehr mich das alles interessiert!« erwiderte ich ebenso ernst.
»Ach ja, richtig, Sie sind ja schon mal selber als Mumie aufgetreten, wenn ich mich recht erinnere.«
Wir lachten und schüttelten uns die Hände, und er meinte, wir müßten uns bald wieder einmal unterhalten. Inzwischen sollte ich fleißig lesen. Er würde Tabitha noch ein paar Bücher geben, die für meine Altersstufe geeignet wären. »Oh – danke!« hauchte ich überwältigt, und damit trennten wir uns.
Dorcas mußte uns aus dem Fenster gesehen haben, denn als ich hereinkam, fragte sie:
»War das nicht Tybalt Travers?«
»Ja. Er war zufällig dabei, als ich Mrs. Grey die Bücher zurückgab, und hat mich dann netterweise nach Hause gebracht.«
»Oh!« war alles, was Dorcas im Moment äußerte. Aber tags darauf sagte sie: »Wie ich höre, erwartet man allgemein die baldige Verlobung von Tybalt Travers und Theodosia Bodrean.«
Jetzt war die Reihe an mir, »oh« zu sagen. Hoffentlich waren mir meine inneren Gefühle nicht anzusehen.
»Nun ja«, fuhr Dorcas zögernd fort, »schließlich ist es ein naheliegender Gedanke. Die alten Herren sind seit Jahrzehnten befreundet und würden sicher gerne sehen, daß die Familien sich durch Heirat vereinigten.«
Nein, dachte ich, bloß das nicht. Tybalt und die dumme kleine Theodosia . . . das ist doch einfach unmöglich. Aber natürlich wußte ich, daß es in hohem Grade wahrscheinlich war.

Oliver Shrimpton wurde ganz unerwartet zu einer Audienz beim Bischof von Dorsetshire aufgefordert. Wie es schien, sollte ihm eine vakant gewordene Pfarre in der

Stadt angeboten werden. Dorcas und Alison waren ganz verstört.
»Was sollen wir nur ohne Oliver anfangen«, klagte Dorcas. »Selbstverständlich hat er die Ehre verdient, aber . . .«
Oliver fuhr zum Bischof, und nie habe ich meine Nenntanten so glücklich gesehen wie bei seiner Rückkunft. Ich saß lesend in meinem Zimmer, als sie hereinplatzten.
»Er hat abgelehnt!« riefen sie strahlend.
»Wer?« fragte ich, ohne aufzublicken.
»Oliver natürlich!«
»Warum?«
»Hörst du eigentlich zu, Judith?«
Ich hob endlich den Kopf und lächelte entschuldigend. »Ich brauche immer ein bißchen Zeit, um aus dem alten Ägypten in unser Pfarrhaus zurückzufinden.«
»Du vergräbst dich viel zu tief in diese Schwarten. Meiner Meinung nach ist das gar nicht gut für dich. Also, Oliver hat mit dem Bischof gesprochen und die angebotene Lebensstellung mit der Begründung ausgeschlagen, er habe Vater schon versprochen, sein Nachfolger zu werden, und fühle sich an sein Versprechen gebunden.«
»Wie anständig von ihm«, sagte ich. »Echt Oliver. Nun brauchen wir keine Angst mehr zu haben, ihn zu verlieren.«
»Er muß uns alle hier wirklich gern haben«, meinte Dorcas gerührt.
»Sagen wir: eine von uns besonders«, ergänzte Alison vielsagend.

In den Semesterferien kam Evan Callum für einige Wochen in die Villa Gizeh zurück. Natürlich wurde er mitsamt seinen Gastgebern auch sehr oft nach Keverall

Court eingeladen, und mir stattete er mehrere Besuche im Pfarrhaus ab. Er sagte, ich sei seine begabteste Schülerin gewesen, und es sei eine Schande, daß man Mädchen keine besseren Studien- und Berufschancen einräumte.

Miß Graham fand eine andere Stellung und verließ uns, und damit war der Unterricht vorbei. Auch die Klavierstunden hörten auf – ich hatte nun einmal nicht das Zeug zu einer auch nur leidlichen Pianistin –, aber zum Glück brauchte ich nun keinen Vorwand mehr, um zur Villa Gizeh zu pilgern und in der Bibliothek zu kramen. Alle Bücher, die nicht gerade zu Sir Edwards kostbarsten Erstausgaben gehörten, wurden mir gern geliehen.

Von Sabina und Theodosia sah ich in dieser Zeit nur wenig. Als erwachsene junge Damen waren sie offenbar ganz von den Gesellschaften in Anspruch genommen, die jetzt in den beiden befreundeten Häusern stattfanden und zu denen ich natürlich nicht eingeladen wurde.

Für mich schickte es sich, Dorcas und Alison bei der Gemeindearbeit zu helfen, also den Bettlägrigen Blumen und Essen zu bringen, schwachsichtigen alten Leuten vorzulesen und mit unserem klapprigen kleinen Einspänner zum Einkaufen ins Städtchen zu fahren. Äußerlich verwandelte ich mich schon halb und halb in die typische Pfarrerstochter. Was blieb mir auch anderes übrig, als mich mit meinem Los abzufinden?

Weihnachten sorgte ich mit Oliver für das Julfeuer und den Weihnachtsbusch – ein Gebilde aus zwei rechtwinklig ineinandergesteckten Holzreifen, das mit Immergrün geschmückt wurde. Dieser uralte keltische und somit heidnische Brauch wurde bei uns in Cornwall noch allerorten geübt, und obwohl er in einem christlichen Pfarrhaus eigentlich fehl am Platze war, fanden wir ihn schöner als den Christbaum, der eine ausländische

Erfindung war. Ich zog mit dem Kirchenchor zum traditionellen Weihnachtsliedersingen herum, und wir wurden in Keverall Court mit Kuchen und heißem Teepunsch bewirtet. Bei dieser Gelegenheit sah ich auch Theodosia und Hadrian und gedachte sehnsüchtig der schönen alten Zeiten.

Neujahr brachte eine Kältewelle – eine Seltenheit bei uns. Alle Bäume glitzerten im Rauhreif, und die Kinder konnten sogar auf den zugefrorenen Teichen Schlittschuh laufen. Aber unser lieber Reverend James zog sich eine schwere Erkältung zu, und dem Husten folgte ein Herzanfall. Binnen einer Woche war er tot.

Seine alternden Töchter, Dorcas und Alison, waren tief erschüttert. In ihre Trauer mischte sich Angst vor der ungewissen Zukunft. Wie sollte es nun weitergehen? Ich wußte, daß Oliver und ich jetzt ihre einzige Hoffnung waren. Er war ja Reverend Osmonds Nachfolger, und wenn ich ihn heiratete, konnten wir alle miteinander in der Pfarre weiterleben, wie wir es gewohnt waren.

Obwohl sie es nicht offen aussprachen, wurde mir bei ihren Seufzern und kläglichen Blicken jedesmal ganz flau zumute. Wie sollte ich ihnen schonend beibringen, daß ich Oliver nicht heiraten konnte, weil ich einen anderen liebte? Konnte ich laut und deutlich sagen: Ich mag Oliver sehr gern. Er ist ein guter Mensch. Aber ihr müßt verstehen, daß das für eine Ehe nicht genügt. Mein Herz gehört Tybalt . . . Ich weiß, daß er sich nicht viel aus mir macht, jedenfalls nicht auf diese Weise. Sicher wird er Theodosia heiraten; sie ist ja die passendste Partie für ihn. Aber das hilft alles nichts – ich liebe ihn.

Nein, das konnte ich den armen Tanten nicht sagen. Es war eine bedrückende Situation.

Doch auch Oliver begann sich in seiner neuen Würde zu verwandeln. Zu uns war er so freundlich und hilfsbereit wie immer, aber natürlich geboten es Zucht und Sitte, wie Dorcas betonte, daß wir woanders hinzogen, solange er Junggeselle blieb ... falls sich nicht bald eine Lösung fände ... Welche Lösung sie meinte, war klar. Und es fand sich auch eine, sogar sehr bald. Arme Dorcas! Arme Alison!

Alison brachte das Problem als erste ins Gespräch. Ich glaube, Oliver hatte es auch schon vorgehabt, aber in seiner Gutherzigkeit gefürchtet, es sähe so aus, als könne er uns nicht schnell genug loswerden.

»Da die Gemeinde nun einen neuen Pfarrer hat, der nicht mit uns verwandt ist«, sagte Alison, »gehört es sich für uns, daß wir umziehen.«

Er machte ein merkwürdig erleichtertes Gesicht. Dann erwiderte er:

»Wie gut, daß Sie davon anfangen. Ich wollte schon ein paar Tage lang mit Ihnen sprechen. Ich möchte nämlich demnächst heiraten.«

Dorcas strahlte, als wäre *sie* die zukünftige Braut.

»Natürlich wollte ich der jungen Dame keinen Antrag machen«, fuhr Oliver fort, »ehe ich ihr eine sichere Lebensstellung zu bieten hätte. Nun ist das der Fall ... und ich habe bei ihr Glück gehabt. Sie hat meinen Antrag angenommen.«

Alison schaute mich vorwurfsvoll an. Warum hast du uns das noch nicht gesagt? stand in ihrem Blick zu lesen. Du kanntest doch unsere Sorgen!

Aber bevor ich meiner eigenen Überraschung Ausdruck verleihen konnte, sagte Oliver:

»Miß Sabina Travers ist bereit, mich zu heiraten.«

Wir gratulierten – ich von ganzem Herzen, Dorcas und Alison wie vor den Kopf geschlagen.

Später kamen sie in mein Zimmer und empörten sich:

»Wer hätte Oliver so etwas zugetraut! Uns alle hinters Licht zu führen!«
»Wieso?« sagte ich. »Hat er je andere Heiratsabsichten geäußert?«
»Nein, aber ...«
»Sabina paßt sehr gut zu ihm, finde ich. Sie war zwar kein Kirchenlicht in Latein und Griechisch, genausowenig wie ich, aber sie und Oliver mochten sich von Anfang an. Außerdem ist sie hübsch und echt weiblich und wird bestimmt eine prächtige Pfarrersfrau abgeben.«
»Aber dazu ist sie doch viel zu oberflächlich! Ich habe noch nie ein ernsthaftes Wort von ihr gehört.«
»Um so besser wird sie sich mit der Gemeinde verstehen. Ihre Heiterkeit wirkt ansteckend, und wenn sie für alle Nöte das passende freundliche Wort hat, fragt kein Mensch danach, ob es wirklich tiefempfunden ist oder nicht. Ich halte das für ideal.«
Dorcas bekam feuchte Augen. »Judith, du brauchst vor uns nicht die Tapfere zu spielen ...«
Ich unterbrach sie mit hellem Auflachen. »Nun hört mal zu, ihr beide. Ich hätte Oliver nicht genommen, selbst wenn er mir einen Antrag gemacht hätte. Für mich war er viel zu sehr der große Bruder, und Geschwisterehen sind verboten.« Ich ging auf die Betrübten zu und umarmte sie. »Oliver scheint auch so gedacht zu haben, nicht wahr? Jedenfalls liebt er Sabina, und wir haben seine Gefühle zu respektieren.«
Sie waren gerührt wie immer bei meinen nicht allzu häufigen Zärtlichkeitsbeweisen.
»Wir dachten ja nicht an uns«, murmelte Dorcas, »sondern an deine Zukunft.«
»Und die sieht eben anders aus, als ihr dachtet«, sagte ich leichthin. »Oliver und Sabina! Sieh mal an! Da wird Oliver ja Tybalts Schwager!«

Alison und Dorcas tauschten einen konsternierten Blick. Was hatte denn das mit ihren Sorgen zu tun? Dann gab sich Alison einen Ruck und sagte:
»Ja, also nun müssen wir sofort beratschlagen, wo wir bleiben sollen.«

Und wir beratschlagten.
Reverend James Osmond hatte keine irdischen Reichtümer angehäuft. Seine Töchter konnten sich mit der winzigen Rente nur eben so durchschlagen, wenn sie eine billige Wohnung fanden. Was mich betraf, so war ich finanziell noch von ihnen abhängig – ein unhaltbarer Zustand, auch wenn sie mit Freuden das Wenige, das sie hatten, mit mir teilten.
»Es stand ja immer fest, daß ich mir mein Brot einmal selbst verdienen müßte«, sagte ich.
»Na ja«, gab Dorcas zu, »darum waren wir auch so glücklich, daß du wenigstens eine gute Schulbildung bekommen konntest. Vielleicht findet sich bald etwas Passendes.«
Doch während wir drei noch bedrückt in eine unsichere Zukunft sahen, sprang Sir Ralph wieder einmal als Retter ein. Er bot meinen Tanten »für ein Butterbrot« ein leerstehendes Cottage auf seinem Grundbesitz an und mir eine Stelle als Gesellschafterin. Bei wem? Bei niemand Geringerem als seiner Gemahlin, Lady Bodrean. Sie brauchte jemanden zum Vorlesen, zur Hilfe bei Wohltätigkeitsveranstaltungen und Empfängen, zum Erledigen ihrer Korrespondenz. Sir Ralph, offenbar entschlossen, unser Wohltäter zu sein, hatte mich vorgeschlagen, und Lady Bodrean war bereit, mich in die engere Wahl zu ziehen.
Alison und Dorcas waren entzückt.
»Auf Regen folgt Sonne«, jauchzten sie. »Der liebe Gott

wendet doch alles zum Guten. Wir haben unser Cottage, und du brauchst nicht in die Fremde hinaus. Du kannst uns oft besuchen. Wie herrlich ... Vorausgesetzt – äh –, daß du mit Lady Bodrean einigermaßen auskommst.«
»Ja, da liegt der Hase im Pfeffer«, bestätigte ich lächelnd, aber mit gemischten Gefühlen. Diese waren nicht ohne Grund. Von Kind an hatte ich gewußt, daß Lady Bodrean durchaus dagegen war, daß ich mit ihrer Tochter und ihrem Neffen zusammen erzogen wurde – nur hatte sie gegen den Befehl ihres Gatten nichts ausrichten können. Bei den seltenen Gelegenheiten, bei denen ich sie sah, hatte sie mich ihre Mißachtung mit eisigen Blicken spüren lassen. Ich meinerseits hatte auch nie versucht, mich bei ihr einzuschmeicheln; die Abneigung war gegenseitig. Aber wenn ich – natürlich wieder nur auf Sir Ralphs Wunsch – eine bezahlte Stellung bei ihr einnehmen sollte, befand ich mich von vornherein in einer ganz anderen und recht heiklen Lage.
Lady Bodrean empfing mich in ihrem Privatsalon, der mit Möbeln und Nippes aller Art vollgestopft war. Die Sesselbezüge waren von ihr selbst gestickt, desgleichen zwei Kaminschirme. Vor ihr stand ein Gobelinrahmen mit einer begonnenen Arbeit, an der sie emsig stichelte, als der Diener mich ins Zimmer wies.
Eine oder zwei Minuten lang würdigte sie mich keines Blickes, wohl um anzudeuten, daß ihre Arbeit ihr wichtiger war als ich. Wäre ich von Natur schüchtern gewesen, so hätte mich schon dies entmutigt.
»Oh, Miß Osmond«, geruhte sie endlich zu sagen. »Sie kommen wegen der Stellung. Sie dürfen sich setzen.«
Ich setzte mich kerzengerade und erhobenen Hauptes, obwohl das Blut mir in den Wangen brannte.
»Trauen Sie sich zu, alle Pflichten einer Gesellschafterin zu erfüllen und sich nützlich zu machen?«

»Jawohl, Lady Bodrean.«
»Sie werden mich an meine gesellschaftlichen und philanthropischen Verpflichtungen erinnern und mir von Fall zu Fall dabei behilflich sein. Sie werden mir täglich die Zeitungen vorlesen. Sie werden sich um meine beiden Lieblinge ›Orange‹ und ›Limone‹ kümmern.«
Die beiden Seidenspitze, die rechts und links von ihrer Herrin auf weichen Kissen ruhten, hoben die Köpfe, als sie ihre Namen hörten, und sahen mich fast so hochnäsig an wie Lady Bodrean. Der eine kläffte kurz, der andere schniefte.
»Ruhig, meine Süßen«, sagte Lady Bodrean zärtlich zu ihnen hinab und wandte sich dann wieder eiskalt zu mir. »Sie werden mir selbstverständlich zur Verfügung stehen, wann immer ich Sie brauche. Über Gehalt und Ausgang reden wir noch. Zunächst lesen Sie mir bitte probeweise einen Zeitungsartikel vor.«
Sie reichte mir die heutige *Times* und tippte achtlos auf irgendeine Spalte. Ich las die Kommentare zur Entlassung Bismarcks vor und über den Plan unserer Regierung, Helgoland an Deutschland zu verkaufen.
Lady Bodrean musterte mich während des Lesens scharf durch die Lorgnette, die sie an einer Goldkette um den Hals trug. Diese Behandlung mußte sich eine künftige Angestellte vermutlich gefallen lassen.
»So, das genügt«, sagte sie mitten in einen Satz hinein und zeigte mir damit, daß das Schicksal Helgolands sie nicht die Spur interessierte. »Sie können sofort bei mir anfangen. Ich nehme an, es paßt Ihnen so.«
Ich erwiderte heuchlerisch sanft, daß ich ein paar Tage zum Ordnen meiner Angelegenheiten brauche, obwohl es da nichts zu ordnen gab. Nur einen Aufschub wollte ich haben – und dem alten Drachen zeigen, daß ich mich nicht vom ersten Moment an wie eine Sklavin behandeln

ließ! Sie gewährte mir denn auch gnädig eine Frist von anderthalb Tagen, aber dann erwartete sie, daß ich pünktlich zum Dienst antrat.
Auf dem Rückweg zu Dorcas und Alison, die bereits ihr gemütliches Cottage bezogen hatten, versuchte ich, nur an die Vorteile meines neuen Lebensabschnitts zu denken. Ich würde im Dienst Lady Bodreans oft die Zähne zusammenbeißen müssen, das war mir klar. Aber – welch holder Trost – ich würde öfter als früher Gelegenheit haben, Tybalt zu sehen!

3
Monate der Knechtschaft

Mein Zimmer in Keverall Court lag gleich neben dem meiner Brotgeberin, damit sie mich jederzeit rufen oder herbeiklingeln konnte. Sonst war an dem Zimmer nichts auszusetzen; alle Räume des Hauses, auch die kleineren, waren hübsch, und zu meiner törichten Wonne konnte ich vom Fenster aus das Dach der Villa Gizeh über viele Baumkronen hinweg erspähen.

Im übrigen brauchte ich keine zwei Wochen, um festzustellen, daß Lady Bodrean mich absichtlich schikanierte. Sie klingelte mit Vorliebe spätabends, wenn ich schon zu Bett gegangen war, und jammerte über chronische Schlaflosigkeit. Dann mußte ich ihr Tee machen und vorlesen, bis ihr die Augen zufielen, egal, ob ich mich dabei blau fror oder mir die Schwindsucht holte, denn sie schwor auf kalte Schlafzimmer. Freilich lag sie unter ihrer herrlichen Daunendecke, während ich, nur in Nachthemd und Frisierumhang, neben ihrem Bett saß.

Trotz dieser Zumutungen machte ich ihr nie etwas recht. Sie nörgelte ununterbrochen an mir herum, so daß ich sogar ihrer Zofe Jane regelrecht leid tat.

»Lady Bodrean scheint Sie auf dem Kieker zu haben«, sagte sie mir in einer ruhigen Minute. »Nehmen Sie's nicht zu schwer – so sind die feinen Damen nun mal. Ich habe es schon oft miterlebt. Ein einfaches Zimmermädchen oder eine Köchin oder so hat's besser – erstens finden sie jederzeit eine neue Stellung, und zweitens werden sie weniger beachtet. Aber Gesellschafterinnen und Zofen – puh! Da muß man sich beizeiten ein dickes Fell zulegen!«

Leider hatte ich noch nicht das nötige Fell, und außerdem hatte ich schikanöse Ungerechtigkeiten nie ertragen können. Bis vor kurzem hatte ich mit der Tochter des Hauses auf gleichem Fuß verkehrt und sie im Unterricht, außer in Musik, weit überflügelt. Warum nun dieser völlige Wandel . . . nur weil ich Geld verdienen mußte?

Wenn ich mit Theodosia zusammentraf, was sich ja nicht vermeiden ließ, hatte ich den Eindruck, daß sie unsere Kinderfreundschaft gern fortgesetzt hätte, wenn nur ihre Mutter nicht dagegen gewesen wäre. Bosheit und Stolz waren Theodosia fremd. Sie hatte wenig eigene Züge, tat, was man von ihr verlangte, und trug daher nichts zur Verbesserung meiner Position bei.

Begegnete ich Sir Ralph, so fragte er mich jedesmal mit dem wohlbekannten amüsierten Glucksen, wie ich mit meinem neuen Leben zurechtkäme. Was sollte ich antworten? Etwa: »Ihre Frau ist ekelhaft zu mir, und ich würde auf der Stelle kündigen, wenn mich nicht noch anderes in der Heimat hielte . . .«? Nein, das konnte ich natürlich nicht sagen.

Dorcas und Alison trösteten mich mit ihrer Teilnahme, sooft ich sie besuchte, und dort ließ ich Dampf ab, indem ich Lady Bodrean mitsamt ihrer Lorgnette und ihrer ewigen Stickerei imitierte. Im übrigen sagte ich mir optimistisch, daß diese Prüfung ja bei meiner Jugend nicht ewig dauern könne. Ich hatte immer noch meine Träume . . .

Zum Beispiel: Bodreans gaben ein Souper, und eine der eingeladenen Damen sagte im letzten Moment ab. Was tun? Man konnte sich doch unmöglich zu dreizehn zu Tisch setzen! Nun ja, in so einem Nofall mußte man auf die Gesellschafterin zurückgreifen. »Sie ist ganz passabel – schließlich wurde sie hier bei uns erzogen.« Theodosia borgte mir ein Abendkleid, in dem sie selbst schrecklich fad aussah, das mir aber wunderbar stand, und flüsterte mir zu: »Deinen Tischherrn kennst du schon.« – »Oh, welch unerwartetes und erfreuliches Wiedersehen!« rief Tybalt und widmete sich mir den ganzen Abend so, daß jeder merkte, wie hingerissen er von mir und unserer Unterhaltung war. »Ich danke dem Himmel«, sagte er laut und vernehmlich, »daß Lady XY heute verhindert war . . .«

Träume, nichts als Träume. Aber was sonst hätte mir über jene trübseligste Zeit meines Lebens hinweghelfen sollen?

Ich hatte wieder einmal vorlesen müssen, bis ich heiser wurde.

»Ihre Stimme ist heute nicht gut, Miß Osmond«, tadelte Lady Bodrean. »Wie ärgerlich . . . Sie wissen, ich lege hauptsächlich Wert darauf, gut vorgelesen zu bekommen.«

Sie saß an ihrem Stickrahmen; die Nadel mit roten, blauen oder violetten Wollfäden flog hin und her, und ich wußte genau, daß sie kaum zuhörte. Hätte ich ihr wenigstens aus den Büchern vorlesen dürfen, die ich nach wie vor von Tabitha Grey geborgt bekam! Oft packte mich unbändige Lust, es einfach zu tun und abzuwarten, ob sie den Unterschied merkte oder nicht. Manchmal hörte sie zu sticken auf, lehnte sich in ihrem Sessel zurück und schloß die Augen. Unsicher, ob sie schlief oder nicht, las ich weiter und machte nur gelegentlich längere Pausen, um zu sehen, ob sie es merkte.

Zuweilen schlief sie wirklich, aber wenn ich dann aufhörte, wachte sie plötzlich auf und fragte mich scharf, warum ich nicht mehr läse.

»Ich dachte, Sie seien eingeschlafen, Mylady«, antwortete ich dann demütig, »und ich wollte Sie nicht stören.«

»Unsinn«, fuhr sie mich an, »ich schlafe nie. Lesen Sie gefälligst weiter. *Ich* werde Ihnen mitteilen, wann Sie aufhören sollen.«

An jenem Tag, den ich besonders in Erinnerung habe, ließ sie mich lesen, bis mir die Augen tränten und meine Stimme fast versagte. Ich dachte wieder einmal an Kündigung, egal um welchen Preis – aber ach, dann hätte ich Tybalt wahrscheinlich nie mehr gesehen!

In solchen Krisen erwiesen sich Orange und Limone als wahrer Segen, zumal sie sich, vermutlich ganz gegen die Absicht ihrer Herrin, rasch an mich gewöhnt hatten. Da ich sie täglich ausführen mußte, kam ich aus dem Haus und hatte oft Gelegenheit, einen Abstecher zur Villa Gizeh zu machen und ein Viertelstündchen mit Tabitha Grey zu plaudern.

Als ich diesmal eintrat, spürte ich sofort, daß etwas Ungewöhnliches in der Luft lag. Tabitha zog mich mit strahlenden Augen in den Salon und erzählte mir, Sir Edward bräche demnächst zu einer Expedition nach Ägypten auf, und sie dürfe mitkommen. »Nun, da Sabina verheiratet ist«, sagte sie, »werde ich hier nicht mehr so gebraucht.«

»Wird Ihnen eine bestimmte Aufgabe zugeteilt?« fragte ich atemlos.

»Offiziell natürlich nicht, aber inoffiziell kann ich mich auf mancherlei Art nützlich machen – als Sekretärin, Organisatorin, kurz als Mädchen für alles. Und ich verstehe ja mittlerweile einiges von der Sache.«

»Wie ich Sie beneide!« seufzte ich ekstatisch.
Sie lächelte verständnisinnig. »Ich weiß. Lady Bodrean ist als ›schwierig‹ bekannt.«
»Wird Tybalt seinen Vater begleiten?« fragte ich.
»Selbstverständlich. Es handelt sich um eines der größten Forschungsunternehmen, die es bisher gegeben hat. Die Fachwelt spricht seit Wochen von nichts anderem mehr. Sie wissen ja, daß Sir Edward als vielleicht bedeutendster lebender Archäologe gilt.«
Ich nickte. »Und sein Sohn Tybalt tritt in seine Fußstapfen.«
Tabitha sah mich so nachdenklich an, daß ich schon fürchtete, zuviel von meinen Gefühlen verraten zu haben.
»Gewiß, er ist in jeder Beziehung das Ebenbild seines Vaters«, antwortete sie. »Solche Männer kennen nur eine wahre Leidenschaft: ihren Beruf. Wer näher mit ihnen zu tun hat, sollte stets daran denken.«
»Aber Tybalt ist doch noch nicht ganz so ein zerstreuter Gelehrter wie sein Vater«, sagte ich. »Sir Edward scheint allerdings keinen gewöhnlichen Sterblichen mehr zu sehen.«
»Oh, manchmal kommt er aus den Wolken herunter – oder sagen wir in diesem Fall besser, aus dem Boden herauf. Menschen wie er sind schwer zu verstehen. Es dauert ein Leben lang, bis man sie kennt – sofern es überhaupt gelingt.«
»Wahrscheinlich sind sie gerade deshalb so interessant«, meinte ich.
Sie lächelte sanft. »Ich habe schon oft gedacht, solche Männer täten besser daran, ein Mönchsdasein zu führen und keine Familie zu gründen.«
»Haben Sie die verstorbene Lady Travers noch gekannt?«

»Ja, kurz vor ihrem Tod.«
»Und Sie meinen, Sir Edward ist als Witwer glücklicher als zu ihren Lebzeiten?«
»Das habe ich nicht gesagt. ›Glück‹ ist ein dehnbarer Begriff. Ich kam als . . . nun, ziemlich privilegierte Haushälterin in die Familie. Wir kannten sie schon seit ein paar Jahren, und als sich die Notwendigkeit ergab . . . nahm ich wohl oder übel die Stellung an wie Sie die Ihrige.«
»Und bald danach ist Lady Travers gestorben?«
»Ja.«
Die knappe Antwort befriedigte mich wenig. Ich wollte mehr über Tybalts Mutter wissen. Und da es mir (wie Dorcas und Alison oft genug gerügt hatten) an Takt mangelte, platzte ich heraus: »Es war eine unglückliche Ehe, nicht wahr?«
Tabitha erschrak ein wenig über meine Direktheit. »Tja . . . Sie hatten nicht viel Gemeinsames. Und, wie schon gesagt, hervorragende Wissenschaftler wie Sir Edward sind selten Mustergatten.«
Ich verstand: Dies war eine persönliche Warnung an mich.
Nach einer kurzen Pause wechselte Tabitha das Thema und sagte in fröhlichem Ton:
»Evan Callum will uns in der Osterwoche wieder besuchen und Hadrian natürlich auch. Sie werden sich beide sehr für Sir Edwards geplante Expedition interessieren.«

Wie ich nach Keverall Court zurückkam, wußte ich nicht. Ich träumte schon wieder. Ich träumte, daß Tabitha erkrankte und nicht mitkonnte. »Woher einen Ersatz nehmen?« fragte Sir Edward, und Tybalt rief: »Ich hab's – natürlich Judith Osmond! Sie war schon als

halbwüchsiges kleines Ding Feuer und Flamme für unseren Beruf!«
Wie gemein von mir, Tabitha eine Krankheit an den Hals zu wünschen! – Lady Bodrean holte mich bei der Rückkehr eiskalt aus meinen Träumen zurück.
»Ich muß mich doch sehr wundern, Miß Osmond«, sagte sie. »Soviel Zeit brauchen Sie nicht, um Orange und Limone auszuführen. Ich habe schon seit einer halben Stunde vergeblich nach Ihnen geklingelt.«

Meine Unfähigkeit, nichts als »niedere Magd« zu sein, trat immer wieder allzu deutlich hervor, und Lady Bodrean versteifte sich eben deshalb darauf, mich in die Knie zu zwingen.
Sie erinnerte mich beständig daran, daß ich für meine Dienste bezahlt wurde. Sie beschnitt meine Freiheit, wo es nur ging. Sie schickte mich zu irgendeiner Besorgung und zählte die Minuten, die ich dazu brauchte. Sie ließ keine Gelegenheit aus, mich zu demütigen, und ich gab ihr leider manche Gelegenheit. Wenigstens, sagte ich mir oft, weiß ich jetzt erst richtig zu würdigen, wie liebevoll Dorcas und Alison für mich gesorgt haben. Ich werde ihnen ewig dankbar sein.
Nie vergesse ich die unnachahmliche Art, in der Lady Bodrean mir eines Tages ihren ersten großen Hausball ankündigte.
»Eine junge Dame von Stand – meine Tochter – muß auf angemessene Art in die Gesellschaft eingeführt werden. Soweit sind Sie hoffentlich über die Gepflogenheiten höherer Kreise informiert, Miß Osmond. Wiewohl Sie selbst nicht dazugehören, haben Sie einige Jahre Unterricht hier genossen, und ein schwacher Begriff von vornehmer Lebensart dürfte auch bei Ihnen hängengeblieben sein.«

»Nichts vermisse ich heutzutage mehr als Vornehmheit«, gab ich zurück.
Meine Ironie entging ihr vollkommen. »Sie mögen sich glücklich preisen«, fuhr sie belehrend fort, »einen kurzen Blick in höhere Sphären geworfen zu haben. *Ich* war und bin allerdings der Meinung, daß es ein Fehler ist, Kindern aus kleinen Verhältnissen eine bessere Erziehung zukommen zu lassen, als es ihrem Stand entspricht.«
»Zuweilen«, erwiderte ich samtweich, »befähigt es Kinder aus kleinen Verhältnissen, zum Beispiel aus Pfarrhäusern, den hohen Herrschaften nützlicher zu sein als ganz Ungebildete.«
»Es sollte mich freuen, wenn Sie sich zu dieser Ansicht durchgerungen haben, Miß Osmond. Sie zeigen nicht immer soviel Bescheidenheit.«
Die Borniertheit dieser Frau war erschreckend. Jedermann wußte, daß Sir Ralph sie nur ihres Geldes wegen geheiratet hatte. Dieses Motiv ging über meinen Horizont; aber *was* ich verstand, war, daß er sich oft anderweitig getröstet hatte.
»Sie werden in diesen Tagen viel zu tun bekommen«, fuhr Lady Bodrean fort. »Einladungskarten müssen gedruckt, geschrieben und versandt werden, und das ist noch das Wenigste. Sie haben ja keine Ahnung, Miß Osmond, was ein vornehmer Hausball an Vorbereitungen erfordert.«
»Da ich aus der Hefe des Volkes stamme«, erwiderte ich, »kann man von mir sicher nicht viel Erfahrung verlangen.«
»Sehr richtig. Nun haben Sie Gelegenheit, Ihre ersten Erfahrungen zu sammeln. Es wird Ihnen auf Ihrem weiteren Berufsweg zugutekommen.«
»Ich werde mich nach meinen *bescheidenen* Kräften

bemühen«, versicherte ich mit einem angedeuteten Knicks.
Aber Ironie war, wie schon gesagt, auf Lady Bodrean verschwendet.

Auf dem Korridor traf ich Lady Bodreans Zofe Jane, eine robuste Fünfzigerin.
»Wie wär's mit einem Täßchen Tee?« fragte sie mich augenzwinkernd. »Ich hab' gerade welchen gemacht.«
Sie hatte einen kleinen Spirituskocher in ihrem Zimmer, das sie sich sehr gemütlich nach eigenem Geschmack eingerichtet hatte. Ich folgte ihrer Einladung gern. Als wir saßen und sie den Tee einschenkte, fragte sie:
»Na, hat sie wieder an Ihnen herumgenörgelt?«
»Meine Gesellschaft behagt ihr nun mal nicht«, seufzte ich. »Warum wirft sie mich nicht kurzerhand raus?«
»Oh, mit so einer einfachen Lösung dürfen Sie nicht rechnen. Ich kenne sie. Sie braucht jemanden, auf dem sie dauernd rumhacken kann. Ich bin schon vor ihrer Heirat bei ihr im Dienst gewesen. Seitdem ist es von Jahr zu Jahr schlimmer mit ihr geworden.«
»Da müssen Sie ja auch allerhand ausgestanden haben, Jane.«
»Ach, ich habe im Lauf der Zeit gelernt, wie man sie hinkriegt. Zucker, Miß Osmond?«
»Danke, ja.« Ich rührte nachdenklich in meiner Tasse. »Mich scheint sie weniger leiden zu können, als irgendwie sachlich gerechtfertigt ist. Gewiß, ich erfülle meine Pflichten nicht immer musterhaft, aber *so* schlecht nun auch wieder nicht. Ich begreife nicht, warum sie dauernd mit Entlassung droht und mich dann doch nicht entläßt.«
»Aus dem Grund, den ich Ihnen eben schon gesagt habe. Sie braucht jemanden zum Quälen.«

»Sie verfügt über mindestens ein Dutzend Bedienstete. Sicherlich würde sie darunter auch ein paar empfindlichere Wesen finden, wenn ihr nur daran gelegen wäre.«
»Sie machen sogar noch Witze, Miß Osmond ... Ich wundere mich manchmal, daß Sie nicht explodieren.«
»Ich auch.«
»Es ist ja gar nicht so lange her, daß Sie hier mit den jungen Herrschaften Unterricht hatten. Ich weiß noch, wie wir untereinander sagten: ›Die hat mehr Grips als die andern alle zusammen. Ein richtiger kleiner Sprühteufel!‹«
»Und nun sehen Sie, wie es sich allmählich aussprüht.«
»Sie sind nicht die erste. Die Gouvernante – die *vor* Miß Graham, als die jungen Herrschaften noch klein waren –, die war auch so ein temperamentvolles und ansehnliches Mädchen, und das ging natürlich nicht lange gut. Sir Ralph hatte ein Auge auf sie geworfen, und als Lady Bodrean dahinterkam, war es aus mit ihr. Ach herrje, diese Auftritte! Sie wissen ja wohl, Sir Ralph war früher ein toller Schürzenjäger. Keine hübsche Frau war vor ihm sicher. Jetzt ist er ruhiger geworden. Na ja, er ist ja auch nicht mehr der Jüngste, und der Schlaganfall vor ein paar Jahren hat ihm ziemlich zugesetzt. Bis dahin gab's einen Skandal nach dem andern.« Jane rückte vertraulich näher; ihre Augen funkelten vor Vergnügen. »Ich hab' alles mitangehört ... Wand an Wand mit ihnen, Sie wissen ja. Ich hätte mir Watte in die Ohren stopfen müssen, um es nicht zu hören.«
Ich konnte mir gut vorstellen, wie Jane das Ohr an die Wand preßte, wenn der Dorfcasanova Sir Ralph seiner betrogenen Gattin Rede und Antwort stand.
»Nach ein paar Jahren«, fuhr Jane fort, »hat sie wohl eingesehen, daß er unverbesserlich war, und sich damit

abgefunden. Er ging seine Wege und sie ihre. Außerdem hatte er sich natürlich einen Stammhalter gewünscht, aber nach Miß Theodosia bekam sie kein Kind mehr. Deshalb nahm er seinen Neffen, Master Hadrian, ins Haus, obwohl er mit seinem verarmten Bruder seit Jahrzehnten verkracht war. Jaja, das sind so Geschichten bei den feinen Leuten! Lady Bodrean war schon immer sauer gewesen, und mit der Zeit wurde sie auch bitter, und wenn sie jemanden findet, an dem sie ihre Wut auslassen kann ... dann tut sie es eben.«

»Das heißt für mich: nichts wie weg!« sagte ich.

»Hm ... Sie könnten bestimmt eine angenehmere Stellung finden. Zum Beispiel bei Miß Theodosia.«

»Wie denn das?«

»Na, der große Ball nächstens ist doch nichts als eine Art Heiratsmarkt. Alle reichen jungen Herren aus der Nachbarschaft werden eingeladen, und den wahren Zweck des Ganzen können Sie sich ja denken.«

»Miß Theodosia wird juwelenglitzernd auf den Präsentierteller gestellt, und dann heißt es: Meine Herren, ihre Mitgift dürfte sich herumgesprochen haben. Der Meistbietende gewinnt!«

»Genauso. Donnerwetter, was haben Sie für eine scharfe Zunge, aber Sie treffen immer den Nagel auf den Kopf. Hab' ich schon früher oft zu Miß Graham gesagt. Also, Miß Theodosia wird bestimmt bald heiraten, und da Sie mit ihr befreundet sind ...«

»Ich – Theodosias Freundin? Lassen Sie Lady Bodrean nichts dergleichen hören. Sie wäre äußerst indigniert.«

»Ach, was, Sie sind doch viel zu gescheit, um sich darum zu kümmern. Sie und Theodosia waren von Kind an zusammen. Sie waren immer die Überlegene und haben die andern manchmal ganz schön ins Schwitzen gebracht, aber Theodosia ist nicht so nachtragend wie ihre Mutter.

Sie könnten die Freundschaft mit ihr leicht wieder aufnehmen, und wenn sie heiratet, braucht auch sie eine Gesellschaftsdame. Wer wäre da zuverlässiger und vertrauter als ihre einstige Mitschülerin?«

»Jane, Sie schmieden ja Pläne wie Macchiavelli! Beinahe hinterhältig!«

»Lachen Sie nur. Das Lachen wird Ihnen schon vergehen, wenn Sie lange bei dieser alten Nervensäge bleiben. Ich möchte nicht an Ihrer Stelle sein.«

»Und wenn Theodosia nicht heiratet?«

»Theodosia – nicht heiraten? Aber natürlich heiratet sie. Der Zukünftige ist sogar schon auserwählt. Ich habe Sir Ralph und Lady Bodrean zufällig darüber reden hören. Sie sagte: ›Was du nur immer mit diesen Leuten hast! Erst wolltest du Hadrian und Sabina verkuppeln, und nun . . .‹«

»Was?« hauchte ich schwach.

»Ich wage jede Wette, Miß Osmond, daß die Verlobung binnen drei Monaten verkündet wird. Adel verpflichtet. Und was die Finanzen betrifft . . . Ganz genau weiß ich's ja nicht, aber Miß Theodosia ist jedenfalls eine der reichsten jungen Erbinnen im Lande. Natürlich ist die Familie Travers auch nicht arm, aber bekanntlich kriegen solche Leute nie genug, und der Alte soll schon ein Vermögen in seine Buddeleien gesteckt haben. Komische Art, sein Geld zu verpulvern. Ich wüßte was Besseres damit anzufangen. Obendrein soll es in den Ländern, wo er buddelt, oft unerträglich heiß sein.«

Ich fragte wider Willen, da ich die Antwort schon wußte: »Theodosias Bräutigam in spe ist also . . .?«

»Der Sohn und Nachfolger natürlich. Tybalt Travers.«

Wie ich den Rest ihres Geplauders überstand, weiß ich heute nicht mehr.

Sir Edward und Tybalt waren nach längerer Abwesenheit zurückgekehrt und wurden alsbald zum Abendessen bei den Bodreans eingeladen. Ich richtete es so ein, zufällig einige Vasen in der Halle zu ordnen, als sie eintrafen.
»Nanu, ist das nicht Judith Osmond?« fragte Tybalt, als müsse er zweimal hinsehen, um seiner Sache sicher zu sein. »Wie geht's?«
»Danke. Ich bin jetzt Lady Bodreans Gesellschafterin.«
»Richtig, ich erinnere mich. Vater, dies ist Miß Osmond, falls du dich nicht erinnern solltest.«
Sir Edward sah mich kurz auf seine geistesabwesende Art an.
»Sie hat sich einmal bei uns als Mumie kostümiert«, erläuterte Tybalt. »Vor lauter Begeisterung wollte sie ausprobieren, wie man sich einbalsamiert in einem Sarkophag fühlt. Und ein paar deiner Bücher kennt sie auswendig.«
Sir Edward betrachtete mich jetzt aufmerksamer, und in seinen Augen blinkte es amüsiert auf. Dadurch ähnelte er seinem Sohn stärker als sonst. Leider kam ich nicht dazu, die kurze Annäherung zu ein paar netten Worten auszunutzen, denn schon rauschte Lady Bodrean herbei und scheuchte mich mit einer Handbewegung in den mir gebührenden Hintergrund.
»Mein lieber Sir Edward! Lieber Tybalt! Hab' ich doch richtig gehört ...«
Ich zog mich zurück und blieb den ganzen Abend in meinem Zimmer. Einerseits war es eine Atempause; meine Tyrannin konnte mich nicht schikanieren, solange sie sich ihren Gästen widmete. Andererseits schwebte mir dauernd Theodosias Bild vor Augen: ganz in Rosa, hübsch, sanft, lenkbar – und mit einem Vermögen als

Mitgift, das manchen künftigen Expeditionen sehr zustatten kommen würde.
Nie waren meine Hoffnungen so tief gesunken wie an jenem Abend. Ich spielte mit dem Gedanken, unverzüglich zu kündigen. Aber soviel kampflose Resignation lag nicht in meiner Natur. Noch waren Tybalt und Theodosia nicht verheiratet ... Und ich würde es bis zum letzten Moment nicht aufgeben, zu träumen und zu hoffen.

Ein paar Tage später, als ich die Hunde wieder ausführte und meine Schritte in Richtung Villa Gizeh lenkte, rief jemand hinter mir: »Judith!«
Ich drehte mich um. Es war Evan Callum, der mit ausgestreckten Händen auf mich zukam.
»Wie nett, daß ich Sie treffe!«
»Ach ja, ich habe schon gehört, daß Sie hier sind«, sagte ich. »Wirklich fein, daß wir uns so unformell wiedersehen.«
»Klingt ein bißchen bedrückt. Können Sie sich nicht mehr so frei bewegen wie früher?«
»Ach, Evan, Sie wissen doch, daß sich hier viel verändert hat. Reverend James ist gestorben, Oliver hat Sabina geheiratet, und ich bin jetzt Gesellschafterin bei Lady Bodrean.«
Evan schnitt eine Grimasse. »Arme Judith!«
»Gehen Sie mit auf Sir Edwards Expedition?« fragte ich ablenkend.
»Leider nein. Dieser Ehre bin ich noch nicht würdig. Aber ich glaube, in nächster Zeit wird es einen regen Verkehr zwischen Keverall und Gizeh geben. Sir Ralph hat sich breitschlagen lassen, das Projekt zu finanzieren.«
»Das wundert mich nicht. Er war immer lebhaft an Sir

Edwards Forschungen interessiert. Hoffentlich wird die neue Expedition ein Erfolg.«

»Tybalt zweifelt nicht daran«, sagte Evan und sah sich lächelnd in der Gegend um. »Wie mich das an die schönen alten Zeiten erinnert – Judith, Hadrian, Theodosia, Sabina. Wie geht es eigentlich Sabina?«

»Seit sie mit Oliver Shrimpton verheiratet ist, sehe ich wenig von ihr. Meine Tanten wohnen ja nicht mehr im Pfarrhaus, und ich habe nicht genug Freizeit, um *alle* zu besuchen. Und natürlich haben Dorcas und Alison Vorrang. Außerdem schleiche ich mich manchmal zu Tabitha Grey, wenn ich sowieso die Hunde ausführen muß, und leihe mir bei ihr Bücher aus.«

»Thema immer noch dasselbe?«

»Natürlich.«

»Wunderbar. Ich würde an Gott und der Welt verzweifeln, wenn *Sie* eine einmal aufgenommene Sache liegenließen. Hadrian soll am Wochenende kommen, wie ich höre?«

»Da bin ich überfragt. Solche Familienangelegenheiten werden mir nicht mehr mitgeteilt.«

»Arme Judith! Das Leben kann einem übel mitspielen.«

»Ach, vielleicht habe ich meinen Anteil an Glück schon hinter mir. Es hätte schlimmer kommen können. Wußten Sie, daß ich als namenloses Baby in einem Zug gefunden wurde?«

»Was? Ein Findelkind? Ausgesetzt?«

»Das nicht. Meine Eltern kamen bei einem Eisenbahnunglück ums Leben und konnten nicht mehr identifiziert werden. Wenn die Osmonds sich nicht meiner angenommen hätten, wäre ich ins Waisenhaus gesteckt worden und hätte bestimmt keine so glückliche Jugend gehabt wie hier . . . Niemanden von euch allen kennen-

gelernt ... nie ein Stück aus der Bronzezeit gefunden und nie ein Buch über Archäologie gelesen.«
»Ich hielt Sie immer für die Enkelin des alten Pfarrers«, sagte Evan erschüttert.
»Eine Großnichte, meinen Sie. Seine Töchter Dorcas und Alison sind ja unverheiratet geblieben, und die Jüngste, eine gewisse Lavinia, ist in demselben Zug umgekommen, in dem ich gefunden wurde. Ja, alle Leute und ich selbst hielten mich für eine entfernte Verwandte, bis Dorcas und Alison mich an meinem vierzehnten Geburtstag aufklärten. Bis dahin wollten sie mir in ihrer Herzensgüte meine kindliche Unbefangenheit erhalten. Und sie haben mir wirklich eine wunderbare, unbeschwerte Jugend beschert. Vielleicht muß ich jetzt den Preis dafür zahlen. Ist das nicht fast ein Naturgesetz?«
»Keinesfalls«, sagte Evan energisch. »Es ist eine negative Phase, die wir alle einmal durchmachen müssen. Warum halten Sie sich nicht an Theodosia? Sie sind miteinander aufgewachsen, und ich halte sie nicht für fähig, plötzlich hochnäsig oder unfreundlich zu sein.«
»Gewiß nicht, aber ihre Mutter sorgt dafür, daß wir nicht mehr zusammenkommen. Ich bin kein standesgemäßer Umgang für Theodosia, seit wir erwachsen sind.«
Er sah mich mitleidig an und sagte zum drittenmal: »Arme Judith! – Aber verzagen Sie nicht, es braucht ja nicht für alle Zeiten so zu bleiben. Ich hoffe, daß sich noch *manches* ändert. Wir sprechen uns bald wieder.«
»Das wäre nur ein Zufall wie heute. Wenn Sie als Gast nach Keverall kommen, stehen mehrere gesellschaftliche Barrieren zwischen uns.«
»Ich habe begründete Hoffnung, alle Barrieren zu überspringen«, lächelte er, und mit dieser mysteriösen Andeutung trennten wir uns.

Mochte er meinen, was er wollte. Es hatte mir wahrhaftig gutgetan, diesen lieben und verständnisvollen alten Freund wiederzusehen.

Hadrian traf am Wochenende tatsächlich ein. Ich war gerade im Garten, um befehlsgemäß Rosen zu schneiden, als er mich rief. Auf meine erfreute Antwort kam er rasch heran, nahm meine Hand, und wir schauten einander prüfend an.
Hadrian war ein stattlicher junger Mann geworden ... Aber vielleicht war er schon immer ganz hübsch gewesen, und ich hatte es als »Göre« nur nicht bemerkt. Aber was mich noch mehr freute als sein gutes Aussehen, war das Gefühl, daß er nach wie vor mein Freund war und ich mich auf ihn verlassen konnte.
»Du bist ein Gelehrter geworden, Hadrian«, sagte ich.
»Und du eine Schmeichlerin. Da muß allerhand passiert sein. Na ja, Gesellschafterin bei meiner Tante – da bleibt kein Auge trocken. Judith, wie konntest du!!«
»Wenn jemand kein Geld hat, muß er es sich verdienen. Mir blieb nichts anderes übrig.«
»Aber du ... ausgerechnet als Gesellschaftsdame! Rosen schneidend und ins Körbchen legend ... Bestimmt sind's immer die falschen.«
»Da muß ich dir leider recht geben. Diese roten hätten sicher gelb sein sollen, und hätte ich gelbe gebracht, so müßten es rote sein. Ich rege mich schon gar nicht mehr darüber auf. Wie ich's mache, ist es falsch.«
»Es ist eine Schande«, sagte Hadrian erbittert. »Ausgerechnet du! Früher hast du uns alle in die Pfanne gehauen!«
»Dafür werde *ich* jetzt in die Pfanne gehauen. Vergeltung. Immerhin ist es ein Trost für mich, daß einige meiner Jugendfreunde mich nicht als Paria betrachten, weil

ich mir jetzt meinen Lebensunterhalt selbst verdienen muß.«
In diesem Moment kam auch Theodosia in den Garten – Gott allein wußte, wie sie der Aufsicht ihrer Mutter entwichen war. Sie trug ein weißes Musselinkleid mit blauen Pünktchen und einen Strohhut mit blauem Band, und ich mußte innerlich zugeben, daß sie sich ganz reizend herausgemacht hatte.
»Könnte es nicht so sein wie früher?« fragte Hadrian. »Nun, wo auch Evan und Tybalt da sind ...«
Theodosia errötete ein wenig, und ich dachte an Janes Worte. Es stimmte also, daß sie und Tybalt ... Nein, nein! Geistig hatten sie doch überhaupt nichts gemeinsam! Aber freilich – sie war hübsch oder beinahe hübsch, sie war standesgemäß, sie war die Erbin eines Riesenvermögens. Nein, Tybalt würde doch niemanden nur des Geldes wegen heiraten! ... Wieso eigentlich nicht? So war nun mal der Lauf der Welt. Auch Sir Ralph hatte des Geldes wegen geheiratet. Aber Sabina nicht – und gerade von ihr hätte man am ehesten erwartet, daß sie auf Äußerlichkeiten Wert legte. Trotzdem hatte sie das schlichte Dasein an Olivers Seite vorgezogen.
Wie wir uns alle in wenigen Jahren verändert hatten! Niemand von uns tat oder war das, was er sich als Kind vorgestellt hatte ...

Der geplante große Hausball rückte näher und verursachte nicht wenig Unruhe.
»Seit Miß Theodosias Geburt – das heißt natürlich schon Monate vorher – haben wir keine solche Gala-Vorstellung mehr gehabt«, flüsterte Jane mir zu. »Klar, die günstige Gelegenheit muß beim Schlafittchen gefaßt werden. Lady Bodrean hofft auf eine Verlobung, bevor alle nach Ägypten abreisen.«

»Glauben Sie, daß Mr. Travers seine junge Frau mitnehmen wird?«
»Dazu wird kaum genügend Zeit sein. Mylady besteht sicher auf einer längeren Brautzeit, damit die Hochzeit mit allem Drum und Dran vorbereitet werden kann, wie es sich ihrer Meinung nach gehört. Das dauert Monate. Eine stille Hochzeit im engsten Familienkreis, wie es bei dem jungen Pfarrer und Miß Sabina war – das kommt bei Lady Bodreans einziger Tochter nicht in Frage.«
»Und vorläufig sind sie ja noch nicht mal verlobt, oder . . .?«
»Sie meinen heimlich? Ach, i wo. Das gibt's doch bei *der* Mutter nicht. Aber nach dem Ball ist die offizielle Verlobung stündlich zu erwarten.«
Wahrscheinlich war Jane gut informiert. Mir fiel auf, daß Theodosia und Hadrian jetzt öfter nach Belieben mit mir sprechen durften als bisher. Sogar Lady Bodrean war – das erste und einzige Mal – beinahe freundlich zu mir, als sie von Theodosias erstem großen Ball sprach. Natürlich spürte ich nach zwei Sätzen, daß sie mich nur neidisch machen wollte.
»Sie könnten ins Nähzimmer gehen, Miß Osmond«, schloß sie huldvoll, »und Sarah Sloper ein wenig helfen. Auf das Ballkleid meiner Tochter müssen nicht weniger als fünfzig Ellen echter Brüsseler Spitze genäht werden.«
Sarah Sloper war eine viel zu gute Modeschöpferin, um mich auch nur einen Stich an ihrer *Création* tun zu lassen. Das halbfertige Ballkleid lag auf dem Tisch – ein Gedicht aus hellblauem Seidenchiffon und zum Teil schon angenähter Spitze.
Theodosia erschien fast gleichzeitig mit mir zur Anprobe. Sarah und ich halfen ihr in das Kleid. Es stand ihr schon jetzt entzückend, wie ich mit einem leisen inneren

Stich feststellte. Auch Tybalt würde nicht ungerührt bleiben, wenn sie in seinen Armen durch den Ballsaal schwebte.
»Gefällt es dir, Judith?« fragte sie naiv.
»Sehr. Hellblau ist nun mal deine Farbe.«
»Ich tanze so gern«, lachte sie und machte ein paar Walzerschritte. Ich fühlte mich plötzlich in die Schulzeit zurückversetzt und machte ihr eine tiefe Verbeugung.
»Miß Bodrean, darf ich Sie zu diesem Tanz auffordern?«
Sie ging mit einem anmutigen Knicks auf das Spiel ein, und ich nahm sie um die Taille, trällerte irgend etwas im Dreivierteltakt und tanzte mit ihr im Zimmer herum. Sarah Sloper grinste beifällig. Aber plötzlich sprang sie von ihrem Arbeitsstühlchen auf und versank ihrerseits in einen tiefen Knicks, denn Sir Ralph stand unversehens in der Tür.
Wir hielten erschrocken inne. Glücklicherweise schien die Szene, die er vielleicht schon seit einer halben Minute beobachtet hatte, ihm Spaß zu machen. »Ein netter Anblick, nicht wahr, Sarah?« sagte er schmunzelnd zu der Schneiderin.
»Oh . . . ja, Sir. Gewiß, Sir.«
»Das wird also dein Ballkleid?« wandte er sich an seine Tochter.
»Ja, Papa.«
»Und was zieht Judith Osmond an, he? Hat sie kein Ballkleid?«
»Nein«, sagte ich schlicht.
»Und warum nicht?«
»In meiner Stellung hätte ich wohl kaum Verwendung dafür.«
Ich sah an dem altvertrauten Wackeln seines Kinns, daß er sich wieder einmal das Lachen verbiß.

»Richtig«, sagte er, »Sie sind ja seit einer Weile die Gesellschafterin meiner Frau. Sie spricht manchmal von Ihnen.«
»Nicht viel Gutes vermutlich.«
Ich wunderte mich selbst über meinen Freimut, der in meiner Stellung leicht als Unverschämtheit ausgelegt werden konnte. Aber der Impuls, aus meinem Herzen keine Mördergrube zu machen, war unwiderstehlich.
»Sehr wenig«, bestätigte er düster. »Eher das Gegenteil.«
»Das habe ich befürchtet.«
»Wirklich? Da müssen Sie sich aber sehr verändert haben. Auf mich machten Sie immer den Eindruck einer ziemlich furchtlosen jungen Dame.« Seine buschigen Brauen zuckten. »Warum sieht man Sie so selten? Wo stecken Sie denn in Ihren dienstfreien Stunden?«
»Ich bin zwar Gesellschafterin«, erwiderte ich, »aber das heißt nicht, daß ich in der höheren Gesellschaft verkehren darf.«
»Ein Jammer. Dieser idiotische Standesdünkel! – Hübsches Kleid, Theodosia. Blau steht dir. Welche Farbe würden Sie wählen, Miß Osmond, wenn Sie auch zum Ball gingen?«
»Grün, Vater«, kam Theodosia meiner Antwort zuvor. »Grün war immer Judiths Lieblingsfarbe.«
»Soll Unglück bringen«, bemerkte Sir Ralph. »In meiner Jugend gab es ein Sprichwort: ›Montags grün, freitags schwarz.‹ Wahrscheinlich ebenso sinnlos wie ›Heute rot, morgen tot‹. Und Miß Osmond ist bestimmt nicht abergläubisch.«
»Bei Farben nicht«, sagte ich. »In anderer Beziehung vielleicht doch – hier und da.«
»Reden Sie sich nie ein, Sie hätten kein Glück«, sagte er. »Damit verscheuchen Sie es nämlich garantiert.«

Und mit diesen Worten ging er innerlich glucksend hinaus.
Theodosia sah mich mit erstaunt gehobenen Brauen an.
»Hast du eine Ahnung, was Vater hier wollte?«
»Ich? Du müßtest ihn schließlich besser kennen als ich.«
»Er scheint sich ja richtig auf meinen ersten Hausball zu freuen. Du, Judith, Mrs. Grey hat mir erzählt, du kennst schon fast alle Bücher von Sir Edward Travers. Da mußt du ja schon eine Menge von Archäologie verstehen.«
»Genug, um zu wissen, daß ich nichts weiß.«
»Gott, wie bescheiden!« lachte sie sichtlich animiert. »Ich möchte mich jetzt auch ein bißchen mehr damit befassen. Bitte sag mir, womit ich anfangen soll.«
Natürlich durchschaute ich ihren plötzlichen Eifer, und mir war elend zumute. Sie wollte Tybalt zeigen, daß sie volles Verständnis für seinen Beruf hatte und sogar ein wenig mitreden konnte.

Die Einladungskarten waren versandt; ich hakte auf der langen Gästeliste ab, wer mit Dank zusagte. Dann besprach ich mit dem Gärtner, welche Treibhausblumen und Kübelbäumchen zum Schmuck des Ballsaals benötigt wurden, denn der Garten gab zu dieser Jahreszeit nicht viel her. Ich bereitete die verspielten Ballkärtchen für die Damen vor und versah sie mit silbernen Drehbleistiftchen an pastellfarbenen Seidenkordeln. Lady Bodrean gab sich in diesen Tagen beinahe heiter, aber ich wußte, daß sie mir nur unter die Nase reiben wollte, was alles zum offiziellen Gesellschaftseintritt einer adligen jungen Dame gehörte. Manchmal mußte ich mich gewaltsam zusammennehmen, um sie nicht anzuschreien: »Denken Sie denn, ich lege Wert auf Ihre protzigen

Festlichkeiten? Wenn ich melancholisch aussehe, so hat das einen ganz anderen Grund.«
Meine wenigen Freistunden benutzte ich meistens, um Dorcas und Alison zu besuchen, die sich jedesmal rührende Mühe gaben, mich aufzumuntern. Immer gab es Streuselkuchen, weil ich als Kind so wild darauf gewesen war . . . und ich aß ihn brav, um sie nicht zu enttäuschen, obwohl sich mein Geschmack längst geändert hatte.
Diesmal wollten sie alles über den bevorstehenden Ball wissen. »Es ist eine Niedertracht, daß du die ganze Arbeit hast, aber nicht mitmachen darfst!« empörte sich Dorcas.
»Aber das ist doch in Adelskreisen so üblich. Dienstboden werden nicht eingeladen.«
»Du bist doch kein gewöhnlicher Dienstbote, Judith! Du bist mit den jugen Bodreans zusammen aufgewachsen!«
»Das war, wie Lady Bodrean mir täglich zu verstehen gibt, eine Gnade, für die ich ewig dankbar zu sein habe, die mich aber nicht ermächtigt, weitere Gunstbeweise zu erwarten.«
»Ach, Judith, ist sie wirklich so gräßlich?«
»Sagen wir unangenehm – und total humorlos. Solche Leute haben mich schon immer herausgefordert. Aber sie ist außerdem so dumm, daß sie gewisse Seitenhiebe gar nicht versteht.«
»Willst du dir nicht lieber eine andere Stellung suchen?«
»Vielleicht schneller, als wir denken. Ich bin täglich auf meinen Hinauswurf gefaßt.«
Dann brachte ich die Rede auf die Dorfneuigkeiten, über die Dorcas und Alison stets auf dem laufenden waren, da sie weiterhin viel für die Gemeinde taten. Sabina, flü-

sterten sie, konnte zwar reizend plaudern, war aber den praktischen Aufgaben einer Pfarrersfrau nicht so recht gewachsen. Oliver machte sich natürlich sehr gut, aber . . .
Ich wußte, daß sie Oliver noch immer nicht verziehen hatten, daß er sich nicht in mich, sondern »hinter ihrem Rücken« in Sabina verliebt hatte . . .

In Keverall Court war jetzt viel Betrieb, nicht nur wegen der Ballvorbereitungen, sondern auch wegen Sir Edwards geplanter Expedition. Da Sir Ralph an einer vorübergehenden Unpäßlichkeit litt, besuchten Sir Edward und Tybalt ihn häufig, um über den Stand der Dinge zu berichten und alle möglichen Einzelheiten mit ihm zu besprechen. Ich suchte und fand meistens einen Vorwand, ihnen über den Weg zu laufen, und sogar der zerstreute Professor schien sich allmählich an mein Gesicht zu erinnern und richtete hin und wieder ein freundliches Wort an mich. Tybalt fragte mich gewöhnlich nach meiner derzeitigen Lektüre, aber zu ausführlicheren Gesprächen kam es natürlich nicht.
Zwei Tage vor dem Ball passierte etwas Ungewohntes. Ich kam mit einem eiligen Auftrag aus Lady Bodreans Zimmer und stieß an der Korridorecke auf Theodosia, die auf mich gewartet zu haben schien. Ihre Augen strahlten. Sie legte den Finger kurz auf die Lippen, um zu zeigen, daß wir leise sein müßten, und flüsterte dann:
»Judith, ich muß dir was sagen, aber nicht hier. Nimm mich bitte mit in dein Zimmer.«
Sie hakte mich unter und zog mich fort. Mein Herz wurde bleischwer. Nun kommt's, dachte ich. Oft genug habe ich mir diesen Moment ausgemalt, und nun kann ich's doch nicht ertragen. Ich muß kündigen und mir

eine andere Stellung suchen – so weit weg wie möglich. Dorcas und Alison müssen sich damit abfinden. Ich will niemanden aus meiner Jugendzeit je wiedersehen.
»Du ahnst nicht, was es ist!« flüsterte Theodosia mit spitzbübischem Lächeln, während sie schon die Tür meines Zimmers öffnete.
»Du ... du bist verlobt«, stotterte ich.
Sie erstarrte einen Moment, errötete aber so heftig, daß ich sofort erriet: Noch nicht, aber bald. Im Moment mußte sie eine andere Überraschung für mich in petto haben.
»Die kluge Judith weiß immer alles eher als andere Leute, nicht wahr?« lächelte sie rasch gefaßt. »Diesmal hat sich die kluge Judith geirrt.«
Sie ging hinein, und ich folgte ihr und schloß die Tür hinter mir.
Theodosia steuerte schnurstracks auf meinen Kleiderschrank zu und riß die Tür auf. Jetzt erstarrte *ich*: Auf dem Bügel in der Mitte hing eine entzückende grüne Ballrobe.
»Was ist denn das!« rief ich verdutzt.
»Dein Ballkleid, Judith.«
»Aber wieso denn ... wie komme ich dazu ...« Ich kam mir vor wie im Traum. Schon nahm ich das Kleid vom Bügel, strich benommen über das duftig-weiche Material, hielt es mir an.
»Genau das Richtige für dich!« freute sich Theodosia. »Probiere es schnell mal an, bitte. Ich möchte dich darin sehen.«
»Wer hat mir das in den Schrank gehängt?«
»Ich. Himmel, nun zieh's doch erst an! Erklären kann ich's dir später.«
»Ich ziehe kein Kleid an, das mir nicht gehört, bevor ich weiß warum und zu welchem Zweck.«

»Echt Judith! Widerborstig bis dorthinaus! ... Na schön, Vater hat es für dich machen lassen.«
»Sir Ralph? Wieso?«
»Er sagte wörtlich: Aschenbrödel soll auch auf den Ball gehen.«
»Und was sagt deine Mutter?«
»Die weiß von nichts. Es ist ein Spaß unter uns. Vater fand uns so nett, als wir neulich miteinander tanzten, daß er dich nicht ausschließen will.«
Ich fing an zu lachen. Ich stellte mir vor, wie Tybalt mich – zumindest in einem Pflichttanz – herumschwenken würde, und dazu Lady Bodreans Gesicht.
»Theodosia, es ist ja süß von dir – und deinem Vater natürlich –, aber bin ich nicht ein recht unwillkommener Gast?«
»Höchstens für Mama. Alle andern wollen dich liebend gern dabei haben: ich, Evan, Hadrian, Tybalt ...«
»Tybalt auch?«
»Klar; warum nicht? Er weiß es noch nicht, aber er hat bestimmt nichts dagegen. Hadrian ist schon eingeweiht. Er freut sich wie ein Zaunkönig und schmiedet Pläne, wie wir dich vor Mamas strengen Blicken verbergen sollen.«
»Das wird euch kaum gelingen. Sie wird mich binnen einer Viertelstunde aus dem Saal weisen.«
»Kann sie nicht. Dies ist immer noch Vaters Haus, und du bist *sein* Gast.«
»Aber das Kleid ...«
»Das war auch Vaters Idee. Erinnerst du dich, daß er dich neulich nach deiner Lieblingsfarbe gefragt hat? Danach habe ich in seinem Auftrag mit Sarah Sloper ein Komplott geschmiedet. Ich habe den Stoff ausgesucht und ihr als Schneiderpuppe gedient – wir haben ja ungefähr die gleichen Maße; du bist nur ein bißchen dünner,

und das haben wir berücksichtigt. Nun zieh's endlich an – es müßte passen.«
Ich tat ihr (und mir) den Gefallen. Meine Metamorphose war zauberhaft. Dieses gedämpfte Grün war wirklich meine Farbe! Ich löste meinen schweren dunklen Haarknoten und hätte mich mit den strahlenden Augen und geröteten Wangen beinah selbst schön gefunden, wenn meine stark hervorspringende Nase nicht gewesen wäre. Hadrian hatte sich schon immer darüber lustig gemacht. »Mit so einer Nase«, pflegte er zu sagen, »werden Schlachten geschlagen. Dein Schicksal, Judith, wird nicht von den Sternen bestimmt, sondern von deiner Nase!« Ich kicherte bei der Erinnerung. Das herrliche Kleid machte mich den kleinen Schönheitsfehler vergessen.
»Du siehst jetzt absolut wie eine Spanierin aus«, sagte Theodosia bewundernd. »Du müßtest dir das Haar hochtürmen und einen großen Kamm mit Mantilla hineinstecken, dann wär's ganz echt. Schade, daß wir keinen Maskenball geben. Mama würde dich überhaupt nicht erkennen. Aber zerbrich dir deswegen nicht den Kopf. Papa wünscht, daß du dabei bist, und sie kann keine Szene machen.«
»Die kommt später«, sagte ich. Aber mir war nun schon alles egal. Ich würde ihr die Stirn bieten. Ich würde zum Ball gehen und eine Tanzkarte bekommen wie all die anderen vornehmen Damen und sie bis an mein Lebensende aufbewahren, weil auch Tybalts Name daraufstehen würde. – Ich fiel Theodosia um den Hals.

Und dann war der große Abend da. Ich dankte dem Himmel, daß Lady Bodrean zu sehr mit ihrer eigenen Aufmachung beschäftigt war, um nach mir zu klingeln. Jane, die Zofe, hatte schon vorher gestöhnt: »Herrje, das gibt vielleicht 'ne Sitzung. Gesichtspackung und Frisieren und Parfümieren und Korsettschnüren ... Und dann weiß sie bis zum letzten Moment nicht, welche Juwelen sie diesmal tragen soll ... Ein Segen, daß ich sie so lange kenne. Ich weiß schon, wie ich mit ihr fertig werde.«

Ich konnte mich also in Ruhe anziehen. Das grüne Kleid stand mir wunderbar, und Theodosia hatte mir zwar keine Mantilla, aber einen stilvollen spanischen Kamm ganz heimlich auf die Frisierkommode gelegt. Ich war fast zu Tränen gerührt. Meine Kindheitsfreunde hielten zu mir, obwohl ich sie früher wirklich nicht immer nett behandelt hatte!

Und da sie es alle – außer meiner Herrin – so gut mit mir meinten, wollte ich mich auf diesem Ball auch nach Kräften amüsieren.

Sir Ralph und Lady Bodrean standen auf dem ersten Treppenabsatz, um ihre Gäste zu begrüßen. Natürlich vermied ich es, ihre Aufmerksamkeit auf mich zu ziehen, und da so viele Leute da waren, konnte ich mich unauffällig unter sie mischen. Lady Bodrean hätte mich in meiner Balltoilette wohl sowieso nicht erkannt.

Mein erster Tänzer war Hadrian. Er sagte, die Situation erinnere ihn sehr an unsere Jugendstreiche. Wir hätten ja dies und das miteinander ausgeheckt. Es täte ihm nur leid, daß ich jetzt für seine Tante arbeiten müsse.

»Mir auch«, antwortete ich. »Aber sonst wäre ich kaum noch in der Gegend und schon gar nicht in Keverall Court.«

»Du scheinst sehr an dem alten Haus zu hängen.«

»Nun ja ... Es gehört zu meinem Leben. Ich bin doch sozusagen hier aufgewachsen.«

»Wie ich. Aber Theodosia hat mehr Glück als wir. Eines Tages erbt sie das Ganze.«

»Neidisch?«
»Ein bißchen schon. Als ›armer Verwandter‹ kommt man nicht ganz drum herum.«
»Aber Hadrian, als Sir Ralphs Neffe bist du doch beinahe so was wie der Sohn des Hauses.«
»Na . . .!«
»Wenn du daran zweifelst, gebe ich dir einen guten Rat. Heirate Theodosia.«
»Meine Cousine ersten Grades?«
»Warum nicht? Vetternehen sind häufig, besonders in höheren Kreisen. Dann bleibt alles so schön in der Familie.«
Hadrian lachte. »Ich glaube kaum, daß Theodosia mich nehmen würde. Ihre Blicke gehen seit längerem in eine andere Richtung.«
»Ach, wirklich?«
»Hast du nicht bemerkt, wie heftig sie sich neuerdings für Archäologie interessiert? Und sie redet soviel von der bevorstehenden Expedition, als wollte sie selber mitgehen.«
Ich konnte diese überdeutlichen Anspielungen auf Tybalt und Theodosia nicht mehr ertragen und fragte deshalb rasch:
»Und du? Möchtest du nicht auch gerne mit nach Ägypten?«
»Teils, teils. Sir Edward ist ein Sonderling. Er hält sogar seine engeren Mitarbeiter oft bis zum letzten Moment im dunkeln. Vorläufig steht noch nicht fest, wen er mitnimmt und wen nicht.«
»Aber Tybalt doch bestimmt?«
»Das ist etwas anderes. Er ist schließlich der Sohn des Großen Alten Mannes.«
»Der die Dynastie fortsetzt . . .«
»Wahrscheinlich. Die Voraussetzungen hat er.«

Der Tanz war zu Ende. Hadrian führte mich zu einer lauschigen Sitzecke, die von Kübelpalmen umrahmt und somit sichtgeschützt war. Fast gleichzeitig kamen auch Evan und Theodosia und setzten sich zu uns. Theodosia betrachtete mich und das grüne Kleid mit herzlichem Wohlgefallen und fragte, ob mir der Abend gefiele. Natürlich bejahte ich.

Dann tauchte auch Tybalt bei uns auf. Ich dachte, er wollte Theodosia zum nächsten Tanz holen, aber statt dessen setzte er sich. Meine Anwesenheit schien ihn nicht im geringsten zu wundern.

Die Musik setzte wieder ein. Evan sagte, er glaube, Theodosia habe ihm den Tanz versprochen, und Hadrian eilte zu der jungen Dame, in deren Ballkarte er sich eingetragen hatte. Urplötzlich waren Tybalt und ich allein.

»Tanzen Sie nicht gern?« fragte ich.

»Es liegt mir nicht besonders.«

»Vorhin haben Sie aber doch getanzt, wenn ich nicht irre?«

»Tapsig wie ein Bär.«

»Durchaus nicht. Genausogut wie die meisten. – Demnächst geht es also ab nach Ägypten. Haben Sie nicht schon tolles Reisefieber?«

»In gewisser Weise ja. Es ist eines der aufregendsten Forschungsunternehmen, die je stattgefunden haben.«

»Bitte, erzählen Sie mir etwas mehr davon.«

»Wir fahren zu Schiff bis Port Said und dann auf dem Landwege weiter nach Kairo. Dort halten wir uns eine Weile auf, bevor wir die eigentlichen Ausgrabungsstätten bei Theben aufsuchen. Mein Vater hat das Projekt schon seit mehreren Jahren vorbereitet. Er glaubt, es wird die Krönung seines Lebens sein.«

»Waren Sie auch schon einmal in Ägypten?«

»Ja. Allerdings war ich damals noch sehr unerfahren, und es war ein großes Zugeständnis meines Vaters, daß er mich überhaupt mitnahm. Er und seine Mitarbeiter hatten die Grabkammer eines hohen Würdenträgers entdeckt; doch leider war sie ausgeraubt, wahrscheinlich schon seit Jahrtausenden. Eine bittere Enttäuschung, wie Sie sich denken können. Soviel Arbeit, Kosten und persönlicher Einsatz für nichts und wieder nichts! Diesmal hoffen wir auf bessere Ergebnisse, aus denen wir Geschichte und Brauchtum jener faszinierenden Epoche rekonstruieren können ... Entschuldigen Sie meinen Redefluß, Miß Osmond. Ich lasse mich immer zu sehr von diesem Thema mitreißen. Aber Sie scheinen sich ja ehrlich dafür zu interessieren.«

»Und wie!«

»Selten bei Außenseitern.«

»Ich fühle mich gar nicht so unbedingt als Außenseiterin. Wie Sie wissen, hatte ich das Glück, hier in Keverall Court unterrichtet zu werden, und Sir Ralph legte stets besonderen Wert auf das Fach Altertumskunde.«

»Ich glaube, Sie haben wirklich Feuer gefangen. Und Sie gehören nicht zu den albernen Salon-Dilettanten, die sich einbilden, man fördere bei solchen Grabungen unausgesetzt sagenhafte Kostbarkeiten ans Licht.«

»Nein, solche Glücksfälle sind selten – ich weiß.«

»Trotzdem nehme ich an, daß Sie jetzt auch gern mal wieder tanzen würden. Wenn Sie auf meine Ungeschicklichkeit gefaßt sind ...«

»Ich werd's überleben«, sagte ich lachend.

Und so wurde einer meiner Träume wahr. Ich tanzte mit Tybalt und liebte ihn von Sekunde zu Sekunde mehr, weil er mir dauernd auf die Zehen trat. Er entschuldigte sich jedesmal, und ich hätte am liebsten gerufen: Nur zu, Liebster! Es ist die reinste Seligkeit für mich!

Von mir aus hätte der Tanz ewig dauern können, aber natürlich hatte auch er ein Ende, und wir kehrten in unseren Alkoven zurück, wo auch Evan, Theodosia und Hadrian sich wieder einfanden. Wir waren alle bester Laune, lachten und schwatzten von »alten Zeiten« und gingen zusammen ans kalte Büffet. Tybalt war natürlich nicht so ausgelassen wie wir ganz Jungen, aber auch durchaus kein Spielverderber, und ich konnte nicht umhin, Hadrian und sogar Evan im Vergleich mit seiner Reife recht unbedeutend zu finden. Er ging nur vollkommen aus sich heraus, wenn das Gespräch – wie es an diesem Abend oft geschah – auf seinen Beruf kam. Wenn er jemals eine Frau liebte, dachte ich unwillkürlich, tat er es wahrscheinlich ebenso »eingleisig«, das heißt mit unwandelbarer Leidenschaft. Sooft er sprach, war er der Mittelpunkt unserer kleinen Gruppe.
»Ach, ihr seid alle so wahnsinnig klug«, seufzte Theodosia in eine kleine Pause hinein. »Entschuldigt die ordinäre Abschweifung, aber ist dieser Lachs nicht köstlich?«
Wir wechselten lachend das Thema. Hadrian erzählte uns von einem Angelausflug, den er mit ein paar Studiengenossen ins schottische Hochland unternommen hatte, wo es bekanntlich die besten Flußlachse der Welt gab. Er schilderte, wie er ins Wasser gesprungen war, um den Fisch, der enorme Kräfte entwickelte, an Land zu ziehen, und renkte sich beinahe die Arme aus, um uns die Länge seiner Beute zu demonstrieren.
Ich machte gerade eine heitere Randbemerkung über »Anglerlatein«, als Lady Bodrean mit einigen älteren Gästen an unserem Tisch vorüberkam. Sie blieb abrupt stehen, als sie mich erkannte. Ihr Gesicht mit den ungläubig hochgezogenen Brauen sprach Bände.
Alles verstummte. Die Herren standen höflich auf; aber

sie fixierte nur mich. Ich gab mich so gelassen wie möglich. Zum Glück brach einer der Gäste das Schweigen mit der harmlosen Frage: »Oh, ist das nicht der junge Mr. Travers?«
Tybalt sagte, er sei es, und Lady Bodrean riß sich wohl oder übel zusammen und stellte uns vor. Meinen Namen brachte sie kaum über die Lippen: »Miß Osmond.« Es klang, als sei ich eine ganz verrufene Person.
Da die älteren Herrschaften die Zusammenhänge nicht kannten, fiel ihnen glücklicherweise nichts auf, und nach ein paar belanglosen Sätzen rauschte Lady Bodrean mit ihnen weiter.
»Ach du meine Güte!« stieß Theodosia in fast komischem Mitgefühl hervor.
»Damit war ja zu rechnen«, sagte ich und versuchte so zu tun, als mache es mir nichts aus.
»Sie kann dir nichts anhaben«, tröstete Hadrian. »Der Gastgeber ist Sir Ralph.«
»Was ist denn los?« erkundigte Tybalt sich verdutzt. Ich wandte mich zu ihm und gestand, daß ich genau genommen auf diesem Ball nichts zu suchen hatte.
»Wieso?« erwiderte er ungehalten. »In meinen Augen haben Sie mehr zum Gelingen des Abends beigetragen als alle andern!«
Das entschädigte mich für jede Demütigung. »Immerhin«, bemerkte ich, »muß ich darauf gefaßt sein, daß Mylady mir morgen kündigt.«
Tybalts Gesichtsausdruck verriet Besorgnis, was mich im stillen närrisch freute. Theodosia erklärte inzwischen, ihr Vater habe mir auch einmal ein Vergnügen gegönnt. »Er und ich haben die Köpfe zusammengesteckt und Sarah Sloper beauftragt, ein Kleid für Judith zu nähen . . . Aber natürlich ging das nur hinter Mamas Rükken.«

Tybalt mußte lachen. »Offenbar geht's bei Miß Osmonds Verkleidungen nicht ohne Drama ab. Entweder erhebt sie sich als Mumie aus einem Sarkophag, oder sie erscheint in wunderschönem Gewand auf einem Ball ... Und grundsätzlich immer nur da, wo man sie nicht erwartet.«

Hadrian legte seine Hand kameradschaftlich auf die meine.

»Hab keine Angst, Judith. Der Sturm wird vorübergehen.«

»Auf jeden Fall wird er erst morgen losbrechen«, sagte ich leichthin. »Feiern wir die Feste, wie sie fallen! Der Lachs stammt sicherlich aus dem schottischen Hochland, denn er ist unvergleichlich, und der Champagner fließt in Strömen ... Herz, was begehrst du mehr?«

»Carpe diem!« Tybalt beugte sich näher zu mir. »Nütze den Tag. Sie scheinen das Talent zu haben, das Beste aus der Gegenwart herauszuholen.«

»Wie sollte ich sonst das Leben ertragen? Heute nacht bin ich Aschenbrödel. Morgen kehre ich in die gewohnte Asche zurück.«

»Erlaube, daß ich den Märchenprinzen spiele«, sagte Hadrian und stand auf, um mich mit einer tiefen Verbeugung zum Tanz aufzufordern.

Ich trennte mich ungern von Tybalt, aber was war da zu tun? Ich konnte den guten Hadrian schließlich nicht vor den Kopf stoßen.

»Gratuliere«, sagte er, als wir unbeachtet zwischen den anderen Paaren tanzten. »Du warst die Ruhigste von uns allen. Jedenfalls hast du bewundernswert das Gesicht gewahrt. Dabei bibberst du sicher in deinen Glaspantoffeln.«

»Ach, man gewöhnt sich an alles«, meinte ich resigniert. »Ich bin innerlich ganz darauf vorbereitet, sehr bald bei

meinen Tanten im Cottage zu sitzen und demütige Bewerbungsschreiben zu verfassen.«
»Arme Judith. Es ist ein niederträchtiges Los, kein Geld zu haben. Ich kann da mitreden – ich hänge von Onkel Ralphs Mildtätigkeit ab. Dabei sind mir die Gläubiger auf den Fersen, und ich weiß noch nicht, wie ich's ihm schonend beibringen soll. Also sage ich heute wie du: Laßt uns essen und trinken und fröhlich sein!«
»Oh, Hadrian . . . Wirklich Schulden?«
»Bis über beide Ohren. Wenn ich doch bloß an Theodosias Stelle wäre!«
»Ich glaube, sie bekommt weniger Geld in die Hand als du.«
»Aber der Kredit, den sie hat! Du scheinst dir nicht ganz klar darüber zu sein, was für ein Nabob mein Onkel ist. Und unsere liebe Theodosia ist eines Tages Universalerbin.«
»Nun red nicht dauernd über Geld. Ich mag das nicht.«
»Du hast recht, es ist deprimierend. Eben deshalb möchte ich ja so gern reich sein. Dann hat man's nicht mehr nötig, über Geld zu reden.«
»Wir lachten, scherzten und tanzten. Aber jedem vor uns graute es insgeheim vor dem nächsten Tag . . .

Bei mir dauerte es gar nicht so lange, bis der Sturm losbrach. Lady Bodrean hatte nicht die Absicht, das Strafgericht aufzuschieben.
Ich war noch in meinem grünen Ballkleid, als ein wütendes Klingeln mich zu ihr rief. Wenigstens *ein* günstiger Umstand. Das Bewußtsein, gut auszusehen, gab mir Haltung.
Auch Lady Bodrean war noch in ihrer Festrobe – violettem Samt mit grandioser pelzgesäumter Schleppe, in der sie geradezu königlich wirkte.

»Miß Osmond, ich erwarte Ihre Erklärung!«
»Was wünschen Sie zu hören, Lady Bodrean?«
»Keine Unverschämtheiten. Wie konnten Sie es wagen, heute auf unserem Ball zu erscheinen und sich unter meine Gäste zu mischen?«
»Es ist wohl kein besonderes Wagnis, eine Einladung anzunehmen«, gab ich zurück.
»Wie? Haben Sie etwa die Stirn, zu behaupten, Sie seien eingeladen worden? Oder haben Sie sich selber eine Karte geschickt?«
»Letzteres gewiß nicht. Sir Ralph ließ mich mündlich auffordern, zu Ihrem Ball zu kommen.«
»Das glaube ich nicht!«
»Dann gestatten Sie mir, Mylady, ihn zu rufen.« Ohne ihre Antwort abzuwarten, zog ich die Klingelschnur, und Jane kam in Sekundenschnelle. »Lady Bodrean wünscht Sir Ralph zu sprechen, falls er sich noch nicht zurückgezogen hat. Würden Sie ihm das bitte ausrichten?«
Lady Bodrean verschluckte sich fast wor Wut; aber Jane, die sicher genau Bescheid wußte, war schon draußen.
»Seit wann unterstehen Sie sich, in meinem Namen Befehle zu erteilen?«
»Ich glaubte, in Ihrem Sinne zu handeln, Mylady. Da Sie mich für eine Lügnerin halten, kann nur Sir Ralph das klärende Wort sprechen.«
»In meinem ganzen Leben ist mir noch keine solche ... solche Unverfrorenheit vorgekommen! Sie ...« Die Worte versagten ihr.
Ich hingegen war noch in Hochstimmung. Ich hatte mit Tybalt getanzt und gesprochen. Er hatte gesagt, meine Anwesenheit habe – für ihn – zum Gelingen des Abends beigetragen. Und er war nicht der Typ, der mit leeren Komplimenten um sich warf. Was machte mir da die

Entrüstung einer alten Hexe aus, die gleich von ihrem Ehegemahl eins über den Mund kriegen würde? Sir Ralph stand zu seinem Wort, dessen war ich sicher. Schon stand er im Türrahmen. »Was, zum Donnerwetter ...«, polterte er, ehe er mich sah und sein Kinn auf die vertraute Art zu wackeln begann. »Was macht denn Miß Osmond so spät noch hier?« erkundigte er sich in weitaus milderem Ton.

»Ich habe sie zur Rede gestellt«, fauchte Lady Bodrean, »woher sie die ... Keckheit genommen hat, heute abend auf unserem Ball zu erscheinen!«

»Weil ich sie eingeladen habe«, sagte Sir Ralph kurz.

»Ist das dein Ernst? Du lädst diese junge Person ein, ohne mich vorher zu fragen?«

»Warum nicht?«

»Diese Person bildet sich ein, sie genösse eine Vorrangstellung im Hause, weil wir unbesonnen genug waren, ihr einige Jahre Unterricht hier zu gewähren. Das geht zu weit! Sie ist jetzt meine Angestellte und wird als solche behandelt!«

»Das heißt, du machst ihr das Leben so schwer, wie du nur kannst – oder wie *nur du* kannst –, und Gott weiß, darauf verstehst du dich.«

»Auch noch Beleidigungen? Du hast mir diese Person aufgedrängt. Ich dulde dergleichen nicht länger. Morgen geht sie.«

»Sie bleibt!« schrie Sir Ralph. »Noch bin ich der Herr im Hause, verstanden?«

Sein Gesicht war dunkelrot angelaufen; er taumelte ein wenig und griff nach der nächsten Sessellehne. Ich eilte hin, faßte seinen Arm und half ihm in den Sessel, in den er sich schwer atmend zurücklehnte. Wieder griff ich nach der Klingel, ohne um Erlaubnis zu fragen, und schickte Jane nach Sir Ralphs Kammerdiener Blake.

Blake wußte aus Erfahrung, was er bei den apoplektischen Anfällen seines Herrn zu tun hatte. Er knöpfte ihm den Kragen auf und schob ihm eine Pille in den Mund. Allmählich schwand die besorgniserregende Röte aus Sir Ralphs Gesicht, aber die Adern an Stirn und Schläfen standen noch hervor wie dicke Stränge.
»Sooo – geht's wieder einigermaßen, Sir?« murmelte Blake besänftigend und sah Lady Bodrean an. »Es wird wohl am besten sein, wenn ich ihn jetzt zu Bett bringe, Mylady.«
Sir Ralph stand schwankend auf und stützte sich schwer auf Blakes Arm. Trotzdem vergaß er nicht, mir mit einem kurzen, freundlichen Aufblinken seiner Augen zuzunicken.
»Was ich gesagt habe, gilt«, sagte er so laut und deutlich, wie es ihm in seinem Zustand möglich war, und ließ sich hinausführen.
»Da sehen Sie, was Sie angerichtet haben!« zischte Lady Bodrean mich giftig an.
»Ich? Wohl kaum«, erwiderte ich ruhig.
»Gehen Sie!« befahl sie. »Wir reden morgen weiter.«
Ich wußte jetzt, daß sie nicht wagen würde, mich hinauszuwerfen. Ich stand unter Sir Ralphs Schutz. Und außerdem hätte sie sich ja des Vergnügens beraubt, mich noch öfter zu peinigen – wie Jane schon einmal sehr zutreffend angedeutet hatte.
Aber nun traute ich mir eher zu, mit ihr fertigzuwerden. Für den Rest der Nacht schüttelte ich alle Gedanken an sie energisch von mir ab. Ich hatte schönere Erinnerungen zu überdenken.

Ende des Monats brachen Sir Edward, Tybalt und die anderen Expeditionsteilnehmer nach Ägypten auf. Evan kehrte an die Universität zurück, um Vorlesungen zu

halten, Hadrian fuhr nach Kent, wo gerade die Überreste eines Wikingerschiffes geborgen wurden, und ich versah weiter meinen Dienst bei Lady Bodrean, ohne mir ihre Bosheiten zu sehr zu Herzen zu nehmen. Der Gedanke, in Sir Ralph und Theodosia gute Freunde zu haben, war ein zuverlässiger Trost. Da ich jetzt nichts in der verlassenen Villa Gizeh zu suchen hatte, besuchte ich Dorcas und Alison so oft wie möglich. Bei ihnen war ich immer von Herzen willkommen, und sie wollten haarklein wissen, wie es mir in Keverall Court erging.
Übrigens hatte mich die Art, wie sie mich ins Berufsleben entließen, von Anfang an ein bißchen überrascht. Gemessen an den engen und spießigen Begriffen, in denen sie als viktorianische Pfarrerstöchter aufgewachsen waren, benahmen sie sich mir gegenüber geradezu modern und großzügig. Schließlich war ich jung und nicht häßlich, trotz der Nase; meine Lebhaftigkeit und mein Sinn für Humor zogen manche Männer nicht weniger an als mein üppiges dunkles Haar, die dichten, strahlenförmig gebogenen Wimpern um große dunkle Augen und meine gesunden weißen Zähne. Im großen und ganzen war ich der Typ, der gerade auf alternde Lebemänner recht anziehend zu wirken pflegt – und Sir Ralph hatte einen Ruf wie Donnerhall. Komisch, daß meine ehrpusseligen Tanten sich dennoch keine Sorgen um meine Tugend zu machen schienen. Vielleicht hielten sie Sir Ralph mittlerweile für zu alt, um noch eine Gefahr für junge Mädchen zu sein, aber wer konnte das bei einem einstigen Schwerenöter wie ihm so genau wissen?
Nun, wie dem auch sein mochte, Dorcas und Alison hatten mich bedenkenlos in die Höhle des Löwen gelassen und mit ihrem Gottvertrauen bisher recht behalten.
Sonst waren sie immer sehr neugierig auf meine Erleb-

nisse. Naturgemäß sprachen wir nach dem Ball viel von denen, die dabeigewesen waren, auch von Tybalt.
»Tybalt Travers und sein Vater ...« Dorcas machte ein bedenkliches Gesicht. »Dieses düstere Haus und der merkwürdige Beruf, den sie sich ausgesucht haben ... Können sie die Toten nicht in Ruhe lassen?«
»Dorcas, jetzt stellst du dich aber ungebildeter, als du bist.«
»Es mag ja eine achtbare Wissenschaft sein – und du hast dich von Kind an dafür interessiert –, aber ich begreife nicht, was an Schädeln und Gerippen und Mumien so hinreißend sein soll. Und dieser Sir Edward ...«
»Was hast du gegen Sir Edward?«
»Ich weiß, er ist in Gelehrtenkreisen hoch angesehen, aber ... ist er nicht ein bißchen verschroben?«
»Nennt man es hierzulande verschroben, wenn ein vornehmer Herr sich als Gelehrter einen Ruf macht – und nicht als Mädchenverführer wie Sir Ralph?«
»Aber Judith! Wer hat dir denn solche Sachen beigebracht?«
»Das Leben, liebste Dorcas. Ich stehe ja mittendrin und bin weder taub noch blind.«
»Du wirst immer so heftig, wenn wir Vater und Sohn Travers erwähnen. Ich glaube wahrhaftig, du würdest am liebsten mit in Ägypten sein und eigenhändig ein paar uralte Mumien ausgraben!«
»Da triffst du den Nagel auf den Kopf. Es wäre jedenfalls angenehmer, als nach der Pfeife der unsympathischsten Lady auf Erden tanzen zu müssen.«
»Arme Judith! Aber es wird ja nicht ewig dauern. Wir haben uns gerade überlegt, ob wir nicht eine Gärtnerei hier aufziehen sollen. Der Garten ums Cottage ist groß genug. Wir drei könnten Gemüse ziehen und es verkaufen.«

Ich betrachtete meine Hände und schnitt eine kleine Grimasse. »Dazu habe ich, glaub' ich, nicht die nötigen ›grünen Daumen‹.«
»Nun, wer weiß, vielleicht findet sich bald ein anderer Ausweg. Was ist eigentlich mit dem jungen Professor, der euch früher unterrichtet hat? War er nicht auch auf dem Ball?«
»Meinst du Evan Callum?«
»Richtig, Evan Callum. Ich fand ihn immer sehr, sehr nett und wohlerzogen. Du warst auch sehr angetan von ihm, und du warst in seinen Stunden besser als die andern.«
Ich lächelte nachsichtig. Die Guten hielten Heirat für die einzig wahre Lösung meiner Probleme, und da ich's mit Oliver Shrimpton nicht geschafft hatte, hatten sie Evan Callum als nächsten Kandidaten ins Auge gefaßt.
»Wieso gruselt ihr euch nicht vor *seinem* Beruf?« fragte ich anzüglich. »Er macht genau dasselbe wie Sir Edward und Tybalt.«
»Er hält Vorlesungen. Das ist irgendwie ... normaler. Hoffentlich kommt er bald mal wieder her. Aber das tut er gewiß schon wegen seiner gemeinsamen Interessen mit Sir Ralph. Es heißt ja, Sir Ralph hat die ägyptische Expedition zum größten Teil finanziert, weil seine Tochter Tybalt Travers heiraten wird.«
»Wer sagt das?« fragte ich mit stockendem Atem.
»Emily – unter anderen.«
»Dienstbotenklatsch!«
»Meine liebe Judith, wer ist über Familienangelegenheiten jemals besser informiert als Dienstboten?«
Damit hatte sie natürlich recht. Ich wußte, mit welcher Leidenschaft Zofen, Diener, Zimmermädchen und Küchenpersonal zu horchen und untereinander zu tuscheln pflegten. Manche holten sogar die Fetzen zerrissener

Briefe aus den Papierkörben und klebten sie mühselig wieder zusammen. Herzensdinge und, wenn möglich, Skandale der Herrschaft waren die schönste Würze ihres Lebens. Und die allgemeine Annahme, Tybalt und Theodosia seien schon von ihren Vätern füreinander bestimmt, war zweifellos wohlbegründet.

Ich kehrte in tiefen Gedanken nach Keverall Court zurück. Tybalt und Theodosia . . . Er konnte sie doch nicht lieben! Davon war ich überzeugt. Aber: Theodosia war reich, eine zukünftige Millionenerbin. Mit ihrem Vermögen konnte Tybalt einmal eigene Expeditionen ausrüsten. Und die Wissenschaft lag ihm, wie seinem Vater, sicherlich mehr am Herzen als privates Eheglück.

Kein Wunder, daß es der Dienerschaft der Villa Gizeh so oft »kalt über den Rücken gelaufen« war!

Was mich betraf, so würde ich unser Dorf verlassen, sobald Tybalt und Theodosia heirateten, mir soweit entfernt wie möglich eine Stellung suchen und ein neues Leben auf den Trümmern des alten aufbauen. Mochte Tybalt von seinem Beruf besessen sein und alles seinen Zielen unterordnen – ich war besessen von ihm. Wenn ich ihn verlor, hatte das Dasein keinen Reiz mehr für mich. Dann mußte ich einen totalen Bruch vollziehen. Dorcas hatte mich von klein auf richtig beurteilt: »Judith macht alles ganz oder gar nicht. Sie kennt keine Halbheiten.«

So war es. Ich liebte zum ersten und einzigen Mal, und ich wollte Tybalt ganz oder gar nicht!

Theodosia, freundlich und ahnungslos, suchte jetzt meine Gesellschaft, als wollte sie die zeitweilige Vernachlässigung wieder gutmachen oder mir zeigen, daß sie sich von ihrer Mutter nicht mehr einschüchtern ließ. Sie zeigte mir die Bücher, die sie las, und ich sah, welche

Mühe sie sich gab, tiefer in die Geheimnisse der Archäologie einzudringen.
Oft nahm sie mich mit in ihr Zimmer, und dann hatte ich meist den Eindruck, sie sei drauf und dran, mir ihr Herz auszuschütten. Ihre Stimmung schwankte zwischen Glück, Zerstreutheit und Melancholie. Einmal, als sie in meiner Gegenwart eine Schublade aufzog, sah ich ein Päckchen Briefe, das mit einem blauen Band verschnürt war. Das sah Theodosia ähnlich – Liebesbriefchen mit blauem Schleifchen! Komisch, irgendwie konnte ich mir nicht vorstellen, daß Tybalt Liebesbriefe schrieb. Zugleich lächelte ich ironisch über mich selbst. Warum versuchte ich mir dauernd einzureden, Tybalt würde Theodosia, wenn überhaupt, *nur* des Geldes wegen heiraten?
»Kommst du jetzt etwas besser mit Mama aus?« fragte sie mich eines Nachmittags mit zwiespältiger Miene.
»Nicht viel anders als gewöhnlich.«
»Ich fürchte, seit dem Ball behandelt sie dich schlechter.«
»Deine Befürchtung ist zutreffend.«
»Arme Judith!«
»Nimm's nicht so tragisch. Wir haben alle unsere Probleme.«
»Wie wahr«, seufzte sie.
»Du etwa auch, Theodosia?«
Sie antwortete nicht gleich. Dann fragte sie verschämt: »Judith, bist du schon mal richtig verliebt gewesen?«
Ich fühlte, wie mir das Blut in die Wangen schoß, aber glücklicherweise war sie noch verlegener als ich. Offenbar hatte sie sich entschlossen, mir das lange fällige Geständnis zu machen. Ihre Brust hob sich.
»Es ist ein wunderbares Gefühl, Judith, und doch ... manchmal habe ich Angst.«

»Warum denn das?«
»Nun . . . weil ich ihm geistig vielleicht nicht gewachsen bin. Ich bin nicht besonders klug, wie du weißt.«
»Wenn er dich liebt . . .«
»Wenn! Natürlich liebt er mich! Er hat's mir schon unzählige Male gesagt und geschrieben . . .«
Ich schwankte zwischen zwei gleich starken Impulsen: dem, mit einer Entschuldigung zu entweichen, und dem, dazubleiben und der Qual der Wahrheit standzuhalten.
»Offen gestanden, Judith«, fuhr Theodosia schon fort, »ich finde diesen ganzen Altertumskram ziemlich langweilig. Aber es ist sein Leben, und ich möchte mich ihm ja so gern anpassen. Darum lese ich alles, auch wenn es bloß von Ausgrabungswerkzeugen, Erd- und Gesteinsarten und so weiter handelt und ich beinah darüber einschlafe.«
»Vielleicht solltest du kein solches Interesse heucheln, wenn du keins empfindest.«
»Ach, das erwartet er ja auch gar nicht von mir. Er möchte *mich* und nichts anderes, aber ich möchte doch alles mit ihm teilen und nicht nur so dumm neben ihm dastehen. Wir könnten so glücklich werden . . . Wenn nur Vater einverstanden ist!«
»Warum sollte dein Vater plötzlich dagegen sein? Er ist doch seit Jahren bestrebt, dich und Tybalt zusammenzubringen!«
»Tybalt? Wer redet denn von Tybalt?«
In meinen Ohren klang es plötzlich, als hörte ich sämtliche Engel im Himmel singen. »Machst du Spaß?« keuchte ich. »Wenn es nicht Tybalt ist . . . von wem redest du denn dann?«
»Natürlich von Evan! Vor Tybalt würde ich mich doch zu Tode ängstigen!«

»Evan ... Evan Callum?« Ich konnte mein Glück kaum fassen. Dann fing ich an zu lachen. »Das Briefpäckchen mit der blauen Schleife ist also von ihm, und all dein Seufzen und Erröten ... o Theodosia!« Ich umarmte sie stürmisch. »Ich bin ja so glücklich ...« Geistesgegenwärtig fügte ich hinzu: »Für dich. Für euch beide.«

»Himmel, Judith, du strahlst ja! Was ist denn in dich gefahren?«

»Ich dachte, es wäre Tybalt, und der hätte nun wirklich nicht zu dir gepaßt.«

»Ja, alle Leute dachten seit Jahren, daß Tybalt und ich einmal heiraten würden, weil unsere Väter es wollten. Aber heutzutage kann man doch nicht mehr zur Ehe gezwungen werden, oder? Welches Mädchen könnte sich in Tybalt verlieben, wenn es daneben einen Evan gibt?«

»Die Geschmäcker sind nun mal verschieden«, meinte ich gelassen. »Jeder fliegt auf einen anderen Typ, und das ist nur recht so.«

»Ach, Judith, es tut gut, sich mit dir auszusprechen. Wir trauen uns vor Vater noch nicht mit der Wahrheit heraus, weißt du. Familien wie unsere sind schwierig. Evans Eltern waren arm und sind obendrein noch früh gestorben, so daß er sich aus eigener Kraft hocharbeiten mußte. Irgendein Verwandter hat ihn finanziell unterstützt, aber Evan hat den Ehrgeiz, ihm jeden Penny zurückzuzahlen. Und das werden wir auch tun. Ich finde es großartig, daß er es so weit gebracht hat. Er braucht sich seiner Herkunft nicht zu schämen. Was Tybalt in die Wiege gelegt kriegte, hat Evan sich erarbeitet.«

»Ja, das ist äußerst lobenswert«, sagte ich.

»Du kannst Evan doch auch gut leiden, nicht wahr?«

»Natürlich. Und meiner Meinung nach paßt ihr ideal zueinander.«

»Danke. Nur, was wird Vater sagen?«
»Das dürfte sich leicht in Erfahrung bringen lassen. Frage ihn!«
»Und wenn er wütend wird? Wenn er ablehnt?«
»Dann setzen wir eine Entführung in Szene – nach allen Regeln der Kunst. Mit Strickleiter und schwarzen Umhängen und Kutsche und dem Schmied von Gretna Green.«
Theodosia kicherte unwillkürlich auf. »Gott sei Dank, du findest an allem das Komische heraus. Mir ist schon viel leichter zumute. Ich bin froh, daß ich dich ins Vertrauen gezogen habe.«
»Ich auch«, sagte ich aus tiefstem Herzen.
»Also, was rätst du mir nun im Ernst?«
»Zu deinem Vater zu gehen und frei heraus zu sagen, daß du Evan liebst und ihn heiraten willst.«
»Und wenn er nein sagt?«
»Vielleicht ist er entzückt.«
»Bestimmt nicht. Dazu ist er viel zu lange Sir Edwards einziger Intimus. Ich glaube, er wäre selbst nach Ägypten mitgegangen, wenn seine Gesundheit es zuließe.«
»Auch Evan geht sicher einmal auf eine Expedition nach Ägypten. Und du gehst mit.«
»Mit ihm würde ich bis ans Ende der Welt gehen.«
»Und was sagt Evan dazu?«
»Er sagt, wir müssen uns durchsetzen, egal, ob es den Alten paßt oder nicht.«
»Auch wenn du enterbt wirst?«
»Das ist uns beiden ganz gleichgültig. Lieber zusammen verhungern als getrennt werden!«
»So schlimm wird's nicht kommen. Evans akademische Laufbahn ist so gut wie gesichert. Auch wenn er keine spektakulären Entdeckungen macht, wirst du als Frau eines Professors eine geachtete gesellschaftliche Position

einnehmen. Je eher du Sir Ralph deinen Standpunkt klarmachst, desto besser.«
Theodosia umarmte mich und versprach, noch heute mit ihrem Vater zu reden.
Ich war selig. Wie schön, zu anderer Glück beizutragen, wenn das eigene dabei nicht zu kurz kommt!

Doch nur wenig später kam Theodosia tränenüberströmt in mein Zimmer zurück.
»Er tobt«, schluchzte sie. »Er wird es auf alle Weise verhindern.«
»Du mußt deinen Kopf durchsetzen, Theodosia.«
»Ach, wäre ich doch so energisch wie du!«
»Passiver Widerstand tut's auch. Kein Mensch kann dich mit einem ungeliebten Mann verheiraten, wenn du dich weigerst, die Trauformel zu sprechen.«
Während ich ihr weiter gut zuredete und sie wieder etwas Mut schöpfte, erschien der Kammerdiener Blake und zitierte mich zu Sir Ralph, der mit unheilverkündender Miene in einem Ohrensessel lehnte. Er entließ Blake mit einer Geste und sagte: »Setzen Sie sich, Miß Osmond.«
Ich nahm ihm gegenüber Platz.
»Wie mir scheint, mischen Sie sich in die Angelegenheiten meiner Tochter.«
»Theodosia hat mir anvertraut, daß sie heiraten möchte. Das ist wohl kaum Einmischung meinerseits zu nennen.«
»Ach? Haben Sie sie nicht aufgehetzt, zu mir zu kommen und mir eine Art Ultimatum zu stellen?«
»Ultimatum? Ich habe ihr lediglich geraten, offen mit Ihnen zu reden.«
»Und meine Einwilligung zu erbitten?«
»Natürlich.«

»Und mir zu trotzen, falls ich nicht einwillige?«
»Wie sie sich verhält, ist ihre Sache.«
»*Sie*, Miß Osmond, würden Ihrem Vater nicht gehorchen, wenn Sie in der gleichen Lage wären?«
»Nein.«
»Aha. Hab' ich's mir doch gedacht – und nun steifen Sie ihr den Rücken. Sie verfügen über eine ganz gehörige Portion Kühnheit. Ich wünsche aber nicht, daß meine Tochter diesen Habenichts heiratet.«
»Professor Evan Callum wird nicht immer ein Habenichts bleiben.«
»Besonders nicht mit einer Millionenerbin im Hintergrund, he? Denkt er. Ich kann meine Tochter enterben, wenn sie sich meinen Wünschen nicht fügt. Sind Sie immer noch der Meinung, sie sollte diesen Mann heiraten?«
»Da sie ihn liebt, ja.«
»Liebe, pah! Ich wußte gar nicht, daß Sie so sentimental sein können, Miß Osmond. Zweifellos ist Ihnen bekannt, daß ich eine weit passendere Partie für Theodosia im Auge habe.«
»Vielleicht kann *sie* besser beurteilen, ob sie so passend ist.«
»Sie äußern recht neumodische Ideen, Miß Osmond. Zu meiner Zeit gehorchten Töchter noch ihren Eltern. Sie scheinen das für überflüssig zu halten?«
»In vielen Dingen nicht. Aber bei einer Heirat sollte den beiden Partnern die Entscheidung überlassen werden. Schließlich müssen *sie* miteinander leben – und nicht die Eltern.«
»Sie haben das Zeug zu einem Advokaten, Miß Osmond. Ich dachte immer, Sie interessieren sich mehr für Archäologie.« Ich hörte ihn innerlich glucksen. »Gestehen Sie mal ganz offen: Es paßt Ihnen sehr in den Kram,

daß meine Tochter gerade diesen Archäologen heiraten will und keinen andern?«
»Ich weiß nicht, was Sie jetzt meinen, Sir Ralph.«
»Nein? Selten, daß Sie etwas nicht wissen – und noch seltener, daß Sie Unwissenheit vortäuschen. Aber ich kann mir schon denken, warum Sie Theodosia zum Ungehorsam gegen ihren Vater aufstacheln ... Ganz schön gerissen. Sie haben Ihre Gründe.«
Er lehnte sich im Sessel zurück. Sein Gesicht war wieder rot angelaufen, aber ich merkte, daß er sich über mich amüsierte.
Er hatte mich durchschaut ... Er wußte, daß ich entzückt über Theodosias Wahl war, weil ich Tybalt für mich selbst zu gewinnen hoffte.
Er winkte mir leutselig Entlassung zu, und ich war froh, so rasch davonzukommen.
Ein paar Tage später erklärte Sir Ralph, er willige in die Verlobung seiner Tochter mit Evan Callum ein.

Theodosia war im siebenten Himmel.
»Hättest du einen solchen Umschwung für möglich gehalten?« fragte sie mich.
»Ach, ich glaube, dein Vater ist ziemlich weichherzig, auch wenn er's meistens nicht zeigt, und du bist so offensichtlich in deinen Evan verliebt.«
»Merkwürdig, Judith, wie wenig man von den Menschen weiß, denen man doch sein Leben lang nahegestanden hat.«
»Du bist nicht die erste, die diese Erkenntnis ausspricht.«
Lady Bodrean war natürlich höchst indigniert. Ihre heftigen Wortwechsel mit Sir Ralph gaben dem Personal manchen Anlaß zum Klatsch, aber jeder rühmte *seine* Gutmütigkeit und vor allem die Festigkeit, mit der er

seiner Gattin die Stirn bot. Auch ich dachte viel über ihn nach, und er wurde mir immer lieber.
Dorcas und Alison waren maßlos verblüfft, als sie die Neuigkeit hörten. »Theodosia und Evan Callum! Wer hätte das gedacht! *Du* warst doch immer seine beste Schülerin, und ...« Der Rest des Satzes wurde gerade noch rechtzeitig verschluckt. Wieder war ihnen ein Heiratskandidat für mich durch die Lappen gegangen. Wieder waren sie um eine Hoffnung ärmer!

Evan und Theodosia wurden am Weihnachtstag von Oliver Shrimpton getraut. Ich saß mit Sabina, Dorcas und Alison im Hintergrund der Kirche, und als das Brautpaar den Gang entlangschritt, flüsterte Sabina mir zu: »Nun bist du an der Reihe!«
Ich folgte ihrem Blick, der vielsagend zu Hadrian glitt, und dachte: Herrje, warum wollen mich die Leute immer mit jungen Männern verheiraten, die ich mir nicht ausgesucht habe? Ähnlich wie in Oliver hatte ich auch in Hadrian nie etwas anderes als eine Art Bruder gesehen.
Fast hätte ich hörbar gelacht, als ich Lady Bodreans hochnäsiges Profil vorn unter den Verwandten erspähte und mir vorstellte, was sie wohl zu *dieser* Unverschämtheit gesagt hätte: Ich, ihre unbedeutende Angestellte, wagte Sir Ralphs Neffen als Bruder zu betrachten!
Das junge Paar verbrachte die Feiertage noch in Keverall Court und reiste erst dann nach Devon, wo ihnen ein Kollege Evans sein Ferienhaus für die Flitterwochen zur Verfügung gestellt hatte.
Ich vermißte Theodosia geradezu. In ihrem strahlenden Glück war sie mir ans Herz gewachsen, zumal Lady Bodrean von Tag zu Tag unausstehlicher wurde und sich über alles und jeden beklagte. Vielleicht war auch ihre

Gesundheit angegriffen, denn der Arzt schickte sie einige Zeit zur Kur.

Das ganze Haus atmete auf. Solange Lady Bodrean meine Dienste nicht benötigte, bat Sir Ralph, nun mein erklärter freundlicher Beschützer, ich möge ihm allmorgendlich die *Times* vorlesen. Aber er ließ mich nie sehr weit kommen. Ich begriff bald, daß er sich lieber mit mir unterhielt. Besonders gern sprach er über die Fortschritte der ägyptischen Expedition.

»Ich wäre zu gern mitgegangen, wenn der Doktor es mir erlaubt hätte«, sagte er und klopfte sich auf die Brust. »Das verflixte Herz! Na ja, ich wäre den andern nur ein Klotz am Bein gewesen. Kann die Hitze da unten nicht mehr vertragen.«

Manchmal, wenn ich ihm dank meiner jahrelangen Lektüre eine sachkundige Antwort geben konnte, bedauerte er, daß Mädchen nicht zum Archäologiestudium zugelassen seien. »Sie würden manchen überflügeln, glaube ich, zum Beispiel meinen teuren Neffen. Sie haben die nötige Begeisterung und das Fingerspitzengefühl für solche Dinge. Hatte ich auch immer, aber ich bin leider nur Amateur geblieben.«

Ich sagte, Amateur sei auch etwas Schönes.

»Ja, aber bei Sir Edward ist es eine wahre Berufung. Er gilt zu Recht als *der* Fachgelehrte . . . Ich glaube nicht, daß heutzutage irgendwer an ihn herankommt.«

»Sicher, er steht auf einsamer Höhe.«

»Und sein Sohn Tybalt ist aus demselben Holz geschnitzt.« Sir Ralph warf mir einen prüfenden Blick zu, der mir zu meinem Ärger wieder das verräterische Blut in die Wangen trieb. »Er wird das Werk seines Vaters fortsetzen. Mit solchen Leuten lebt es sich nicht gerade einfach, nebenbei bemerkt. Sir Edward war mehr mit seinem Beruf verheiratet als mit seiner Frau. Sie hat nicht viel von ihm gehabt. Entweder war er unterwegs oder in seine Bücher vergraben.«

»Vielleicht hatte sie nicht genug Sinn für seine Arbeit?«

»Sinn oder nicht, es hätte nicht viel genützt. Er vergaß sie darüber.«

»Und Sie haben Ihre Tochter einen Archäologen heiraten lassen!«

»Ach, der . . . Der wird sein Leben lang am liebsten im Hörsaal stehen und klug reden, und wenn er mit seinem Tagewerk fertig ist, kehrt er seelenvergnügt ins traute Heim zurück und läßt Wissenschaft Wissenschaft sein. Nichts gegen solche glücklichen Naturen, aber sie bringen es selten zu Weltruhm. So, und nun lesen Sie mir noch die neusten Berichte von der Expedition vor.«

»Mit Vergnügen!«

Er gluckste verständnisinnig. Ich las ihm die Berichte vor, und dann redeten wir noch darüber. Diese Stunden verflogen mit Zauberschnelle.

Ich war immer wieder erstaunt und beglückt über die Art, in der Sir Ralph mir in letzter Zeit sein Wohlwollen zeigte – ohne daß der geringste Verdacht aufkommen konnte, er habe lüsterne Hintergedanken. Wahrscheinlich war er über das Alter hinaus.

Dann, Anfang März, kam die Nachricht von Sir Edwards geheimnisvollem Tod, und die Zeitungen brachten die Schlagzeilen vom »Fluch der Pharaonen«, mit denen ich diesen Erlebnisbericht angefangen habe.

4
Tybalts Frau

Sir Ralph war so erschüttert, daß er einen zweiten Schlaganfall erlitt, der ihm auch das Sprechvermögen raubte. Hierauf schlug die Gerüchtebildung noch höhere Wellen. Auch ihn, hieß es, habe der Fluch getroffen, weil er die Expedition finanziell gestützt oder sogar erst ermöglicht hatte. Er war außerstande, an den Begräbnisfeierlichkeiten teilzunehmen. Aber ein paar Tage später ließ er mich zu sich rufen, und zu meiner Verwunderung fand ich Tybalt bereits an seinem Krankenlager vor.

»Ju . . . Ju . . .«, gurgelte Sir Ralph. Es war klar, daß er meinen Vornamen auszusprechen versuchte.

»Hier bin ich, Sir Ralph«, sagte ich und legte meine Hand auf seine Linke. Er umklammerte sie mit erschreckender Kraft und ließ sie nicht los, während seine Augen sich mit stummer Eindringlichkeit auf Tybalt richteten und seine Rechte sich unsicher nach ihm ausstreckte.

Tybalt verstand, was er wollte, und reichte ihm ebenfalls die Hand. Sir Ralph lächelte schwach und zog seine Unterarme zusammen, bis Tybalts und meine Hände sich trafen.

Ich sah in Tybalts Augen und errötete. Sir Ralphs Absicht war deutlich. Er hatte unsere Hände nach alter Sitte »ineinandergelegt« und uns somit seinen Segen erteilt.

Tybalt erwiderte meinen Blick fest und ernst, während ich verwirrt meine Hand aus seiner löste.
Sir Ralph hatte mit zufriedenem Ausdruck die Lider geschlossen.
Blake näherte sich auf Zehenspitzen.
»Ich glaube, es wäre besser, wenn Sie Sir Ralph jetzt allein ließen«, flüsterte er uns zu.
Nachdem die Tür sich hinter uns geschlossen hatte, fragte Tybalt: »Würden Sie bitte mit mir nach Hause gehen – ich meine, in die Villa Gizeh?«
»Lady Bodrean erwartet mich«, stammelte ich ausweichend.
»Ich muß mit Ihnen sprechen. Es ist wichtig.«
Nachdem wir uns in tiefem Schweigen ein Stück von Keverall Court entfernt hatten, sagte Tybalt: »Sie wissen, wie recht er getan hat. Wir sollten seinen Wunsch erfüllen.«
»Nur seinen? Ich ... ich verstehe nicht ganz.«
»Nanu, Judith, Sie sind doch sonst so freimütig und offen!«
»Kennen Sie mich so gut?«
»Ziemlich gut, glaube ich, seit Sie mir zum erstenmal als Mumie verkleidet begegnet sind.«
»Diesen Kinderstreich vergessen Sie mir wohl nie?«
»Man vergißt nie, wann und wie man seine künftige Frau zuerst gesehen hat.«
»Aber ...«
»Sir Ralph wünscht es auch.«
»Er ist nicht mehr ganz bei Sinnen.«
»O doch!«
»Wahrscheinlich hat er mich vorhin mit Theodosia verwechselt. Er hatte immer gehofft, Sie würden einmal seine Tochter heiraten. Und Sie wußten es, nicht wahr?«

»Irgendwann, vor langer Zeit, hat er mal irgend so eine Vereinbarung mit meinem Vater getroffen, glaube ich. Wir Jungen wurden nach altägyptischem Brauch gar nicht gefragt.«

»Das bestätigt meine Vermutung, daß er mich für seine Tochter hielt und im Moment vergessen hatte, daß sie schon verheiratet ist. Armer Sir Ralph ... Er ist sehr krank.«

»Er liegt sogar im Sterben, fürchte ich«, erwiderte Tybalt. »Und Sie haben sich immer lebhaft für meinen Beruf interessiert. Tun Sie's auch heute noch?«

»Mehr denn je.«

»Na, sehen Sie, dann werden wir uns gut vertragen. Meine Mutter hatte gar kein Verständnis für meinen Vater, und die Ehe wurde dementsprechend unglücklich. Wir wollen es besser machen.«

»Ich verstehe nicht ganz. Wollen Sie mich nur heiraten, weil Sir Ralph so einen Wunsch angedeutet hat?«

»Das ist natürlich nicht der einzige Grund.«

»Welche noch?«

»Erstens könnte ich Sie mitnehmen, wenn ich wieder nach Ägypten gehe, und zweitens ...«

»Daß ich mich bei Expeditionen vielleicht nützlich machen kann, scheint mir kein ausreichendes Heiratsmotiv«, unterbrach ich.

Er blieb stehen und zog mich unvermutet an sich. »Du hast mich nicht ausreden lassen. Dies ist mein Zweitens.« Und damit küßte er mich.

»Heißt das«, stammelte ich, als er meine Lippen wieder freigab, »daß Sie mich lieben?«

Er lachte und drückte mich fester an seine Brust.

»Zweifelst du noch daran?«

»Ich bin nicht ganz sicher. Ich hätte gern eine ausdrückliche und unmißverständliche Erklärung.«

»Sprich du sie zuerst aus. Du findest bestimmt die bessere Formulierung. Um Worte warst du noch nie verlegen ... Ich bin's leider oft.«
»Dann kann ich mich in Zukunft wirklich nützlich machen, zum Beispiel als Sekretärin.«
»Ist das alles?«
»Tu nicht so, als ob du nicht wüßtest, daß ich seit Jahren in dich verliebt bin! Sogar Sir Ralph hat es gemerkt, glaube ich.«
»Und nur ich habe nichts von meinem Glück geahnt! Das hätte ich früher wissen müssen!«
»Bist du immer so bescheiden?«
»Nein. Ich werde der arroganteste Bursche in deinem Leben sein.«
»Hm ... Ich habe wenig Vergleichsmöglichkeiten. Du warst bisher der einzige Mann in meinem Leben, für den ich ... so empfinde, und du wirst es immer bleiben.«
»Du willst also dein Leben mit mir teilen?«
»Mit Wonne!«
»Judith, Liebste! Hab' ich nicht gesagt, daß du immer das rechte Wort findest?«
»Ich habe offen eingestanden, daß ich dich liebe. Nun möchte ich gern dasselbe von dir hören.«
»Habe ich dir das noch immer nicht klargemacht?«
»Ich möchte es aus deinem Munde hören.«
»Ich liebe dich«, sagte er.
»Oh, noch einmal! Ich kann's nicht oft genug hören. Sag mir's immer wieder ... Ich habe so lange davon geträumt. Bin ich denn wirklich wach? Ist es wahr? Oder fahre ich gleich aus dem Traum auf, weil Lady Bodrean nach mir klingelt?«
Tybalt nahm meine Hand und küßte sie inbrünstig. »Liebste, geliebte Judith, du beschämst mich. Ich verdiene dich gar nicht. Überschätze mich nicht, damit ich

dich nicht enttäusche. Du weißt, wie arbeitsbesessen und verbohrt ich sein kann – genau wie mein Vater. Du wirst dich an meiner Seite oft langweilen.«

»Niemals!«

»Ich habe kein Talent zum Mustergatten. Mir fehlt deine Heiterkeit, deine Spontaneität, kurz alles, was dich so anziehend macht. Ich kann steif, mürrisch, sogar pedantisch sein, besonders wenn ich in der Arbeit stecke . . .«

». . . an der ich mich zu beteiligen gedenke. Einwand abgewiesen.«

»Ich trage mein Herz nicht auf der Zunge. Ich werde manchmal vergessen, dir zu sagen, wie sehr ich dich liebe, während du dich von deinen Gefühlen viel leichter hinreißen läßt. Noch einmal: Erwarte nicht zuviel von mir. Ich bin kein perfekter Liebhaber.«

Ich lachte und legte meinen Kopf an seine Schulter. »Brauchst du auch gar nicht zu sein. Ich kann nichts dafür, daß ich im Moment übersprudle – ich habe dich schon so lange geliebt. Dein Leben zu teilen, es leichter und angenehmer zu machen, indem ich dir vielen Alltagskram abnehme: Mehr verlange ich nicht.«

»Judith«, sagte er ernst, »ich will mein Möglichstes tun, damit du glücklich wirst.«

»Mir genügt es schon, wenn du mich ehrlich liebst.«

Tybalt zog meinen Arm durch den seinen, und wir gingen weiter und sprachen von der Zukunft. Er sah keinen Grund, unsere Heirat lange hinauszuschieben; im Gegenteil, je eher, desto besser, weil viele neue Aufgaben auf uns warteten. Ob es mir recht wäre, wenn wir nach der Trauung in der Villa Gizeh blieben und uns sofort in die Vorbereitungen zur nächsten Expedition stürzten? Die würde ja dann die sonst übliche Hochzeitsreise reichlich ersetzen.

Ob es mir recht wäre!! Alles war mir recht, solange ich an Tybalts Seite bleiben durfte ...

Dorcas und Alison waren wohl noch nie in ihrem Leben so verblüfft gewesen wie beim Anhören meiner großen Neuigkeit. Natürlich waren sie froh und erleichtert, daß ich »endlich« heiraten wollte; doch der erwählte Bräutigam stimmte sie etwas bedenklich. Die Familie Travers galt im Dorf von jeher als ... nun, zumindest wunderlich. Und seit Sir Edwards plötzlichem Tod und den Zeitungsberichten von einem mysteriösen Fluch hätten sie es sicher lieber gesehen, wenn ich mich den finsteren Mächten nicht ausgeliefert hätte.

Alison lenkte auf einen anderen Aspekt meiner Verlobung ab.

»Nach dem Tod seines Vaters hat er den Titel geerbt. Du wirst also eine Lady Travers!«

»Daran habe ich noch gar nicht gedacht!« lachte ich.

»Echt Judith«, meinte Dorcas kopfschüttelnd.

»Ach, meine Lieben, macht doch keine so zweifelnden Gesichter. Ich bin so glücklich, wie ich es nie für möglich gehalten hätte!«

»Nun, nun«, murmelte Dorcas in genau demselben Ton, in dem sie einst meinen kindlichen Überschwang gedämpft hatte, »halb so wild ... Aber du hast nie etwas nur halb getan, nicht wahr?«

»Ich wüßte auch nicht, wie man ›halb‹ in eine Ehe gehen könnte.«

»Stell dir nur nicht das Paradies auf Erden darunter vor«, warnte Alison. »Du erwartest zuviel.«

»Nein«, sagte ich lachend, »ich erwarte nur eine Ehe. Aber eine gute. Und was ich dazu tun kann, werde ich tun!«

In Keverall Court schwieg ich vorläufig. Es schien mir

nicht angemessen, mit meinem persönlichen Glück zu prahlen, solange Sir Ralph krank war.
Doch schon am nächsten Tage starb er.

Im ganzen Haus herrschte Trauer, aber ich glaube, niemand vermißte Sir Ralph so wie ich. Sein Tod überschattete meine Verlobung, und mein einziger Trost war der Gedanke, wie sehr er sich darüber gefreut hätte. Er hatte mir immer wohlgewollt, und in den Wochen vor seinem Tod war seine Güte immer deutlicher hervorgetreten.
Lady Bodrean setzte eine gramvolle Miene auf und kleidete sich in tiefes Schwarz. Sie pries Jane und mir gegenüber die Tugenden des Verblichenen in den höchsten Tönen, aber ich spürte deutlich genug, daß der Waffenstillstand nur vorübergehend war. Nun, da ich in Keverall Court keinen Beschützer mehr hatte, würde sie mir bald zeigen, daß ich ihr auf Gnade und Ungnade ausgeliefert war ...
Ach, die Ärmste wußte ja nicht, welchen Schlag ich für sie in petto hatte: daß ihre arme Gesellschafterin im Begriff war, Lady Travers zu werden!
Natürlich kam auch Hadrian zum Begräbnis. Ihm erzählte ich meine große Neuigkeit, aber nur unter dem Siegel der Verschwiegenheit. »Es gehört sich wohl, daß wir mit der offiziellen Verlobungsanzeige noch ein bißchen zurückhalten.«
»Tybalt ist ein Glückspilz«, knurrte Hadrian. »Er ist mir einfach zuvorgekommen.«
»Mach keine Sprüche!« lachte ich. »Du suchst doch eine *reiche* Frau – wenigstens hast du es oft genug gesagt.«
»Wenn du vermögend wärst, Judith, hätte ich dir schon lange mein Herz zu Füßen gelegt.«
»Physisch unmöglich!«

»Na schön, ich wünsche dir viel Glück. Und ich freue mich für dich, daß du von meiner Tante wegkommst. Sie muß dir das Leben zur Hölle gemacht haben.«

»Halb so schlimm. Du weißt ja, daß ich mich nicht so leicht ins Bockshorn jagen lasse.«

An diesem Abend erhielt ich eine sonderbare Einladung von Sir Ralphs Rechtsanwälten: Ich sollte mich dann und dann zur Testamentseröffnung einfinden.

Als ich Dorcas und Alison in ihrem Cottage besuchte und ihnen davon erzählte, benahmen auch sie sich sonderbar. Sie sahen einander entgeistert an, gingen hinaus und blieben ziemlich lange draußen, obwohl sie ja wußten, daß meine Freizeit bemessen war. Gerade als ich ihnen zurufen wollte, ich müßte leider gehen, kamen sie wieder herein. Ihre Gesichter waren gerötet, und jede schien der anderen mit den Blicken zu sagen: »Fang du an – mir ist es zu genant.«

»Was habt ihr denn?« fragte ich.

»Wir . . . wir müssen dich auf etwas vorbereiten, was du noch nicht weißt«, begann Dorcas zögernd. Dann biß sie sich auf die Lippen und sah hilfeflehend zu Alison, die tapfer fortfuhr:

»Es handelt sich um deine Herkunft, Judith. Du bist wirklich unsere Nichte. Unsere Schwester Lavinia war deine Mutter.«

»Lavinia! Warum habt ihr das so lange vor mir geheimgehalten?«

»Weil wir dachten, es sei besser für dich. Es war eine so peinliche Situation . . . Lavinia war sehr hübsch, ganz wie unsere Mutter, während wir beide mehr Vater nachgeraten sind. Du kannst dir denken, was für ein Schock es war, als Lavinia uns gestand, daß sie ein Kind erwartete.«

»Mich . . .?«

»Ja. Wir schmuggelten sie zu einer entfernten Verwandten, ehe man ihr irgend etwas ansehen konnte. Den Leuten hier erzählten wir, sie habe einen Posten als Gouvernante angenommen. Die Verwandte lebte in London und hatte selbst ein paar Kinder, so daß Lavinia ihr zur Hand gehen konnte und mit ihrem eigenen Baby nicht weiter auffiel. Es war eine ausgezeichnete Lösung. Wir wollten sie und das Kind gern sehen, aber natürlich konnte sie nicht herkommen, und deshalb verabredeten wir ein Treffen in Plymouth. Es war ganz reizend. Dann brachten wir sie zum Zug, mit dem sie nach London zurückfahren wollte, und ...«

»Der Zug verunglückte«, sagte ich leise. »Und sie war eines der Todesopfer. Ich überlebte.«

»Ja, und damit erhob sich die Frage, was mit dir geschehen sollte. Wir gaben dich vor den Leuten als Waisenkind aus, das wir adoptieren wollten, und nahmen dich zu uns ins Pfarrhaus.«

»Ihr seid also meine wirklichen Tanten! Das ist eine Überraschung! Warum habt ihr mir nur immer erzählt, ich sei sozusagen ein Findelkind?«

»Ach, du fragtest immer soviel, und wir hatten Angst, du würdest die Wahrheit ausschwatzen, wenn du sie wüßtest.«

»Und wer war mein Vater? Könnt oder wollt ihr mir das immer noch nicht sagen?«

Ihr verlegenes Herumdrucksen war so vielsagend, daß ich selbst mit der Antwort herausplatzte: »Nun errate ich alles! Sir Ralph! – Das freut mich. Ich hatte ihn gern. Er war immer gut zu mir – väterlich wohlwollend. Endlich weiß ich den Grund.«

Ich gab Dorcas und Alison je einen impulsiven Kuß. »Danke. Es ist schön, über seine Verwandtschaft Bescheid zu wissen.«

»Wir dachten, du könntest dich schämen, weil du ... unehelich geboren bist.«

»Ach was! Hauptsache, sie haben sich wirklich geliebt. Ich bin überzeugt, sie war die einzige große Liebe seines Lebens. Wenigstens hat sie ihn eine Weile über das harte Schicksal hinweggetröstet, mit Lady Bodrean verheiratet zu sein.«

»Aber Judith!«

»*Darum* war er so gut zu mir«, spann ich meinen Faden weiter und dachte daran, wie er mich gegen den Willen seiner Gattin gefördert und meine Entwicklung beobachtet hatte. Sie ist ganz Lavinias Tochter, mochte er sich im stillen gesagt haben. Wie ich ihn ins Leben zurückwünschte, um ihm zeigen zu können, wie sehr auch ich ihn liebgewonnen hatte!

»Wir haben dich aufgeklärt, Judith«, sagte Dorcas, »um dich auf etwaige weitere Überraschungen vorzubereiten. Daß du bei der Testamentseröffnung zugegen sein sollst, kann nur bedeuten, daß er dir etwas hinterlassen hat. In diesem Zusammenhang wird sicher erwähnt, daß du seine Tochter bist, und wir wollten nicht, daß du ganz ahnungslos mit dieser Tatsache konfrontiert wirst.«

»Ich werde Haltung bewahren«, versprach ich lächelnd.

Meine Tanten hatten richtig prophezeit. Ich war als Erbin in Sir Ralphs Testament aufgeführt – und wie! Eine Viertelmillion Pfund Sterling hinterließ er unter bestimmten Bedingungen, die Sir Edward oder Tybalt Travers festzulegen hatten, dem Britischen Institut für Archäologische Forschung; Haus, Grundbesitz und ein lebenslängliches Einkommen seiner Frau; Hadrian tausend Pfund jährlich; Theodosia, der Haupterbin, die Hälfte seines übrigen Vermögens und nach dem Tode

ihrer Mutter auch den vorgenannten Haus- und Grundbesitz; die andere Hälfte seiner außerehelichen Tochter Judith Osmond. Im Fall des Todes einer seiner Töchter sollte deren Erbteil ungeschmälert auf die andere übergehen.
Ich war ausnahmsweise sprachlos. Innerhalb weniger Wochen hatte sich mein Leben dramatisch verändert. Ich würde den Mann heiraten, den ich so lange hoffnungslos geliebt hatte – und zwar nicht als armes Aschenputtel, wie ich gedacht hatte, sondern mit einer höchst ansehnlichen Mitgift …
Mir fiel ein, wie Sir Ralph Tybalts und meine Hände ineinandergelegt hatte, und ich fragte mich, ob Tybalt vielleicht schon vorher von unserer Verwandtschaft und den Absichten meines illegitimen Vaters unterrichtet gewesen war.
Das war der erste unbehagliche Gedanke, der mich heimsuchte.

Nun wußte das ganze Dorf die Wahrheit über meine Geburt. Daß ich Sir Ralphs Tochter war, überraschte nur wenige. Es hatte schon in meiner Kindheit gewisse Mutmaßungen und Klatsch darüber gegeben, daß ich mit Theodosia und Hadrian zusammen erzogen worden war. »Ich hab's ja gleich gesagt!« behauptete jeder. Alison und Dorcas waren abwechselnd beschämt und froh über die – meist freundlich kommentierte – Dorfsensation. Das Gerede über uns würde bald aufhören, das Gute an der Sache hingegen bleiben. Etwas anderes machte meinen Tanten mehr Sorgen. Sie, die immer so darauf bedacht gewesen waren, mich recht bald zu verheiraten, fanden sich nur widerstrebend mit der Wahl meines eigenen Herzens ab. Als reiche Erbin war ich schließlich nicht mehr auf die finanzielle Sicherheit einer

Ehefrau angewiesen, und wenn es schon mit Oliver und Evan nichts geworden war – warum dann gerade dieser eigenartige Tybalt? Alles, was sie über ihn und seinen verstorbenen Vater wußten, war ihnen nicht so recht geheuer ...

Als ich Dorcas und Alison nach der Testamentseröffnung besuchte, sahen sie mich ganz scheu an, als hätte ich mich von heute auf morgen in eine Fremde verwandelt.

Ich lachte sie an und aus. »Ihr guten alten Dummerchen – als ob eine Erbschaft mich irgendwie verändern könnte! Nur äußerlich wird einiges anders werden, Gott sei Dank. Zum Beispiel braucht *ihr* nicht mehr jeden Penny dreimal in der Hand umzudrehen. Ihr bekommt monatlich eine Summe, die es euch ermöglicht, vergnügt und sorgenfrei zu leben.«

Sie waren sichtlich gerührt. In Alisons Gesicht zuckte es, und Dorcas hatte sogar nasse Augen. Ich umarmte sie.

»Nun überlegt euch in aller Ruhe, wie ihr es euch in Zukunft gemütlicher machen könnt. Sir Ralph hat euch das Cottage hinterlassen. Ihr könntet es verkaufen und ein schöneres Haus beziehen ...«

Alison lachte. »Nicht gleich übertreiben, Judith! Wir fühlen uns sehr wohl hier, danke.«

»Na, wenigstens braucht ihr nicht mehr so ängstlich zu sparen.«

»Kind, geh nicht so großzügig mit deinem Geld um, bevor du es hast. Wer weiß ...«

»Es wird auf jeden Fall ein ganz gehöriger Batzen sein«, unterbrach ich sie lachend, »und wenn ihr denkt, daß ihr nicht die ersten seid, für die ich sorge, dann kennt ihr mich schlecht.«

Dorcas betupfte sich die Augen, während Alison ernst fragte: »Und was meint *er* dazu?«

»Wer?«
»Dieser ... äh ... dein Verlobter.«
»Tybalt heißt er, falls ihr's vergessen habt.«
Sie sahen mich nun beide unsicher und verlegen an.
»Wir ... fragen uns, ob er womöglich schon vorher wußte ...«
»Was?«
»Daß du ... äh ... soviel Geld erben würdest.«
»Erlaubt mal!« rief ich ärgerlich. »Was hat denn das mit unserer wunderbaren Übereinstimmung zu tun? Tybalt und ich sind wie füreinander geschaffen. Ich bin an seinem Beruf leidenschaftlich interessiert.«
»Hoffentlich ist er nicht ebenso leidenschaftlich an deinem Geld interessiert«, sagte Alison mit einem Anflug von Bitterkeit, die ihr sonst fremd war.
»Unerhört!« sieß ich entrüstet hervor. »Wie kommt ihr nur auf so einen Verdacht! Ich wundere mich ...«
»Wir wollen doch nur dein Bestes, Kind«, schnupfte Dorcas. Mein Zorn schwand. Natürlich, sie hatten ja immer nur mein Bestes gewollt und getan. Ich gab jeder einen Versöhnungskuß, bevor ich energisch sagte: »Aber nun hört bitte genau zu. Ich liebe Tybalt. Versteht das endlich! Ich habe ihn seit unserer ersten Begegnung geliebt und werde nie aufhören, ihn zu lieben. Außerdem werden wir miteinander arbeiten. Könnt ihr euch eine idealere Verbindung vorstellen?«
»Wenn er dich ebenso liebt wie du ihn ...«
»Selbstverständlich. Er kann seine Gefühle nur nicht so zeigen. Auf Außenstehende mag er distanziert, vielleicht auch etwas hochmütig wirken – aber er ist nicht so.«
»Es würde uns das Herz brechen, wenn du nicht glücklich würdest, Judith.«
»Keine Sorge! Eure lieben Herzen werden ganz bleiben.«

Der Empfang im Pfarrhaus war ganz anders; dort gab es keine Bedenken. Sabina begrüßte mich mit überströmender Herzlichkeit als künftige Schwägerin.
»Ist es nicht amüsant, Judith«, plauderte sie drauflos, »daß der ganze alte Schulklub jetzt untereinander verwandt und verschwägert ist? Nur der arme Hadrian wird übergangen . . . na ja, er war eben überzählig. Drei Frauen und vier Männer, das geht nicht auf. Allerdings gehörte Tybalt ja eigentlich nicht zu unserer Bande, und der gute Evan und mein herzallerliebster Oliver waren Lehrer . . . Egal, es ist herrlich, wie sich alles gefügt hat. Tybalt ist genau der Richtige für dich. Ich habe schon immer gesagt, du brauchst mal eine feste Hand . . . Früher hast du uns alle untergebuttert, weißt du noch? Tausend Glückwünsche! Ach, was bin ich froh . . . Auch für meinen fabelhaften großen Bruder könnte ich mir keine Bessere wünschen als dich. Und nun kommt noch die große Erbschaft dazu! Damit könnt ihr die ganze Welt bereisen und die halbe umgraben, wenn's euch Spaß macht. Mein armer Vater mußte für seine Forschungen immer erst Geldgeber suchen; sein eigenes Vermögen ging sowieso für die Wissenschaft drauf. Meine Mutter sagte immer, wir könnten schwerreiche Leute sein, wenn Vater nicht so verrückt wäre . . .«
Offensichtlich spielte meine Erbschaft überall, wo meine Verlobung erörtert wurde, eine bedeutende Rolle.
Ich konnte nicht umhin, mich über solche taktlosen Bemerkungen meiner Freunde ein wenig zu ärgern. Dagegen war der Abschied von Lady Bodrean ein reines Vergnügen.
Sie betrachtete mich wie ein widerliches Insekt, was ich in ihren Augen ja auch war.
»Sie kommen wahrscheinlich, um Ihre Kündigung einzureichen?« begann sie hoheitsvoll.

»Allerdings, Lady Bodrean, so ist es.«
»Ich habe von Ihnen nichts anderes erwartet. Sie verlieren keine Zeit, mir Ungelegenheiten zu bereiten.«
»Darf ich aus Ihren Worten entnehmen, daß ich Ihnen während meiner Dienstzeit von einigem Nutzen gewesen bin? Dann haben Sie es bisher sorgfältig verschwiegen. Ich bin gern bereit, noch ein paar Tage zu bleiben, bis Sie eine neue Gesellschafterin gefunden haben.«
»Besten Dank, ich wünsche keine. Sie wissen genau, daß Sie mir aufgedrängt worden sind. Bevor Sie kamen, habe ich auch keine Gesellschafterin gebraucht.«
Sicher hatte sie längst gewußt, daß ich Sir Ralphs Tochter war, und mich hauptsächlich aus diesem Grunde so schlecht behandelt. Daß ich nun auch noch mit Tybalt verlobt war, den sie ihrer eigenen Tochter zugedacht hatte, ließ ihr die Galle endgültig überlaufen.
»Wenn ich zutreffend unterrichtet bin«, sagte sie mit geschürzten Lippen, »haben Sie sich kürzlich verlobt?«
»Sie haben richtig gehört«, bestätigte ich.
»Ich muß gestehen, daß ich erstaunt war, bis . . .«
»Bis wann?« fragte ich.
»Bis zur Testamentseröffnung. Mein Mann und Sir Edward waren sehr vertraute Freunde. Ich zweifle nicht daran, daß er ihm erzählt hat . . .«
»Warum stocken Sie, Lady Bodrean? Da Sie mir Ihre Meinung bisher immer sehr unumwunden gesagt haben, können Sie es doch jetzt, von gleich zu gleich, erst recht tun. Sie meinen also, Sir Tybalt Travers habe mich nur deshalb um meine Hand gebeten, weil ich Sir Ralphs natürliche Tochter bin?«
»Sir Ralph wünschte schon immer eine Verbindung mit der Familie Travers. Natürlich dachte er dabei an seine *eheliche* Tochter – aber die hatte ja nichts Besseres zu

tun, als mit diesem . . . diesem mittellosen Schulmeister auf und davon zu gehen.«
»Darf ich Sie darauf aufmerksam machen, daß Professor Callum kein mittelloser Schulmeister ist, sondern Dozent an einer unserer führenden Universitäten, und eine vielversprechende Laufbahn vor sich hat?«
»Gleichviel – er war jedenfalls nicht der Schwiegersohn, den Sir Ralph sich wünschte. Theodosia hat uns enttäuscht. Ich vermute, daß Sir Ralph daraufhin beschloß, ihre vergebene Chance an Sie weiterzureichen.«
»Mein künftiger Ehemann ist kein Gegenstand, der auf einem Tablett herumgereicht wird.«
»Immerhin winkte *ihm* ein Preis, von dem er zweifellos wußte. Das Testament meines Gatten hat mich besonders deshalb peinlich berührt. Es belohnt und ermuntert Frivolität und Unmoral.«
Ich ließ sie nicht merken, daß sie mich an einer empfindlichen Stelle getroffen hatte, und kehrte ins Cottage meiner Tanten zurück, wo ich bis zu meinem Hochzeitstag wohnen sollte.

Tybalt bestand darauf, daß wir sehr bald heirateten, auch wenn Dorcas und Alison es unschicklich fanden, so rasch nach einem Begräbnis eine Hochzeit zu feiern, besonders da es sich bei dem Verstorbenen um meinen Vater handelte. Tybalt schüttelte zu diesem Einwand halb ärgerlich, halb belustigt den Kopf. »Welch ein Unsinn! Sie hat doch erst nach dem Begräbnis erfahren, daß es ihr Vater war!«
Ich war seiner Meinung, wie ich überhaupt in jeder Beziehung mit ihm übereinstimmte. In seiner Nähe vergaß ich alle ängstlichen Zweifel. Obwohl er von Natur zurückhaltend war, konnte er mich zuweilen auf eine gewisse Art ansehen, die mich in einen Taumel des Glücks

versetzte. Ich wußte, daß auch er sich auf unsere gemeinsame Zukunft freute. Er setzte mir seine Plänc bis ins kleinste auseinander und sagte mit entwaffnender Offenheit, meine unerwartete Erbschaft sei wirklich ein Segen. Wenn das Geld klug angelegt wurde, konnten wir von den regelmäßigen Einkünften schon eine Menge Forschungsarbeiten bestreiten.

Er sprach oft von jener ersten Expedition, die so abrupt und traurig mit Sir Edwards Tod geendet hatte. Wenn er Ägypten schilderte, geriet er so in Feuer, daß ich die dürre, hitzeflimmernde Wüstenlandschaft zu sehen glaubte und die Erregung nachfühlte, mit der die Forscher durch das endlich entdeckte Felsentor in dunkle, verschlungene Gänge hinabgestiegen waren. Ich lauschte hingerissen, schwor mir aber gleichzeitig, daß unsere Liebe ihm ebenso wichtig werden sollte wie seine Arbeit: Dafür würde ich als Ehefrau schon sorgen!

Natürlich besuchte ich Tybalt oft in der Villa Gizeh, die ich mit ganz anderen Augen ansah, seit sie mein Zuhause werden sollte. Tabitha Grey gratulierte mir herzlich. Bei der ersten Gelegenheit vertraute sie mir unter vier Augen an:

»Ich bin so froh, daß Sie Tybalts Frau werden. Eine Zeitlang habe ich gefürchtet, es würde Theodosia.«

»Das scheint die allgemeine Ansicht gewesen zu sein.«

»Nun ja, in kleinen Dörfern wird viel geredet, besonders wenn zwei Väter so befreundet und außerdem ranggleich sind wie Sir Ralph und Sir Edward.« Ihre schönen Augen verschleierten sich.

»Traurig, daß sie beide so kurz nacheinander gestorben sind. Doch Tybalt hat ja nun Sie. Ich bin überzeugt, daß Sie die Richtige für ihn sind. Sie müssen ihn verstehen.«

»Ich glaube, das tu' ich.«

»Dann werden Sie sich nicht gleich vernachlässigt fühlen, wenn er sich zu sehr in seine Arbeit vergräbt.«
»Bestimmt nicht, denn ich gedenke, daran teilzunehmen – wie an allem, was ihn betrifft. Seine Begeisterung teile ich jetzt schon.«
»Herrlich. So sollte eine Ehe immer sein. Ich hoffe, Sie werden mich nicht entlassen, wenn Sie hier Hausherrin werden.«
»Aber Tabitha! Wir sind doch befreundet, hoffe ich!«
»Ich habe Sir Edward und seinem Sohn immer sehr nahegestanden, das ist wahr. Wenn ich meine Rolle als Haushälterin hier weiterspielen dürfte, wäre ich sehr dankbar. Aber falls Sie es sich anders überlegen ...«
»Unsinn, Tabitha. Sie gehören doch zu uns. Ich lege Wert auf unsere Freundschaft.«
»Danke, Judith.«

Tybalt äußerte mehrmals die Absicht, mir das ganze Haus zu zeigen; aber wir kamen nicht weiter als in die Kammer, in der einst der Sarkophag gestanden hatte und wo die gesammelten Werke seines Vaters nebst den Karten der verschiedensten Ausgrabungsstätten aufbewahrt waren. Daran blieben wir regelmäßig hängen ...
Tabitha holte das Versäumte nach. Sie führte mich in den Wirtschaftsräumen herum, die ich noch nicht kannte, und stellte mir das Personal vor. Die Mädchen sahen so gleich aus, daß ich einige Zeit brauchte, um sie auseinanderzuhalten und jeweils mit dem richtigen Namen anzureden.
Kopfzerbrechen machten mir nur Mustapha und Absalam, Sir Edwards ägyptische Diener, die Tybalt auf den ausdrücklichen Wunsch seines Vaters behalten hatte. Im Dorf waren sie als fremdartige Unglücksraben ver-

schrien, und auch mir waren sie in ihrer lautlosen Art ein bißchen unheimlich. Sie ihrerseits betrachteten mich als künftige Herrin – ich weiß nicht, wie. Besorgt? Mißtrauisch? Tabitha sagte, sie hätten Sir Edwards Tod zwar verzweifelt, aber doch als unvermeidlichen Schicksalsschlag hingenommen. Sie glaubten fest an den Fluch der Pharaonen und hätten deshalb große Sorge um Tybalt. Wenn sie ihn davon abhalten könnten, die Lebensarbeit seines Vaters fortzusetzen, würden sie es tun, denn sie seien ihm ebenso treu ergeben wie Sir Edward.
Nun gut, ich würde mich an sie gewöhnen. Aber da war noch die alte Frau in der Mansardenwohnung, Nanny Tester, von deren Existenz ich schon in der Schulzeit gewußt, um die ich mich aber naturgemäß nicht weiter gekümmert hatte. Ich wußte nur noch, daß Sabina mir einmal über den Mund gefahren war, als ich sie vorlaut als »Hexe« verdächtigte.
»Ich muß Sie auf Nanny Tester vorbereiten«, sagte Tabitha, ehe sie mich ins Dachgeschoß führte. »Sie ist nun wirklich alt und hat ihre Eigenheiten. Sie war schon bei Sir Edwards Frau Kindermädchen und später bei Tybalt und Sabina. Sie hing geradezu aufopfernd an Lady Travers und verlor bei deren Tode fast den Verstand. Wir müssen das berücksichtigen und sanft mit ihr umgehen. Sir Edward wollte sie mit einer guten Rente abfinden, aber sie ging nicht. Sie sagte, sie gehöre zur Familie und blieb bis zum Tode bei ihr. Nun hatten wir ja die nette kleine Dachwohnung, und die bot die ideale Lösung. Nanny lebt dort auf eigenen Wunsch ganz für sich; aber wir behalten sie natürlich im Auge.«
»Ziemlich ungewöhnliches Arrangement, nicht?« bemerkte ich.
»Nun ja, Sie heiraten nun mal in eine ungewöhnliche Familie. Tybalt ist ein Außenseiter wie sein Vater. Sir

Edward lehnte es stets ab, sich mit Alltagskram zu befassen, wie er es nannte; er wich allem aus und flüchtete sich in die Welt des Geistes. Es hätte ihm auch zuviel Mühe gemacht, Nanny Tester in ein Pflegeheim zu stekken – ganz abgesehen davon, daß sie dort todunglücklich gewesen wäre –, also überließ er ihr die Dachwohnung und den anderen die Aufgabe, sich um sie zu kümmern. Tybalt besucht sie gelegentlich, wenn er sich zufällig an ihre Existenz erinnert. Sabina dagegen kommt ziemlich regelmäßig, und das ist ihr ganzes Glück. Sabina ist überhaupt ihr Liebling. Früher war es Tybalt, aber seit er so stark in die Fußstapfen seines Vaters tritt, hat sie sich Sabina zugewandt.«

Während dieser Informationen stiegen wir schon die Treppen hinauf. Wie still es war! Bei jedem Schritt, selbst auf den Stufen, sanken die Füße in dicke Teppiche ein. Ich machte eine Bemerkung darüber, und Tabitha erklärte:

»Ja, auch das erinnert noch an Sir Edward. Er konnte kein Geräusch ertragen, wenn er las oder schrieb.«

Endlich langten wir im Dachgeschoß an, und Tabitha klopfte an eine Tür. Ich war verblüfft, statt der vermeintlichen »Hexe« meiner Kindheit eine sanftblikkende, weißhaarige Frau in adretter weißer Bündchenbluse und langem schwarzen Rock vor mir zu sehen.

»Janet«, sagte Tabitha, »ich hoffe, daß wir nicht stören. Miß Osmond möchte Sie gern kennenlernen.«

Die alte Kinderfrau sah mich an, und ihre Augen wurden feucht. »Kommen Sie, kommen Sie!« sagte sie eifrig und führte uns in ihr Wohnzimmer. Es war ein romantischer Raum mit schrägen Wänden, hübschen alten Möbeln und handgearbeiteten Deckchen und Kissenschonern allüberall. Im Kamin flackerte das Feuer, und der Teekessel fing gerade an zu singen.

»Sie trinken doch eine Tasse Tee mit mir?« fragte Nanny Tester, und ich nahm dankend an.
»Wissen Sie, warum ich hier bin?«
»Aber ja, Kind, Gott segne Sie. Tybalt hat mir von eurer Verlobung erzählt, und ich wollte wissen, wie Sie jetzt so seien, und alles, was er darauf sagen konnte, war: ›Sie hat viel Verständnis für meinen Beruf.‹ Das sieht ihm mal wieder ähnlich! Aber lassen Sie nur; ich weiß schon Bescheid. Wie oft habe ich Sie früher durch den Garten rennen sehen – Sie waren so ein Wildfang! Moment, ich muß den Tee aufgießen.«
»Darf ich das machen«, erbot sich Tabitha freundlich, »damit Sie Ihr Gespräch mit Miß Osmond nicht zu unterbrechen brauchen?«
Es war erschreckend, wie sich der Ausdruck des milden alten Frauengesichtes veränderte. Die Augen glitzerten böse, die Lippen wurden schmal und verkniffen.
»Danke«, sagte sie scharf, »ich pflege in meiner eigenen Wohnung immer noch selbst meinen eigenen Tee aufzubrühen.«
Tabitha warf mir einen Blick zu, in dem zu lesen stand: Sie wissen ja, daß die alte Nanny Tester etwas wunderlich ist.
»Ich rühre die Blätter um«, fuhr die Alte zu mir gewandt fort, »und lasse den Tee fünf Minuten ziehen – nur so wird er gut. Und dann in die vorgewärmte Kanne, wie ich Miß Ruth immer eingeschärft habe . . .«
»Lady Travers hieß Ruth«, erklärte Tabitha, was ihr einen weiteren giftigen Blick einbrachte.
»Vorgewärmt, aber trocken«, sagte Nanny Tester ausschließlich zu mir, »das ist ganz wichtig. So!« Sie trippelte geschäftig hin und her und goß schließlich den Tee ein. »Ich wünsche Ihnen von Herzen alles Gute. Tybalt war früher so ein netter Junge.«

»*War?*« wiederholte ich fragend.
»Nun ja, als Kind hing er immer an Mutters oder meinen Rockzipfeln. Er war ein richtiges Muttersöhnchen. Aber beim Heranwachsen wandte er sich immer mehr seinem Vater zu.« Sie schüttelte betrübt den Kopf.
»Tybalt hat die Forscherbegabung von seinem Vater geerbt«, erläuterte Tabitha. »Sir Edward war natürlich hocherfreut, daß sein Sohn ihm so nacheiferte, und ermöglichte ihm einen entsprechenden Start. Er zog sich ganz bewußt einen Mitarbeiter und Nachfolger heran.«
Janet Tester rührte unablässig in ihrer Teetasse. Die Atmosphäre war unbehaglich gespannt.
»Und nun werden Sie Tybalt heiraten«, murmelte sie. »Wie die Zeit fliegt! Mir kommt's vor wie gestern, daß ich noch Domino mit ihm spielte.«
Ich mußte lachen, als ich mir den kleinen dominospielenden Tybalt vorstellte. »Ja, seitdem ist er einen weiten Weg gegangen«, sagte ich.
»Hoffentlich nicht in sein Unglück«, versetzte sie, unentwegt weiterrührend.
Ich sah zu Tabitha hinüber, die unmerklich die Achseln zuckte. Offenbar war Sir Edwards und Tybalts Beruf kein angenehmes Gesprächsthema für die alte Kinderfrau. Daher fragte ich sie nach weiteren Einzelheiten aus Tybalts Kindheit.
Das ermunterte sie. »Er war brav – machte nie soviel dumme Streiche wie seine Altersgenossen. Er war Miß Ruths ein und alles. Moment, ich habe ein paar Bilder von damals.«
Die vergilbten, steif kartonierten Daguerrotypien entzückten mich: Klein-Tybalt als Nackedei auf einem Eisbärenfell, Tybalt als Zweijähriger mit großen, staunenden Augen, Tybalt mit seinem neugeborenen Schwe-

sterchen Sabina, Tybalt und die zweijährige Sabina in Sonntagskleidern vor einem gemalten Hintergrund.

»Ist sie nicht ein süßes Püppchen?« schwärmte Nanny Tester. »Und so ein Plappermäulchen ... Konnte keinen Moment still sein.«

Diesbezüglich habe sie sich nicht viel verändert, bemerkte ich.

»Und hier sind sie beide mit ihrer Mutter«, fuhr Nanny Tester fort. Lady Travers war eine hübsche Frau mit üppiger dunkler Haarkrone gewesen. »Und hier ist Tybalt als Schüler mit einem Kricketschläger. Er wurde nie ein richtiger Sportler, leider. Da fing's schon an mit dem Gelehrtenfimmel – er saß den ganzen Tag über Büchern. Sabina war da ganz anders. Die Lehrer behaupteten, sie könne sich nicht konzentrieren. Aber Tybalt kriegte natürlich einen Preis nach dem andern, und Sir Edward, der sich bis dahin kaum um seine Kinder gekümmert hatte, spitzte plötzlich die Ohren.«

Nanny Testers Gefühle drückten sich so deutlich aus – im wechselnden Ton und Mienenspiel, in einer wegwerfenden Geste –, daß ich binnen kurzem auch das Unausgesprochene unschwer erriet. Sie hatte Sir Edward so wenig leiden können wie jetzt Tabitha; sie hatte Miß Ruth und den kleinen Tybalt schwärmerisch geliebt; aber ihre Vorliebe für letzteren hatte sich im Laufe seiner so vaterähnlichen Entwicklung abgekühlt und auf Sabina übertragen. – Ich spürte Tabithas Erleichterung, als wir uns höflich verabschieden konnten. Tabitha ging voran, und plötzlich umklammerte Nanny Testers knochige Altfrauenhand krampfhaft die meine.

»Kommen Sie bald wieder!« flüsterte sie mir zu. »Aber allein!«

Auf der Treppe sagte ich Tabitha, dieser Besuch sei ein merkwürdiges Erlebnis für mich gewesen.

»Ja«, sagte sie, »diese alten Kinderfrauen sind eine Klasse für sich. Sie betrachten sich als Mütter ihrer Schutzbefohlenen und stehen ihnen oft sogar näher als die leiblichen Mütter. Nanny Tester haßte Sir Edward vermutlich aus Eifersucht, und da ihre vergötterte Miß Ruth keinen Sinn für seinen Beruf hatte, schob sie *ihm* alle Schuld in die Schuhe. Nicht sehr logisch, wie Sie sehen. Lady Travers wollte einen großen Kirchenmann aus ihrem Sohn machen, wozu er jedoch nicht die geringste Lust und Begabung hatte. Erstaunlich früh zeigte sich, daß er seinem Vater nachschlug. Leider war die Mutter wohl ziemlich hysterisch und vertraute ihren Groll Janet Tester an, auf die er sich übertrug – natürlich, denn ihre Miß Ruth war ja in ihren Augen ein absolut fehlerloser Engel. So war die Ehe in mehr als einer Hinsicht ein Mißerfolg, obgleich Lady Travers ein beachtliches Vermögen mitgebracht hatte.«
»Immer wieder Geld«, sagte ich. »Komisch, wie sich dieses Thema neuerdings in fast jedes Gespräch einschleicht.«
»Das ist nun mal der Lauf der Welt«, erwiderte Tabitha leichthin. »Ich bin froh, daß wir den Besuch bei Janet hinter uns haben. Bei ihr oben glaube ich jedesmal zu ersticken.«
Ich mußte in den nächsten Tagen noch oft an diese Begegnung denken. Daß eine schlichte Kinderfrau den gelehrten Hausherrn nicht leiden konnte, war irgendwie verständlich. Aber was hatte sie gegen Tabitha?
Daß sie etwas gegen sie hatte, hatte sie ja überdeutlich zu verstehen gegeben.

Die Wochen vor der Hochzeit flogen nur so dahin. Dorcas und Alison wünschten sich ein großes Gepränge – sie waren so erleichtert, das sündige Geheimnis meiner Ge-

burt nicht mehr wahren zu müssen, daß sie sich fast wie übermütige Backfische benahmen.
Mit Tybalt konnten sie freilich so wenig anfangen wie er mit ihnen. Die Pflichtbesuche verliefen immer etwas gezwungen. Solange ich dabei war, redete *ich*, aber falls ich einmal kurz abwesend war, merkte ich bei der Rückkehr an der lähmenden Stille, daß sie sich einfach nichts zu sagen hatten.
Er war am liebsten mit mir allein, das stand fest; und ich war so irrsinnig verliebt, daß ich seine mangelnde Fähigkeit, Gefühle auszudrücken, als Zeichen männlichen Ernstes und hoher Geistigkeit wertete. Mir genügte es schon, wenn er beim gemeinsamen Betrachten von Plänen und Landkarten den Arm um mich legte; ich kuschelte mich dann näher heran und fragte mich benommen, womit ich soviel Glück verdient habe. Dabei ging das Gespräch fast ausschließlich um die Forschungsarbeit, die Tybalt im Sinne seines Vaters fortzuführen gedachte.
Einmal erzählte ich ihm, daß ich mir als Kind in den Kopf gesetzt hatte, er sei scheußlich – nur weil Sabina ihn dauernd in den höchsten Tönen pries.
»Ich stellte dich mir bleich, bebrillt und kümmerlich mit abfallenden Schultern und spärlichem Sardellenhaar vor . . . Und dann standest du plötzlich da vor dem Sarkophag wie ein zürnender Rachegott, um mich für meine kindische Blasphemie zu strafen – hoch aufgerichtet, stolz, mit flammenden Augen . . .«
»Habe ich wirklich so wild ausgesehen?«
»Ja, und von dem Moment an war ich dir verfallen.«
»Ich werd's mir merken, daß ich dich ab und zu wild und strafend ansehen muß.«
»Daß du mich zur Frau gewählt hast, kommt mir wie ein Wunder vor.«

»Na, Judith, nun bist du zu bescheiden.«

»War ich nie ... Weißt du, schon damals habe ich mir in meinen Träumereien ausgemalt, wie du eines Tages meine inneren Werte erkennen würdest und ...«

»Was ich ja auch im Laufe der Zeit getan habe.«

»Wann fingst du an, eine bessere Meinung von mir zu bekommen?«

»Als ich erfuhr, daß du dir beständig archäologische Bücher ausliehst und auch im Unterricht wirklich bei der Sache warst. Übrigens – heute kann ich es ja gestehen – war ich bei unserer ersten Begegnung gar nicht so wütend, wie ich tat. Innerlich habe ich gelacht. Du sahst weniger wie eine Mumie aus als wie das Opfer eines schweren Unfalls. Aber ihr hattet getan, was ihr konntet.«

»Jetzt werde ich tun, was ich kann, um mich dir unentbehrlich zu machen.«

»Das bist du doch jetzt schon.«

»Ist das wahr? Wirklich wahr?« fragte ich eindringlich. Tybalt nahm meine Hände in die seinen.

»Du mußt mich verstehen, Judith. Ich kann mich nicht so impulsiv ausdrücken wie du.«

»Ja, ich sprudle immer alles heraus, was ich fühle und denke, ohne es mir lange vorher zu überlegen. Du tust das sicher nie.«

»Hab Geduld mit mir, Judith.«

»Sag mir nur das eine: Bist du glücklich?«

»Glaubst du, ich sei es nicht?«

»Nicht restlos.«

»Versteh mich recht«, begann er langsam, »ich habe den Menschen verloren, der mir, bevor du kamst, näher stand als sonst irgendwer auf der Welt. Wir haben zusammen gearbeitet, wir haben uns oft auch ohne Worte vollkommen verstanden. Er ist mir von einem Tag zum

andern auf rätselhafte Weise weggestorben... Ich trauere um ihn, Judith, und werde noch geraume Zeit brauchen, bis ich über diesen Verlust hinwegkomme. Darum bitte ich dich um Geduld und Nachsicht. Ich kann nicht so strahlend froh und lebenslustig sein wie du. Aber wenn wir erst verheiratet sind, liebe, liebste Judith, wird die tragische Erinnerung allmählich verblassen.«
Ich schlang meine Arme um seinen Hals und drückte den Kopf an seine Brust.
»Es soll meine Lebensaufgabe sein, dich wieder ganz glücklich zu machen, dir den Verlust zu ersetzen ...«
Er küßte mich leicht aufs Haar. »Gott sei gedankt für dich, Judith«, sagte er.

Wegen des Hochzeitstermins gab es eine kurze Auseinandersetzung zwischen Tybalt und meinen Tanten. Sie fanden es anstößig, daß wir schon so bald heiraten wollten.
»Wo doch beide Väter, Sir Edward und Sir Ralph, kaum unter der Erde sind ... Ihr solltet mindestens das Trauerjahr einhalten!«
Selten hatte Tybalt so temperamentvoll reagiert wie diesmal. »Unmöglich! Wir reisen innerhalb der nächsten Monate nach Ägypten ab, und Judith kann nur mitkommen, wenn sie meine Frau ist.«
»Aber was werden die Leute sagen?« wagte Dorcas schüchtern einzuwenden.
»Das, meine verehrten Damen, ist mir vollkommen egal!«
Sie verstummten, aber später, nachdem Tybalt gegangen war, sagten sie zu mir: »Ihm kann es freilich egal sein, wie die Leute reden, aber uns nicht. Wir müssen schließlich bis an unser Ende unter ihnen leben.«

»Ach, jeder weiß doch, daß man Tybalt nicht mit gewöhnlichen Maßstäben messen kann«, tröstete ich. »Und wo käme man hin, wenn man sich immer nach ›den Leuten‹ richtete!«
Sie schüttelten die Köpfe darüber, daß ich mich so nach *Tybalt* richtete. Ihrer Meinung nach durfte ein Mädchen einem Mann nicht vor der Heirat zeigen, wie sehr es in ihn verliebt war. Hinterher – ja. Dann war es sogar die Pflicht der Frau, ihrem Mann in allen Dingen untertan zu sein und keinen eigenen Gedanken mehr zu hegen. Aber vorher mußte sie die Spröde spielen, und er hatte vor ihr auf den Knien zu liegen.
Ich lachte über diese altmodischen Klischees, spürte aber, daß echte Sorge dahintersteckte. Wahrscheinlich bestanden sie gar nicht so sehr »der Leute wegen« auf der Einhaltung des Trauerjahres, sondern um mir Zeit zu geben, »klarer zu sehen«, wie sie es nannten.
Am nächsten Tag begann Dorcas zu husten, wie es stets passierte, wenn sie seelisch bedrückt oder aufgeregt war, und ihr Husten war nicht leicht zu nehmen, weil er in Asthmaanfälle überzugehen pflegte und unbedingt behandelt werden mußte.

Tybalt kam im Sturmschritt zu ungewohnter Zeit zum Cottage. Seine Augen leuchteten. Ich dachte, es wäre, weil ich ihm öffnete, aber es hatte noch einen anderen, wichtigeren Grund.
»Eine großartige Neuigkeit, Judith! Stell dir vor, gar nicht weit von hier, in Dorset, ist ein Arbeiter beim Ausheben eines Grabens auf ein paar römische Bodenfliesen gestoßen. Möglicherweise befinden sich dort die Reste eines Bades oder einer Villa. Ich bin als Sachverständiger hinberufen worden. Morgen fahre ich ab, und ich möchte dich gern mitnehmen.«

»Wie schön, Tybalt! Erzähle mir mehr davon!«
»Mehr weiß ich selbst noch nicht. Aber Entdeckungen dieser Art sind immer von großer wissenschaftlicher Bedeutung.«
Wir gingen im Garten herum und besprachen die gemeinsame Reise. Tybalt konnte nicht lange bleiben, weil er noch verschiedene Vorbereitungen zu treffen hatte, und ich ging ins Cottage zurück, um die Tanten über unser Vorhaben ins Bild zu setzen.
Ich war erstaunt über die Heftigkeit ihres Widerspruches.
»Aber Judith!« rief Alison. »Wie kannst du nur daran denken, als lediges junges Mädchen mit einem Mann zu verreisen!!«
»Mit meinem Verlobten!«
»Verlobt ist noch nicht verheiratet«, krächzte Dorcas aus dem Bett.
»Liebe Tantchen, in Tybalts Kreisen denkt man nicht so borniert.«
»Borniert oder nicht – wir haben unsere Erfahrungen, Judith. Schon manches Mädchen, das sich vor der Heirat über die wohlbegründeten Anstandsvorschriften hinwegsetzte, hat es bitter bereuen müssen. Auf einmal ist der Bräutigam über alle Berge.«
Ich lachte wütend auf. »Bis jetzt habt ihr immer angedeutet, daß Tybalt mich nur wegen meines Geldes heiratet, und nun deutet ihr an, daß er nichts anderes im Kopf hat, als mich auf einer gemeinsamen Reise zu verführen und dann – mitsamt meinem Geld – sitzenzulassen. Wo ist da die Logik, bitte?«
»Wir haben nichts dergleichen gesagt«, erklärte Alison indigniert. »Wir sind erstaunt, daß *du* auf solche Gedanken kommen kannst. Höchst unschicklich für eine Braut.«

Ich verdrehte die Augen. Mit solchen Leuten, auch wenn es meine guten Tanten waren, konnte man nicht sachlich diskutieren. Ich ging einfach in mein Zimmer und packte meinen Koffer für den Abstecher nach Dorset.
Aber noch während ich damit beschäftigt war, kam Alison mit ängstlicher Miene herein. »Judith, Dorcas hat regelrechte Erstickungsanfälle. Ich glaube, wir müssen den Doktor holen.«
Natürlich lief ich sofort los und holte ihn. Er untersuchte Dorcas, machte ein sehr ernstes Gesicht und sagte, es bestünde die Gefahr einer Lungenentzündung.
Alison und ich waren die ganze Nacht auf, um den Inhalierapparat am Krankenbett in Gang zu halten. Am nächsten Morgen sah ich ein, daß ich die Pflege nicht Alison allein aufhalsen konnte, und beurlaubte mich nur kurz, um zur Villa Gizeh zu gehen und Tybalt Bescheid zu sagen.
Ehe ich dort zu Worte kam, erzählte er mir schon freudig erregt, daß die neue Fundstätte noch ergiebiger zu sein scheine als zunächst angenommen. Sein Strahlen erlosch, als ich ihn unterbrach:
»Tybalt, ich kann leider nicht mitkommen. Der Zustand von Tante Dorcas hat sich so verschlechtert, daß ich die Pflege nicht Alison allein zumuten kann. Der Husten und die Atemnot sind wirklich beängstigend.«
»Aber wir könnten doch eine andere Pflegeperson hinschicken. Eins von unseren älteren Hausmädchen . . .«
»Das wäre nicht dasselbe. Die Tanten gewöhnen sich schon in gesunden Zeiten schwer an fremde Gesichter, und falls etwas passiert . . .«
Er schwieg. Sein Gesicht drückte tiefe Enttäuschung aus.
In diesem Moment kam zufällig Tabitha hinzu und begrüßte mich.

»Ich erkläre gerade, daß ich leider nicht mit nach Dorset kann«, sagte ich. »Es hätte mich wahnsinnig gefreut und interessiert, aber meine ältere Tante ist krank, und ich muß der anderen bei der Pflege helfen.«
»Ja, das müssen Sie wohl«, meinte Tabitha verständnisvoll.
»Vielleicht kommen Sie an Judiths Stelle mit?« fragte Tybalt plötzlich. »Ich bin sicher, daß Sie bei einer Sache von so weitreichender Bedeutung gern alles andere zurückstellen.«
Weitreichende Bedeutung ... Alles andere zurückstellen ... Sollte das ein versteckter Vorwurf gegen mich sein?
»Wenn Sie meinen«, sagte Tabitha. »Natürlich interessiert es mich. Aber ich verstehe, Judith, daß Sie Ihre Tanten jetzt unmöglich allein lassen können.«
Tybalt streichelte mir den Arm. »Ich hätte dir so gern diesen sensationellen neuen Fundort gezeigt. Aber, na, wir werden später noch oft solche Gelegenheiten haben.«
»Unser ganzes Leben lang«, sagte ich.

Einige Tage später begann Dorcas sich zu erholen. Sie war sehr gerührt, daß ich ihretwegen zu Hause geblieben und Alison zur Hand gegangen war.
»Man kann über Judith denken, wie man will«, hörte ich sie einmal sagen, als sie mich außer Hörweite glaubte, »aber sie hat das Herz auf dem rechten Fleck.«
Ich wußte, daß sie unter sich fortwährend von mir und der ihnen irgendwie verdächtigen Verlobung redeten. Wie gern hätte ich ihnen ausgeredet, was sie offenbar steif und fest glaubten: Tybalt wollte mich nur heiraten, weil er im voraus über meine Erbschaft informiert gewesen war.

Um so mehr ersehnte ich den Tag, an dem ich das Cottage verlassen konnte: einmal aus dem natürlichen Verlangen, Tybalt endlich ganz zu gehören, aber auch, um dieser muffigen, mißtrauischen Atmosphäre zu entfliehen und bald zu beweisen, daß wir die beste Ehe der Welt führten.
Tybalt und Tabitha blieben zwei Wochen lang in Dorset. Nach ihrer Rückkehr waren sie so voll von dem Gesehenen und Erlebten, daß sie kaum von etwas anderem sprachen – und ich war sehr traurig, daß ich diesmal nicht mitreden konnte.
Mein kummervolles Gesicht amüsierte Tybalt. »Mach dir nichts draus«, sagte er. »Wenn wir erst verheiratet sind, darfst du nicht nur, sondern *mußt* mich überallhin begleiten.«
Der Hochzeitstag war nun in greifbarer Nähe. Sabina bestand darauf, daß wir den kleinen Empfang bei ihr und Oliver im Pfarrhaus abhielten. Erstens war Dorcas kaum genesen, zweitens war das Cottage zu klein, drittens war ich im Pfarrhaus aufgewachsen (es war also immer noch »das Haus der Braut«), und viertens war sie Tybalts Schwester.
Tybalt war alles recht. »Hauptsache, wir heiraten«, sagte er. »Wo und wie ist doch total nebensächlich.«
Viel mehr war er mit der Überraschung beschäftigt, die er mir bereiten wollte. »Wir werden doch *vor* Ägypten noch auf eine Hochzeitsreise gehen«, sagte er geheimnisvoll. »Du willst sicher nach der Trauung nicht wochenlang zu Hause bleiben.«
Ich sagte, der Ort sei mir gleich, wenn ich nur bei ihm sein könnte.
Tybalt nahm mein Gesicht in beide Hände – eine bei ihm ungewöhnliche Zärtlichkeit. »Judith«, sagte er leise, »erwarte nicht zuviel von mir.«

Ich lachte glücklich. »Natürlich erwarte ich alles von dir. Wundert dich das?«
»Versteh doch. Gerade dein bedingungsloser Glaube an mich verursacht mir Hemmungen. Ich bin kein strahlender Ritter, sondern ziemlich egoistisch – und von meinem Beruf besessen.«
»Ich teile deinen Tick«, sagte ich lächelnd. »Außerdem habe ich noch einen – dich.«
»Deine hohe Meinung macht mir richtig Angst. Von wem hast du das nur?«
»Von dir.«
»Du hast eine zu lebhafte Phantasie, Judith. Du stellst dir etwas vor, wie du es gern haben möchtest, und dann versuchst du, alles beinahe mit Gewalt deinem Wunschbild anzupassen.«
»Es ist keine schlechte Art zu leben. Ich werde es dir auch noch beibringen.«
»Ich halte es für richtiger, die Wahrheit mit offenen Augen zu sehen.«
»Auch Wunschbilder können wahr werden. Im Laufe der Jahre werden wir einander immer näherkommen und alles teilen, auch die innersten Gedanken. Aber ich bin schon in diesem Moment so glücklich, wie ich's nie für möglich hielt.«
»Gut, bewahre dir wenigstens diese schöne Erinnerung.«
»Wie du redest! Das heutige Glück ist nichts im Vergleich zu dem, das uns erwartet.«
»Meine liebe Judith, du bist einzigartig.«
»Natürlich! Ich bin ich selbst: leichtsinnig, impulsiv, oft rechthaberisch und rücksichtslos, wie Sabina, Theodosia und Hadrian dir bestätigen würden, und sie kennen mich mit am längsten. Also bilde dir keine zu hohe Meinung von *mir*.«

»Ich bin froh, daß du auch ein paar kleine Fehler hast. Ich werde dich deshalb nicht weniger lieben. Aber nun zurück zum eigentlichen Thema: Ich wollte doch mit dir über unsere Hochzeitsreise sprechen. Wollen wir nicht die neulich versäumte gemeinsame Fahrt nach Dorset nachholen? Die Entdeckungen sind wirklich sehenswert. Ich möchte sie dir gar zu gern zeigen.«
Ich stimmte freudig zu, obgleich sich im hintersten Winkel meines Hirns der Gedanke einschlich, daß reichlich viel fremde Leute in unseren »Flitterwochen« herumwimmeln würden.
Aber – wenn schon! Tybalt würde glücklich sein und ich bei ihm. Was verlangte ich mehr?

Sogar unsere »stille« Hochzeit im engsten Familienkreise erforderte mancherlei Vorbereitungen, darunter endlose Anproben bei der Schneiderin Sarah Sloper. Ich stand wie eine Puppe in meinem halbfertigen weißseidenen Brautkleid, während Sarah um mich herumrutschte und, wenn sie den Mund nicht voll Nadeln hatte, fortwährend plapperte.
»Nein, daß es so gekommen ist, Miß Judith . . . Ausgerechnet Sie und Sir Tybalt! Sie wissen doch, daß er eigentlich für Miß Theodosia Bodrean bestimmt war. Und nun hat sie den kleinen Professor genommen, und Sie kriegen das große Los.«
»Klingt ja, als hätte es sich um eine Lotterie gehandelt, Sarah.«
»Tja, man sagt ja nicht umsonst, daß Heiraten ein Glücksspiel ist. Und Sie haben schon vorher Glück gehabt, Miß Judith: plötzlich anerkannte Tochter und Miterbin von Sir Ralph! Ich hab' mir immer so was gedacht. Er war ja immer auffallend nett zu Ihnen. Und Miß Lavinia . . .! Wir Älteren erinnern uns gut an sie.

Bildhübsch war sie. *Sie* kommen mehr nach Sir Ralph, würde ich sagen.«

»Besten Dank!«

»So habe ich's nicht gemeint, Miß Judith. Sie werden in Ihrem Brautkleid hübsch genug aussehen. Bräute sind immer hübsch – darum nähe ich auch nichts lieber als Brautkleider. Ich war ja auch mal verheiratet . . . Bis zur Trauung haben wir alle unsere Träume, nicht?«

»Ich betrachte die Trauung als Beginn der Romanze, nicht als ihr Ende.«

»Sie und Ihre Phantasien! Aber so waren Sie ja immer. Ich will Ihnen was sagen: Es ist schon viel, wenn man später gern an seinen Hochzeitstag zurückdenkt. Man tut's meistens nicht lange.« Sarah unterdrückte einen Seufzer und strahlte dann unvermittelt zu mir auf: »Na, ich wünsche Ihnen alles Glück, Miß Judith. Hoffen wir das Beste. Ich werde um gutes Wetter für Ihren Hochzeitstag beten. Sie kennen ja das Sprichwort: ›Glücklich die Braut, die von der lieben Sonne beschienen wird.‹«

Ich lachte; aber die dauernd geäußerten oder verschwiegenen Vorbehalte von allen Seiten begannen mich doch ein wenig zu ärgern.

Der Oktobertag, an dem ich Tybalt in der wohlvertrauten alten Kirche angetraut wurde, war ziemlich neblig. Als ich am Arm des Doktors, der sich vertretungsweise als »Brautvater« zur Verfügung gestellt hatte, zum Altar schritt, dachte ich komischerweise nur daran, wie oft ich mir als Kind auf der rauhen Matte unseres Kirchstuhls wunde Knie geholt hatte. Welch abseitiger Gedanke in den glücklichsten Minuten meines bisherigen Lebens!

Tybalt hatte einen Freund und Kollegen namens Terence Gelding, der uns auch nach Ägypten begleiten sollte, als Trauzeugen gewonnen. Tybalt hatte ihn am Vorabend – ohne mich – vom Bahnhof abgeholt und zur Villa Gizeh gebracht, wo er einige Tage zu Gast bleiben sollte. Tabitha erzählte mir am Hochzeitsmorgen, die beiden Kollegen hätten bis tief in die Nacht fachsimpelnd und Erinnerungen austauschend aufgesessen, und ich verspürte den leisen Eifersuchtsstich, den ich öfters mit Unbehagen an mir feststellte, wenn Tybalt sich mit anderen – ohne mich – allzugut unterhielt.

Aber als ich die Trauformel nachsprach und Tybalt mir den Ring an den Finger steckte, war ich vollkommen selig.

Das legte sich erst, als wir unter das Vordach der Sakristei traten und sahen, daß es inzwischen zu regnen begonnen hatte.

»So kannst du nicht hinaus«, sagte Dorcas neben mir.

»Ach was«, meinte ich. »Es nieselt ja bloß ... und zum Pfarrhaus hinüber sind es nur ein paar Schritte.«

»Wir müssen warten. Sonst wird dein Brautkleid total verdorben und die Kleidung aller anderen auch.«

Natürlich hatte sie recht. Zu dumm, daß wir nicht an Regenschirme gedacht hatten. Wir standen also da und starrten in den Regen. Ich hielt schweigend Tybalts Hand und konnte nichts anderes denken als: Nun bin ich wirklich und wahrhaftig verheiratet – und mit dem Mann meiner Träume, mit Tybalt!

Trotzdem war das Geflüster hinter mir nicht ganz zu überhören. »So ein Pech!«

»Wenn das nur kein schlechtes Omen ist!«

»Jedenfalls nicht gerade das ideale Hochzeitswetter.«

Eine gnomenartige, zipfelmützige Gestalt tauchte durch den Regenschleier vom Friedhof her auf. Beim Näherkommen erkannte ich den alten Totengräber Mr. Pegger, der sich einen aufgetrennten Sack als Nässeschutz

über den Kopf gezogen hatte und an dessen Spaten noch feuchte Erde klebte. Demnach hatte er gerade wieder für irgendwen das Grab gegraben und wollte sich wie wir an der Sakristei unterstellen.
Als er uns sah, blieb er mit einem Ruck stehen, schob die Sackkapuze etwas zurück und starrte Tybalt und mich mit fanatisch aufglühenden Augen an.
»Diese gottlose Eile wird euch nichts Gutes bringen!« grollte er. »Sir Edward und Sir Ralph kaum in der Erde ...«
Er schulterte seinen Spaten und entfernte sich mit selbstgerechter Miene, ohne uns eines weiteren Blickes zu würdigen.
»Was war denn das für ein armer Irrer?« fragte Tybalt.
»Mr. Pegger, unser langjähriger Totengräber.«
»Er nimmt sich ein bißchen viel heraus.«
»Nun ja, er kennt mich seit meiner Kindheit und hält mich wahrscheinlich immer noch für ein Kind.«
»Und er glaubt, dir in deine Heirat dreinreden zu dürfen?«
Ich hörte Theodosia hinter mir flüstern: »Wie peinlich, Evan ... Sah er nicht aus wie ein richtiger Unglücksrabe?«
Das machte mich wütend, obwohl ich schwieg. Woher nahmen alle diese Leute das Recht, meine Eheschließung mit düsteren Prophezeiungen zu belasten? Lächerlich!
Ich blickte zu den lastenden Wolken auf und hörte im Geist Sarah Slopers Stimme: »Glücklich die Braut, die von der lieben Sonne beschienen wird!«

Nach wenigen Minuten machte der Regen eine Pause, so daß wir recht gut ins Pfarrhaus hinüberkamen.
Das altvertraute Wohnzimmer war wunderschön mit Chrysanthemen und Sternastern in allen Farbnuancen

geschmückt. Auf einem weißgedeckten Tisch standen der mehrschichtige Hochzeitskuchen und etliche Flaschen Champagner.
Ich schnitt unter allgemeinem Applaus mit Tybalts Hilfe den Hochzeitskuchen an, und der unangenehme Zwischenfall nach der Trauung war vergessen.
Hadrian hielt eine witzige Rede, auf die Tybalt ein bißchen zu kurz antwortete. Ich trommelte mir unablässig ein, daß ich auf dem Höhepunkt meines Lebens war – vielleicht nur deshalb, weil ich Mr. Peggers fanatische Augen unter der Feme- und Mönchskapuze immer noch vor mir sah. Draußen rauschte aufs neue der Regen.
Theodosia faßte meinen Arm. »O Judith, ich bin so froh, daß wir Schwestern sind. Vaters Wunsch, daß Tybalt und seine Tochter heiraten sollten, ist somit erfüllt. Ist es nicht wie ein Wunder?« Sie blickte zärtlich zu Evan hin, der gerade einige Meter entfernt mit Tabitha sprach. »Ich bin dir so dankbar . . .«
»Wieso dankbar?«
Sie verhedderte sich etwas. Theodosia hatte nie ein besonderes Talent gehabt, sich gewandt auszudrükken.
»Nun ja, weil *du* Tybalt geheiratet hast . . . Ich brauchte mir also keine Gewissensbisse zu machen, weil ich Vaters Wunsch nicht erfüllte . . . und so.«
Es klang, als ob die Tatsache, daß ich Tybalt »genommen« hatte, sie und alle anderen etwaigen Heiratskandidatinnen vor ihm errettet hätte!
»Ihr werdet sicher sehr glücklich miteinander«, fuhr Theodosia hastig fort. »Du bist ja schon beinahe eine Expertin in Archäologie. Ich kann mit Evan trotz aller Mühe nie Schritt halten, aber zum Glück lacht er nur und sagt, ich soll mich doch nicht so anstrengen. Er sei vollkommen zufrieden mit mir, wie ich bin.«

»Du bist also glücklich, Theodosia?«
»Überglücklich. Deshalb bin ich ja auch ...« Sie stockte.
»... so dankbar, daß ich dir Tybalt abgenommen habe und der Wunsch deines ... unseres Vaters doch noch erfüllt worden ist. Ich kann dir versichern, daß ich nicht aus *diesem* Grunde geheiratet habe.«
In diesem Moment trat Sabina zu uns. »Ist es nicht ein Witz? Da sind wir drei mal wieder beisammen und alle drei verheiratet. Gefällt dir diese Blumendekoration, Judith? Stammt hauptsächlich von einer unserer treuesten alten Jungfern aus der Gemeinde; sie schmückt auch jeden Sonntag die Kirche. Rührend. Himmel, wenn ich an unsere gemeinsamen Unterrichtsstunden denke! Wenn was Dramatisches passierte, steckte immer Judith dahinter ... Und dann kam auch noch heraus, daß du Sir Ralphs Tochter warst, illegitim natürlich, aber das macht die Sache ja erst reizvoll. Und nun hast du sogar meinen Bruder gekriegt und wirst eine richtige Lady. Sieht er nicht fabelhaft aus? Wie ein antiker Gott oder so was ... Er war von Kind an mit keinem gewöhnlichen Sterblichen zu vergleichen. Du auch nicht, Judith – auf deine Weise. Und nun sind wir Schwägerinnen, und du bist Theodosias Schwester. Es ist wie im Märchen.«
Sie sah ihren großen Bruder Tybalt mit der rückhaltlosen Bewunderung an, die ihr von jeher eigen war.
»Tybalt als Bräutigam! Pardon, ich muß mir mal in den Arm kneifen, um zu sehen, ob ich nicht träume. Wir dachten eigentlich, er würde nie heiraten. Höchstens eine Mumie. Ach, richtig, er hat dich ja als ›Mumie‹ kennengelernt ...«
Nun lachten wir alle drei. Sabinas Geplauder hatte etwas Unwiderstehliches.

»Also, jetzt seid ihr tatsächlich verheiratet«, schloß sie. »Alle Märchen sollten so enden.«

»Wieso enden?« fragte Theodosia vernünftig. »Die Heirat ist doch der Anfang, wenigstens bei mir. Evan ist so froh, daß er auf die ägyptische Expedition mitgehen darf. Als vollberechtigter Mitarbeiter natürlich.«

»Was?« rief Sabina. »Das ist aber eine große Ehre! Während seiner Abwesenheit mußt du uns besuchen, Theodosia.«

»Danke, aber ich gehe doch selbstverständlich mit. Dachtest du, ich lasse meinen Evan allein?«

»Hat Tybalt schon zugestimmt?« fragte Sabina. »Vater wollte nie Frauen dabei haben; er sagte, sie jammerten nur ewig herum und lenkten die Wissenschaftler von der Arbeit ab – bis auf wenige Ausnahmen, die selbst etwas von der Sache verstanden. Aber verzeih, ich sehe schon, daß du mitgenommen wirst. Tybalt hat als junger Ehemann wahrscheinlich Verständnis für andere. Außerdem könnt ihr einander Gesellschaft leisten, du und Judith. Tabitha geht ja auch mit, soviel ich weiß – *sie* nun schon fast als Expertin. Da drüben ist sie gerade mit Tybalt ins Gespräch vertieft, zweifellos über Ägypten. Sieht sie nicht bildschön aus? Trägt immer genau das Richtige. Angeborener Sinn für Eleganz. Wenn ich den nur hätte ... Aber mit diesem Silbergrau schießt sie mal wieder den Vogel ab. Paß nur auf, Judith«, plauderte sie in unverändert heiterem Ton weiter, »daß Tybalt und Tabitha sich über den Ausgrabungen nicht allzu nahe kommen. Ich hab' mich schon ein bißchen gewundert, daß Tybalt sie neulich nach Dorset mitgenommen hat. Wie konntest du das zulassen? Ach ja, ich weiß ... deine Tante war gerade krank. Aber Tabitha ist weder alt noch reizlos ... höchstens ein, zwei Jahre älter als Tybalt. Natürlich ist sie eine vollendete Dame, immer zurück-

haltend und höflich, aber du weißt ja: Stille Wasser sind tief. Oje, Judith, verzeih: Was ist das für eine Art, mit einer frischgebackenen jungen Ehefrau zu reden! Du siehst ganz verstört aus. So meine ich's doch gar nicht. Tybalt wird natürlich der *treueste* Ehemann auf Erden sein! Schon seine geliebte Arbeit läßt ihm gar keine Zeit zu Seitensprüngen. Wie ich schon sagte, es ist ein Wunder, daß er überhaupt geheiratet hat. Aber euer Eheglück ist ja garantiert, erstens durch dein Verständnis für seinen Beruf und dann durch die Tatsache, daß ihr keine Geldprobleme habt . . .«
Ich hielt mir mit leicht gezwungenem Lachen die Ohren zu.
»Unser Plaudertäschchen«, sagte ich zu Theodosia. »Sie hat sich nicht verändert.«
»Denke daran«, verteidigte sich Sabina, »daß *du* uns in unserer Schulzeit kaum zu Worte kommen ließest. Heute bist du nur so still und versonnen, weil es dein Hochzeitstag ist. Sonst wärst du mir schon längst über den Mund gefahren.«
»Na, du kannst es auch ganz schön, Sabina. Schau, da kommt Hadrian.«
»Hallo, welch trauliches Schülertreffen«, sagte Hadrian. »Da gehöre ich doch auch dazu.«
»Wir redeten gerade über die Expedition nach Ägypten«, sagte Sabina.
»Tun ja alle hier«, antwortete Hadrian.
»Weißt du schon, daß Evan und Theodosia auch mitkommen?« fragte ich.
»Ja, wenigstens andeutungsweise. Wie es scheint, sind wir wieder mal alle beieinander – natürlich außer dir, Sabina, und deinem geistlichen Herrn Oliver.«
»Selbstverständlich. Oliver ist Pfarrer, und wir haben beide unsere Gemeindeaufgaben.«

Daß Hadrian auf die Expedition mitkommen sollte, war mir neu. Ich fragte ihn danach.

»Es ist ein großes Zugeständnis von Tybalt an einen Minderbegabten«, antwortete er. »Ich werde mich dankbar erweisen. Vor allem entwische ich auf geraume Zeit meinen Gläubigern.«

»Du redest immer nur vom Geld.«

»Weil ich nicht genug habe, um vornehm zu schweigen.«

»Unsinn«, sagte ich ärgerlich. »Du bist gut versorgt. Ich weiß nicht, was du mit deinem Geld machst.«

»O Judith, du hast gut reden . . . jetzt!!«

»Hör bitte damit auf. Die Expedition ist auf jeden Fall wichtiger. Ich freue mich darauf, und es wird bald Zeit zum Aufbruch nach Ägypten.«

»Klar, das ist ja der einzige Grund für die überstürzte Heirat«, meinte Hadrian gelassen. »Wer war übrigens die Gespenstererscheinung vor der Sakristei?«

»Nur der alte Pegger. Du kennst ihn doch auch von Kind an.«

»Wirkte wie ein Unheilsprophet. Sicher hat er sich später gefreut, daß er in so einem geeigneten Moment gekommen ist. Leute seiner Art sind ja entzückt, wenn sie andern die Stimmung verderben.«

»Da ist er nicht der einzige«, sagte ich anzüglich. »Es scheint eine allgemein menschliche Eigenart zu sein.«

»Natürlich«, stimmte Hadrian lächelnd zu. »Und da kommt wie aufs Stichwort dein geistlicher Gatte, Sabina. Kann er nicht schnell einen Segen sprechen oder sonstwie die bösen Geister austreiben, die das alte Ekel vorhin möglicherweise heraufbeschworen hat?«

»Er denkt nicht daran«, sagte Sabina, während sie ihrem Mann entgegenging und sich an seinen Arm hängte.

Hadrian lachte. »Jetzt ist sie beleidigt. Um so besser, Judith – vielleicht kommen wir so endlich auch mal zu einem kleinen *Tête-à-tête.*« Er zog mich etwas weiter in eine Ecke und betrachtete mich kopfschüttelnd. »Offengestanden, ich bin auch etwas erstaunt über die Plötzlichkeit.«

»Hadrian, von dir hätte ich das nicht erwartet!« protestierte ich.

»Das mit der ›Plötzlichkeit‹ meine ich natürlich nicht so wie unser alter Totengräber. Ich meine nur deine unerwartete Erbschaft und die fast augenblicklich folgende Verlobung und Heirat ... Hätte ich gewußt, daß ein Vermögen auf dich wartete, so hätte ich dir selbst einen Antrag gemacht.«

»Wieder mal eine verpaßte Gelegenheit!« spöttelte ich.

»Mein Leben besteht daraus. Aber im Ernst, wer hätte gedacht, daß der Alte dich so reich bedenkt wie seine legitime Tochter. Mein kümmerliches Legat wirkt dagegen wie eine Ohrfeige.«

»Aber Hadrian, du bist doch auf Lebenszeit gesichert, und du kannst dir in deinem Beruf immer genügend hinzuverdienen.«

»Enorm!« knurrte er. »Tybalt ist ein Glückspilz. Er kriegt dich – und all das Geld obendrein.«

»Ich würde Gott auf den Knien danken, wenn die Leute endlich aufhörten, von meinem Geld zu reden.«

»Tja, Judith, Geld bewegt die Welt ... mehr als Liebe. Du Glückliche hast beides.«

»Entschuldige, Hadrian, ich sehe wilde Zeichen von meinen Tanten. Und ich muß mich noch umziehen.«

Dorcas hastete herbei. »Judith, weißt du, wie spät es ist?«

»Ich sagte gerade dasselbe zu Hadrian.«

»Du mußt dich umziehen!«

Ich war froh, mich mit Dorcas und Alison in das Zimmer

zurückziehen zu können, das Sabina mir für ungestörte Reisevorbereitungen reserviert hatte. Da hing das silbergraue Noppenkostüm mit dem kokett gerüschten Rock und der weißen Spitzenbluse ...

Silbergrau. Angeborene Eleganz. Wo hatte ich das doch gerade gehört? Ach, richtig ... wenn eine Frau wie Tabitha es trug ...

»Wie süß du aussiehst!« gurrte Dorcas.

»Nun ja, ihr seht mich mit den Augen der Liebe«, erwiderte ich.

»Gleich wird dich noch jemand ebenso sehen«, sagte Alison rasch. »Hoffentlich«, fügte sie mit fast unmerklicher Verspätung hinzu.

Ich trat aus dem Haus. Die Kutsche stand schon da, und Tybalt wartete auf mich.

Wir trieben den Kutscher zur Eile an, ehe uns alle Gäste nachströmten und die üblichen mehr oder minder scherzhaften Segenswünsche zuschreien konnten. So begann unsere Hochzeitsreise nach Dorset.

Was soll ich von meinen Flitterwochen erzählen? Daß sie meine hochfliegenden Erwartungen nicht erreichten?

Ja und nein. Zuerst war alles wunderbar – zwei volle Nächte und einen Tag gehörte Tybalt mir allein. Wir hatten unsere Fahrt nach Dorset in einem Hochmoordorf unterbrochen und uns in einem winzigen Gasthaus einquartiert.

»Ich glaube, wir haben uns eine kleine Atempause verdient, bevor wir zu dem Ausgrabungstrupp stoßen«, meinte Tybalt.

»Eine blendende Idee«, sagte ich.

»Ich dachte, du wärst so wild auf die neuentdeckten Mosaikfußböden?«

»Na ja, nicht ganz so wild wie auf das Alleinsein mit dir.«
Mein Freimut schien ihn zugleich zu amüsieren und zu beunruhigen. Er betonte mehrmals, daß er sich nicht so ausdrücken könne wie ich.
»Bitte denke nicht, Judith, daß ich dich nicht liebe, nur weil ich nicht dauernd in Liebesbeteuerungen ausbreche. Ich finde es schwer, über die allertiefsten Gefühle zu reden.«
Das genügte mir vollkommen.
Nie werde ich das kleine Heidegasthaus vergessen. Gerade unter unserem Fenster knarrte das dreihundert Jahre alte Wirtshausschild; nicht minder knarrte das riesige Federbett, in dem wir unsere Hochzeitsnacht erlebten, und ganz in der Nähe rauschte ein Wasserfall über urweltliche Felsen.
Im flackernden Schein des Kaminfeuers sah ich riesige rote Rosen auf der Tapete; ich fühlte Tybalts Arme um mich und war wunschlos glücklich.
Morgens wurde uns das Frühstück unten in der Stube aufgetragen, in der Schinken und Würste von den rauchgeschwärzten Eichenbalken hingen und schönes altes Zinngeschirr auf den Wandbrettern prangte. Ofenfrisches Brot, Eier und Speck, Erdbeermarmelade und dicke Sahne . . .
Alles außer dem (vorzüglichen) Kaffee stammte aus der eigenen Wirtschaft. Und Tybalt saß mir gegenüber und sah mich immerzu fast staunend an. Ich fühlte es selbst: Wenn ich jemals in meinem Leben schön gewesen bin, so war ich es an diesem Morgen.
Hinterher wanderten wir stundenlang durch das herbstlich gefärbte, trocken federnde Hochmoor und picknickten an einem silberklaren Bächlein aus dem fürsorglich gepackten Futterkorb, den uns die Wirtin

mitgegeben hatte. In der Ferne sahen wir die scheuen wilden Heideponies, und die einzigen Menschen, denen wir begegneten und die freundlich wiedergrüßten, waren ein Bauer mit einem Obstkarren und ein ländlicher Reiter. Es war ein zauberhaft idyllischer Tag, und dann ging es wieder zurück in das uralte Gasthaus zu Bratente und jungen Erbsen und in das Schlafzimmer mit dem gemütlichen Kaminfeuer und den roten Riesenrosen ...

Tags darauf fuhren wir mit dem Bummelzug nach Dorset weiter.

Natürlich interessierte auch ich mich lebhaft für die römischen Ausgrabungen, die schon erfreulich weit gediehen waren; aber im Grunde meines Herzens hätte ich damals alle Mosaikfußböden der Welt für eine einzige Liebesstunde mit Tybalt hingegeben. Das Hotel war voller Fachkollegen und ähnelte schon deshalb nicht im mindesten der lauschigen Herberge in Dartmoor. Immerhin war ich stolz auf die Hochachtung, die Tybalt auf Schritt und Tritt gezollt wurde, und bemühte mich unablässig, weiter zu lernen – was wiederum meinen jungen Ehemann freute.

Terence Gelding, sein Kollege und unser Trauzeuge, war bei unserer Ankunft schon da. Groß, hager, mit ernstem, fast verbissenem Gesichtsausdruck, vertrat er den Typ, den ich in Tybalts engerer Umgebung oft feststellte. Meine Anwesenheit schien ihn etwas zu genieren. Aber Tybalt lachte nur, als ich ihm einmal vertraulich sagte, sein Freund Terence sei offenbar nicht so recht mit unserer Heirat einverstanden.

»Was du immer gleich für phantastische Vorstellungen hast, Judith!« sagte er, und ich erinnerte mich, wie oft Alison und Dorcas mir genau dasselbe gesagt hatten. »Terence Gelding ist ein erstklassiger und vertrauens-

würdiger Wissenschaftler – zielbewußt und unermüdlich. Mit solchen Leuten arbeitet man gern.«
Im Laufe der nächsten Tage ergaben sich Hinweise, daß in der Nähe der entdeckten römischen Siedlung sogar ein Amphitheater bestanden habe. Die Aufregung war groß. Eine Sonderkommission unter Tybalts Führung wurde ausgeschickt, um die Bestätigung zu liefern, aber ich durfte nicht mit. Tybalt machte mir bedauernd klar, daß dies eine rein wissenschaftliche Angelegenheit sei, und wenn er seine Frau mitnähme, kämen die andern bald mit ganzen Familien.
»Ich komme ja schon in ein paar Stunden zurück«, sagte er mit einem zärtlichen Abschiedskuß. »Was machst du inzwischen?«
»Ein Buch über römische Ausgrabungen lesen. Der Hotelportier hat es für mich aufgetrieben. Bald werde ich über alles mitreden können ... Du wirst schon sehen.«
Hierüber mußte er herzlich lachen.
Ich gab mir fürchterliche Mühe und lernte alle Stilmerkmale auswendig, die die Jahrhunderte – nein, sogar Jahrzehnte! – der römischen Besatzung Britanniens kennzeichneten. Aber so sehr mich das alles fesselte, war ich doch hauptsächlich eine junge Frau in den Flitterwochen, und das schönste geometrische Mosaik ließ sich nicht mit den Eichenbalken des Dartmoor-Gasthofs vergleichen.
In den nächsten Tagen durfte ich Tybalt doch ein paarmal zu den Ausgrabungsstätten begleiten. Ich unterhielt mich mit den noch nicht so bedeutenden Mitgliedern des Teams, studierte Lagekarten, grub sogar ein bißchen mit wie einst auf dem heimischen Friedhof und auf Carters Wiese. Ich sah genau zu, mit welchen Mitteln zerbrochene Gegenstände, zum Beispiel Krüge oder eine Cae-

sar-Plakette, provisorisch wieder zusammengesetzt wurden. Fabelhaft!
Aber ganz tief innen sehnte ich mich danach, mit Tybalt allein zu sein.

Wir verbrachten zwei Wochen in Dorset. Ich glaube, Tybalt verließ die Forschungsstätte nur ungern. Den letzten Abend widmete er einem Fachgespräch mit den Expeditionsleitern. Ich war schon im Bett, als er endlich kam; Mitternacht war vorüber.
Er setzte sich zu mir auf die Bettkante. Seine Augen strahlten.
»Die Theateranlage ist jetzt so gut wie gesichert«, sagte er. »Solch eine Entdeckung – hier! Es scheint sich als einer der bedeutendsten Fundorte von ganz England zu entpuppen. Professor Brownlea ist vor Glück ganz durchgedreht. Man hat auch eine Hochreliefplakette mit einem Porträtkopf gefunden. Wenn wir herauskriegen, wen sie darstellt, wird es eine Sensation.«
»Ich weiß«, sagte ich, »natürlich ein Caesar oder zumindest ein Feldherr. Ich war dabei, als ›Erste Hilfe‹ geleistet wurde.«
»Leider fehlt noch ein entscheidendes Stück auf der Randinschrift. Aber die Mosaikböden! Stündlich kommt Neues zutage. Die typischen Schwarzweißmuster würde ich auf Anno vierundsiebzig datieren.«
»Womit du bestimmt recht hast, Tybalt.«
»Nun, ganz sicher kann man nie sein, bevor man unwiderlegliche Beweise hat ... Warum lächelst du, Judith?«
Ich breitete die Arme nach ihm aus. »Hab' ich gelächelt? Vielleicht, weil ich das Leben manchmal erforschenswerter finde als römische Überreste.«
Er kapierte sofort und umarmte mich. Schließlich war

ich es, die sich sanft losmachte. »O Tybalt, wenn ich nur deine Gedanken nicht so spürte! Ja, es gibt noch Aufregenderes als die römischen Funde hier. Zum Beispiel die Pharaonengräber.«
»Judith«, lachte er erleichtert, »es ist zu schön, daß du mich so verstehst. Du mußt unbedingt nach Ägypten mitkommen.«
»Das war doch schon längst abgemacht. Deswegen hast du mich ja geheiratet.«
»Unter anderem ...«
Nach einer längeren Pause sagte er in gepreßtem Ton: »Ich verdiene dich gar nicht, Judith.«
Ich lachte glücklich. »Versuche es halt auf Raten.«
Auch er war glücklich, das spürte ich. Aber – so glücklich wie über einen neuen Mosaikfund oder weitere Ruinen des Amphitheaters? Ich ließ die unfruchtbaren Vergleiche lieber bleiben. Es war schon dumm genug von mir, dauernd an Dorcas' und Alisons Kassandrarufe zu denken (obwohl sie nie *gerufen* hatten) oder an den savonarola-ähnlichen fanatischen Totengräber. Wenn Sir Ralph mir doch kein solches Vermögen hinterlassen hätte! Dann wüßte ich, ob Tybalt mich wirklich nur um meiner selbst willen geheiratet hatte ...

In der ersten Novemberwoche kehrten wir heim an einem düsteren und unfreundlichen Nachmittag. Die Herbststürme hatten alle Laubbäume inzwischen fast völlig entblättert; aber als unser Wagen vor der Tür der Villa Gizeh hielt, war es windstill, lau und feucht wie meistens in Cornwall.
Tabitha kam uns zur Begrüßung entgegen. »Kein besonders angenehmer Tag«, sagte sie. »Sicher sind Sie auf der Fahrt vom Bahnhof ganz durchgefroren. Kommen Sie nur schnell herein; der Tee ist bereit.«

Auf dem Weg ins Haus sah sie uns diskret forschend von der Seite an, als wolle sie ergründen, wie wir uns während der Flitterwochen vertragen hätten. Warum bildete ich mir nur immerzu ein, jedermann fände, daß Tybalt und ich nicht so recht zueinander paßten?

In der Tür drehte ich mich noch einmal um und sah an der Fassade empor. »Das verwunschene Haus« ... Mir fiel ein, wie ich die arme Theodosia früher vor den Musikstunden zu ängstigen pflegte, bis sie kopflos hineinrannte. Wahrscheinlich spähte auch jetzt die »Hexe«, Nanny Tester, hinter der Gardine aus ihrem schrägen Dachfenster.

»Komisch«, murmelte ich, »die Villa Gizeh hat mich immer magisch angezogen.«

»Jetzt sind Sie hier zu Hause«, erinnerte mich Tabitha.

»Vielleicht ändern wir einiges um, wenn wir von Ägypten zurück sind.« Tybalt zog mich lächelnd am Arm weiter. »Manches ist arg veraltet, glaube ich. Aber in den nächsten Wochen müssen wir uns alle auf die Expeditionspläne konzentrieren.«

Tabitha zeigte uns unser Schlafzimmer im ersten Stock, einen Raum, den sie schon während unserer Abwesenheit hatte neu dekorieren lassen.

»Großartig von Ihnen!« lobte Tybalt.

Mein erster Eindruck war ein mildes Mitternachtsblau rundum, mein zweiter der Anblick von Mustapha und Absalam, die in regloser Ehrfurchtshaltung in einer Ecke verharrten. Ihre schwermütigen dunklen Augen waren auf mich gerichtet. Ich dachte verlegen an den Eindruck, den ich ihnen als freche Halbwüchsige und später als Angestellte Lady Bodreans gemacht haben mußte. Und nun war ich Lady Travers, Herrin des Hauses! Oder sahen sie Tabitha weiterhin als erste Dame an?

Ich blieb in unserem Zimmer, um mich nach der Reise

etwas aufzufrischen, während Tybalt und Tabitha in den Salon zurückkehrten. Eines der Hausmädchen brachte mir heißes Wasser, und nachdem ich mich gewaschen hatte, blickte ich aus dem Fenster. Der Garten war ungepflegt und verwildert wie eh und je. Besser, ich zog den Vorhang zu – einen wundervoll weichen mitternachtsblauen Samtvorhang mit goldenem Mäandermuster am Saum. Das riesige Himmelbett stand auf einem knöcheltiefen Teppichboden. Trotz dieser fast orientalischen Üppigkeit waren auch hier ein paar einfache Bücherregale an der Wand. Einige der Bücher waren alte Bekannte; ich hatte sie im Laufe der Jahre geborgt und gelesen. Sie handelten ausschließlich von Altertumskunde und früheren Ausgrabungsberichten. Dies erst brachte mich auf den Gedanken, daß Sir Edwards früheres Zimmer für uns neu eingerichtet worden war. Hier also hatte er seine Nächte verbracht, bis er zu jener letzten Schicksalsreise aufgebrochen war ... War in dem großen Haus kein anderes Zimmer für uns zu finden gewesen?

Unsinn! Ich ärgerte mich über mich selbst. Es war ein sehr schönes und angemessenes Zimmer. Ich zog mich um und ging in den Salon hinunter, wo ich Tybalt und Tabitha in eifrigem Gespräch über ausgebreiteten Meßtischblättern fand.

Tabitha fuhr bei meinem Eintritt auf. »Der Tee kommt gleich. Sie können ihn sicher brauchen. Reisen sind ja immer ein bißchen anstrengend.«

Eins unserer Hausmädchen, Ellen, rollte den Teewagen herein. Tabitha schenkte ein und verteilte die Tassen. Jetzt erst fragte sie nach dem Verlauf unserer Hochzeitsreise. Tybalt antwortete mit einer begeisterten Schilderung der römischen Fundstätte. Tabitha sah mich mit einem halb amüsierten, halb ängstlichen Lächeln an,

worauf ich natürlich versicherte, ich habe die Ausgrabungen genauso aufregend und tagesausfüllend gefunden wie er.
»Nun müssen wir aber ernsthaft unsere nächsten Pläne besprechen«, sagte Tybalt mit Feuer. »Die Zeit vergeht wie nichts, und wir haben noch enorm viel zu tun. Anfang Februar müssen wir aufbrechen.«
Wir redeten und redeten. Ich sah ins Kaminfeuer und in das hereinbrechende Dunkel vor dem Fenster und sagte mir immer wieder: Es ist wie ein Traum. Nein, mein Traum ist wahr geworden! Ich sitze neben Tybalt und darf sein Leben teilen – ganz und gar!

Und dann die erste Nacht im eigenen Haus! Der Flakkerschein des Kaminfeuers fiel nicht mehr auf altmodische Bauernrosen wie in jenem unvergeßlichen Dartmoor-Gasthof, sondern weckte nur merkwürdig huschende Licht- und Schattenerscheinungen an den Wänden. Und wie still es war . . .!
Ich war vor Tybalt hinaufgegangen, um mich in Ruhe bettfertig zu machen. Dabei entdeckte ich hinter einer dunkelblauen Samtportiere eine Tür, die in die Nebenkammer führte, wo einst der Sarkophag gestanden hatte. Dies versenkte mich in tiefes Nachsinnen.
Hier hatte Sir Edward viele arbeitsreiche Tage und Nächte zugebracht – ohne seine Frau, denn sie war schon gestorben, ehe er die Villa Gizeh erwarb und taufte. Über uns in der Mansarde hockte die alte Kinderfrau Janet Tester, die natürlich wußte, daß Tybalt und ich heute von der Hochzeitsreise zurückgekehrt waren. Ob sie schon schlief? Oder was tat sie da oben immer allein? Und warum kam Tybalt nicht? Hatte er Tabitha noch soviel mitzuteilen, wozu ich, sagen wir, zu dumm war?

Himmelherrgott, ich würde doch nicht etwa anfangen, auf Tabitha eifersüchtig zu sein?
Es liegt am Haus, sagte ich mir. Es hat eine beklemmende Atmosphäre, etwas Lauerndes.
Tybalt trat ein und erwischte mich noch auf der Kammerschwelle. Die Schatten schwanden, das Feuer loderte anheimelnd, das Kerzenlicht machte meine Züge weicher – ich erinnerte mich rechtzeitig an diese freundliche Eigenschaft schummriger Beleuchtung.
»Was machst du denn da?« fragte er heiter erstaunt.
»Ich habe diese Tür eben erst entdeckt«, erwiderte ich. »Stand hier nicht vor Jahren der Sarkophag?«
Er lachte. »Hattest du etwa vor, dich wieder als Mumie zu verkleiden, um mich zu erschrecken?«
»Ausgerechnet dich! Wo du sie doch heiß und innig liebst!« – »Nicht so«, antwortete er, indem er mich sanft von der Schwelle wegzog, »wie ich dich liebe.«
Wie immer, wenn er – der in Gefühlsdingen so Wortkarge – so etwas sagte, war ich vollkommen und wunschlos glücklich.

»Gefällt Ihnen das Zimmer, das ich für Sie eingerichtet habe?« fragte mich Tabitha am nächsten Morgen. Tybalt war schon in sein Arbeitszimmer gegangen, um sich in seine Korrespondenz zu vergraben.
»Ein bißchen gespenstisch ist es ja«, gestand ich.
»Nanu«, lachte Tabitha, »ist Ihnen eine ›weiße Frau‹ erschienen? Kaum möglich. So alt ist das Haus ja gar nicht.«
»Nein, aber vielleicht liegt es am Beruf seiner Besitzer – es kam mir von Kind an irgendwie verwunschen vor.«
»Der Garten ist entsetzlich verwildert und macht die Zimmer zu dunkel, glaube ich. Mit einigem Auslichten ließe sich das ändern. Jedenfalls ist das Zimmer, das ich

für Sie habe renovieren lassen, eigentlich das schönste ... Es war früher Sir Edwards.«
»Dachte ich mir. Nebenan ist die Kammer, wo einmal der berühmte Sarkophag stand.«
»Ja, und die gesamte Literatur, die er jeweils brauchte – und die Belegexemplare seiner eigenen Werke. In schlaflosen Nächten arbeitete er gern. Wollen Sie das Zimmer wechseln?«
»Nein ...«
»Judith, Sie wissen, alles steht zu Ihrer Verfügung. Sie sind Herrin im Haus.«
»Herrin! Was für ein Wort! Ich muß mich erst daran gewöhnen.«
»Nun, das werden Sie schon. Sie sind vorläufig zufrieden, nicht wahr?«
»Zufrieden! Ich habe mehr, als ich mir je erhoffen durfte.«
»Wer kann das von sich sagen«, seufzte sie leise.
»Sie nicht, Tabitha?«
Ich hätte mir durchaus ein vertrauliches Gespräch mit ihr gewünscht. Sicher gab es in ihrem Leben Geheimnisse. Sie war zu jung, um allein zu sein – Witwe, soviel ich wußte – und so resigniert in die Welt zu schauen. Andererseits war ihre Verschwiegenheit und Zurückhaltung einer der Gründe, die sie so reizvoll und interessant machten.
»Auch ich habe meine Glücksstunden erlebt«, antwortete sie. »Vielleicht darf man nicht mehr verlangen.«
Das war alles, was Tabitha äußerte. Ich war genauso klug wie zuvor.

So kam die Adventszeit heran. Sabina sagte, wir müßten Weihnachten im Pfarrhaus feiern, natürlich auch mit den Tanten. Dorcas und Alison waren erst ein bißchen belei-

digt, aber ich schob ihre Einwände mit dem Hinweis beiseite, daß es doch am schönsten wäre, in dem alten Pfarrhaus beisammen zu sein, wo sie und ich fast unser ganzes bisheriges Leben verbracht hatten.
Die Tage verflogen. Außer den weihnachtlichen Verpflichtungen gab es natürlich die Expedition zu bedenken. Tabitha und ich schmückten auch die Villa Gizeh mit Stechpalmen und Mistelzweigen. Das war, wie Tabitha sagte, vorher noch nie geschehen. Das Personal war entzückt. Sie fühlten sich »heimischer« hier, seit ich da war, und sprachen es öfters aus – ein enormes Kompliment für mich.
Die Mädchen mochten mich; es machte ihnen Spaß, mich mit »Mylady« anzureden – wobei ich noch jedesmal mit den Lidern klapperte. Immer wieder mußte ich mich innerlich darauf hinweisen: Gott, es ist ja wahr! Diesmal träumst du nicht!
Peinlich war nur eine Begegnung mit Mustapha und Absalam, mit deren Dasein ich mich nie ganz abfinden konnte. Sie waren so schrecklich lautlos ... Oft, wenn ich mich umdrehte, standen sie direkt hinter mir, ohne daß ich sie kommen gehört hatte – und immer zu zweit. Sie sahen sich so ähnlich, daß ich sie nicht genau auseinanderhalten konnte und sicher oft verkehrt anredete, was zum Beispiel Tabitha nie passierte. Aber sie kannte sie auch viele Jahre länger.
Es war eine dämmrige Nachmittagsstunde. Ich war gerade ins Schlafzimmer gekommen und sah, daß die Tür zur Nebenkammer einen Spalt breit offen stand. In der Vermutung, Tybalt könnte darin sein, trat ich ein. Aber es war Mustapha – oder Absalam –, der in seinem langen Burnus als reglose Silhouette vor dem Fenster stand. Gleichzeitig tauchte der andere Ägypter hinter mir auf, zwischen mir und der Schlafzimmertür. Ohne daß ich

recht wußte, warum, fühlte ich, daß mir eine leichte Gänsehaut kam.

»Was macht ihr denn hier? Ist etwas?« fragte ich so ruhig wie möglich.

Kurze Stille. Dann nickte der am Fenster dem anderen zu und sagte: »Absalam, du sprechen.«

Ich wandte mich Absalam zu und sah ihn fragend an. Er verbeugte sich. »Mylady, wir sind Ihre ergebensten Sklaven.«

»Solche Redensarten mag ich nicht, Absalam. Bei uns gibt es keine Sklaven mehr.«

Beide neigten die Köpfe. Dann sagte Mustapha: »Wir Ihnen treu dienen, Mylady.«

»Das hört sich schon besser an«, sagte ich leichthin.

Die Tür zum Korridor war geschlossen, und die zum Schlafzimmer war mir immer noch von Absalam verstellt. Und es war höchst unwahrscheinlich, daß Tybalt gerade jetzt heraufkommen und mich aus dieser etwas gruseligen Dreisamkeit erlösen würde.

»Wir Ihnen schon oft etwas sagen wollen«, fuhr Absalam fort.

»Gut, nun habt ihr die Gelegenheit.«

»Es darf nicht sein«, sagte Mustapha mit Grabesstimme und schüttelte den Kopf, worauf auch Absalam den seinen schüttelte.

»Was?« fragte ich.

»Bleiben Sie in England, Mylady. Sagen Sie es auch Sir Tybalt. Er darf nicht nach Ägypten.«

Jetzt begriff ich. Sie fürchteten das Land, in dem ihr früherer Herr den Tod gefunden hatte.

»Leider ist das unmöglich«, antwortete ich. »Die Vorbereitungen sind schon sehr weit gediehen, wie ihr wißt.«

»Muß aufgegeben werden«, beharrte Mustapha.

»Sir Tybalt ist bestimmt nicht eurer Meinung.«
»Der Tod wartet. Der alte Fluch ...«
Natürlich, dachte ich, diese Nachkommen der alten Ägypter sind maßlos abergläubisch. »Habt ihr schon mal mit Sir Tybalt darüber gesprochen?« fragte ich laut.
Wieder schüttelten sie im Gleichtakt die Köpfe. »Hat keinen Zweck. Auch sein großer Vater – nicht hören wollen. Darum er sterben. Der Fluch hat schon andere getroffen. Wird wieder treffen.«
»Es ist weiter nichts als eine Legende«, sagte ich. »Keine Angst, diesmal wird alles gutgehen. Sir Tybalts Pläne sind ohne Risiko.«
Absalam trat vor mich hin, die Handflächen in einer flehenden, beinahe betenden Geste aneinandergelegt, die dunklen Augen gen Himmel gerichtet. »Mylady, Sie müssen sprechen. Mylady sind neue Gemahlin. Ein Gemahl hört auf seine Geliebte.«
»Nicht in Berufsdingen«, sagte ich nüchtern.
»Es kann Tod bedeuten ... den Tod.«
»Vielen Dank für eure Sorge. Ihr meint es gut. Aber ich kann und will meinem Mann nichts ausreden, worauf er seit Jahren hinarbeitet.«
Sie sahen mich mit großen, gramvollen Augen an und senkten die Köpfe. Ich ging rasch an ihnen vorbei ins Schlafzimmer zurück und schloß die Tür. Natürlich, diese einfachen Menschen hatten Angst, sagte ich mir ... Ich nicht!

In der folgenden Nacht, als wir schon im Bett lagen, erzählte ich Tybalt, daß die beiden ägyptischen Diener zum erstenmal ein Gespräch mit mir erzwungen hatten. Sie hätten offenbar große Angst.
»Wovor?« fragte Tybalt.
»Vor dem sogenannten Fluch. Sie sind fest überzeugt,

daß wir in unser Unglück rennen, wenn wir die Expedition nicht aufgeben.«

»Sie brauchen ja nicht mitzugehen.«

»Dazu hängen sie zu sehr an dir, glaube ich. Sie haben mich gebeten, dir ins Gewissen zu reden. Ein Gemahl hört auf seine Geliebte, sagten sie.«

Tybalt lachte.

»Ich habe ihnen auch gleich erklärt, daß ihr Aberglaube einen Wissenschaftler kaum von seinen Forschungen abschrecken würde. Aber, offen gestanden, manchmal ängstige ich mich auch ein bißchen.«

»Du?! Das ist ja das Allerneueste!«

Ich schmiegte mich enger an ihn. »Nur deinetwegen«, beteuerte ich. »Immerhin besteht diese Fluchlegende schon seit Urzeiten. An Gerüchten, die sich so hartnäkkig halten, ist meist etwas dran. Ich würde ja bloß lächeln, wenn nicht gerade du der Leiter der Expedition wärst . . . Aber du bist es nun mal.«

Er lachte leise in der Dunkelheit.

»Meine *liebe* Judith!« sagte er im nachsichtigen Ton des Überlegenen.

Und das war alles.

Ich wünschte, diese dunklen Wintertage wären endlich vorbei. Die Adventszeit zog sich bei uns in Cornwall nur so hin, ohne Schnee, nur grau und feucht. Es tropfte von den kahlen Ästen, und der weiche Südwest heulte in den Kaminen. Die dunklen Augen der Ägypter folgten mir halb bekümmert, halb hoffnungsvoll. Nanny Tester sah ich nur ein paarmal in Begleitung Tabithas, denn sie blieb in ihrer Mansardenwohnung und kam so gut wie nie herunter.

Theodosia und Evan hatten sich pflichtgemäß für einen Weihnachtsbesuch in Keverall Court angemeldet. Ty-

balt und ich, Sabina und Oliver waren zum Heiligabend ebenfalls eingeladen, desgleichen Hadrian, der dann am Ort bleiben wollte, bis wir nach Ägypten aufbrachen.
Am Heiligabend wurden nach alter Sitte Weihnachtslieder im großen Saal von Keverall Court gesungen und die Armen beschert, und dann gab es unter Olivers Führung eine eindrucksvolle Fackelprozession zum Gottesdienst in der alten Kirche.
Hinterher tafelten Lady Bodreans Gäste, wie es sich gehörte – mit einer seit Jahrhunderten feststehenden Speisenfolge: Täubchen, Hammel- und Rindfleisch, teils in Pasteten-, teils in Bratenform und natürlich mit den jeweils entsprechenden reichlichen Zutaten. Alles dies wurde mit einem Getränk hinuntergespült, das sich »Keverall-Punsch« nannte und dessen Rezept nur der Kellermeister kannte. Das Geheimnis war seit vierhundert Jahren gewahrt worden, und seine Wirkung war nicht gerade harmlos.
Lady Bodreans Benehmen mir gegenüber erheiterte mich. Wenn sie sich unbeobachtet glaubte, betrachtete sie mich mit einer Mischung aus Staunen und Mißtrauen; aber wenn wir einander direkt gegenüberstanden, floß sie förmlich von Liebenswürdigkeit über . . .
Der erste Feiertag im Pfarrhaus war ungezwungener und gemütlicher. Es war drollig, jetzt Sabina auf dem Platz der Hausfrau zu sehen, den einst Dorcas eingenommen hatte. Es gab auch den Truthahn mit Maronenfüllung, dessentwegen sich Dorcas und Alison alljährlich in Aufregung gestürzt hatten. Sabina kannte keine derartigen Sorgen – ihr Plaudern und Scherzen brachte uns alle zum Lachen, sogar als der – traditionell brennende – Plumpudding serviert wurde: der krönende Abschluß, bei dem meine Tanten jedesmal Todesängste ausgestanden hatten.

Da Theodosia und Evan natürlich auch die Feiertage in Keverall Court verbrachten, war ausnahmsweise einmal nicht von der Expedition die Rede, was mich besonders für Dorcas und Alison freute – sie hätten ja doch nur stumm und verlegen dabeigesessen. Statt dessen unternahmen wir Gesellschaftsspiele, lebende Bilder und kindliches Rätselraten. Bei all diesen Späßen brillierte ich, während Tybalt dafür unbegabt war. Wenn Dorcas und Alison mir immer wieder Beifall klatschten, wußte ich nicht recht, ob ich darüber gerührt oder beschämt sein sollte.
Als Tabitha, Tybalt und ich den kurzen Rückweg vom Pfarrhaus zur Villa Gizeh gingen, überkam mich plötzlich der Gedanke, ob wir nun eigentlich auf Jahre hinaus immer zu dritt sein müßten. Ich hatte Tabitha ehrlich gern, aber es gab Momente, auf die das alte Sprichwort beängstigend genau paßte: Zwei sind ein Paar, drei sind ein Gedränge. Empfand ich das so, weil Tybalt sich irgendwie anders benahm, wenn Tabitha dabei war – höflicher, kühler –, als müsse er um jeden Preis die Zuneigung verbergen, die er mir beim Alleinsein immer unbefangener und herzlicher zeigte?

Der Januar brachte endlich ein paar Frosttage mit glitzerndem Rauhreif. Die Welt sah zauberhaft hell und fröhlich aus. Tybalt sah am Frühstückstisch seine Post durch. Plötzlich runzelte er die Stirn und gab einen kurzen Ausruf des Unmuts von sich.
»Diese sturen Juristen!«
»Was gibt's denn?«
»Es scheint noch geraume Zeit zu dauern, bis Sir Ralphs Letzter Wille restlos ausgeführt ist. Typische Hinzögerungstaktik. Möglicherweise halten sie uns noch Monate hin.«

»Macht das soviel aus?«

»Natürlich, Judith. Wir haben zur Finanzierung der Expedition fest mit diesem regelmäßigen zusätzlichen Einkommen gerechnet. Du wirst sehen, wie das Geld bei solchen Unternehmungen hinschmilzt. Wir brauchen circa hundert einheimische Arbeiter, ganz zu schweigen von den wissenschaftlichen Expeditionsteilnehmern. Gehälter, Unterkunft und Verpflegung verschlingen Unsummen. Wenn diese lästigen Finanzfragen nicht wären, könnte die archäologische Forschung schon viel weiter sein.«

»Und du kannst weder an das Geld noch an die Zinsen heran – oder wie immer man die Kapitalerträge nennt –, ehe Sir Ralphs Testament ganz in Kraft tritt?«

»Oh, mit einer derartigen Summe in Aussicht haben wir genug Kredit, um im voraus zu disponieren. Es bedeutet nur unnütze und ärgerliche Formalitäten. Ich werde nach London fahren müssen. Das hatte ich zwar sowieso vor, aber erst später.«

»Na, dann ist es ja nur eine geringfügige Unbequemlichkeit.«

Tybalt lächelte mich an. »Gewiß, aber auch geringfügige Unbequemlichkeiten kosten Zeit.«

Zu meiner Freude sprach er nicht weiter von Geld, sondern kam auf das unerschöpfliche Thema, von dem ich ihn so gern reden hörte: seine feste Überzeugung, daß sein Vater eine Begräbnisstätte entdeckt hatte, die noch nicht von Grabräubern geplündert worden war.

»So froh erregt hatte ich ihn noch nie gesehen. Er kam in den Palast zurück, den uns einer der einflußreichsten Männer Ägyptens zur Verfügung gestellt hatte, weil er sich selbst für die Ausgrabungen interessierte. Trotzdem war es ein ungewöhnliches Entgegenkommen, das er auch diesmal wiederholen will. Die Residenz – sie heißt

Chephro Palace – ist sehr groß und luxuriös, mit herrlichen Gärten und Scharen von Dienern. Wir brauchen dort nur eine Art Nominalmiete zu zahlen, damit wir uns unabhängig fühlen. Das ist orientalischer Takt.«
»Ja, aber du wolltest mir von deinem Vater erzählen.«
»Ich sah ihn von den Felsenhügeln her auf einem Maulesel in den Hof reiten. Es war eine Vollmondnacht, in der alles fast taghell erleuchtet war. In der Mittags- und Nachmittagshitze ist es dort ja kaum möglich, zu arbeiten, und daher nützen wir natürlich die gleißenden Mondnächte nach Kräften aus. Ich stand am Fenster, als Vater einritt, und merkte sofort, daß er etwas entdeckt haben mußte. Er zeigte seine Gefühle nur selten, aber diesmal strahlte er. Ich beschloß zu warten, bis er sich gewaschen und umgezogen und die leichte Mahlzeit verzehrt hatte, die Mustapha und Absalam ihm immer persönlich zubereiteten. Dann erst würde ich zu ihm gehen und ihn ausfragen – daß ich der erste sein würde, dem er sein Erlebnis mitteilte, war ohnehin gewiß. Allen andern gegenüber war er sehr verschwiegen. Ein paar Monate zuvor hatten wir einen Felseneingang gefunden, der in eine längst ausgeraubte Grabkammer führte. Alle Mühen und Kosten schienen zu nichts zu führen, aber Vater wollte trotzdem nicht aufgeben. Er hatte so ein merkwürdiges Gefühl, wie er mir sagte, daß wir immerzu genau am Rande einer ganz großen Entdeckung hintappten.«
Tabitha kam an den Frühstückstisch, und Tybalt sagte: »Ich erzähle Judith gerade vom Tod meines Vaters.«
Sie nickte ernst, setzte sich und stützte das Kinn in die Hände. Ihre Augen schimmerten feucht, als Tybalt fortfuhr:
»Ich ging also hinunter, als ich meinte, er habe sich genügend erfrischt – aber da fühlte er sich nicht mehr be-

sonders wohl. Zunächst nahm ich's nicht ernst; Vater war körperlich genauso zäh wie geistig. Er klagte über Leibschmerzen, und ich sah, daß er etwas schwitzte und zitterte. Mustapha und Absalam waren sehr besorgt, und auf meinen Rat brachten wir ihn gemeinsam zu Bett. Am nächsten Morgen, dachte ich, war noch Zeit genug zu einer vertraulichen Unterhaltung. Aber er starb schon in derselben Nacht. Kurz vor seinem letzten Atemzug wurde ich geholt. Er konnte keine Silbe mehr sprechen, aber ich merkte, daß er mir dringend etwas sagen wollte, und aus der Bewegung seiner Lippen und seinem inständigen Ausdruck glaubte ich abzulesen: ›Führe mein Werk fort.‹ Darum bin ich so fest entschlossen, es zu tun.«

»Woran ist er nun wirklich gestorben?«

»Die genaue Todesursache war nicht festzustellen. Natürlich kam sofort wieder das Gerede vom ›Fluch der Pharaonen‹ auf – lächerlich. Warum sollte mein Vater für eine Arbeit verflucht werden, die schon so viele vor ihm ohne Schaden überstanden hatten? Er war nicht einmal ein Grabschänder wie die zahllosen Räuber der Vergangenheit. Er stand im Dienste einer ehrwürdigen Wissenschaft.«

»Trotzdem ist er gestorben ...«

»Vielleicht war die Hitze auf die Dauer zuviel für ihn. Vielleicht hat er etwas Unrechtes gegessen. Das ist schon manchem dort unten passiert und nicht nur Archäologen.«

»Aber so plötzlich ...«

»Ja, es war bisher der größte Schlag in meinem Leben. Eben deshalb gedenke ich, die Wünsche meines Vaters zu erfüllen.«

Ich drückte ihm die Hand. Für einen Moment hatte ich Tabithas Anwesenheit vergessen. Aber als ich wieder

Tränen in ihren schönen Augen blinken sah, dachte ich (kleinlich, wie ich zugebe): Himmel, warum müssen wir auch jetzt zu dritt sein?

Die vorübergehende Januarkälte brachte der alten Kinderfrau Nanny Tester eine Bronchitis ein, deren Symptome ganz ähnlich waren wie damals bei Dorcas. Ich hatte also Erfahrung und konnte mich bei der Pflege nützlich machen. Wenn ich bei ihr war, beobachtete sie jede meiner Bewegungen mit blanken Knopfaugen; offenbar war sie froh über mein Dasein, da sie Tabitha nun einmal nicht leiden konnte. Letzteres fand ich altersstörrisch und unfair, denn Tabitha gab sich mit ihr wie mit allen anderen die größte Mühe.

Im Februar fuhr Tybalt nach London, um Gespräche mit Kollegen, Rechtsanwälten und Bankmenschen zu führen. Ich hätte ihn gern begleitet, aber er sagte, er hätte so viel zu tun, daß ihm für mich kaum Zeit übrigbleiben würde.

So winkte ich dem abfahrenden Zug vom Hauptbahnhof Plymouth aus nach, wobei ich mich nicht ganz des Gedankens erwehren konnte, daß Lavinia einst genau auf demselben Perron mit ihrem Baby in den Armen eingestiegen war und Dorcas und Alison *ihr* nachgewinkt hatten. Und eine Stunde später war Lavinia tot.

Starke, echte Liebe konnte wirklich ein zweischneidiges Schwert sein. Alle ekstatisch glücklichen Momente mußten, wie es schien, mit Angst und Sorge bezahlt werden. Ruhig war man nur, solange man das geliebte Wesen sicher zur Seite hatte. Bei jeder Trennung aber malte die boshafte Phantasie die schauerlichsten Bilder und Szenen aus – zum Beispiel entgleiste, ineinander verkeilte Zugwaggons, die Schreie der Verletzten, das unerbittliche Schweigen der Toten ...

Kindisch! beschimpfte ich mich selbst. Wie viele Menschen reisen heute täglich mit der Eisenbahn? Tausende! Wie viele verunglücken dabei? Nur ein ganz geringer Prozentsatz! Trotzdem konnte ich mich an diesem Abend, als ich mit Tabitha allein saß, nicht enthalten, von meiner Schwäche zu sprechen. Sie lächelte sanft und verständnisvoll.

»Ja«, sagte sie leise, »es ist gewiß nicht immer leicht, zu sehr zu lieben.«

Es klang, als wüßte sie aus eigener Erfahrung nur zu gut Bescheid, und ich dachte zum soundsovielten Male darüber nach, wie wohl ihre frühere Jugend verlaufen war. Sonderbar, daß sie so beharrlich schwieg. Vielleicht würde sie sich mir später einmal, wenn sie mich besser kannte, doch anvertrauen.

Nanny Tester war auf dem Wege der Besserung, aber Tabitha meinte, jede dieser Attacken ließe bei der alten Frau eine Spur zurück. Sie würde in ihrem Denken und Fühlen immer verwirrter.

Das hatte ich auch schon gemerkt, ebenso wie die Tatsache, daß meine Anwesenheit Nanny Tester stets zu freuen schien. Daher brachte ich ihr meistens das Essen und setzte mich manchmal mit einer Handarbeit zu ihr ans Bett. Auch Sabina kam öfters, und wenn ich sie mit der Alten plaudern hörte, war ich beruhigt – Sabinas Besuche waren immer ein voller Erfolg.

Eines Tages, als ich wieder bei Nanny Tester saß, raunte sie mir plötzlich zu:

»Sehen Sie ihr auf die Finger! Seien Sie vorsichtig! Ich könnte Ihnen Sachen erzählen . . . Ich hab' meine Augen immer offengehalten.«

Wieder eine ihrer Greisinnenphantasien, dachte ich und sagte freundlich:

»Wollen Sie jetzt nicht ein bißchen schlafen?«

»Schlafen! Wo solche Dinge im Hause vorgehen! Er und sie . . . Sie nasführt ihn. Haushälterin! Daß ich nicht lache! Freundin der Familie! Was ist sie wirklich? Sagen Sie mir das!«

Natürlich bezog sie sich auf Tabitha. »Was ist mit ihm und ihr?« nahm ich das Stichwort auf.

»Sie sind taub und blind. So ist's ja immer – der, den's am meisten angeht, erfährt es zuletzt. Klar sehen nur die Außenstehenden.«

»Und was sehen Sie, Nanny?«

»Alles, was zwischen ihnen vorgeht. Sie ist schlau, aber wir können sie leicht abwimmeln. Ich könnte sie mit Leichtigkeit ersetzen – im Haushalt, meine ich.«

Darin irrte sie sich, aber ich äußerte mich nicht dazu.

»Haushälterin, ha!« fuhr Nanny giftig fort. »Wo hat man das je gesehen, daß die Haushälterin mit der Herrschaft am Tisch sitzt und überall das große Wort führt? Sie tut, als wäre sie die Herrin. Zwischendurch verschwindet sie ab und zu und sagt: Familienangelegenheiten. Familie! Was hat denn die für eine Familie? Ich wette, daß sie jetzt wieder ›dringend abberufen‹ wird, genau zur selben Zeit, wo *er* in London ist. Sie nähren eine Schlange an Ihrem Busen, Mylady.«

Ich mußte ein bißchen über den Vergleich lächeln. Und wenn ich klaren Kopfes nachdachte, besonders über Tabithas untadelige Damenhaftigkeit, konnte kein Zweifel bestehen, daß die alte Kinderfrau ganz einfach eifersüchtig war – ihre frühere Vorrangstellung war ihr genommen.

Ich ging sehr ungern ohne Tybalt zu Bett; ohne ihn bedrückte mich die samtene mitternachtsblaue Pracht unseres Schlafzimmers. In dieser Nacht träumte ich, der Sarkophag stände noch in der Nebenkammer, und plötzlich erhöbe sich eine Mumie aus ihm – Absalam oder Mustapha, einer von beiden, und der andere trat aus der Wand auf mich zu. Schwarze Augen fixierten mich, und dumpf widerhallende Stimmen sprachen: »Halte ihn zurück! Ein Mann lauscht der Stimme seiner Geliebten. Sonst trifft euch beide der Fluch der Pharaonen.«

Ich fuhr mit einem Schreckenslaut im Bett auf. Der Halbmond schien durchs Fenster, das war die einzige Beleuchtung, denn das Kaminfeuer war längst niedergebrannt. Bebend stand ich auf, um in den Nebenraum zu sehen – der Traum war so lebhaft gewesen, daß ich den Sarkophag noch oder wieder dort zu sehen erwartete. Aber da war nichts außer den Bücherregalen. Ich machte die Tür rasch zu und kroch ins Bett zurück.

Nach der Expedition, dachte ich, werde ich hier alles umkrempeln und erneuern. Erst mal müssen die verwilderten Bäume und Sträucher ausgelichtet werden, und dann pflanze ich die schönsten Blütengewächse: Hortensien und Rhododendren und Fuchsien – alles, was in unserem Klima so üppig gedeiht und in den bezauberndsten Farben leuchtet. Und ... und ...

Und mit dem Gedanken an meine künftigen Blumenkulturen schlief ich ein.

Jeden Morgen hoffte ich auf einen Brief von Tybalt, mit dem er seine baldige Rückkehr ankündigte. Es kam keiner. Aber Tabitha hatte am zweiten oder dritten Tag einen Brief in der Hand, als ich zum Frühstück kam.

»Judith, es ist mir sehr peinlich, aber ich muß mich für ein paar Tage entschuldigen.«

»Ach?«

»Ja. Mein ... Ein Verwandter von mir ist erkrankt. Ich muß hinfahren.«

»Ja, natürlich«, sage ich. »Nur ... Sie haben bis jetzt noch nie von Ihren Verwandten erzählt.«
»Dieser wohnt in Suffolk. Es ist eine lange Reise dorthin. Ich glaube, ich muß sofort aufbrechen.«
»Heute noch?«
»Ja. Ich möchte den Zehn-Uhr-dreißig-Zug nach London erreichen. Dort steige ich nach Suffolk um. Sie kommen sicher ein paar Tage ohne mich aus?«
»Selbstverständlich.«
Tabitha entfernte sich in ungewohnter Hast. Sie schien mir auch ungewohnt verlegen. Unser Kutscher brachte sie im Einspänner zum Bahnhof.
Ich sah sie abfahren und dachte dabei an Nanny Tester, ob ich wollte oder nicht. »Passen Sie auf – jetzt, wo er weg ist, verschwindet sie auch für ein paar Tage.« Es mochte ein Zufallstreffer sein, aber jedenfalls hatte Nanny Tester richtig prophezeit.
Ich ging, halb gegen meinen Willen, zu ihr hinauf. Sie stand am Fenster und zog fröstelnd ihren alten Flanellmorgenrock um sich.
»Da fährt sie hin, Mylady«, empfing sie mich. »Was habe ich Ihnen gesagt?«
»Ich wundere mich, Nanny. Woher wußten Sie das?«
»Ich habe Augen im Kopf, Mylady. Und für Leute, an denen mir etwas liegt, sehe ich scharf und weit.«
»Also liegt Ihnen etwas an mir?«
»An Ihnen und Master Tybalt. Haben Sie je daran gezweifelt? Sie gefielen mir vom ersten Augenblick an, schon als Kind. Ich sagte mir schon damals: Bis zu meinem letzten Atemzug werde ich auf *die* aufpassen.«
»Danke, Nanny«, sagte ich.
»Aber jetzt tut es mir weh, wie Sie behandelt werden. Es sticht ... genau hier.« Sie führte die Hand an den

vermutlichen Sitz ihres Herzens. »Er fährt weg – und sie fährt ihm nach. Er hat ihr einen Brief geschickt. Heute nacht werden sie . . .«

»Halt, Nanny! Das ist total aus der Luft gegriffen.«

»Oh, ich habe es kommen sehen«, ächzte sie. »Sie war immer die Frau, die er eigentlich wollte. *Sie*, Mylady, hat er nur des Geldes wegen geheiratet. Und wozu? Damit er hingehen und Tote aus dem Grab buddeln kann. Ist das recht?«

»Nanny, Sie sind außer sich. Sie wissen nicht mehr, was Sie reden.« (Ihre erhitzten Backen, ihre flackernden Augen bestätigten meine Worte, wofür ich gewissermaßen dankbar war.) »Erlauben Sie, daß ich Sie wieder zu Bett bringe.«

»Zu Bett . . . Warum zu Bett? *Ich* müßte *dich* ins Bett stecken, Schätzchen.«

»Nanny, wissen Sie im Moment, wer ich bin?«

»Ob ich das weiß! Hab' ich dich nicht gleich nach deiner Geburt in die Arme genommen?«

»Sie verwechseln mich. Ich bin Judith – Tybalts Frau.«

»Gewiß, Mylady . . . Sie sind und bleiben meine süße junge Lady. Schlecht genug ist's ausgegangen. Wie gern hätt' ich Sie mit einem netten jungen Edelmann verheiratet gesehen, einem, der über seinen gotteslästerlichen Ausgrabungen nicht seine Frau vergißt.«

»Ich bringe Ihnen noch ein Glas heiße Milch«, sagte ich mit aller mir zu Gebote stehenden Sanftmut. »Dann werden Sie gewiß bald wieder einschlafen.«

»Sie sind so gut zu mir, Mylady«, erwiderte Nanny demütig.

Ich stieg in die Küche hinunter und bat Ellen, etwas Milch zu wärmen. Der alten Nanny Tester ginge es nicht besonders.

»Ich hätte gedacht, sie fühlt sich besser, seit Mrs. Grey weg ist«, sagte Ellen. »Die kann sie doch nicht riechen!«
Ich enthielt mich jeglichen Kommentars. Als ich mit der Milch zu Nanny zurückkam, schlief sie schon fast.

Tabitha und Tybalt kamen gemeinsam zurück. Es hätte sich zufällig und erfreulicherweise so gemacht, erklärten sie.
Ich war etwas unruhig und hätte gern diese oder jene Frage gestellt, aber Tybalt war mit dem Erfolg seiner Verhandlungen so zufrieden und schien auch so gern wieder mit mir zusammen zu sein, daß ich kein riskantes Wort über die Lippen ließ.
Die finanziellen Probleme waren bereinigt. Wir würden zwar erst im März statt im Februar aufbrechen können, sagte er, aber der Aufschub betrug nicht viel mehr als zwei Wochen.
Und im März reisten wir tatsächlich.

5
Im Chepro-Palast

Da stand nun also der Chephro-Palast, majestätisch, goldschimmernd, vornehm abgesondert von den umliegenden Fellachendörfern. Ich war baß erstaunt, daß der große Hakim Pascha uns all diese Pracht zur Verfügung stellte.
Als wir eintrafen, war ich schon ganz im Bann des fremdartigen, kargen und großartigen Landes der Pharaonen. Die Wirklichkeit übertraf alle Vorstellungen, die ich mir nach meiner fleißigen Lektüre und den paar Abbildungen gemacht hatte.
Mehrere Mitglieder unserer Arbeitsgemeinschaft waren schon vorausgefahren und mit einem großen Teil des technischen Materials in der Nähe des Ausgrabungsgeländes einquartiert worden.
Hadrian, Evan, Theodosia, Terence Gelding und Tabitha fuhren von Southampton aus mit demselben Schiff wie Tybalt und ich, aber da Tybalt noch einiges in Kairo zu erledigen hatte, folgten wir den anderen erst ein paar Tage später in den Chephro-Palast.
Die Schiffsreise (meine erste!) war herrlich. Nur die arme Theodosia litt anfangs heftig unter der Seekrankheit, obwohl die See sich für die Jahreszeit recht freundlich benahm, sogar in der gefürchteten Biskaya. Glücklicherweise war Theodosia bis zur Ankunft in Gibraltar wieder genesen. Ihr Mann, Evan Callum, war die ganze

Zeit rührend besorgt um sie. Unwillkürlich fragte ich mich manchmal, ob Tybalt sich ebenso um mich gekümmert hätte ...

Wir verbrachten alle zusammen einen netten Tag auf den berühmten Gibraltar-Felsen, lachten über die Possen der nicht minder berühmten Affen, bewunderten die phantastische Szenerie und waren rundum zufrieden.

Bald danach erreichten wir Neapel. Dort hatten wir zwei Tage Aufenthalt, die wir vor allem für einen Ausflug nach Pompeji benutzten. Die erst kürzlich begonnenen Ausgrabungen waren in vollem Gange, und täglich kamen neue Einzelheiten der verschütteten Stadt zutage.

Als ich an Tybalts Arm über die Steine stieg, die bis anno 79 nach Christi Geburt Straßenränder gewesen waren, sagte ich erschüttert:

»Du hast dir wirklich eine wunderbare Lebensaufgabe gewählt, Tybalt. Wer wüßte etwas von den Schätzen der Vergangenheit, wenn ihr Archäologen nicht wärt?«

Er amüsierte sich über meinen kindlichen Enthusiasmus. Trotzdem belehrte er mich sehr ernsthaft über alles, was wir sahen – die Reste der Häuser und öffentlichen Anlagen, aus denen sich schon jetzt einige Rückschlüsse auf das Leben der Menschen ergaben, die fröhlich im Schatten des Vesuvs ihr Wesen getrieben hatten, bis Lava und Asche über sie kamen.

Bei der Weiterfahrt auf dem Schiff sprachen wir noch viel von unseren Eindrücken. Dann, in Port Said, trennten wir uns, weil Tybalt und ich, wie schon erwähnt, einige Tage in Kairo zu tun hatten.

Ich hatte mich ja nun wirklich jahrelang auf Ägypten vorbereitet, aber was war mein Bücherwissen gegen das unmittelbare Erlebnis? Jetzt erst sah, spürte und roch ich das uralte Land, auf das eine manchmal erbarmungslose Sonne niederbrannte. Angesichts eines Ziegenhir-

ten in seinem langen grauweißen Gewand inmitten seiner Herde am sorgsam bewachten Brunnen fühlte ich mich ins Alte Testament zurückversetzt. Hier, dachte ich, konnte einem alles passieren – das Wunderbarste und das Schrecklichste. Das Land war schön und abstoßend, erfreulich und bedrohlich – alles zugleich oder dicht nebeneinander ... auf jeden Fall aber keine Sekunde langweilig.
Wir wohnten in einem kleinen Hotel am Nil mit Ausblick auf den Strom und die ockerfarbenen Mokattam-Hügel. Welch Kontrast zur nebligen Feuchte von Cornwall, zur grünen Üppigkeit unserer Sommer! Hier war alles der sengenden Sonne untertan, und alles wirkte jahrtausendealt: die Leute in ihren weißen Umhängen und Sandalen, der Dunst der Garküchen, die hochmütig dahinschreitenden Kamele. Ich hörte den Gebetsruf des Muezzins vom Minarett und war erstaunt, daß wirklich die meisten Leute niederknieten, wo sie gerade waren, und das vorgeschriebene Ritual vollführten. Tybalt nahm mich auch in die *Souks* der Altstadt mit, in die ich mich allein sicher nicht hineingetraut hätte, die aber an seiner Seite ein märchenhaftes Erlebnis waren. Von dunklen Augen beobachtet, wanderten wir durch die engen Gassen, schauten in Gewölbe, wo Bäcker den Brotteig in Ölsamen wälzten, und in düstere Lädchen, wo Silberschmiede über ihrem Schmelzbecken hämmerten. Hier klapperte ein Wasserverkäufer einladend mit seinen Messingbechern, dort hockten Männer mit gekreuzten Beinen und beschäftigten sich mit kunsthandwerklichen Web- und Stickarbeiten. Und überall mischte sich schwerer Parfumduft mit dem von Kamelmist, der als Brennstoff benutzt wurde.
An einem der Lädchen – eigentlich nur einer zur Gasse hin offenen Höhle – blieb Tybalt mit mir stehen. Im

Hintergrund arbeitete ein Mann mit Schleifrad und Sticheln; vorn waren Ringe, Broschen und anderer Steinschmuck ausgestellt.
»Du mußt einen Skarabäus haben«, sagte Tybalt. »Er wird dir in Ägypten Glück bringen.«
Der Handwerker erhob sich und trat eilig heran. Seine Augen funkelten in der Vorfreude auf ein Geschäft. Tybalt wählte bedachtsam einen schöngeschnittenen Skarabäus-Ring, paßte ihn mir an und begann auf arabisch mit dem Händler zu feilschen, während sich schwarzlockige Kinder um uns scharten und uns wie die Wundertiere anstaunten. Europäer waren damals in der Altstadt noch eine Seltenheit.
»Das ist ein Turmalin«, sagte Tybalt zu mir. »Eine schöne Arbeit. Die Schriftzeichen um den Käfer herum bedeuten: Allah sei mit dir. Jeder Liebende soll seiner Geliebten so etwas schenken, wenn sie zum erstenmal in dieses Land kommt.«
Ich streifte den Ring endgültig an den Finger und betrachtete ihn entzückt, wobei auch die Kinder in Entzückensschreie ausbrachen. Tybalt zahlte, und wir gingen weiter. Der Händler rief uns Segenswünsche nach.
»Hoffentlich bist du nicht schockiert, daß ich so lange gehandelt habe«, sagte Tybalt. »Er wäre bitter enttäuscht gewesen, wenn ich gleich die verlangte Summe gezahlt hätte. Die kleine Theaterszene gehört unbedingt dazu.« Er sah in mein strahlendes Gesicht und fügte hinzu: »Du siehst richtig glücklich aus, Judith.«
»Ich bin's auch. So glücklich, daß es mir beinahe Angst macht.«
Er drückte mir die Hand mit dem neuerworbenen Ring.
»Was würdest du dir wünschen, wenn du jetzt einen Wunsch frei hättest?« fragte er.

»Daß ich jeden Tag meines Lebens so glücklich sein dürfte wie heute.«
»Da verlangst du aber eine ganze Menge vom Leben.«
»Warum nicht? Wir sind beieinander, wir haben die gleichen Interessen. Ich sehe eigentlich keinen Grund, nicht immer glücklich und zufrieden zu sein. Ist das Leben nicht immer genau das, was wir aus ihm machen?«
»Leider kommen manchmal äußere Störungen dazwischen, auf die wir keinen Einfluß haben.«
»Wir werden auch damit fertig werden . . .«
»Wenn ich dich so ansehe, Liebste, glaube ich es fast selbst.«

Am nächsten Tag besuchten wir die Pyramiden und die Sphinx, die ich in fassungsloser Ehrfurcht betrachtete. Obwohl ich mich auf meinem schaukelnden Reitkamel etwas unsicher fühlte, nahm ich alles mit wachen Sinnen auf und ließ mir von Tybalt noch einmal die Geschichte des Pyramidenbaus erzählen. Angesichts der Wirklichkeit gewann sie natürlich ganz andere Dimensionen als in den relativ trockenen Büchern, die ich gelesen hatte. Und Tybalt seinerseits freute sich über meine ungekünstelte Begeisterung.
Abends, wieder im Hotel, speisten wir an einem Tischchen, das von den andern durch ein Palmenarrangement abgegrenzt war. Ich hatte mein dichtes schwarzes Haar hoch auf den Kopf getürmt, um »ägyptischer« auszusehen, und trug das grüne Samtkleid, das ich mir noch vor der Abreise von Sarah Sloper hatte machen lassen. Wundervoll paßte dazu der Skarabäus-Ring. Ich fingerte immer wieder daran herum und dachte an Tybalts Worte, dies sei das Geschenk eines Liebenden an die Geliebte. Freilich drängte sich ab und zu der störende Gedanke dazwischen, der mir so oft auf mehr oder minder takt-

volle Weise nahegelegt worden war: Tybalt habe mich nur oder hauptsächlich des Geldes wegen geheiratet. Ach was – hier im Land meiner Träume und mit dem Mann meiner Träume war es mir egal. Ich würde ihn schon dazu bringen, mich um meiner selbst willen zu lieben. Hatte man unserem verstorbenen Premierminister Beaconsfield nicht auch nachgesagt, er habe seine Mary Anne nur wegen des großen Vermögens genommen? Aber gegen Ende ihres Lebens gestanden beide, sie würden sich nun aus reiner Liebe heiraten, auch wenn sie bettelarm wären. So sollte es auch mit Tybalt und mir sein.

Tybalt beugte sich über das Tischchen und nahm meine skarabäusgeschmückte Hand in die seine. »Woran denkst du jetzt so intensiv, Judith?«

»Nur an das Wunder, daß wir jetzt beide wirklich am Nil zusammensitzen.«

»Der Ausflug zu den Pyramiden hat dich beeindruckt, wie ich bemerke.«

»Lieber Gott, ich habe nie ernstlich geglaubt, sie leibhaftig zu sehen. Täglich geschieht Neues, Ungeahntes. Warum machst du plötzlich ein so trauriges Gesicht, Tybalt?«

»Weil ich fürchte, daß auch deine Begeisterungsfähigkeit sich mit der Zeit abstumpfen wird. Du wirst blasiert werden wie alle anderen verwöhnten und vielgereisten Frauen, und das fände ich schade.«

»Kann ich mir gar nicht vorstellen.«

»Gewohnheit nimmt vielem den Glanz . . . Ich bin dir so dankbar, weil ich diesmal alles neu und frisch sehe, nämlich durch deine Augen.«

Das *kebab*, das von leisetretenden, weißgekleideten Männern serviert wurde, schmeckte mir so köstlich, daß ich kaum glauben konnte, es sei nur auf dem Holzkoh-

lengrill zubereitetes Hammelfleisch. Vielleicht lag es an der Tahenia-Sauce, in die man jedes Stückchen stippte.
»Hunger ist der beste Koch«, meinte Tybalt prosaisch, als ich das Gericht pries. Aber ich nehme an, meine glückliche Stimmung war die Hauptwürze.
Das Dessert, *Esh es Seraya* genannt – ein Gemengsel aus Brotbröseln, Honig und Sahne –, wurde mit einem Granatapfelgetränk genossen und war ebenfalls herrlich. Danach verfügten wir uns auf die Terrasse, tranken türkischen Mokka, knabberten *turkish delight* und schauten auf den breit dahinströmenden Nil.
Die Sterne hingen, scheinbar zum Greifen nah, aus dem indigoblauen Himmel und spiegelten sich flimmernd im Fluß, auf dem ich mir Kleopatra und ihre Staatsbarke vorstellte . . .
Tybalt sah mich nachdenklich an. »Du hast eine wunderbare Fähigkeit, dich zu freuen.«
»Ja, das glaub' ich auch. Kein schlechtes Talent, nicht? Ich fürchte nur . . .« Den Rest verschluckte ich. Mir war plötzlich der Gedanke durch den Kopf geschossen, daß ein sehr glücksfähiger Mensch wahrscheinlich auch sehr leidensfähig ist.

Als wir den Chephro-Palast erreichten, waren unsere Hauptmitarbeiter und Freunde schon längst eingerichtet, und Tabitha war auch hier in die Rolle der Hausdame geschlüpft.
Wie Tybalt mir schon gesagt hatte, war Hakim Pascha einer der reichsten – auch einflußreichsten – Männer Ägyptens, und wir hatten Glück, daß er modern genug gesinnt war, um unser Vorhaben zu begünstigen.
»Er hätte uns viele Hindernisse in den Weg legen können«, sagte Tybalt, »aber statt dessen hilft er auf jede Weise. Mit dem fürstlichen Logis fängt es an, mit diesem

Palast, den wir für eine ›Anerkennungsgebühr‹ gemietet haben, damit unsere Würde gewahrt bleibt ... Was wir da ersparen, kannst du dir ja ungefähr ausrechnen. Sicherlich wirst du Hakim Pascha noch persönlich kennenlernen. Als mein Vater das letzte Mal hier war, kam er regelmäßig.«

Wir standen in der fürstlichen Eingangshalle des Palastes, und ich staunte die Schönheit an, die uns umgab: den pastellfarbenen Mosaikfußboden, die marmorne Doppeltreppe, die Glasmalereien, auf denen die gefahrvolle Fahrt der Toten zu ihrem ewigen Schützer, dem Sonnengott Ra, dargestellt war.

»Die Einzelheiten erklär' ich dir später«, sagte Tybalt. »Aha, da kommt schon Tabitha.«

»Endlich!« rief Tabitha und sah Tybalt mit glänzenden Augen an. »Sie haben starke Verspätung. Ich habe mir schon alle möglichen Unfälle ausgemalt.«

»Eine unnötige Nervenstrapaze ... Nicht wahr, Judith?«

»Nun, glücklicherweise sind Sie jetzt hier. Ich zeige Ihnen erst Ihr Appartement, und dann können Sie nach Belieben den Rest des Palastes besichtigen. Wie ich Tybalt kenne, wird er vor allem den Ausgrabungsort sehen wollen.«

»Da haben Sie recht«, sagte Tybalt.

»Hinterher gibt es ein leichtes Abendessen. Mustapha und Absalam sind in der Küche; ich wage also zu behaupten, daß sie Arabisches und Europäisches bekömmlich mischen werden wie schon zu Hause. Aber zunächst in Ihre Zimmer.«

Sie führte uns die grandiose Marmotreppe hinauf. Die Wände des Korridors waren ähnlich wie der Fußboden der Halle mit Mosaikbildern bedeckt. Überall brachten edle Männer und Frauen in der typischen Haltung – Gesicht im Profil, Körper von vorn, Beine wieder im Profil – den Göttern ihre Opfergaben dar. Diese waren nebst ihren Symbolen, dem Falken, der Schlange, dem Lebenszeichen, vor allem an der Decke zu sehen.

»Wie kunstvoll das alles gemacht ist«, sagte ich bewundernd zu Tybalt.

»Natürlich«, antwortete er. »Es wäre eine Beleidigung für die Götter, nicht alle Kunst für sie aufzuwenden.«

Arm in Arm betraten wir unser Schlafzimmer. Auf einer riesigen Plattform stand ein ebenso riesiges Bett, von duftigen Moskitonetzen überwölkt.

»Wenn der Pascha hier ist, benutzt er das Zimmer selbst«, erläuterte Tabitha.

»Ja, dürfen wir überhaupt . . .?« fragte Tybalt.

»Sie dürfen nicht nur, Sie müssen. Die anderen Räume sind auch alle besetzt, und es gehört sich doch wohl, daß der Leiter der Expedition das Staatsappartement einnimmt. Erinnern Sie sich nicht, daß auch Ihr Vater seinerzeit hier gewohnt hat?«

Tabitha zeigte uns das Vorzimmer und ein wunderbares, im Boden eingelassenes Bad, in das drei Marmorstufen führten. Die Wände waren teils von Spiegeln, teils von für englische Begriffe recht »gewagten« Mosaik-Aktfiguren bedeckt. Die Spiegelrahmen bestanden sowohl hier als auch im Schlafzimmer aus den schönsten Halbedelsteinen: Chalzedon, Rosenquarz, Amethyst und Lapislazuli.

»Grandios«, lachte ich. »Ich werde mich hier bewegen wie eine Königliche Hoheit!«

»Sollen Sie auch«, sagte Tabitha. »Der Pascha hat angeordnet, daß die Dienerschaft bei der leisesten Beanstandung hart bestraft wird. Sie zittern alle vor jedem möglichen falschen Schritt.«

»Himmel, ist er so streng?«

»Nun ja, ein ägyptischer Pascha ist ein absoluter Herrscher, der seine Untergebenen als Sklaven betrachtet. Er fordert bedingungslosen Gehorsam. Wenn wir, seine Gäste, nicht respektvoll bedient werden, bedeutet das eine Beleidigung *seiner* Person. Und derartige Beleidigungen duldet er keinesfalls.«

»Was passiert denen, die seinen Anforderungen nicht genügen?«

»Manchmal findet man ihre Leichen nach einiger Zeit im Nil. Anderen wird eine Hand oder ein Ohr abgeschnitten.«

Ich schüttelte mich. »Ägypten ist wunderbar, aber ich muß schon sagen . . .«

»Tja, das ist eben der Orient«, sagte Tabitha und legte ihre Hand einen Moment beruhigend auf meinen Arm. »Nun machen Sie sich ein bißchen frisch, und kommen Sie zum Essen. Nachher wünschen Sie sicher eine Lagebesprechung, Tybalt, nicht wahr?«

»Nun, Judith«, fragte Tybalt, als wir allein waren, »wie findest du das alles *wirklich*?«

»Ich weiß nicht recht«, antwortete ich ehrlich. »Für mich ist der Palast etwas zu prunkvoll, und der Pascha scheint ja ein Satan zu sein.«

»Oh, seinen Gästen gegenüber benimmt er sich äußerst charmant. Er und mein Vater waren gute Freunde. Er hat enorme Macht hierzulande. Du wirst ihn bestimmt bald kennenlernen.«

»Wo wohnt er denn jetzt, da er uns seinen Palast überlassen hat?«

»Meine liebe Judith, dies ist nur einer seiner Paläste. Der schönste vielleicht, das mag sein. Er hielte es für schlechte Manieren, uns eine bescheidenere Behausung anzubieten. Ja, an die orientalische Etikette muß man sich gewöhnen . . . Schau nicht so besorgt drein, Liebes, in ein paar Tagen kommt es dir ganz normal vor. Und nun wollen wir uns fertigmachen, ja? Ich möchte hören, wie weit die Arbeitsvorbereitungen inzwischen gediehen sind.«

Der Speisesaal war von einem Kronleuchter mit mindestens hundert Kerzen erhellt. Draußen war es unmittelbar Nacht geworden; hier gab es ja keine »blaue Stunde« wie in unseren gemäßigten Breiten. Wir saßen an einer langen Tafel, Tybalt am einen Ende, ich am anderen und um uns die Freunde – Hadrian, Theodosia, Evan, Terence Gelding – nebst anderen, die ich erst heute abend kennenlernte, natürlich sämtlich Archäologen. Meine Tischherren zur Rechten und Linken waren zum Glück liebe Altvertraute: Hadrian und Evan.
»Na, da hocken wir ja mal wieder gar traulich beisammen«, sagte Hadrian. »Schmecken dir die *kuftas*? Ich persönlich ziehe ja ein anständiges englisches Roastbeef vor, aber sag's bloß keinem weiter, daß ich so ein Banause bin. Der Große Osiris läßt mich sonst dereinst nicht in seinen Himmel.«
»Du bist wirklich sehr unehrerbietig, Hadrian. Behalte deine Gedanken lieber für dich. Man weiß nie, wer zuhört.«
»Echt Judith«, sagte Hadrian an mir vorbei zu Evan. »Eben erst angekommen, und schon gibt sie uns wieder Verhaltungsmaßregeln.«
Evan lächelte. »In diesem Fall hat sie recht«, erwiderte er leise. »Man weiß hier wirklich nie, was belauscht, mißverstanden und entstellt weitererzählt wird. Die Diener haben scharfe Ohren und erstatten dem Pascha zweifellos Bericht. Unsere europäischen Späßchen gelten dann leicht als Überheblichkeit oder Respektlosigkeit.«

»Was habt ihr in den letzten Tagen gemacht, als Tybalt noch nicht hier war?« fragte ich ablenkend.
»Das Gelände abgemessen, Arbeiter angeworben, Werkzeuge beschafft und so weiter. Vor einem solchen Vorhaben gibt es natürlich immer massenhaft zu tun.«
»Und wir haben Schwierigkeiten dabei«, fügte Hadrian hinzu. »Die Einheimischen haben Sir Edwards Tod noch zu frisch im Gedächtnis und fürchten, auch ihnen könnte Schlimmes zustoßen, wenn sie etwas gegen den Willen der Götter tun.«
»Die Bevölkerung ist mit unserer Invasion also nicht gerade einverstanden?«
»Ich spüre ein gehöriges Maß von Ablehnung. Und du, Evan?«
Evan nickte nur mit ernster Miene.
Ich schaute zum anderen Tischende, wo Tybalt tief ins Gespräch mit den umsitzenden Kollegen versunken war. Tabitha saß neben ihm, und ich sah mit einem Stich des Neides – oder der Eifersucht? –, daß die Gelehrten jedesmal, wenn sie eine Bemerkung einwarf, sehr respektvoll zuhörten und darauf eingingen. Tybalt war in dieser Stunde sehr weit von mir weg ...
Nach dem Essen begaben wir uns alle auf das Ausgrabungsgelände, wo trotz der späten Stunde die Arbeiten in vollem Gange waren. Der Mondschein und die glasklare Luft gestatteten gute Sicht. In solchen Nächten war das Arbeiten natürlich viel angenehmer als in der Tagesglut.
Die nackten Felsen, die in den Himmel ragten, beeindruckten mich als schön, aber auch abweisend und irgendwie bedrohlich. Das mit Pfählen und Seilen umgrenzte Gebiet zu ihren Füßen wirkte dagegen mit seinen Baracken, Schubkarren und spatenbewehrten Arbeitern keineswegs romantisch.

Hadrian, der wieder an meiner Seite erschien, lächelte ironisch.
»Ein bißchen anders, als du es dir gedacht hast, was?«
»Nein. Genauso habe ich's mir vorgestellt.«
»Ach, richtig – du bist ja eine Veteranin von Carters Wiese.«
»Die Methoden bleiben sich wohl ziemlich gleich, Hadrian, ob man nun Überbleibsel aus der Bronzezeit sucht – oder solche aus altägyptischen Totenkammern.«
»Möglich, daß wir diesmal einer wirklich aufsehenerregenden Entdeckung auf der Spur sind. Aber vorläufig haben wir noch nichts gefunden, und man muß nach allen Seiten ungeheuer vorsichtig sein. Auch du, meine liebe Judith, wirst noch allerhand lernen müssen.«
»Zum Beispiel?«
»Eine liebe kleine Forschergattin zu sein und dich nie zu beklagen, wenn dein Herr und Meister dich stunden- und tagelang vernachlässigt.«
»Ich gedenke an Tybalts Arbeit teilzunehmen.«
Hadrian lachte. »Du treuherzige Seele! Evan und ich sind ›studierte‹ Fachleute, aber auch wir bekommen nur ganz untergeordnete Handlangerarbeiten anvertraut. Und du willst gleich bei der Leitung mitreden?«
»Ich bin immerhin Tybalts Frau.«
»Bildest du dir wirklich ein, das macht dich zu einer Fachmännin?«
»Natürlich weiß ich, daß ich – bis jetzt – nur Anfängerin bin.«
»Lange wirst du dich nicht so bescheiden damit abfinden, hm? Bald wirst du uns alle ausstechen, selbst den großen Tybalt!«
»Spare dir deinen Spott, Hadrian.«
»Ich versuche, dir nur ein paar freundschaftliche Rat-

schläge zu geben. Seit Minuten renkst du dir den Hals nach deinem Göttergatten aus, aber da wirst du noch stundenlang warten müssen. Er hätte die Besichtigung wirklich auf morgen verschieben und die erste Nacht im Chephro-Palast seiner jungen Frau widmen können. Ich an seiner Stelle ...«

»Du bist aber nicht an seiner Stelle, Hadrian.«

»Leider. Ich war zu langsam von Begriff. Aber merke dir noch einen weisen Rat von mir: Tybalt wird immer so bleiben, wie er ist. Versuche erst gar nicht, ihn zu ändern.«

»Wie kommst du auf die Idee, daß ich ihn ändern wollte?«

»Abwarten. Jetzt erlaube, daß ich dich zum Palast zurückbegleite, damit du in dein edelsteinbesetztes Bad steigen kannst.«

»Halbedelsteine.«

»Was, genügt dir die Pracht nicht? Ich amüsiere mich bei dem Gedanken, was Lady Bodrean dazu sagen würde. Sie hielte diese Luxusherberge sicher für höchst unangemessen für ihre Ex-Gesellschafterin – selbst wenn sich inzwischen sozusagen Familienbande herausgestellt haben.«

Ich mußte unwillkürlich kichern. »Ich würde sie wirklich gern mal in unseren Fürstengemächern empfangen, besonders wenn sie eine Nummer kleiner einquartiert wäre.«

»Pfui, wie nachtragend, Cousine Judith! Du *bist* meine Cousine, hast du dir das schon mal klargemacht?«

»Flüchtig. Wie steht's sonst mit deinen Angelegenheiten?«

»Welchen? Geld- oder Herzensangelegenheiten?«

»Beiden, wenn du schon so fragst.«

»In kurzen Umrissen, Judith: Die Finanzen sind jammervoll wie immer, was in der Natur der Sache liegt; und mein Herz blutet, weil ich nicht rechtzeitig von deiner bevorstehenden Erbschaft erfuhr und somit *die* Gelegenheit meines Lebens versäumte.«

»Bildest du dir nicht ein bißchen zuviel ein? Erstens, daß ich dich überhaupt erhört hätte, und zweitens auch noch meines Geldes wegen?«

»Mädchen, die ihres Geldes wegen umworben werden, merken es nur selten sofort. Schließlich wird kein Verehrer so blöd sein, sich vor der Angebeteten auf die Knie zu werfen und um ihr Vermögen statt um ihre Hand zu bitten!«

»Du hättest es bestimmt zartfühlender formuliert, Hadrian. Trotzdem finde ich es lustig, daß du denkst, du hättest nur mit dem kleinen Finger zu winken brauchen, um mich – das heißt mein Vermögen – in der Tasche zu haben.«

Er seufzte dramatisch. »Ich rede ja nur davon, weil es nun auf jeden Fall zu spät ist. Laß mich nun wenigstens Kavalier sein und dich in deinen Palast eskortieren.«

Wir ritten auf Mauleseln an den mondbeglänzten Strom zurück, wo uns ein Boot zum anderen Ufer brachte und an der Landestelle des Palastes absetzte.

Theodosia kam uns trotz der späten Stunde in der Halle entgegen. Evan sei noch an der Ausgrabungsstelle, sagte sie, und Hadrian erwiderte, auch er werde gleich zurückerwartet.

»Verlaßt euch darauf«, sagte er, »daß wir erst bei Morgengrauen wiederkommen. Tybalt arbeitet wie der Teufel und erwartet dasselbe auch von uns geringeren Sterblichen.«

Damit ließ er uns allein, und Theodosia bat mich, ihr noch ein wenig Gesellschaft zu leisten.

Ich folgte ihr durch den fabelhaften Korridor. Die Gemächer, die sie mit Evan teilte, waren nicht ganz so großartig wie die unseren, aber fürstlich genug. Die Böden waren mit dicken Buchara-Teppichen bedeckt. Theodosia schloß die Tür und bot mir einen Sessel an. Ihr Gesicht war blaß und verstört.

»Judith«, flüsterte sie, »ich finde es schrecklich hier. Vom ersten Tag an. Ich möchte nach Hause.«

»Aber Theodosia, was paßt dir denn nicht?«

»Alles. Fühlst du es nicht? Es ist *unheimlich*. Ich traue mich nicht, mit Evan darüber zu reden – es ist schließlich sein Beruf, und er würde meine Ängste vielleicht gar nicht verstehen. Ja, ich habe Angst ... Du natürlich nicht. Ich sehne den Tag unserer Heimfahrt herbei. Warum können sie die Toten nicht in ihren Gräbern lassen?«

»Liebste Theodosia, es ist nun einmal ihr Beruf, die Geheimnisse der Vergangenheit zu erforschen.«

»Meinetwegen, solange man nur Waffen und römische Villen und Bäder ausgräbt. Daß man hier hinter den Toten selbst her ist, finde ich so unleidlich. Letzte Nacht träumte ich, wir hätten ein Grab gefunden mit einem Sarkophag darin wie einst in der Villa Gizeh, und daraus erhob sich eine Gestalt mit weißen Bandagen, die sich schon auflösten ...«

»Ich fürchte, diesen Kinderstreich vergißt du mir nie.«

»O nein, Judith ... In diesem Alptraum warst *du* es gar nicht, die aus dem Sarkophag stieg.«

»Wer denn?«

»Ich selbst. Wenn das keine schlechte Vorbedeutung hat ...«

»Jetzt entwickelst *du* zuviel Phantasie, Theodosia. Hat man früher eigentlich nur mir nachgesagt.«

»Hier kann jeder abergläubisch werden, Judith. Die jahrtausendealte Vergangenheit lastet auf allem. Ach, ich

bin froh, daß du jetzt da bist, vielleicht vertrage ich's dann leichter. Unsere Männer und ihre Kollegen sind so stur auf ihre Wissenschaft ausgerichtet, nicht? Du ja auch ein bißchen . . . Aber mit dir kann man doch wenigstens reden.«
»Macht Evan dir solchen Kummer?« fragte ich.
»Oh, wenn wir zusammen sind, ist er lieb und nett wie immer. Ich habe nur Angst, daß Sir Edwards Schicksal auch ihn treffen könnte.«
Hier war ich um oberflächliche Trostworte verlegen. Hatte ich nicht zuweilen dieselben Sorgen um Tybalt?
»Kein Wunder, daß uns Ängste heimsuchen«, sagte ich. »Wir lieben nun mal unsere Männer, und Liebe hat mit Vernunft nichts zu tun. Aber jetzt sollten wir wirklich schlafen gehen. Du wartest doch hoffentlich nicht, bis Evan kommt, oder?«
»Nein, ich glaube nicht. Das kann ja bis zum Morgen dauern. Mir ist schon viel wohler, weil du da bist, Judith.«
»So ist es recht. Vergiß nicht, daß wir Schwestern sind – wenigstens Halbschwestern.«
»Ja, das ist ein Trost, Judith.«
Ich sagte ihr lächelnd gute Nacht und ging hinaus. Wie still es war! Vor die Glasmalereien der Korridorfenster waren jetzt schwere Vorhänge gezogen, und meine Füße sanken in den dichten Flor der kostbaren Läufer ein. Plötzlich blieb ich wie erstarrt stehen: Ich wußte instinktiv, daß ich nicht allein auf dem Gang war. Obwohl ich niemanden gesehen und gehört hatte, fühlte ich mich beobachtet.
Es rieselte mir kalt den Rücken hinunter. Jetzt verstand ich Theodosias Ängste. Und nun hörte ich auch leise, kaum wahrnehmbare Schrittte hinter mir und drehte mich mit einem Ruck um.

»Absalam! Mustapha!« stieß ich verblüfft hervor.
Sie verbeugten sich tief. »Mylady«, sagten sie unisono und hefteten dann ihre schwermütigen schwarzen Augen auf mich.
»Ist etwas nicht in Ordnung?« fragte ich.
»Nicht in Ordnung?« Sie tauschten einen Blick. »Ja, Mylady. Aber noch ist es nicht zu spät.«
»Zu spät . . . was?« wiederholte ich tonlos.
»Sie heimfahren. Sie darum bitten. Wir Ihnen schon gesagt. Er kann seiner Geliebten den Wunsch nicht abschlagen.«
Ich schüttelte den Kopf.
»Nun begreift doch endlich: Dies ist Sir Tybalts Arbeit, sein Leben . . .«
»Es war auch Sir Edwards Leben – und sein Tod.«
»Grämt euch nicht darum«, sagte ich. »Es wird schon alles gutgehen. Wenn Sir Tybalt und seine Mitarbeiter gefunden haben, was sie suchen, fahren wir heim nach England.«
»Dann . . . zu spät, Mylady«, antwortete Absalam (oder Mustapha).
Ich nahm mich zusammen. »Gute Nacht. Ich möchte mich jetzt zur Ruhe begeben.«
Sie verbeugten sich schweigend, und ich fühlte, wie ihre kummervollen Blicke mir folgten.

Natürlich konnte ich nicht einschlafen. Ich starrte zur Zimmerdecke empor, die mir im Flackerlicht der Kerzen mattfarbige Bilder zeigte – wieder einmal den Sonnengott, dem ein raffiniert gewandeter Pharao seine Huldigung darbrachte. Lange Reihen von Hieroglyphen erklärten das Geschehen. Ich überlegte, ob ich nicht, da ich schon einmal hier war, die Gelegenheit nutzen und die Grundzüge des Altägyptischen lernen sollte. Allmählich

schwante mir, daß Tybalt mir viel Zeit dazu lassen würde ...
Um zwei Uhr früh kam er. Ich stieß einen leisen Jubelruf aus und setzte mich im Bett auf.
»Nanu, Judith, noch wach?«
»Ja, ich war zu aufgeregt von all dem Neuen. Und natürlich habe ich mich gefragt, was du so lange da draußen machst.«
Er lachte.
»Im Moment noch nicht viel Aufregendes. Das Gelände weiter abstecken und markieren und sonstige allgemeine Vorbereitungen.«
»Ihr macht doch genau da weiter, wo dein Vater aufgehört hat?«
»Ungefähr, aber darüber erzähle ich dir ein andermal. Du mußt jetzt endlich schlafen.«
Er gab mir einen flüchtigen Kuß und ging nach nebenan ins Bad.
Trotzdem schliefen wir beide noch lange nicht. Auch Tybalt war innerlich zu sehr mit seinem Vorhaben beschäftigt. Wir redeten mindestens eine Stunde lang.
»Ja«, sagte er im Laufe des Gespräches, »wir setzen die Arbeit meines Vaters fort. Du weißt ja, daß er damals überzeugt war, es befände sich wenigstens ein unentdecktes Königsgrab in der Gegend. Die andern sind fast alle seit Jahrhunderten ausgeraubt.«
»Merkwürdig, daß die Grabschänder hierzulande nicht von dem berühmten Fluch getroffen wurden.«
»Oh, das wurden sie wahrscheinlich auch; aber die sagenhaften Reichtümer, die sie in den Gräbern fanden, schienen ihnen wohl die ewige Verdammnis aufzuwiegen. Außerdem hofften sie wahrscheinlich, bei soviel irdischer Schläue würden sie nach dem Tod auch irgendwie mit den strafenden Göttern fertig werden.«

»Wie du das sagst, klingt es geradezu witzig. Unerfindlich ist mir nur, daß gerade dein Vater, der zum Wohl der Nachwelt arbeitete, dem Fluch zum Opfer fiel, während gewinnsüchtige kleine Gauner ungestraft davonkommen.«

»Aber Judith, der Tod meines Vaters hatte doch mit dem ›Fluch‹ nichts zu tun. Er starb aus durchaus natürlichen Ursachen.«

»Die aber nie genau festgestellt wurden.«

»Hör mal, du wirst doch hoffentlich nicht noch nachträglich abergläubisch?«

»Nicht übertrieben, denke ich ... Aber ein bißchen macht man sich schon Gedanken, wenn geliebte Menschen in Gefahr sind.«

Tybalt küßte mir Stirn und Wangen. »Gefahr! Dumme kleine Judith, ich wundere mich über deine plötzliche Zaghaftigkeit. War während meiner Abwesenheit irgendwas los?«

»Mustapha und Absalam haben mich wieder angesprochen«, gestand ich nach kurzem Zögern. »Sie sind dir doch treu ergeben, nicht wahr? Und sie bedrängen mich förmlich, dich zur Heimfahrt zu bewegen.«

»Immer derselbe Unsinn!« lachte Tybalt. »Die Geschichte wurde vor Urzeiten von den Vornehmen und Priestern aufgebracht, um Diebe abzuschrecken. Vergebens, wie du siehst. Darum ist es der Traum jedes Archäologen, ein Grab zu finden, das noch in dem Zustand ist, in dem es vor zwei oder mehr Jahrtausenden zugemauert wurde. Ich weiß nicht, was ich darum gäbe, wenn ich als erster wieder den Fuß auf unberührten Boden setzen dürfte. Stell dir das Gefühl vor, wenn die letzten Fußspuren im Staub von Menschen hinterlassen wurden, die die Grabkammer damals abgeschlossen haben, wenn vielleicht noch ein zweitausendjähriges verwelktes

Blumenopfer an der Schwelle liegt und die Mumie ebenso lange inmitten ihrer Reichtümer im Sarkophag geruht hat.«

»Sie und die Götter dürften nicht sehr entzückt sein, wenn besagte Ruhe nun doch noch gestört wird. Versteh mich recht, *ich* habe nichts gegen wissenschaftlichen Ehrgeiz, aber ich könnte mir denken, daß es hier noch viele Leute gibt, die an die alten Götter glauben und ihre Rache fürchten.«

»Ägyptens heutige Staatsreligion ist der Islam«, sagte Tybalt. »Allah ist Allah, und Mohammed ist sein Prophet. Das hörst du fünfmal täglich von jedem Minarett.«

»Trotzdem – ich glaube, es ist in allen Religionen so – identifiziert ein Teil des Volkes ganz sicher die alten Götter mit dem neuen. Allah ist so mächtig wie Isis, Osiris, Horus und die ganze erhabene Familie zusammen. Mustapha und Absalam mögen fromme Moslems sein, aber im tiefsten Innern fürchten sie bestimmt, Osiris, Seth und wie sie alle heißen verfluchen jeden, der in ihre Unterwelt eindringt.«

»Wenn wir uns um jeden Aberglauben kümmern wollten . . . .! Meine liebe Judith, wir geben hier etwa hundert Leuten Arbeit. Überlege dir mal, was das für sie bedeutet. Die meisten sind bitterarm. Die Ausgrabungen und der damit verbundene Verdienst sind ein Gottesgeschenk für sie.«

»Ich würde es ja gern ebenso von der praktischen Seite sehen wie du, wenn du nicht an so exponierter Stelle stündest.«

Tybalt lachte leise und sagte dann etwas Seltsames:

»Du liebst mich zu sehr, Judith. Ist das klug?«

In fester Umarmung schliefen wir endlich ein.

Der Tag des Frühlingsfestes – *Shem el Nessim* – rückte näher. Zu Hause hieß es Ostern, und ich sah vor meinem inneren Auge Dorcas und Alison, wie sie die Kirche mit Narzissen und anderen Frühlingsblumen schmückten und dabei beseufzten, daß ich nicht den jungen Pfarrer geheiratet hatte, sondern jemanden, der mich einfach »zu den Wilden« verschleppte.
Glücklicherweise wußten sie nicht, daß auch ich ein wenig enttäuscht war. Seit unserer Ankunft in Ägypten hatte ich fast nichts von Tybalt. Zu jeder möglichen und unmöglichen Stunde war er am Ausgrabungsort. Ich wollte gern mitgenommen werden, aber er sagte, obwohl ich mich später sicher nützlich machen könnte, sei das Ganze zur Zeit noch nicht in diesem Stadium.
Es kam also darauf heraus, daß Theodosia und ich ziemlich aufeinander angewiesen waren und uns die Zeit mit Besichtigungsfahrten und Spaziergängen vertrieben. Natürlich hatte es sich in Windeseile herumgesprochen, daß wir die Frauen der ausländischen Gelehrten waren. Wir konnten uns demgemäß ziemlich frei bewegen und wurden mit dem größten Respekt behandelt.
Manchmal ließen wir uns in den kleinen Pferdekarren, *arabiyas* genannt, ins Land hinausfahren, wo die Fellachen mit Ochsen und Büffeln die Felder pflügten; öfter gingen wir in die *Souks*, um mit Muße die ausgestellten Waren zu betrachten und gelegentlich etwas zu kaufen.
Unser Kommen erregte stets großes Aufsehen und sicher auch die Hoffnung auf ein gutes Geschäft; aber niemand versuchte je, uns etwas aufzudrängen.
Eines der Büdchen interessierte uns bald besonders, weil meist nur ein reizendes junges Mädchen, in ihren *Yasmak* gehüllt, darin saß und fleißig Ornamente in weiches Leder einpreßte. Wenn wir bei ihr stehenblieben, hob

sie den Kopf und blickte uns forschend aus ihren riesigen, durch die Kohlenschminke noch vergrößerten Augen an.
»Meine Arbeit den Damen gefallen?« sagte sie in ganz verständlichem Englisch.
Wir sagten, sehr, und sie forderte uns mit einer Geste auf, ihr nach Belieben zuzusehen. Wir staunten über das geradezu künstlerische Geschick, mit dem sie ihre Muster – jedesmal etwas anders – in das Leder stichelte, preßte und färbte.
»Etwas gefällig?« fragte sie dann wohl auch einmal und wies auf die säuberlich aufgereihten Pantoffeln, Taschen und Börsen, die schon zum Verkauf fertig waren.
Wir probierten dies und das aus, und beim ersten Mal kaufte ich ein Paar weicher, heller Pantoffeln mit blauem Muster und Theodosia eine Art Pompadour aus der gleichen samtweichen Lederart mit blaßroten Ornamenten. Das junge Mädchen freute sich sehr über den gelungenen Handel und fragte beim Abschied: »Die Damen gehören zu Engländern . . . die draußen im Tal graben?«
Ich bejahte. Unsere Männer seien Altertumsforscher, und wir hätten das Glück, sie begleiten zu dürfen.
»Ich weiß, ich weiß«, sagte sie strahlend.
Im Lauf der Tage besuchten wir sie öfters und kauften auch manchmal eine Kleinigkeit. Wir erfuhren, sie heiße Yasmin, und ihr Vater und dessen Vater und ihre beiden kleineren Brüder machten auch Lederarbeiten. Und sie habe einen Freund, der von den Engländern bei den Ausgrabungen beschäftigt werde. *Darum* interessierte sie sich so für uns.
Die Umgebung war mir in kurzer Zeit ganz vertraut, obwohl Theodosia und ich uns auf guten Rat hin hüteten, je getrennt zu werden. Geschah es auch nur minu-

tenlang, so stürzte sie beim Wiederfinden fast in Panik auf mich zu; das Fremdartige – obwohl ihr niemand zu nahe trat – jagte ihr ohne mich doch immer wieder Angst ein. Sonst hatte auch sie ihre Freude an den bunten Eindrücken und dem nimmermüden Getriebe des Bazars.
Shem el Nessim war ein gesetzlicher Feiertag, sehr zu Tybalts Verdruß.
»Geradezu widersinnig«, knurrte er, »daß wir die Arbeit unterbrechen müssen, nur weil offiziell der Frühling anfängt!«
»Tybalt, du hast doch angeblich soviel Verständnis für alte Volksbräuche«, spöttelte ich.
»Meine liebe Judith, nicht in meiner Eigenschaft als Expeditionsleiter. Jeder Tag kostet uns Unsummen. Dieser fällt glatt aus. Und nach einem Feiertag wird bekanntlich auf der ganzen Welt schlechter gearbeitet. Man kann also gut und gern anderthalb Tage außer der Reihe verloren geben.«
Er für seine Person gab natürlich keine Stunde verloren und war am Feiertag mit dem gesamten englischen Team wie immer am Ausgrabungsort. Theodosia und ich gingen aus Langeweile in den Bazar, dessen Gäßchen mit den geschlossenen Läden und ohne die gewohnten Geräusche und Gerüche heute wie ausgestorben wirkten. Nur in der Nähe der Moschee war einiges Getriebe. Das Tor stand wie immer offen, aber wir wagten nur aus den Augenwinkeln einen Blick auf die Gestalten zu werfen, die drinnen auf den Gebetsteppichen ihre rituellen Verbeugungen vollführten. Mittlerweile wußten wir, daß Mohammedaner auf Neugierige, besonders Frauen, recht empfindlich reagieren konnten.
Trotz des Feiertags war der Schlangenbeschwörer auch heute auf seinem gewohnten Platz, die doppelte Rohrflöte an den Lippen. Wir hatten schon oft darüber ge-

staunt, wie er mit seinen quäkenden Tönen die Schlange aus dem Korb lockte, zu wiegenden Bewegungen anregte und dann wieder zurückschickte. Heute, am Frühlingsfeiertag, saß zum erstenmal ein Wahrsager auf der Matte daneben.
»Allah sei mit euch!« rief er uns entgegen. »Allah ist groß, und Mohammed ist sein Prophet.«
»Er will uns unser Schicksal weissagen«, flüsterte ich Theodosia zu.
»Ach ja, machen wir's doch mal!« – »Schön, gehen wir zu ihm. Werfen wir einen Blick in die Zukunft.«
Ein Gehilfe rollte blitzschnell zwei Matten vor dem Wahrsager aus, auf denen wir uns ein bißchen geniert niederließen. Ich fühlte mich von hypnotischen Augen beinahe durchbohrt.
»Englische Ladies«, konstatierte der Wahrsager. »Weit übers Meer gekommen.«
Na, dachte ich, dazu gehört weiter kein Seherblick ... Aber Theodosia war schon sichtlich beeindruckt.
»Ihr mit vielen gekommen ... Ihr hier bleiben ... einen Monat, zwei Monate ...«
»Sie wissen doch wohl«, sagte ich sanft, »daß wir zu der Forschungsexpedition gehören.«
Der Wahrsager starrte Theodosia an. »Sie verheiratete Lady. Sehr guter Mann.« Dann, zu mir gewandt: »Sie auch verheiratet.«
»Gewiß, wir sind beide verheiratet«, erwiderte ich. »Wir wären andernfalls kaum hier.«
»Weit übers Meer gekommen, weit übers Meer müssen Sie zurück.« Er starrte ins Weite. »Schicksal nicht gut ... Gehen Sie wieder übers Meer – bald.«
»Wen von uns meinen Sie damit?« fragte ich.
»Beide. Alle. Ich sehe weinende Männer und Frauen. Ich sehe einen Menschen, der tot daliegt. Seine Augen sind

geschlossen. Über ihm ist ein Schatten – der Engel des Todes.«

Theodosia wurde blaß und wollte aufstehen.

»Sitzenbleiben«, kommandierte der Wahrsager.

»Wer ist der Tote?« fragte ich. »Beschreiben Sie ihn näher.«

»Ich haben gesagt: ein Mensch. Vielleicht ist es eine Frau. Vor dem Engel des Todes sind Männer und Frauen gleich. Sie wühlen die Erde um, sie tragen die Felsen ab, sie stören unseren Grabesfrieden . . . und über ihnen schwebt der Schatten. Er wankt und weicht nicht. Es ist der Todesengel – ich sehe ihn jetzt ganz deutlich. Sie sind dabei, Lady – und Sie auch, Lady. Der Todesengel ist über Ihnen. Er wartet nur noch auf den Befehl, wen von euch allen er erwürgen soll.«

Theodosia zitterte.

»Doch wenn ihr geht«, fuhr der Wahrsager fort, »wird die Sonne wieder hell. Der Schatten weicht. Ihr seid auf einem großen weißen Schiff, ihr fahrt aus dem Hafen. Der Engel des Todes entschwindet. Wo Reinheit ist, will er nicht strafen. So . . . ich habe zwei Bilder gesehen, ich habe sie euch gesagt. Beides kann eintreffen. Allahs Güte ist unendlich. Er läßt euch die Wahl.«

»Danke«, sagte ich, indem ich aufstand und ein paar Münzen in seine Schale warf. Ich half auch Theodosia auf. »Komm.«

Der Wahrsager streckte die Hand nach der Schale aus. Dabei kam sekundenlang sein nackter Unterarm aus dem weiten Ärmel zum Vorschein, und ich sah darauf einen tätowierten Schakalskopf. Der Schakal war das Emblem eines alten Gottes, Seth wahrscheinlich . . . Im Moment konnte ich mich nicht genau erinnern.

»Allah sei mit euch«, murmelte der Mann und lehnte sich mit geschlossenen Augen zurück.

»Mir scheint«, sagte ich zu Theodosia, als wir zum Palast zurückkehrten, »daß viele Leute gar nicht mit unserer Tätigkeit hier einverstanden sind.«
»Er wußte sofort, wer wir waren«, flüsterte sie.
»Aber natürlich. Wer sollten wir sonst sein? Um das zu erkennen, bedurfte es keiner übernatürlichen Kräfte. Außerdem sind wir im Bazar längst bekannt wie die bunten Hunde.«
»Aber das mit dem Todesengel . . .«
»Der gehört zum Repertoire eines Wahrsagers«, tröstete ich. »Genieße ihn mit dem berühmten Körnchen Salz – oder hier besser mit einem Löffelchen *khosaf*.«
»Es beunruhigt mich trotzdem, Judith.«
»Ich hätte dich nicht zu dem Kerl lassen sollen. Du dachtest natürlich, er schwatzt wie eine Zigeunerin von einem dunklen Mann über drei Wege, einer Reise, einem Lotteriegewinn und drei Kindern, die dein Alter verschönern werden.«
»Nein, von einem Ägypter habe ich wirklich Interessanteres erwartet. Und nun . . .«
»Komm, wir trinken ein paar Gläschen starken Pfefferminztee. Das ist ein orientalisches Getränk, das hoch zu loben ist.«
Hiermit lenkte ich von meinem eigenen leichten Unbehagen ab. Das Gerede von dem Todesengel, der über uns schwebte, gefiel mir ebensowenig wie Theodosia.

Da Tybalt und die meisten seiner Mitarbeiter auch nach dem Abendessen wieder hinausfuhren und ich nicht wußte, wann sie zurückkehren würden, ging ich früh zu Bett und schlief bald ein. Irgendwann später weckte mich ein leichtes Geräusch und der flackernde Schein einer Kerze. Ich fuhr erschrocken auf. Meine schlaftrunkenen Augen nahmen im ersten Moment nur eine schattenhafte Gestalt wahr, die sich über mich beugte.

»Nicht erschrecken, Judith«, sagte Tabithas Stimme.

»Ist etwas passiert?« schrie ich. Meine wirren Gedanken schweiften zu dem Wahrsager und seiner Prophezeiung.

»Nein, ich komme nur wegen Theodosia. Sie hat irgend etwas Gräßliches geträumt. Ich wollte gerade in mein Zimmer, als ich sie schreien hörte. Könnten Sie nicht einen Moment mit hinüberkommen und sie beruhigen? Sie scheint vor Angst ganz außer sich.«

Ich sprang aus dem Bett, fuhr mit den Füßen in die von Yasmin gekauften Pantoffeln und schlüpfte in den Morgenmantel. So eilten wir zu Theodosias und Evans Appartement. Theodosia lag auf dem Rücken und starrte mit geweiteten Augen zur Decke. Ich setzte mich auf die eine Bettkante, Tabitha auf die andere.

»Um Himmels willen, was hast du denn?« fragte ich.

»Oh, ich habe so schreklich geträumt . . . Der Wahrsager hockte auf dem Boden, und ein riesiges schwarzes Wesen schwebte über mir – einmal mit wehenden Gewändern und dann wieder wie ein Vogel mit Menschengesicht. Und ich wußte, das ist der Engel des Todes, der einen von uns holen will.«

»Wir waren heute im Bazar bei dem alten Wahrsager«, erklärte ich Tabitha. »Nur so aus Jux. So eine Dummheit machen wir nicht wieder. Er hat natürlich versucht, uns das Gruseln zu lehren.«

»Was hat er gesagt?« fragte Tabitha.

»Verschwommenes Zeug über einen Todesengel, der angeblich über uns schwebt.«

»Über wem?«

»Vorläufig über der ganzen Gesellschaft, wenn ich recht verstanden habe. Er sucht sich noch das geeignetste Op-

fer aus. Theodosia hat das Geschwätz leider zu ernst genommen.«
»Das ist ganz unnötig, Theodosia«, sagte Tabitha. »Diese Scharlatane reden immer so. Wetten, daß er auch gesagt hat, Allah ließe Ihnen noch die Wahl, Ihrem düsteren Schicksal rechtzeitig zu entfliehen?«
»Ja, das stimmt.«
»Wahrscheinlich beneidet er einige seiner eigenen Landsleute um ihren derzeitigen guten Lohn. Das ist ganz alltäglich. Bei unserer vorigen Expedition tauchte auch ein Mann auf, der sich dauernd in bösen Prophezeiungen erging. Wir stellten dann fest, daß sein bestgehaßter persönlicher Rivale bei den Ausgrabungsarbeiten mehr verdiente als er selbst. Es war also der reine Neid.«
Diese vernünftige Auslegung schien Theodosia erheblich zu trösten. »Ich freue mich bloß noch auf den Tag«, seufzte sie, »an dem unsere Männer finden, was sie suchen, damit wir nach Hause können.«
»Wenn es soweit ist, werden Sie vielleicht nur ungern Abschied nehmen«, meinte Tabitha. »Manche gewöhnen sich schwer ein, aber dann verlieben sie sich in das Land.«
Hiermit begann sie eine der Plaudereien, mit denen sie uns schon in unserer Schulzeit oft unterhalten hatte, und es gelang ihr, Theodosia gänzlich von dem gehabten Schrecken abzulenken. Sie erzählte von den Feiern zum Geburtstag des Propheten, die sie voriges Mal in Ägypten miterlebt hatte.
»Fast alle Buden in den *souks* waren reizend geschmückt, viele auch mit Zuckerpüppchen in weißen Papiergewändern. Die Leute zogen in Prozessionen durch die Straßen und trugen Banner mit Koransprüchen. Abends wurden alle Minarette erleuchtet. Es war ein

zauberhafter Anblick, wie die Lichterringe in den Nachthimmel flimmerten. Man trommelte und sang in allen Gäßchen zu Ehren Allahs, und die Märchenerzähler hatten einen Zulauf wie nie.«

Ihre Stimme nahm allmählich selbst den Ton der Märchenerzähler an, und ich sah, daß Theodosia die Augen zufielen.

»Sie schläft«, flüsterte ich nach ein paar Minuten.

»Dann wollen wir gehen«, flüsterte Tabitha zurück.

Nachdem sie behutsam die Tür hinter sich geschlossen hatte, sah sie mich an und fragte, ob ich sehr müde sei. Ich verneinte.

»Würden Sie dann noch zu einer kleinen Unterhaltung zu mir kommen?«

Ich folgte ihr. Auch sie hatte ein sehr schönes Zimmer. Sie öffnete die durchbrochenen Fensterläden etwas weiter, um die Nachtluft einzulassen.

»Ich habe den Blick in einen Innenhof, der mir besonders lieb ist«, bemerkte sie. »Da wachsen Feigenkakteen und Bitterapfelbäume. Falls Sie die noch nicht kennen: Sie gehören zu den beliebtesten Nutzpflanzen Ägyptens. Ihre Kerne werden zu Würze für alle möglichen Gerichte zermahlen, und die gekochten Früchte sind eine Art Gerberlohe – Ziegenleder wird in dem Sud wasserdicht.«

»Sie wissen so viel, Tabitha.«

»Kein Wunder, wenn man schon mal hier gewesen ist und sich rasend für alles interessiert. Da lernt man eine ganze Menge.« Sie wandte sich vom Fenster ab, um einen mehrarmigen Leuchter anzuzünden. »Wahrscheinlich kommen jetzt ein paar Insekten herein, aber wir brauchen etwas Licht. Nun sagen Sie mal, Judith: Hat Ägypten bis jetzt Ihre Erwartungen erfüllt?«

»Ja und nein.«

»In mancher Beziehung also nicht?«
»Nun ... ich hoffte, mehr eingespannt zu werden ... richtig mitmachen zu dürfen ...«
»Ja, Judith, es handelt sich nun mal um ein Spezialistenunternehmen. Und im Moment brauchen sie hauptsächlich einheimische Arbeiter zum Graben und Felsabtragen.«
»Ich fürchte, wenn sie endlich das vermutete unberührte Grab finden, darf ich immer noch nicht ran.«
»Es wäre ein so sensationeller Fund, daß natürlich nur die Fachgelehrten – und auch die mit äußerster Vorsicht – irgend etwas berühren könnten, bis es für die Nachwelt sichergestellt ist. Übrigens hat Tybalt mir erzählt, welch zuverlässige Hilfe Sie ihm bei Korrespondenz, Buchhaltung und vielem anderem Kram sind.«
Eine Sekunde lang ärgerte es mich, daß Tybalt mit ihr über mich sprach, und sofort danach schämte ich mich meiner Engherzigkeit.
Tabitha schien mir meine Gefühle anzumerken, denn sie sagte rasch: »Wundern Sie sich nicht, daß Tybalt mir manches anvertraut ... Ich bin ja eine uralte Bekannte. Und eben deshalb habe ich Tybalt gesagt, daß Sie endlich die Wahrheit wissen sollten.«
»Welche Wahrheit?« hauchte ich.
»Über mich. Was bisher nur Sir Edward und sein Sohn wußten. Als ich in ihren Haushalt eintrat – Lady Travers lebte damals noch –, hielten die Herren es für richtig, mich als Witwe auszugeben. Aber das stimmt nicht, Judith. Mein Mann ist am Leben.«
»Was ... Wieso ... Wo ist er denn?«
»In einer Irrenanstalt.«
»Oh! ... Ich verstehe. Es tut mir leid.«
»Sie erinnern sich, daß ich kurz vor unserer Abreise plötzlich nach Suffolk mußte?«

»Ja, damals, als Sie und Tybalt zusammen zurückkamen.«
»Meinem Mann ging es sehr schlecht. Er hatte eine zusätzliche Infektion.«
»Ist er gestorben?« fragte ich.
Ihre schönen, tiefen Augen, die in das Kerzenlicht starrten, bekamen einen hoffnungslosen Ausdruck.
»Nein. Ich sagte doch schon, daß er lebt. Er hat die sekundäre Krankheit überstanden.«
»Es muß eine schwere Belastung für sie sein.«
»Weiß Gott!«
»Sie besuchen ihn aber nur selten?«
»Es hat keinen Zweck. Er erkennt niemanden mehr. Folglich sind meine Besuche keine Freude für ihn – und mir sind sie eine Qual. Er ist dort in der bestmöglichen Pflege. Mehr kann ich nicht tun.«
»Es tut mir wirklich leid«, wiederholte ich betreten.
Tabitha zwang sich zu einem schwachen Lächeln. »Nun, jeder hat sein Päckchen zu tragen. Meins ist ein recht schweres Paket. Aber dafür gibt es auch einen Ausgleich. Seit ich für die Familie Travers arbeite, bin ich im großen und ganzen doch glücklicher, als ich je zu hoffen wagte.«
»Das sollen Sie mit Gottes Hilfe auch bleiben. Dank für Ihr Vertrauen, Tabitha. Aber sagen Sie mir: War Ihr Mann von Anfang an so? Sie können doch bei Ihrer Jugend gar nicht so sehr lange verheiratet gewesen sein.«
»Ich bin dreißig«, sagte sie mit schlichter Offenheit. »Und ich wurde schon mit achtzehn verheiratet. Meine Eltern hielten dieses Arrangement für eine einmalige Chance, weil die Familie meines Mannes im Vergleich zu meiner wohlhabend war. Dabei war schon damals allgemein bekannt, daß er unheilbar trunksüchtig war. Es

wurde immer schlimmer, und als er gemeingefährlich wurde, brachte man ihn auf behördliche Anordnung ins Trinkerasyl – ein milderer Name für Irrenanstalt. Ich hatte inzwischen Sir Edward gelegentlich seiner archäologischen Vorträge kennengelernt, und mein Interesse für sein Fach fiel ihm angenehm auf. Als er von der Zerrüttung meiner Ehe erfuhr, bot er mir freundlicherweise die Stelle in seinem Haushalt an. Es war sozusagen meine Rettung.«

»Wie tragisch«, murmelte ich.

Sie sah mich gerade und klar an. »Kein Leben ist durch und durch tragisch. Ich habe herrliche Tage und Wochen erlebt wie eben jetzt wieder. Höhen und Tiefen sind nun mal unvermeidlich.«

»Ich bin dankbar für Ihre Aufrichtigkeit, Tabitha.«

»Ich wußte, Sie würden es richtig auffassen.«

»Sie werden bei uns bleiben?«

»Solange Sie mich dulden.«

»Das heißt so lange, wie Sie selber wollen.«

Sie beugte sich vor und gab mir einen leichten Kuß auf die Stirn – eine Geste, die mich tief rührte. Erst als sie sich wieder zurücklehnte, sah ich die Skarabäusbrosche aus dunkelblauem Lapislazuli, die ihren Kragen am Hals schloß. Merkwürdig, daß sie mir nicht schon vorher aufgefallen war.

»Oh, Sie haben ja auch einen Skarabäus«, sagte ich.

»Ja, er soll gegen böse Geister schützen; Sie wissen ja. Ich habe ihn bei meiner ersten Ägyptenreise geschenkt bekommen . . . Von einem Freund.«

»Das war doch die Expedition, bei der Sir Edward starb?«

Sie nickte.

»Da hat sich der Skarabäus aber nicht gerade gut bewährt«, sagte ich. Tabitha erwiderte nichts darauf, sondern berührte nur mit merklich bebenden Fingern ihre Brosche.

»Ich glaube, ich gehe nun schlafen«, sagte ich und stand auf. »Wann werden die Herren wohl zurückkommen?«

»Das kann man nie so genau vorher wissen, besonders solange wir noch abnehmenden Mond haben. Gute Nacht, Judith, und vielen Dank für Ihr Verständnis. Da Sie nun auch eine Travers sind, hielt ich es für unumgänglich, Ihnen reinen Wein einzuschenken.«

Ich ging in unser Appartement zurück. Tybalt war natürlich noch nicht da. Ich wälzte mich schlaflos im Bett und dachte an Tabitha. Erinnerungsbilder aus der Vergangenheit zogen an mir vorüber. Ich sah Tybalt und Tabitha zusammen beim Vierhändigspielen am Flügel; ich sah beide zusammen aus London zurückkommen, nachdem sie unvermutet nach Suffolk abgerufen worden war; ich hörte Nanny Testers giftige Anspielungen.

Wer mochte ihr die Skarabäus-Brosche geschenkt haben? Vielleicht Tybalt?

Und plötzlich durchzuckte mich ein schrecklicher Gedanke: Hätte Tybalt mich wohl je geheiratet – ganz abgesehen von meinem Vermögen –, wenn Tabitha noch frei gewesen wäre?

Ein paar Tage später fuhren Theodosia und ich mit einem rumpelnden Eselswagen durch die Wüste zum Sonnentempel. Hier hatte das antike Theben gelegen, der Mittelpunkt einer Kultur, von deren Pracht und Herrlichkeit nur ein paar Tempelruinen und Pharaonengräber übriggeblieben waren.

Obwohl dem Tempel das Dach fehlte, war es drinnen im Schatten der Säulen etwas kühler als in der Sonnenglut draußen. Wir studierten mit Entzücken und Bewunde-

rung den reichen Bild- und Hieroglyphenschmuck und erkannten schon eine ganze Reihe der Figuren wieder. Bei diesem Rundgang begegneten wir einem Herrn, einem unverkennbaren Europäer. Ich hielt ihn für einen bildungsbeflissenen Touristen, da er die Reliefs und Gravierungen ebenso genau betrachtete wie wir. Es war eine selbstverständliche Höflichkeit, daß er uns in dieser Umgebung grüßte. Seine Augen hatten fast die Bernsteinfarbe vieler ägyptischer Baudenkmäler, und seine Haut war blaßbraun. Der Panamahut, den er nur kurz zur Begrüßung abnahm, war, tief in die Stirn gezogen, ein sehr praktischer Sonnenschutz.
»Guten Morgen«, sagte er. »Ein grandioses Bauwerk, nicht wahr? Wohnen Sie dauernd in Ägypten?«
Wir freuten uns, ihn an der Aussprache sofort als englischen Landsmann zu erkennen. Ich erklärte kurz, daß wir zu der Ausgrabungsexpedition im Tal der Könige gehörten und daher nur vorübergehend hier seien. Er sei wohl Bildungsreisender?
»Teils-teils. Ich bin Kaufmann und verbinde das Nützliche mit dem Angenehmen. Sehr interessant, daß Sie mit den bekannten Forschern zu tun haben.«
»Mein Mann ist der Leiter des Ganzen«, sagte ich stolz.
»Dann habe ich die Ehre mit Lady Travers?«
»Ganz recht. Kennen Sie meinen Mann?«
»Persönlich nicht, aber natürlich habe ich schon viel von ihm gehört. Er ist in Fachkreisen wohlbekannt.«
»Und Sie interessieren sich für sein Fachgebiet?«
»Sehr. Ich bin nämlich Antiquitätenhändler. Ich kaufe und verkaufe echte alte Kunstgegenstände. Zur Zeit wohne ich in dem Hotel in der Nähe des Chephro-Palastes.«
»Hoffentlich haben Sie es dort bequem.«
»O ja, durchaus angemessen. Vielleicht treffen wir uns

einmal wieder.« Er zog mit einer Verbeugung seinen Panama und ging.
»Ein netter Mann«, sagte Theodosia, als er außer Hörweite war.

Am nächsten Morgen blieb Theodosia bis gegen Mittag im Bett, weil sie sich nicht wohl fühlte; aber dann stand sie auf, und ich leistete ihr auf der Terrasse mit dem Blick über den Nil Gesellschaft. Zu meiner Beruhigung sah sie wieder ganz gut aus, und wir plauderten über dies und jenes, bis sie plötzlich sagte:
»Judith, ich glaube, ich kriege ein Kind.«
Ich fuhr erfreut in die Höhe.
»Was?! Das ist aber mal eine wunderbare Neuigkeit! Herzlichen Glückwunsch!«
Ein leichtes, besorgtes Stirnrunzeln trübte ihren Gesichtsausdruck. »Na ja, das sagen die Leute immer. Schließlich brauchen *sie* das Baby nicht zur Welt zu bringen.«
»Sicher, ein paar Monate lang mußt du dich mit einigen Unannehmlichkeiten abfinden, aber denke doch ... dann!«
»In England hätte ich auch nichts dagegen, aber gerade hier ein Kind zu kriegen ...«
»Bis dahin bist du doch längst wieder zu Hause. Wenn du noch nicht mal ganz sicher bist, muß es ja mindestens sieben Monate hin sein.«
»Manchmal habe ich das Gefühl, ich komme hier nie mehr weg.«
»Welch eine Kateridee, Theodosia! In zwei, spätestens drei Monaten ist die Arbeit abgeschlossen.«
»Aber wenn sie nicht finden, was sie suchen?«
»Dann müssen wir leider unverrichteterdinge heimkehren. Es ist ein sehr kostspieliges Unternehmen, wie du

weißt, und wenn sie in der veranschlagten Zeit nichts finden, hat es keinen Zweck, die Suche fortzusetzen. Darüber sind sich auch die Wissenschaftler klar.«

»Aber . . .«

»Mach dir doch nicht dauernd unnötige Sorgen. Was dich betrifft, so wird bestimmt alles nach Wunsch klappen. Du solltest vor Freude herumtanzen.«

»Wenn ich nur so couragiert wäre wie du, Judith.« Sie seufzte und lachte gleichzeitig. »Es ist wirklich ein Witz: Ich bin Mamas Tochter und du die Tochter Lavinias, die sehr sanft gewesen sein soll. Wir müßten die Rollen tauschen, wenn ein Körnchen Wahrheit in der Erblehre steckt.«

»Egal, du bist auch nicht so schwächlich, wie du dir manchmal einbildest.«

»Trotzdem – ich hab' Angst, Judith. In dieser Weise allerdings erst, seit wir hier sind. Ich sehne den Tag der Heimreise herbei. Ich möchte wieder mal Regen sehen, grüne Wiesen, normale Mitmenschen.«

Ich lachte. »Unsere kleine Yasmin im Bazar hält *ihre* Mitmenschen für normaler als uns, das kann ich dir versichern. Und so ist es in allen Ländern der Welt. Du hast ein bißchen Heimweh, das ist alles.«

»Ich wünschte, Evan dozierte friedlich in seiner Universität, statt sich auf solche Abenteuer einzulassen.«

»Das wird er hinterher ja zweifellos wieder tun. Hör auf, dir mit deinen Hirngespinsten die natürlichste aller Freuden zu verderben.«

Aber sie hörte nicht auf; und als ihre Schwangerschaft ärztlich bestätigt war, merkte ich ihr dauernd Sorge und Unruhe an.

6
Ramadan

Nun war auch der Ramadan herangekommen, der Fasten- und Gebetsmonat. Ich wußte, daß er in der islamischen Welt sehr ernst genommen wurde und jedes Jahr elf Tage früher begann, weil das Datum vom Mondkalender abhing. Tybalt rechnete mir vor, daß der Ramadan auf diese Weise innerhalb von dreiunddreißig Jahren durch sämtliche Monate lief, obwohl er ursprünglich nur in der heißen Jahreszeit abgehalten worden war. Das Wort *ramadan* bedeutet nämlich »heiß«.
Er begann mit dem Erscheinen der neuen Mondsichel, und bis zum nächsten Neumond durfte zwischen Sonnenauf- und -untergang nicht gegessen werden. Nur wenige Leute waren von dieser strengen Fastenvorschrift ausgenommen, vor allem Säuglinge, stillende Mütter und Kranke. Wir im Palast versuchten, uns der Landessitte anzupassen. Im Morgengrauen nahmen wir ein ausgiebiges Frühstück zu uns, und nach Sonnenuntergang wurde fürstlich getafelt. Wer sich zwischendurch noch stärken mußte, kaute heimlich *herish*, eine typisch orientalische Süßigkeit aus Honig, gemahlener Kokosnuß und anderen Ingredienzien, die man allerdings bald nicht mehr sehen konnte. Besser war der belebende Pfefferminztee, den wir in Unmengen tranken.
Der Fastenmonat machte sich noch auf andere Weise be-

merkbar. Die Gäßchen wurden ungewohnt still, besonders während der ersten drei Tage, die ausschließlich dem Gebet geweiht waren. Fünfmal am Tag riefen statt des Muezzins zwanzig Schüsse zur inneren Einkehr. Ich war jedesmal von neuem erschüttert, wenn ich die Menschen alles stehen- und liegenlassen sah, um sich gen Mekka zu wenden, auf den Boden zu werfen und die Hände zu Allah zu erheben.

Für mich hatte der Ramadan das Gute, daß ich mehr von Tybalt sah. »Man muß die religiösen Gebräuche des Gastlandes unbedingt achten«, sagte er. »Aber die damit verbundene Schlamperei kann einen rasend machen. Gerade jetzt brauche ich zügige Arbeit.« Er sah einige Papiere mit mir durch und fügte hinzu, den Arm um meine Schultern gelegt: »Du warst so rührend geduldig, Judith. Dabei hast du dir alles ein bißchen anders vorgestellt, nicht wahr?«

»Bis vor kurzem hatte ich ja richtig romantische Backfischideen. Natürlich träumte ich davon, selbst großartige Dinge zu entdecken, zumindest ein paar Sarkophage und kostbare Grabbeigaben.«

»Arme Judith! Wie du siehst, gelingt das sogar den Experten nur selten. Tröstet es dich ein bißchen, wenn ich dir sage, daß du mir trotzdem eine enorme Hilfe bist?«

»Das ist meine schönste Genugtuung.«

»Hör zu: Ich werde dich heute abend mal an den Arbeitsort mitnehmen. Nur wir zwei allein. Ich möchte dir etwas Besonderes zeigen.«

»Tybalt! Du hast eine Entdeckung gemacht!«

»So einfach ist es leider nicht. Vielleicht bin ich auf der richtigen Spur – vielleicht auch nicht. In diesem Land ist selbst die Forschung immer ein Glücksspiel. Bisher wissen nur ganz wenige davon, aber dich möchte ich einweihen. Gleich nach Sonnenuntergang fahren wir los.

Der Ramadan-Mond ist fast voll. Wir haben also genug Licht, und heute ist sonst niemand da.«
»Wie ich mich darauf freue!«
Er küßte mich flüchtig. »Ich liebe deinen Enthusiasmus. Ich wünschte, dein Vater hätte dich noch gründlicher unterrichten lassen, damit ich dich in allen kritischen Momenten zu Rate ziehen könnte.«
»Ich kann doch dazulernen.«
»Heute abend sicher schon etwas. Du wirst sehen.«
»Ich kann's kaum erwarten!«
»Aber bitte, kein Wort zu den andern. Sie würden denken, ich könne nicht schweigen oder sei so ein Weiberknecht, daß ich alles täte, um der Herzallerliebsten einen Gefallen zu tun.«
Mir wirbelte der Kopf vor Glück. Wenn Tybalt so mit mir sprach, fragte ich mich, wie ich je an seinen ehrlichen Gefühlen hatte zweifeln können.
Er drückte mich an sich und flüsterte: »Also abgemacht: Heute abend schleichen wir uns heimlich davon.«

Der Mond stieg mildstrahlend am Wüstenhorizont auf, als wir den Palast verließen. Welch herrlicher Abend! Die Sterne flimmerten faustgroß im samtblauen Himmel. Kein Lüftchen regte sich; es war angenehm warm – eine Erlösung nach der drückenden Tageshitze und dem grellen Sonnenlicht.
Ich fühlte mich wie eine Verschwörerin, und daß ich mich mit Tybalt hinaus»stahl«, war das Allerschönste daran.
Wir setzten wie gewöhnlich in einem Boot über den Nil, und eine *arabiya* beförderte uns zum Ausgrabungsgelände.
Tybalt führte mich sorglich um die Hügel ausgehobener harter Erdbrocken und Steine herum zu einem dunkel

gähnenden Loch am Felsabhang. Hier hakte er mich unter und mahnte: »Paß auf, wo du hintrittst.«

»Ist das deine Neuentdeckung, Tybalt?« fragte ich aufgeregt.

»Nein, diesen Stollen hat schon mein Vater bei der letzten Expedition gefunden. Aber weiter drinnen will ich dir etwas zeigen.« Er nahm eine Laterne von einem Haken und zündete sie an. Der Stollen war etwas über mannshoch und ziemlich lang. An seinem Ende führten ein paar Stufen zu einer Art neuem Eingang.

»Wenn man sich vorstellt, daß diese Stufen vor Jahrhunderten in den Fels gehauen worden sind . . .«, begann ich tief beeindruckt.

»Zweitausend Jahre vor Christi Geburt ungefähr«, berichtigte Tybalt. »Ich kann die Gefühle meines Vaters nachempfinden, als er dies fand. Aber komm weiter, das ist noch nicht alles.«

»Es war sicher eine der wunderbarsten Entdeckungen seines Lebens!«

»Leider führte auch sie wie so viele wunderbare Entdekkungen in Ägypten nur in eine Grabkammer, die wahrscheinlich schon seit drei Jahrtausenden ausgeplündert war.«

»Immerhin war dein Vater der erste, der seitdem wieder den Fuß hineinsetzte?«

»Durchaus möglich. Der Eingang war von den Räubern wieder kunstgerecht zugemauert und vom Felsgeröll verschüttet worden. Hoppla, Judith, gib mir die Hand. Schau, die Wandgemälde sind wenigstens gut erhalten; das läßt auf sehr langen Luftabschluß schließen.« Er leuchtete einzelne Partien mit seiner Laterne an. »Viele der Symbole kennst du ja längst – da ist der Skarabäus, da das Lebenszeichen und da der Sonnengott Amon Ra mit den Widderhörnern.«

»Ein alter Freund von mir, und ich habe auch meinen Skarabäus am Finger – den, den du mir geschenkt hast. Er soll mich doch vor jeder Stunde der Gefahr schützen, wenn ich nicht irre?«
Tybalt blieb stehen und sah mich mit rätselhaftem Lächeln an. Im huschenden Licht der Laterne wirkte er beinahe wie ein Fremder.
»Ich glaube nicht unbedingt an magische Kräfte, Judith«, sagte er. »Dazu bin ich zu sehr Wissenschaftler. Aber ich denke, daß ich dich notfalls besser schützen könnte als der schönste Käfer.«
Ich fröstelte plötzlich.
»Frierst du?« fragte Tybalt.
»Nicht direkt ... Aber es ist schon relativ kühl hier.«
Mich hatte, was ich freilich nicht sagte, ein sonderbarer Anhauch berührt ... Bei uns zu Hause gab es dafür die Redensart: Als ob jemand über mein Grab ginge.
Tybalt schien mir etwas anzumerken, denn er sagte: »Ja, es ist ehrfurchteinflößend. Selbst die Abgebrühtesten unter uns sind nicht dagegen immun. Ab und zu weht einen der Gedanke an, daß der Mensch, der hier begraben wurde, einer Hochkultur angehörte – zu einer Zeit, als unsere Vorfahren in Britannien noch in Höhlen lebten und in Urwäldern jagten.«
»Wißt ihr, wer der Tote war – oder war es eine Frau?«
»Das war leider nicht mehr feststellbar, nicht einmal nach den erhaltenen Hieroglyphen, die gerade an den entscheidenden Stellen beschädigt waren. Und die Mumie selbst war erst recht unidentifizierbar. Die Grabräuber wußten natürlich, daß unter den Leichenbinden oft die wertvollsten Juwelen verborgen waren. Deshalb fand mein Vater hier nur noch den Sarkophag, die stark demolierte Mumie und das Seelenhaus, das für die Diebe wertlos war.«

»Ich habe noch nie ein Seelenhaus gesehen«, sagte ich.
»Dann werde ich dir gelegentlich eins zeigen, vielleicht beim nächsten Abstecher ins Museum von Kairo. Es sind meist Modellhäuschen, ganz im damaligen Stil, aus weißem Stein. Man stellte es in die Grabkammer, damit die Seele – das *Ka* – nach ihren mannigfaltigen Prüfungen zurückkehren und ruhig darin leben könnte.«
»Es ist alles so zauberhaft«, sagte ich. »Ich habe schon darüber gelesen, aber erst hier gewinnt alles seine wirkliche Bedeutung.«
Inzwischen waren wir zu einer zweiten Felstreppe gelangt.
»Wir müssen schon tief im Berg sein«, sagte ich.
»Ganz recht«, bestätigte Tybalt. »Und hier kommt die schönste Kammer von denen, die mein Vater gefunden hat – immer noch eine Vorkammer zur eigentlichen Begräbnisstätte.«
»Wie großartig alles angelegt ist!«
»Und dennoch ist es kein Königsgrab, nicht einmal das eines sehr hohen Würdenträgers. Nur das eines reichen Mannes – oder seiner Frau. Gewisse Einzelheiten weisen darauf hin, daß der oder die Verstorbene keine politische Rolle spielte.«
»Trotzdem . . . Es muß ein ungeheures Erlebnis für deinen Vater gewesen sein, dieses Grab zu finden.«
»Tja, wie man's nimmt. Monate härtester Arbeit und kühnster Erwartungen, und dann ein ausgeraubtes Grab. Du kannst dir kaum vorstellen, wie wir alle fieberten, bis der Fehlschlag sichtbar wurde. Eins von Dutzenden bereits entdeckten Felsengräbern – und ebenso leer wie die andern.«
»Und dann ist dein Vater gestorben . . .«
»Aber kurz vorher hat er noch etwas entdeckt, Judith. Dessen bin ich sicher. Nur darum bin ich ja wieder her-

gekommen. Er versuchte es mir noch in seinen letzten Minuten zu sagen. Hier muß noch der Eingang zu einem weiteren Grab sein.«

»Wenn dem so ist – wieso hast du ihn bisher noch nicht gefunden?«

»Weil solche Zugänge auf raffinierte Art versteckt wurden. Bis jetzt schien *diese* Grabkammer das Ende zu sein. Aber ich glaube, auf einen verschlüsselten Hinweis gestoßen zu sein, daß es noch weitergeht. Schau, hier steigt der Boden unmotiviert etwas an. Vielleicht verbirgt sich etwas hinter der scheinbar massiven Felswand. Wir werden sie aufbrechen – unter möglichster Geheimhaltung. Kann sein, es ist wieder nutzlose Kraft- und Zeitverschwendung, aber ich glaube es nicht.«

»Könnte dein Vater ermordet worden sein, weil er dem Geheimnis dicht auf der Spur war?«

Tybalt schüttelte den Kopf. »Das war ein unglücklicher Zufall, der natürlich zu wilden Gerüchten Anlaß gab.«

»Es ist doch sonderbar, daß er gerade in so einem bedeutsamen Moment sterben mußte.«

»Das Leben ist sonderbar, Judith.« Er hob die Laterne und sah mir ins Gesicht. »Wer von uns weiß, wann ihn der Tod antritt?«

Wieder fühlte ich es kalt über mein Rückgrat rieseln. »Es ist etwas gespenstisch hier!« bemerkte ich mit nervösem Lachen.

»Was erwartest du von einem uralten Grab, Judith?«

»Selbst du kommst mir irgendwie anders vor.«

Er streichelte mir mit der freien Hand leicht Hals und Nacken. »Wieso ›anders‹, Judith?«

»Wie ein Unbekannter – oder fast Unbekannter.«

»Im Grunde wissen wir alle sehr wenig voneinander.«

»Gehen wir zurück«, bat ich.

»Du frierst.« Er stand so nah bei mir, daß sein Atem

mein Gesicht streifte. »Wovor fürchtest du dich? Vor dem Fluch der Pharaonen, dem Zorn der Götter – oder gar vor mir?«

»Vor gar nichts«, log ich. »Ich möchte nur wieder an die frische Luft. Hier drinnen ist es ziemlich stickig.«

»Judith!« Er kam mir noch näher. Ich verstand mich selbst nicht mehr. Jeder Nerv in mir drängte zur Flucht. Vor der lastenden Atmosphäre der Jahrtausende, die hier eingeschlossen waren? Vor Tybalt?

Ich wollte etwas sagen, aber er legte mir die freie Hand auf den Mund. »Hör mal!« flüsterte er.

In der Totenstille hörte auch ich es deutlich: etwas wie ganz leise, zögernde Schritte.

Tybalt gab mich frei und stand stocksteif lauschend da. »Jemand hat sich eingeschlichen«, flüsterte er. Dann rief er laut: »Wer ist da?« Es hallte hohl und fremd in dem Gewölbe wider. – Keine Antwort.

»Halte dich bei mir«, sagte Tybalt. Wir kehrten über Treppen und Gänge zum Ausgang zurück. Tybalt leuchtete in jeden Winkel. Niemand war zu sehen.

Draußen, inmitten der mondbeglänzten Schutthügel, atmete ich erleichtert auf. Meine Glieder waren noch wie gelähmt, der Schweiß stand mir auf der Stirn, und ich konnte mein Zittern nicht ganz verheimlichen.

Tybalt sah mich an. »Arme Judith, du scheinst dich nicht schlecht gegrault zu haben!«

»Na ja, es war immerhin . . . etwas neu für mich.«

»Mich beunruhigt am meisten, daß jemand in dem Grab war. Wir haben es beide gehört.«

»Vielleicht einer von deinen Kollegen.«

»Warum hat er sich dann auf meinen Anruf nicht gemeldet?«

»Weil du dich sicher über sein unbefugtes Hiersein geärgert hättest.«

»Na schön«, sagte er, »steigen wir in unsere *arabiya* und kehren wir in den Palast zurück.«
Schon auf der Rückfahrt wurde alles wieder normal – der Nil in all seiner Schönheit, die Düfte des Orients, der Palast und vor allem Tybalt.
Ich begriff nicht mehr, welche Ängste mich in den Tiefen des Grabes angefochten hatten. Die Magie der Jahrtausende und der alten Götter mußte schon einiges auf sich haben, wenn ich mich sogar vor meinem eigenen Mann fürchten konnte.
Vor Tybalt, dem Geliebten, der mich erwählt hatte! Aber ... war das nicht so plötzlich geschehen, daß damals alle Freunde erstaunt oder sogar bedenklich reagiert hatten? Ich vergaß immer wieder, daß ich eine reiche Frau war. Und ... Tabitha? Wenn ich Tybalt und sie zusammen sah, waren sie immer in ernsthafte Gespräche vertieft. Er erzählte ihr viel mehr von seiner Tagesarbeit als mir. Nun ja, ich hatte trotz aller heißen Bemühungen weder ihr Wissen noch ihre Erfahrung. Aber Tabitha war an einen unheilbar kranken Mann gebunden ...
Der Grabeshauch heute abend mußte mir wirklich zugesetzt haben. Wo war mein sonstiger gesunder Menschenverstand? Wo war mein hervorstechendster Charakterzug, freudig auf jede Herausforderung des Lebens einzugehen?
Dummkopf! schalt ich mich selbst. Du wirst allmählich so hasenherzig wie Theodosia!

Der Palast hatte viele Terrassen. Ich saß am liebsten auf der, wo der meiste Schatten war – denn tagsüber wurde es jetzt fast unerträglich heiß –, und beobachtete müßig das Leben auf dem Nil und an seinen Ufern. Die Diener versorgten mich aufmerksam mit dem landesüblichen

Pfefferminztee. Manchmal saß ich allein, manchmal mit diesem oder jenem Mitglied unserer Gesellschaft. Drunten wuschen schwarzvermummte Frauen ihre Wäsche im Strom; die Waschstellen schienen ihre hauptsächlichen Treffpunkte zu sein. Pausenlos tönte ihr Geschnatter und Gelächter zu mir herauf, und ich hätte gern gewußt, worüber sie sich so angeregt unterhielten. Ab und zu zog eine Barke mit farbigen dreieckigen Segeln vorbei.

Der Ramadan neigte sich seinem Ende zu; überall wurde geputzt und geschlachtet. Da sich vieles auf den flachen Dächern abspielte, sah ich die Vorbereitungen für das gewaltige Feiern, das Teppichklopfen und Fleischeinpökeln für das kommende Jahr. Eines Nachmittags, als sich das Leben im Palast nach der langen Siesta gerade wieder zu regen begann, kam Hadrian auf die Terrasse und setzte sich zu mir.

»Lange kein trauliches Plauderstündchen mehr gehabt«, meinte er.

»Wo steckst du denn die ganze Zeit?«

»Dein Göttergatte ist ein unerbittlicher Sklaventreiber, Judith.«

»Bei Faultieren wie dir muß er's vielleicht sein.«

»Wer sagt, daß ich ein Faultier bin?«

»Wenn du's nicht wärst, würdest du dich nicht beklagen. Du wärst so begeistert bei der Sache wie Tybalt selbst.«

»Meine liebe Judith, er ist der Leiter. Sein ist der Ruhm, wenn der große Tag kommt.«

»Unsinn. Die Ehre gehört euch allen. Und wann kommt der große Tag?«

»Tja, das ist es ja eben. Nichts Genaues weiß man nicht. Möglicherweise führt auch dieses Unternehmen zu nichts ... Tybalt sagte, er hätte dich soweit unterrichtet, sonst hätte ich natürlich das befohlene Stillschweigen bewahrt.«

»Ja, er hat mir alles gezeigt.«

»Dann weißt du ja, daß wir auf einer heißen Spur zu sein glauben.«

»Ja.«

»Hm, wer weiß? Ich bin ein alter Skeptiker. Und selbst wenn wir einen tollen Fund machen, gereicht dies allenfalls der Wissenschaft zum Ruhm, bringt unsereinem aber wenig greifbaren Profit.«

»Denkst du denn immer nur an Geld, Hadrian?«

»Leider kann ich nicht umhin.«

»Entschuldige, Hadrian, aber dann kannst du einfach nicht mit Geld umgehen.«

»Nun ja, ich habe ein paar teure Gewohnheiten.«

»Könntest du die nicht in Grenzen halten?«

»Ich geb' mir ja dauernd Mühe, Judith.«

»Das freut mich. Etwas anderes, Hadrian. Warum bist du eigentlich Archäologe geworden?«

»Auf Befehl meines Onkels – deines Papas.«

»Mir scheint, du bist nicht sehr glücklich darüber.«

»Oh, das Fach interessiert mich schon. Ich bin bloß nicht so fanatisch veranlagt wie gewisse andere Leute.«

»Ohne Fanatiker käme die Wissenschaft nur sehr langsam weiter.«

»Weißt du übrigens schon, daß der Pascha höchstselbst uns in diesen Tagen besuchen will?«

»Nein.«

»Heute kam die Botschaft. So eine Art Edikt. Er wird den Palast mit seiner Anwesenheit beehren.«

»Das ist aber spannend! Ich muß mich auf seinen Empfang vorbereiten – oder Tabitha?«

»Weder noch. Du müßtest doch mittlerweile über die schmeichelhafte Einbildung hinaus sein, daß Frauen im

Orient irgend etwas zu sagen haben. Bestenfalls darfst du mit niedergeschlagenen Augen dabeisitzen und nur reden, wenn du gefragt wirst – was unserer Judith schwerfallen dürfte!«

»Ich bin keine Araberin und gedenke, mich auch nicht wie eine solche zu benehmen.«

Hadrian lachte, und unversehens kamen wir auf die alten Tage in Keverall Court zu sprechen.

»Wir waren schon eine fest ineinander verflochtene Gemeinschaft«, sagte Hadrian fast wehmütig. »Und dann wurde sogar innerhalb derselben geheiratet – Sabina und der junge Pfarrer, Theodosia und Evan Callum, du und Tybalt. Nur ich war der Außenseiter.«

»Aber Hadrian, du gehörst doch nach wie vor zu uns.«

»Ich hab' kein Glück.«

»Glück! Das liegt weder im Schicksal noch in den Sternen, sondern in uns selbst.«

»Muß ich schon mal gehört haben. Du und diverse Dichter – ihr könnt natürlich nicht unrecht haben. Ich war nur immer zu langsam oder zu dumm, um meine Möglichkeiten beim Schopf zu packen.«

»Wenn du das einsiehst, könntest du ja jetzt damit anfangen.«

Er sah mich unerwartet ernst an.

»Gewisse Umstände werden mich vielleicht dazu treiben«, sagte er und klopfte mir freundschaftlich auf die Hand. »Gute alte Judith, weißt du noch, wie du uns immer herumkommandiert hast? Gelingt dir das auch bei Tybalt? Kann ich mir kaum denken. Schade . . . ich bin nämlich ein Mann, der eine energische Frau braucht.«

Seine Redereien machten mich etwas verlegen. Wollte er auf seine schnoddrige Art andeuten, er hätte früher einmal gedacht, wir seien füreinander bestimmt?

»Du hast oft genug auf mich geschimpft«, sagte ich ablenkend.
»Das war Haßliebe, Judith. Heute sind wir erwachsen. Du kannst die erste Silbe weglassen.«
Vom nahen Minarett kam der Ruf des Muezzins. Die Wäscherinnen unten am Ufer stellten ihre Arbeit ein und legten mit geneigten Köpfen die Hände zusammen; der alte verkrüppelte Bettler, der immer an der Straßenecke saß, berührte mit der Stirn den Boden.
Wir sahen schweigend zu.

Die Atmosphäre im Chephro-Palast veränderte sich merklich. Der Besuch des Paschas warf seine Schatten voraus. Man hörte laute Wortwechsel aus den Küchen; die Böden wurden heftiger geschrubbt als je zuvor, und jede Messingklinke wurde auf Goldglanz poliert. Hakim Paschas Dienerschaft wußte, daß die Toleranz von uns Gästen zumindest für ein paar Stunden nicht mehr galt.
Tybalt setzte uns im kleineren Freundeskreise etwas genauer ins Bild. »Er ist der Beherrscher dieser Gegend, auch wenn solche Begriffe heute offiziell abgeschafft sind. Jedenfalls besitzt er das Land in weitem Umkreis. Wir verdanken es nur ihm, daß wir hier in seinem Palast wie Fürstlichkeiten behandelt werden. Unsere Arbeiter sind nur deshalb so zahlreich, weil sie wissen, der Pascha wünscht es. Und gegen seine Wünsche wagen sie sich gar nicht aufzulehnen. Davon hat schon mein Vater profitiert. Ihr werdet sehen, daß seine Ankunft wie die eines großen Potentaten gefeiert werden wird.«
»Wird unser Empfang seinen Erwartungen entsprechen?«
»Wir werden es schon schaffen. Schließlich empfangen wir ihn in seinem eigenen Palast, und die Dienerschaft

ist auf seine Gewohnheiten gedrillt. Als wir voriges Mal hier waren, ging alles glatt. Es wäre auch weiter glattgegangen, wenn mein Vater nicht etwa drei Wochen danach gestorben wäre.«

»Ein Glück, daß er sich so für eure Arbeit interessiert.«

»Oh, daran besteht kein Zweifel. Vater hat ihn herumgeführt, und er war restlos begeistert. Ich werde ihm natürlich auch eine Besichtigung vorschlagen.«

»Und welche Rolle soll ich bei dem großen Ereignis spielen?« fragte ich.

»Du brauchst nichts weiter zu tun, als dich vollkommen natürlich zu benehmen. Hakim Pascha ist ein Weltmann, vielgereist, und erwartet nicht, daß wir uns den Landessitten anpassen. Ich glaube, es wird eine amüsante Abwechslung für dich sein. Tabitha kann dir erzählen, wie es voriges Mal war.«

Tabitha erzählte mir denn auch bei einem gemeinsamen Gang in die *souks*, sie habe damals der Ankunft des Paschas recht beklommen entgegengesehen, aber ganz unnötig – er sei die Güte selbst gewesen und habe sich mindestens ebensoviel Mühe gegeben, den Gästen zu gefallen, wie sie ihm.

Als wir auf dem Rückweg am Hotel vorbeikamen, sahen wir Hadrian, Terence Gelding und den Herrn, den Theodosia und ich im Tempel getroffen hatten, bei einem Drink auf der Terrasse sitzen. Hadrian rief uns zu, wir sollten doch heraufkommen, und wir setzten uns mit an den Tisch.

»Mr. Leopold Harding«, stellte Hadrian den Fremden vor. »Terence und ich wollten hier eine Erfrischungspause einlegen, und da Mr. Harding wußte, wer wir waren, hat er sich mit uns bekannt gemacht.«

»Wir haben uns auch schon mal getroffen«, sagte ich.

»Ja«, erwiderte Leopold Harding, »bei der Besichtigung des Tempels.«

»Was möchtet ihr trinken?« fragte Terence.

»Der unvermeidliche Pfefferminztee wäre jetzt das Richtige«, meinte ich, und Tabitha stimmte zu. Während der Tee bestellt und gebracht wurde, plauderten wir. Mr. Harding erzählte, er sei öfter in Ägypten. Er hoffe jedesmal auf sensationelle neue Funde und Ankaufmöglichkeiten.

»Wenn Sie ein Geschäft daraus machen, müssen Sie viel davon verstehen«, bemerkte Hadrian.

»Natürlich, das ist unerläßlich. Man wird so leicht hereingelegt. Neulich, um nur ein Beispiel zu nennen, wurde mir ein entzückendes Köpfchen aus Türkis und Lapislazuli angeboten. Jeder Laie hätte darauf geschworen, daß es aus einem Pharaonengrab stammte. Es war aber wieder mal nur eine vorzügliche Imitation.«

»Interessieren Sie sich für Archäologie, abgesehen vom Geschäft?« fragte ich.

»Nur als Amateur, Lady Travers.«

»Das sind wir hier beinahe alle«, sagte ich. »Stimmt's, Tabitha? Ich habe es jedenfalls eingesehen, seit wir im Lande sind.«

»Mrs. Grey ist mehr als das«, sagte Terence.

»Und Judith«, fügte Hadrian lächelnd hinzu, »gibt sich von jeher wahnsinnige Mühe.«

»Dann können wir uns vielleicht diesbezüglich die Hand reichen«, sagte Leopold Harding. »Ich bin verliebt in meine Kunstobjekte, auch wenn die meisten gefälscht sind. Ob ich wohl mal das neue Ausgrabungsfeld in Augenschein nehmen darf?«

»Niemand kann Sie daran hindern, eine Fahrt durch das Tal zu unternehmen«, sagte Hadrian.

»Nur werden Sie nicht viel mehr sehen als Baracken,

Werkzeuge, Schuttberge und Arbeiter«, fügte Terence hinzu.
»Sir Tybalt hat doch begründete Hoffnung, ein unversehrtes Grab zu entdecken?«
»Gott ja, das hoffen alle Archäologen«, erwiderte Hadrian. »Vorläufig ist es nichts als eine irre Schufterei – und ich fühl's schon jetzt im kleinen Finger, daß es wieder ein Fehlschlag wird.«
»Dein kleiner Finger in Ehren«, sagte ich spitz, »aber ich glaube nicht, daß ein Wissenschaftler wie Tybalt sich so total irren kann.«
»Da spricht das liebende Weib«, grinste Hadrian.
Ich fand es unangebracht, uns vor den Ohren eines Fremden so nach Schulart zu »kabbeln«, und wechselte rasch das Thema.
»Haben Sie auch schon mit eindeutig echten Antiquitäten gehandelt, Mr. Harding?« fragte ich.
»In Europa schon, aber soweit es den Orient betrifft, kann man eben nie ganz sicher sein. Immerhin gibt die pure Legende, eine Sache sei dreitausend Jahre oder mehr vergraben gewesen, dieser Sache, wenn sie gut nachgemacht ist, einen bedeutenden Wert. Als Geschäftsmann widerspreche ich den Leuten natürlich nicht zuviel.«
»Ägypten lohnt sich also?«
»O ja, mehr als manche andere Länder, die ich auch bereise. Es ist sozusagen in Mode. Sie sollten sich einmal mein Lager ansehen. Es ist allerdings nur klein, ein besserer Schuppen, aber ich kann meine Käufe dort bis zur Verschiffung einigermaßen sicher unterbringen.«
»Wie lange bleiben Sie noch hier?« erkundigte ich mich.
»Das weiß ich auch nie genau. Ich kann von heute auf morgen zu einem vielversprechenden Objekt nach Kairo oder Alexandria abgerufen werden. An sich finde ich das

herrlich, es hält mich in Schwung – aber ich erlebe auch herbe Enttäuschungen. Vor ein paar Wochen wurde mir eine sorgfältig abgetragene Wandmalerei vorgeführt, bei der einem das Herz im Leibe hüpfen konnte. Eine Begräbnisprozession mit allem Drum und Dran, mit Sargträgern, Dienern und Opfergaben, und das Ganze mit Silber und Lapislazuli eingelegt. Auf den ersten Blick war ich hingerissen – auf den zweiten erwies es sich als eine höchstens dreißig Jahre alte Fälschung.«
»Das muß eine nette Enttäuschung gewesen sein!« meinte ich, und anschließend erzählte Hadrian die Geschichte meines ersten *echten* Fundes aus der Bronzezeit.
»Und wie das Leben so spielt«, schloß er, »vielleicht sitzt sie heute nur deswegen hier.«
»Jedenfalls sitzt sie gern hier«, sagte Leopold Harding mit Nachdruck. »Sie müssen mich wirklich mit einem Besuch beehren, Lady Travers. Der Schuppen ist jämmerlich, aber ich habe ein paar ganz sehenswerte Sachen drin.«
Tabitha und ich sagten zu und verließen die Hotelterrasse.

Der Pascha hatte sich nur für einen kurzen Aufenthalt angesagt. Er wollte auf dem Weg zu einem seiner anderen Paläste mit uns dinieren und bei dieser Gelegenheit erfahren, wie weit die Forschungen, denen er seine volle Unterstützung gab, inzwischen gediehen waren.
Tabitha, Theodosia und ich sahen seine Ankunft von einem der oberen Fenster aus. Es war ein großartiges Schauspiel. Der große Mann kam in einer von vier weißen Pferden gezogenen Kutsche inmitten einer Karawane von erlesenen Kamelen, deren jedes eine Glocke am Hals trug. Das Gepäck, das auf ihre Buckel geladen

war, bestand aus glänzenden Koffern und Beuteln aus farbigen, golddurchwirkten Tüchern.
An der Treppe des Palastes wurde er von Tybalt und anderen leitenden Mitgliedern unserer Gesellschaft empfangen. Dann gingen alle in den schönen Innenhof, wo sich der Pascha in einem thronartigen Sessel niederließ, der eigens für ihn herangeschafft worden war. Die Lehne war reich mit Halbedelsteinen eingelegt, und obwohl das Möbel etwas unbequem aussah, war es unleugbar grandios.
Die Diener standen bereits mit Erfrischungen an. Es gab zunächst nur süßes Gebäck und Tee. Drei Gläser mußten bis zum Rande gefüllt und geleert werden, das verlangte die Begrüßungsetikette, und wehe dem Diener, der beim Einschenken einen Tropfen verschüttet hätte. Glücklicherweise passierte nichts dergleichen. Tabitha erklärte mir alles von unserem Ausguck aus, denn bei dieser Empfangszeremonie hatten Frauen natürlich nichts zu suchen.
Später jedoch – dies war eine Verbeugung vor unseren europäischen Sitten – durften wir uns mit zur Tafel begeben, ich sogar als Tischdame des großen Herrn.
Seine fleischigen Hände glitzerten von Juwelen, und es hatte schon seinen Sinn, daß sein Thronsessel auch an den Tisch geschafft worden war, denn er war so fett, daß ein normaler Stuhl für seine Sitzfläche schwerlich ausgereicht hätte.
Er war bester Laune und studierte uns Damen ungeniert von oben bis unten, als ob er uns auf die Reize und Fähigkeiten abschätzte, die für ihn wahrscheinlich den einzigen Wert einer Frau ausmachten. Wir schienen alle Gnade vor seinen Augen zu finden: Tabitha ihrer Schönheit wegen, die vermutlich überall auf Erden bewundert worden wäre, Theodosia wegen ihres hilflosen

weiblichen Liebreizes und ich wegen meiner Vitalität. Diese meine Eigenschaft schien den Pascha am meisten zu fesseln, vielleicht weil sie mich am meisten von den Orientalinnen, die er gewohnt war, unterschied und das »Fremdartige« ihn reizte.
Übrigens sprach er recht gut Englisch – ein weiterer Beweis seiner Weltläufigkeit.
Das Mahl zog sich über mehrere Stunden hin. Die Diener wußten offenbar, was wann und wie serviert werden mußte und welch ungeheuren Appetit der Pascha hatte. Ich staunte über die Mengen scharfgewürzter Speisen, die er hinunterschlang. Ich als Frau brauchte glücklicherweise nicht bei allem mitzuhalten, aber die Männer taten mir leid – jedes Abwinken ihrerseits wurde fast als persönliche Kränkung registriert.
Ich weiß nicht, wie der Pascha es fertigbrachte, trotz seines unheimlichen Essens auch noch das Tischgespräch zu führen, aber er tat es. Er pries unser Land, unsere Königin und den Segen, den der Suezkanal dem ägyptischen Handel gebracht hatte.
»Welch eine Errungenschaft«, schwärmte er. »Ein Kanal von etwa hundert Meilen von Port Said bis Suez – welch technische Großtat! Und seitdem kommen die Briten in Scharen nach Ägypten.« Seine Augen glitzerten verschmitzt. »Ein Vergnügen für alle Beteiligten, wie es nicht größer sein könnte. Eure britischen Spürnasen – alle Achtung! Euer Thomas Cook chartert Dampfschiffe vom Khediven und fährt damit Vergnügungsreisende den Nil hinauf. Was für ein kluger Kopf, und was für ein Geschäft auch für uns! Neuestens gibt es sogar einen Dampfer zwischen Assuan und dem Zweiten Katarakt. Alles das verdanken wir der ägyptisch-englischen Freundschaft.«
Ich erwiderte sein Kompliment mit einem Hinweis auf

die Wunder einer mehrtausendjährigen Kultur, die Ägypten dem wissensdurstigen Reisenden biete.
»Und wer weiß, was noch alles der Entdeckung harrt!« entgegnete er strahlend. »Möge Allah Ihrem Vorhaben lächeln!«
Nun sagte Tybalt, er und seine Mitarbeiter könnten dem Pascha nie genug für sein Verständnis und seine Hilfe danken.
»Es ist nur recht und billig, daß ich helfe«, sagte der Pascha. Zu mir gewandt, fügte er augenzwinkernd hinzu: »Meine Vorfahren haben nämlich ihren Reichtum auf ähnliche Art begründet wie die Raubritter in Europa. Wollen Sie wissen, wie?«
»Ich bin neugierig«, antwortete ich.
»Erschrecken Sie nicht. Es ist eine ururalte Geschichte, aber wir begannen höchstwahrscheinlich als Grabräuber.« Ich lachte. »Sie sind offenbar zu höflich, um es zu glauben«, schmunzelte er. »*Ich* halte es für durchaus möglich, daß meine Ahnen vor x-tausend Jahren ein paar Pharaonengräber plünderten und reiche Leute wurden. Deshalb fühle ich mich verpflichtet, die Sünden der Väter dadurch zu sühnen, daß ich ernsthaften Wissenschaftlern – und somit der Nachwelt – einige Hilfe gewähre.«
»Ich hoffe, daß die Nachwelt es Ihnen ebenso dankt wie wir schon heute«, sagte Tybalt.
»Jedenfalls bemühe ich mich ständig, die Götter zu versöhnen«, sagte der Pascha. »Mein Familienwappen ist der Kopf des Anubis, der die Kunst des Einbalsamierens erfand. Wie Sie wissen, konservierte und wickelte er den Leib des Osiris, nachdem dieser von seinem eifersüchtigen Bruder Seth ermordet worden war. Osiris ist dann immer wieder auferstanden, und ich ehre seinen heiligen Bewahrer, dessen Zeichen das meines Hauses ist.«

Nach dieser im Plauderton vorgebrachten Abschweifung kam der Pascha wieder auf das Thema, das ihm augenscheinlich am meisten am Herzen lag: die Expedition.

»Der verehrte Sir Edward ist zwar tragisch gescheitert, aber Sie, Sir Tybalt, sein Sohn, werden sicherlich sein Werk vollenden. Und dann gehen Sie wieder in Ihre Heimat und nehmen diese schönen Damen mit sich, was ich sehr bedauere.«

Er tätschelte mir die Hand mit seinen beringten Wurstfingern und flüsterte absichtlich hörbar: »Ich hoffe fast, daß Sie nicht allzuschnell Erfolg haben.«

»In absehbarer Zeit müssen wir so und so abreisen«, sagte Tybalt mit kurzem Auflachen.

»Ich bin in Versuchung, Sie mit irgendwelchen Mitteln länger hierzubehalten«, meinte der Pascha schalkhaft. »Glauben Sie, daß ich dazu imstande wäre, Lady Travers?«

»Aber sicher, mit Hilfe Ihrer guten Geister.«

Ich weiß nicht, warum auf diese Antwort hin ein kurzes Stillschweigen entstand, als hätte ich eine Taktlosigkeit geäußert. Doch war der Pascha Kavalier genug, um sich zum Lachen zu entschließen – was für alle, auch die Diener, das Zeichen war, herzhaft einzustimmen.

Die Unterhaltung ging munter weiter, und es wurde immer klarer, daß ich beim Pascha »Erfolg« hatte, obwohl oder gerade weil einige meiner Bemerkungen nicht ganz konventionell sein mochten. Gegen Mitternacht hob er die Tafel auf. Er wollte in der Nachtkühle zu einem seiner anderen Paläste weiterreisen und sich vorher noch – das gehörte wohl zum Zeremoniell – von Tybalt das Ausgrabungsgelände in seinem jetzigen Stadium zeigen lassen.

Während allgemein zum Aufbruch gerüstet wurde, er-

scholl plötzlich ein gellendes Geschrei aus dem Innenhof, und als ich mit den anderen hinuntereilte, sah ich einen der Diener, der sich in Krämpfen wand. Er war von einem Skorpion gestochen worden. Wir alle wurden immer wieder vor Mauern und Steinhaufen gewarnt, weil das die Schlupfwinkel der Skorpione waren, aber da sie tagsüber nie herauskamen, hatte ich noch keinen gesehen – nur Eidechsen, Chamäleons und die drolligen Geckos, die auch nachts in die Zimmer kamen und niemandem etwas zuleide taten.
Eine Gruppe anderer Diener und Kameltreiber umstand den Schreienden ratlos. Ich vergesse nie das blanke Entsetzen in seinem Gesicht. War es nur Angst vor dem Skorpionstich – oder weil ihm das ausgerechnet während des Besuchs des großen Paschas passieren mußte?
Für mich stand fest, daß der Mann Erste Hilfe brauchte, egal, ob der Aufbruch des Paschas dadurch etwas aufgehalten wurde oder nicht. Alison hatte mich vor meiner Abreise aus England mit mehreren alten, bewährten Hausmittelchen versorgt: Sie schwor darauf, daß sie mir über alle Fährnisse der heißen Fremde hinweghelfen würden.
Darunter war ein Marmeladenglas mit einer selbsthergestellten Salbe gegen Wespen-, Hornissen- und Bremsenstiche, die sogar bei Kreuzotterbissen (die in Cornwall so gut wie nie vorkamen) helfen sollte. Vielleicht half es auch gegen Skorpiongift – jedenfalls mußte ich es versuchen.
Ich brachte also schleunigst mein Marmeladenglas herbei, und als ich den Arm des Dulders mit der Salbe einschmierte, bemerkte ich eine Tätowierung, die mir bekannt vorkam.
Der junge Mann wurde bei meiner Behandlung sofort ruhiger. Für ihn schien es bombensicher, daß die Medi-

zin aus dem fernen Europa ihn heilen würde, und die schwarzen Augen seiner umstehenden Gefährten verfolgten jede meiner Bewegungen so ehrfürchtig, als sei ich ein mit magischen Kräften begabter Medizinmann.

Sogar der Pascha, der auch dazukam, lächelte und nickte anerkennend und dankte blumenreich für die Hilfe, die ich einem seiner Diener geleistet hatte.

Dann brach die Karawane nur wenig verspätet auf, und Tabitha, Theodosia und ich beobachteten den malerischen Abzug wie einige Stunden vorher die Ankunft. Trotz der späten Stunde waren viele Menschen am Ufer, um der Abfahrt der prunkvollen Barke zuzusehen und dem großen Herrn zu huldigen. Es war deutlich, daß nicht nur die Diener in unserem Palast, sondern auch die Fellachen und Händler in weitem Umkreis von seiner Gnade abhingen.

»Genauso war's das vorige Mal«, sagte Tabitha. »Ich glaube, er war zufrieden – und enorm angetan von Ihnen, Judith.«

»Nun ja, er hat eigentlich dauernd gelächelt«, gab ich nachdenklich zurück. »Aber ich weiß nicht – seine Bediensteten scheinen ›in der Furcht des Herrn‹ zu leben, ob er nun lächelt oder nicht. Ich könnte mir vorstellen, daß sich hierzulande unter äußerer Jovialität viel Härte verbirgt. Was tun wir jetzt? Können wir schlafen gehen, oder müssen wir die Rückkehr der Herrschaften abwarten?«

»Der Pascha kommt nicht zurück«, erwiderte Tabitha, »das wurde doch schon mehrmals erwähnt. Er und sein Gefolge ziehen weiter stromaufwärts. Bis zum nächsten Palast ist es gar nicht so weit.«

»Dann gute Nacht«, sagte ich. »Offen gestanden: Der Umgang mit Paschas ist etwas ermüdend.«

Tybalt kam erst im Morgengrauen wieder. Er ließ sich in einen Sessel fallen und streckte die Beine von sich.

»Gott, mußt du müde sein!« sagte ich mitfühlend.

»Sicher. Wahrscheinlich bin ich gerade deshalb so überdreht, daß ich im Moment noch nicht schlafen könnte.«

»Das unheimliche Gastmahl mit dem vielen *khoshaf* – das hätte doch eigentlich einschläfernd wirken müssen.«

»Unmittelbar danach, ja. Aber dann habe ich alle Energie eingesetzt, um wach zu bleiben und unseren hohen Gast – das heißt Gastgeber – nicht zu kränken.«

»Hoffentlich habe auch ich mich einigermaßen seinen Wünschen angepaßt.«

»O ja. Ich glaube, er war dicht daran, mir ein landesübliches Geschäft anzubieten und dich als Prunkstück seines Harems zu erwerben.«

»Wenn er genug geboten hätte, um dir weitere Forschungsunternehmen zu ermöglichen, wärst du sicher bereitwillig darauf eingegangen.«

»Natürlich«, sagte Tybalt.

Ich kicherte. »Aufrichtig, ich traue diesem wohlwollenden Vielfraß nicht so ganz über den Weg.«

»Mir schien er ehrlich interessiert. Trotz seiner Fettleibigkeit ließ er sich unverdrossen alles zeigen.«

»Auch die Neuentdeckungen?«

»Es war nicht gut möglich, ihm gerade die vorzuenthalten. Schließlich hat er ein Recht darauf, zu wissen, warum wir neue Stollen in die Hügel treiben.«

»Glaubst du, daß ihr bald auf etwas Ungewöhnliches stoßt, Tybalt?«

»Das kann man nie genau sagen, aber es gibt Anzeichen dafür. Du weißt, daß wegen der schon vor Jahrtausenden bekannten Grabräubergefahr oft mehrere Grabkammern raffiniert hinter-, über- und untereinander verborgen wurden. Wenn die Diebe eine oder zwei fanden, waren sie oft schon zufrieden und ahnten nichts von den wichtigeren. Wenn meine Vermutung zutrifft, befindet sich hinter einer der Mauern das Grab einer *sehr* hochgestellten Person. Und ich bin überzeugt, daß schon mein Vater die entscheidende Spur gefunden hatte.« Tybalt zog die Brauen zusammen. »Übrigens passierte während des Pascha-Rundgangs wieder etwas Beunruhigendes. Erinnerst du dich an die Schritte, die wir neulich in den Gängen zu hören glaubten?«

»Sehr genau.«

»Heute war wieder so etwas zu hören. Ich fürchte, daß irgendein Unbefugter – oder mehrere – sich nachts dort zu schaffen machen.«

»Gesehen hast du niemanden?«

»Nein, aber es gibt ja in den Gängen und Kammern reichlich Ausweich- und Versteckmöglichkeiten.«

»Zum Beispiel in der Grube mit dem ziemlich wackligen hölzernen Gerüst darüber. Hat der Pascha es auch gehört?«

»Er hat nichts gesagt, aber ich merkte, daß auch er die Ohren spitzte.«

»Er dachte wahrscheinlich, es sei einer von eurer Gesellschaft.«

»Wir waren nur sehr wenige. Die andern mußten draußen bleiben. Laß mich abzählen: der Pascha, ich selbst, Terence, Evan und zwei Diener, ohne die der Pascha offenbar keinen Schritt tut.«

»Seine Leibwache?«

»Wahrscheinlich.«

»Er glaubt sicher, in alten Gräbern einigen Schutz nötig zu haben, da seine Vorfahren auf so unehrerbietige Weise ihren Reichtum erworben haben.«

»Da er es selbst erzählt, halte ich es für eine Anekdote.«

»Weißt du übrigens, ob sich der junge Mann, der vom Skorpion gestochen wurde, erholt hat?«
»Ja, denk mal, er ist geradezu wundersam gesundet. Paß nur auf, daß du nicht in den Geruch einer Zauberin kommst!«
»Mein Erfolg steigt mir beinahe zu Kopf. Erst will mich der Pascha für seinen Harem kaufen, und nun verfüge ich auch noch über Zauberkräfte aus Alisons Marmeladenglas. Hoffentlich bin ich auch in den Augen meines angetrauten Eheliebsten so fabelhaft.«
»Diesbezüglich kann ich dich beruhigen.«
»So, daß ich eines Tages mitarbeiten darf?«
»Das tust du doch schon, Judith.«
»Korrespondenz! Buchhaltung! Ich meine die *richtige* Arbeit.«
»Der Vorwurf mußte ja mal wieder kommen«, sagte Tybalt müde. »Ich weiß, daß du dich zurückgesetzt fühlst, Judith, aber vorläufig kannst du einfach nicht bei der ›richtigen‹ Arbeit, wie du es nennst, mitmachen.«
»Bin ich so minderbegabt?«
»Nein, aber dies ist Spezialistensache. Wir müssen unendlich vorsichtig vorgehen. Geduld – bis dieses Stadium überwunden ist, hast du schon wieder eine Menge zugelernt.«
»Und Tabitha?«
»Was ist mit Tabitha?«
»Mit ihr sprichst du dich sehr oft und ausführlich über deine Arbeit aus.«
Hierauf entstand eine fast unmerkliche Pause. Dann sagte Tybalt: »Sie hat schon bei der letzten Expedition meines Vaters mitgearbeitet. Sie hat Erfahrung.«
»Die mir fehlt?«
»Die du im Laufe der Zeit selbstverständlich auch noch erwerben wirst.«

»Es ist mir ein Rästel, wie, wenn ich nie dabeisein darf.«
»Liebste, hab Geduld.«
Wie immer, wenn er ein Kosewort gebrauchte – es kam ihm so schwer über die Lippen –, überwog das Glück alles verschwommene Unbehagen. Solange ich seine Liebste war, konnte ich warten.
»Wie lange bleiben wir noch hier?« fragte ich frischer.
»Hast du Ägypten schon satt?«
»Ich? Nein, wahrhaftig nicht. Ich verfalle seinem Zauber täglich mehr. Ich dachte eben an Theodosia. Sie hat furchtbares Heimweh.«
»Ja, sie hätte gar nicht erst mitkommen sollen. Sie eignet sich überhaupt nicht für Unternehmungen dieser Art. Andererseits kann sie ja jederzeit nach Hause fahren, wenn sie will.«
»Und Evan?«
»Evan hat seinen Arbeitsvertrag hier zu erfüllen.«
»Ist er so unentbehrlich?«
»Ja. Er ist ein ausgezeichneter Fachwissenschaftler – wenn auch nicht so sehr in der Praxis, so doch im Theoretischen.«
»Du bist natürlich in Theorie und Praxis gleich gut?«
»Natürlich.«
»Klar. Ich bewundere dich, Tybalt, mindestens ebenso, wie der Pascha mich bewunderte.«
Tybalt lachte und ging ins Bad. Ich schlief ein, ehe er zurückkehrte.

Am nächsten Vormittag, ziemlich früh, gingen Theodosia und ich wieder in den Bazar. Die Hitze wurde schon sommerlich, so daß man die Morgenstunden ausnutzen mußte. Theodosia litt sehr darunter, und ihr Heimweh wurde fast zur fixen Idee, ebenso wie ihre Angst vor etwaigen Schwangerschaftskomplikationen.

Ich tat, was ich konnte, um sie zu beruhigen. Ich erzählte ihr, daß die Fellachenfrauen ihre Kinder oft auf freiem Feld gebaren und gleich danach weiterarbeiteten ... Jedenfalls hatte ich oft solche Geschichten gehört. Theodosia senkte dann beschämt den Kopf. Natürlich, was diese armen Frauen konnten, mußte sie auch können. Dennoch blieb sie weiterhin zerrissen zwischen dem Wunsch, bei Evan zu bleiben, und dem, heimzufahren.

»Wo würdest du denn hingehen?« fragte ich. »Nach Keverall Court zu deiner Mutter?«

Sie schnitt eine kleine Grimasse. »Tja ... Wenigstens wäre es dort nicht so gräßlich heiß, und ich könnte mit Sabina reden.«

Sabina – das war die neueste Neuigkeit aus der Heimat – erwartete nämlich auch ein Baby. Und sie war, ganz anders als Theodosia, selig darüber, desgleichen Oliver, desgleichen Dorcas und Alison. »Sie wissen einfach *alles* über Wöchnerinnen- und Säuglingspflege«, schrieb Sabina. »Ich frag' mich, woher, aber natürlich, sie haben immer soviel für die Gemeinde getan, und dann hatten sie dich, liebste Judith, von klein auf. Nach ihren Erzählungen mußt du ein Wundertier gewesen sein. Auf der ganzen Welt gab's noch kein Baby, das so süß, klug, schön, brav, ungezogen und ulkig war wie du. Sie können mir nur wünschen, daß ich etwas annähernd Ähnliches hervorbringe, und benehmen sich wie die Glukken.«

Ich muß gestehen: Wenn ich so etwas las, empfand ich auch einen kleinen Stich der Rührung und des Heimwehs. Ich hätte Dorcas und Alison gern mal »auf die Schnelle« besucht und Sabinas Geplauder in natura gehört.

Jetzt aber blickte ich in den grellblauen Himmel, der

über den engen Gassen loderte, und die Farben und Düfte der *Souks* nahmen mich wieder gefangen.
Gewohnheitsmäßig besuchten wir auch den kleinen offenen Laden, in dem Yasmin über die Arbeit gebeugt zu sitzen pflegte.
Aber heute war sie nicht da. An ihrer Stelle saß ein Junge und arbeitete ebenso eifrig.
»Allah sei mit dir«, sagte ich. »Wo ist denn Yasmin?«
Der Junge blickte auf und gleich wieder sichtlich verlegen beiseite. Er antwortete nicht.
»Ist sie krank?« fragte ich.
Offenbar konnte er mich nicht verstehen.
»Sie wird ein paar Tage frei haben«, sagte ich zu Theodosia, und wir gingen weiter. Unerfreulicherweise liefen wir dem Wahrsager über den Weg, der auf seiner Matte saß.
»Allah sei mit euch«, murmelte er.
Ich brachte es nicht über mich, an seinem verhungerten Gesicht vorbeizugehen, zumal ich sah, daß seine Spendenschale noch leer war. Ich warf ein paar Münzen hinein, aber das war ein Fehler. Der Wahrsager war kein Bettler! Er war ein stolzer Mann, der seinen Beruf ausübte, und wenn man ihm etwas zahlte, gab er auch den Gegenwert dafür. Wir mußten uns also wieder auf die Matten neben ihm setzen und das neue Orakel hören.
Nach einer kurzen Spannungspause schüttelte er düster den Kopf. »Schatten größer, immer größer.«
»Ja«, sagte ich leichthin, »das haben Sie schon gesagt.«
»Es flattert über euch ... wie eine Fledermaus ... wie eine riesige schwarze Fledermaus.«
»Hu, wie grauslich«, sagte ich zu Theodosia, um der Sache von vornherein die Spitze abzubrechen. Der Wahrsager verstand meinen respektlosen Einwurf ohnehin nicht. Er betrachtete Theodosia.

»Lady gesegneten Leibes. Lady zurückgehen in kühles grünes Land! Nur da sie sein sicher.«
Ach du meine Güte, dachte ich. Das hat uns gerade noch gefehlt!
Theodosia stand nervös auf, und der Wahrsager umklammerte plötzlich mit dürren braunen Fingern mein Handgelenk.
»Sie große Dame. Sie sagen: ›Geht!‹, und alle gehen. Fledermaus näher, immer näher.«
Im Bestreben, mich loszumachen, sah ich auf seinen Arm nieder. Der weite Ärmel war etwas zurückgeglitten, und ich sah einen tätowierten Schakalskopf – genau wie bei dem Mann, der gestern vom Skorpion gestochen worden war.
»Wissen Sie nichts weiter als Fledermäuse?« fragte ich. »Immer erzählen Sie mir nur von Schatten und Dunklem.«
»Allah ist gütig. Gibt euch viel, wenn ihr sein Gebot erfüllt. Viele Söhne und Töchter, ein großes Haus – aber nur in eigenem grünen Land. Hier – nie. Fledermausschatten sehr nah. Vielleicht bald zu spät ... für Sie ... und gesegnete Lady.«
Ich warf noch einige Münzen in die Schale, dankte energisch, nahm die zitternde Theodosia beim Arm und führte sie weg.
»Zu dumm, daß wir uns den Unsinn wieder angehört haben«, sagte ich. »Er erzählt allen Leuten dasselbe.«
»Allen?«
»Ja. Tabitha hat mich auch schon vor der Schatten- und Fledermausgeschichte gewarnt. Sie kennt das vom vorigen Mal, nehme ich an.«
»Sie ist eben eine Engländerin wie wir, ein Eindringling. Er will uns aus seinem Lande scheuchen.«
»Ach laß, Theodosia, du wirst mir doch nicht sagen wol-

len, daß du tief beeindruckt bist. Von so einem Routinegeschwätz!«

»Aber warum sagt er immer, wir sollen nach Hause fahren?« beharrte Theodosia.

»Weil wir Ausländer sind.«

»Er verdient an uns und die Händler in den armseligen *souks* auch. Es kann also kaum in seinem Interesse liegen, uns zu vertreiben. Die andern alle freuen sich, wenn wir auftauchen und etwas kaufen.«

»Gewiß, aber ein orientalischer Wahrsager denkt wahrscheinlich, wir Europäer erwarten düstere Gruselgeschichten.«

»*Ich* lasse mich nicht gern ängstigen. Mein Zustand langt mir.«

»Aber Theodosia, du hast doch nicht den geringsten Grund, dich zu fürchten. Der Arzt ist mit dir zufrieden, und alle haben dich lieb. Vergiß das keinen Moment.«

7
Die Nilfeier

Tybalts innere Erregung wuchs. Er war jetzt ganz sicher, daß sich hinter der Mauer, die er mir neulich gezeigt hatte, ein weiteres Grabkammersystem verbarg.
Wir waren nun schon einige Monate in Ägypten, und er fand, es würde allmählich Zeit, daß wir nach all den Kosten und Anstrengungen etwas vorzuweisen hätten.
»Es wäre eine furchtbare Enttäuschung«, fügte er hinzu, »wenn die Grabräuber auch dort schon gewesen wären.«
»Ist das denkbar, wenn es so gut verborgen ist?«
»Nur wenn es früher noch einen anderen Eingang gegeben hat, was durchaus möglich ist. Diese altägyptischen Gräber sind die reinsten Fuchsbauten. Ärgerlicherweise gibt es schon wieder eine Arbeitspause wegen des Nilfestes. Das Schlimmste an den ägyptischen Festen ist, daß ihr Datum jedes Jahr anders festgesetzt wird. *Dieses* hängt vom Wasserstand des Stroms ab.«
»Wieso?«
»Es ist eine Art Bitt- und Besänftigungszeremonie, die aus Urzeiten herrührt, als der Nil noch als Gott verehrt wurde. Damals beteten sie aus gutem Grund um eine fruchtbare, aber nicht reißende Überschwemmung, die oft ganze Dörfer mit sich riß. Die Gefahr besteht auch heute noch – daher die traditionelle Bittprozession.«

»Glauben die Leute wirklich, daß sie die Naturgewalten irgendwie beeinflussen können?«
»Jedenfalls ist es heutzutage ein liebgewordener Volksbrauch, vor allem ein weiterer Grund zum Faulenzen. In der Vergangenheit war es eine sehr ernste Angelegenheit. Man brachte dem Strom sogar ein Menschenopfer: Eine Jungfrau wurde hineingeworfen. Heute macht man dasselbe mit einer lebensgroßen, schöngekleideten Puppe.«
»Arme Jungfrauen! Die hatten es früher wirklich nicht leicht. Entweder hielten Drachen sie gefangen, oder sie waren an Felsen geschmiedet, oder sie wurden auf Altären und in Flüssen geopfert. Und wenn sie keine Jungfrauen blieben – ohne Ring am Finger –, ging's ihnen erst recht schlecht.«
»Nun, *dieser* nur noch symbolische Festzug wird dir Spaß machen. Wenn nur die ewigen Verzögerungen bei unseren Arbeiten nicht wären! Im Moment machen sie mich besonders nervös. Für mich zählt jeder Tag.«
»Ich drücke dir sämtliche Daumen, Tybalt, daß du trotzdem bald als erster den Fuß in ein unberührtes Grab setzt. Daß alles so ist, wie du es dir ausmalst – die letzten Spuren im Staub mindestens dreitausend Jahre alt und dann die Mumie mit all ihren Kostbarkeiten, die niemand vor dir entdeckt hat. Liebster, wie innig ich dir den verdienten Erfolg wünsche!«
Er lachte mich auf die zärtliche, etwas nachsichtige Art an, die ich so gut an ihm kannte.
Aber ich wünschte ihm den Erfolg wirklich brennend.

Das Nilfest wurde von einem Tag auf den andern behördlich bestimmt. Der Wasserstand war sehr rasch gestiegen, woraus zu entnehmen war, daß es in Zentralafrika dieses Jahr besonders schwere Regenfälle gab.

Man konnte gut berechnen, wann die Hochflut auch unsere Gegend erreichen würde.
Vom frühen Morgen des Festes an wimmelten die Ufer von Menschen. Außer den allgegenwärtigen *arabiyas* wurden auch viele Kamele zur Anreise benutzt. Ihre Kopfhaltung auf den langen, gebogenen Hälsen schien so hochmütig, als wüßten sie, daß sie die unentbehrlichsten Tiere des ganzen Orients waren: Alles an ihnen wurde gebraucht, von der kostbaren Wolle angefangen bis zu ihrem Mist, der als Feuerung diente.
Die große allgemeine Spannung bezog sich auf den Nil.
Würde er nur das ersehnte, segensreiche Wasser für die Felder spenden oder sich wild und gefährlich weit über seine Grenzen hinauswälzen?
Auf jeden Fall war es ein Festtag, und das Volk liebte Festtage. Die meisten Buden im Bazar waren geschlossen, obwohl die Garküchen gerade heute mit Hochdruck arbeiteten und reißenden Umsatz hatten. Die verschiedensten pikanten, würzigen und süßen Düfte erfüllten die Luft. Limonadenverkäufer liefen mit ihren Glasbottichen und Bechern durchs Gedränge, und in einigen Buden wurde ununterbrochen Pfefferminztee gekocht. Außerdem waren von nah und fern die Bettler herbeigeströmt: Blinde, Arm- und Beinlose – ein Anblick, der uns empfindlichen Europäern ein wenig die Freude vergällen konnte. Die entstellten Gesichter zum Himmel erhoben, die Almosenschalen neben sich, riefen sie ununterbrochen nach *bakschisch* und baten Allahs Segen auf diejenigen herab, die nicht fühllos vorbeigingen.
Doch alles in allem war das bunte Volksfest ein Erlebnis, besonders für die Neulinge unter uns. Wir sahen es uns von einer der Terrassen aus an. So hatten wir das Schau-

spiel vor uns, ohne uns selbst im Gewimmel herumschubsen zu lassen.
Tybalt meinte, der Strom würde sich diesmal wohl »benehmen«, worauf er auch persönlich sehr hoffte. Wurde die Überschwemmung größer als vorgesehen, so mußte er damit rechnen, daß einige seiner Arbeiter in Katastrophengebiete abkommandiert wurden, und das bedeutete weitere Verzögerungen.
Das ungewöhnlich rasch fließende, Wirbel bildende Wasser sah rot aus, was auf ganz natürliche Weise von mitgerissenen eisenhaltigen Erdmassen herrührte. Aber das Volk sprach wie seit Jahrtausenden schaudernd von »Blut«.
War der Nil zornig?
»Allah ist Allah, und Mohammed ist sein Prophet.«
Der Ruf des Muezzins brachte für ein paar Minuten die übliche fromme Erstarrung in die Menschenmassen. Auch wir auf der Terrasse schwiegen. Ich fragte mich, wie viele von den Leuten da unten wirklich nur zu Allah beteten und nicht gerade heute auch zu den alten Göttern. Warum warfen sie sonst noch immer eine Puppe in den Nil, auf daß er die arme Landbevölkerung mit seiner Rache verschone?
Die Prozession näherte sich und wand sich wie ein Heerwurm zur nächsten Flußbiegung. Fahnen wurden geschwenkt. In der Mitte fuhr ein offener Wagen, in dem die lebensgroße Jungfrauenpuppe lehnte. Da, wo die Wasser am wildesten wirbelten, würde man sie herausheben und in den Strom werfen.
Ich starrte die Puppe an. Sie glich vollkommen einem verschleierten jungen Mädchen im weißen Festgewand. Ihre Handgelenke waren mit silbernen Armbändern geschmückt.
Da die Prozession sehr dicht unter uns vorüberzog,

konnten wir die Puppe momentweise ganz deutlich sehen. Sie lag mit geschlossenen Augen im Rückenpolster. Der untere Gesichtsteil war verschleiert, und dennoch kam sie mir merkwürdig bekannt vor.
»Wahnsinnig lebensecht«, meinte Hadrian, als der Wagen vorbei war.
»Warum macht man die Puppe mit geschlossenen Augen?« fragte Evan.
»Vielleicht, damit sie sich vor ihrem Geschick und der gaffenden Menge nicht so graust«, versuchte ich eine Erklärung.
»Aber einer *Puppe* ist das alles doch sowieso egal!«
»Sie soll eben so lebendig wie möglich erscheinen. Jetzt weiß ich, an wen sie mich erinnert ... An die kleine Yasmin, bei der wir unsere Pantoffeln und andere Sachen gekauft haben!«
»Richtig«, stimmte Theodosia zu. »Ich bin nur nicht gleich auf die Ähnlichkeit gekommen, weil wir Yasmin nie so prunkvoll gekleidet gesehen haben.«
»Die meisten Leute einer Altersstufe sehen sich hier in unseren Augen ähnlich«, gab Hadrian zu bedenken, »wie wir ihnen sicher auch.«
»Wenn wir in China wären, vielleicht ... Aber Tybalt und du seht euch nicht die Spur ähnlich und Terence und Evan ebensowenig und Theodosia und ich schon gar nicht – um nur ein paar Beispiele zu nennen.«
»Ach, red nicht, guck lieber zu«, sagte Hadrian. »Jetzt kommt der große Moment.«
Wir sahen, wie die Puppe aus dem Wagen gehoben und in die Nilstrudel geworfen wurde. Sie drehte sich ein paarmal an der Oberfläche und versank dann rasch.
Die Zuschauermenge stieß etwas wie einen langgezogenen Seufzer aus. Der zornige Gott hatte das Jung-

frauenopfer angenommen. Nun würde er das Land nur tränken, nicht zerstören.
Merkwürdigerweise stieg der Strom auch wirklich nur in den erwünschten Grenzen.

Der Pascha schickte uns zum Dank für den angenehmen gemeinsamen Abend und als Freundschaftsbekundung Geschenke in den Palast. Für mich gab es eine wunderschöne Brosche aus Lapislazuli und Perlen in Form einer Lotosblume. Theodosia und Tabitha empfingen ebenfalls Lotosblumen, aber nicht ganz so kostbare wie meine.
Tybalt lachte. »Ich sag's ja, du bist seine Favoritin. Die heilige Lotosblüte versinnbildlicht das Wiedererwachen der Seele.«
»Ich muß ihm einen blumenreichen Dankbrief schreiben«, sagte ich.
Theodosia zeigte mir ihr Schmuckstück, das aus glitzerndem Feldspat und Chalzedon bestand. »Ich wünschte, er hätte das unterlassen«, meinte sie bedrückt. »Ich spüre ordentlich, daß es mir nichts Gutes bringt.«
Die Ärmste hatte zur Zeit viel durchzustehen. Jeden Morgen war ihr übel, und ihr Heimweh wuchs beängstigend. Evan war höchst besorgt und unglücklich. Nach Beendigung dieser Expedition wollte er friedlich in seiner Universitätsstadt bleiben, wie er mir in einer ruhigen Minute sagte. Das Wohlbefinden seiner Frau sei ihm wichtiger als alles andere. Und wenn ihr schon ein orientalisches Geschenk unheilverkündend erschien, sei zu befürchten, daß sie fern der Heimat immer tiefer in Melancholie versänke.
Später, als Theodosia und ich den üblichen Langeweile-Spaziergang in die *souks* unternahmen (was sollten wir sonst den ganzen Tag anfangen?), vertraute sie

mir an, daß Mustapha angesichts ihrer Brosche starr vor Entsetzen gewesen sei.

»Herrje, Mustapha!« sagte ich wegwerfend. »Bestimmt hat er wieder mit seiner ›Geh-heim-Lady‹-Masche angefangen.«

»Er sagte, dies Symbol des Wiedererwachens der Seele bedeute, daß man natürlich erst mal sterben muß.«

»Natürlich ... Aber was für ein an den Haaren herbeigezogener Blödsinn! Die beiden, Mustapha und Absalam, möchten wieder in die Villa Gizeh, wo sie wahrscheinlich weniger tun müssen. Nur deshalb liegen sie uns dauernd in den Ohren, wieder heimzureisen. Ihre Intelligenz läßt zu wünschen übrig, wenn sie sich immer noch einbilden, Tybalt könnte auf ihre Unkenrufe reagieren.«

»Gewiß«, sagte Theodosia mit ungewohnter Bitterkeit, »Tybalt würde uns alle krepieren lassen, solange er nur ungestört hinter seinen Mumien her sein kann.«

»Verzeih, aber das ist unfair und lächerlich.«

»So? Und warum gilt er dann als Sklaventreiber? Warum ärgert er sich über alle Feste und Feiertage? Er hastet voran, als hätte er ... einen befristeten Pakt mit dem Teufel abgeschlossen.«

»Ich wußte nie, daß du soviel Phantasie hast, Theodosia!«

»Alle anderen sagen, in diesen Felsen gibt's schon längst nichts mehr zu entdecken. Es ist Zeit-, Kraft- und Geldverschwendung, daß er weitersucht. Aber *er* will das nicht zugeben. Er macht wie besessen da weiter, wo schon sein Vater gescheitert ist. Und Sir Edward wußte in seiner Todesstunde, daß er gescheitert war. Tybalt weiß es auch. Er kriegt es nur nicht fertig, es einzugestehen.«

»Ich möchte nur mal wissen, wo du deine Informationen her hast.«
»Wenn du nicht so vernarrt in ihn wärst, hättest du es längst so klar erkannt wie alle andern. O Gott, ich möchte nach Hause!«
Sie wandte mir ihr bleiches, flehendes Gesicht zu, und das Mitleid mit ihr überwog meinen Ärger.
»Es dauert ja nicht mehr lange«, murmelte ich besänftigend. »Bald fahren wir alle heim, Evan lehrt wieder an der Universität, ihr bekommt ein süßes kleines Kind und lebt friedlich bis ins hohe Alter. Einstweilen versuche bitte, nicht zuviel zu klagen, Theodosia. Evan ist sehr bedrückt davon. Im übrigen weißt du ja, daß du jederzeit allein nach England fahren könntest. Deine Mutter würde sich wahrscheinlich über deine vorzeitige Rückkehr freuen.«
Theodosia schauderte. »Nein, das wäre das letzte, was ich wünschte. Stell dir nur vor, wie sie mich herumkommandieren würde! Meine Heirat war ja – unter anderem – auch eine Flucht vor Mama. Damit erzähl' ich dir gewiß nichts Neues.«
»Gut, aber dann mußt du schon die Ohren steifhalten und nicht in jeder Kleinigkeit schlechte Vorbedeutungen sehen. Genieße doch diesen Aufenthalt im Orient, um den uns die meisten unserer europäischen Zeitgenossinnen beneiden würden! Täglich erleben wir Fremdes und Reizvolles ...«
»Reizvoll? Das Nilfest neulich fand ich gräßlich. Die ganze Zeit konnte ich mich nicht von dem Gedanken losreißen, es sei die kleine Yasmin, die in den Strom geworfen wurde.«
»Ach was, es war eine Puppe, und in Festtracht sehen die Mädchen hier alle gleich aus, wie Hadrian ganz richtig bemerkte. Am besten gehen wir gleich zu ihrer Bude.

Vielleicht ist sie geschmeichelt, wenn du ihr erzählst, wie sehr die Opferjungfrau uns an sie erinnerte.«

Doch als wir an das Lädchen kamen, wo die verkaufsfertigen Waren wie immer in Reih und Glied ausgestellt waren, saß ein älterer Mann auf dem Arbeitsschemel, der sonst meistens von Yasmin eingenommen wurde. Wir blieben stehen, und er erhob sich von seiner Arbeit, da er uns wohl für Kundinnen hielt. Ich nahm an, daß es Yasmins Vater war.

»Allah sei mit euch«, grüßte er.

»Mit euch ebenfalls«, erwiderte ich. »Wir wollten eigentlich Yasmin besuchen.«

Der Ausdruck, der über sein Gesicht huschte, kann nur mit »Entsetzen« beschrieben werden. Er antwortete nicht.

»Yasmin«, wiederholte ich. »Ihre Tochter, nicht wahr?«

»Nix verstehen.«

»Wir haben sie oft besucht, aber in letzter Zeit war sie nicht mehr im Laden.«

Er schüttelte den Kopf, zuckte bedauernd die Achseln und suchte auf jede Weise Verständnislosigkeit vorzutäuschen, aber ich war sicher, daß er mich genau verstanden hatte.

»Wo ist sie?« drängte ich. »Warum ist sie nicht mehr hier?«

Doch der Mann schüttelte nur weiter den Kopf und wich schrittweise in den Hintergrund seiner Bude zurück. Ich nahm Theodosias Arm und führte sie weg. Inmitten des bunten Volksgetümmels, der Händlerschreie und des Hammelfleischdunstes konnte ich nur noch an die Puppe denken, die in die Nilstrudel geworfen worden war und uns so an Yasmin erinnert hatte. Und nun war die echte Yasmin verschwunden ...

Glücklicherweise war im Palast inzwischen die Post aus Europa angekommen. Das war immer ein großer Tag für uns. Ich nahm meine Briefe gleich mit ins Schlafzimmer, um sie in Ruhe lesen zu können.
Der dickste war wieder einmal von Dorcas und Alison. Wie ich diese vollgekritzelten Blätter liebte! Sie brauchten meist vierzehn Tage dazu und schrieben abwechselnd, jeweils mit genauem Datum, so daß es sich las wie ein Tagebuch. Ich konnte mir lebhaft vorstellen, wie der »Brief an Judith« stets auf der Platte des kleinen Schreibsekretärs lag; und welche von den Tanten gerade etwas berichtenswert fand, ergriff die Feder und fügte ein paar Zeilen oder Absätze hinzu.
»Herrliches Wetter«, schrieb zum Beispiel Alison. *»Wenn es so weitergeht, kriegen wir dieses Jahr eine Rekordernte. Auch die Obstbäume hängen voll. Wenn nur die Wespen nicht wären!*
Sabina fühlt sich wohl und munter. Sie ist jetzt oft bei uns, weil Dorcas ihr Strick- und Häkelanleitungen gibt. Himmel, das Mädchen lernt es nie! Dorcas räufelt ihr Geprüne immer heimlich wieder auf und bringt es in Ordnung. Wir haben ja noch Monate Zeit, und für Sabina ist die Hauptsache, sie fühlt sich wohl und denkt, sie arbeite schon den ganzen Tag für ihr Baby.«
Dann wieder ein Beitrag von Dorcas:
»Es scheint uns eine Ewigkeit, daß Du weg bist. Hast Du Dir je klargemacht, daß wir vorher noch nie so lange getrennt waren? Du fehlst uns. Hoffentlich kommt Ihr bald erfolgreich heim.
Der alte Totengräber ist vorige Woche gestorben. Eine Erleichterung für Mrs. Pegger, glaube ich, obgleich man so was nicht sagen sollte. Er war ein harter Ehemann und Vater ...
Aber von den Toten soll man nur Gutes reden. Jedenfalls

bekam er ein würdiges Begräbnis. Sein Ältester, Matthew, ist der neue Totengräber und grub als erstes Grab das seines Vaters. Manche Dörfler finden, das hätte jemand anders tun müssen.
Jack Polgrey hat zum ersten Erntetanz eingeladen . . .«
Und so weiter. Ich sah alles so deutlich vor mir, daß mich das Heimweh während der Brieflektüre vorübergehend überschwemmte. Auch Sabina hatte geschrieben, heiter und von einem Gegenstand zum andern springend wie immer. Sie fand es großartig, daß sie und Theodosia im gleichen Zustand waren – wie stand es denn diesbezüglich bei mir? Ich dürfe es keinesfalls lange verheimlichen, denn es wäre die größte Freude für meine Tanten. Die beiden kümmerten sich jetzt wie die wahren Engel um *sie*, aber sie wisse trotzdem, daß niemand ihnen jemals ihre Judith ersetzen könne . . .
Ich hatte Sabinas Brief gerade fertig gelesen, als es an die Tür klopfte und auf mein »Herein« Tabitha eintrat. Auch sie hielt einen Brief in der Hand.
Sie sah mich geistesabwesend an. »Ist Tybalt nicht hier?«
»Nein, um diese Zeit ist er doch immer an der Arbeitsstelle.«
»Ich dachte . . .«
»Ist etwas passiert, Tabitha?«
Sie antwortete nicht, und ich sprang nun wirklich beunruhigt auf und ging zu ihr. Aus der Nähe sah ich, daß ihre Hände zitterten.
»Schlechte Nachrichten?«
»Ich . . . ich weiß nicht, wie ich sie nennen soll«, flüsterte sie. »Vielleicht sogar gute.«
»Wollen Sie mit mir darüber sprechen?«
»Ich hoffte, Tybalt . . .«
»Sie können hinüberfahren, wenn es so wichtig ist.«

Endlich sah sie mich wacher an und sagte: »Judith, es ist soweit – endlich.«
»Was?«
»Er ist gestorben.«
»Wer? . . . Oh, ich verstehe – Ihr Mann. Kommen Sie, setzen Sie sich. Es muß ja ein Schock für Sie gewesen sein.«
Damit führte ich sie zu einem Sessel, und nach ein paar Sekunden fuhr sie gefaßter fort: »Dies ist ein Brief von der Anstaltsleitung. Sie wissen, er war vor unserer Abreise schon einmal sehr krank. Ich habe ihn damals zum letztenmal gesehen. Und nun . . . ist er tot.«
»Ich glaube«, sagte ich, »es ist das, was man ›Erlösung‹ nennt.«
»Ja, er war unheilbar. Judith, Sie ahnen nicht, was das alles für mich bedeutet. Endlich . . . bin ich frei.«
Soviel Ehrlichkeit hatte ich nicht erwartet, aber ich würdigte sie als Vertrauen. »Ich verstehe, Tabitha«, sagte ich sanft. »Kann ich Ihnen etwas anbieten? Einen kleinen Brandy vielleicht?«
»Danke, nein.«
»Dann also Pfefferminztee wie immer. Ist auch besser in diesem Klima.«
Da Tabitha nicht widersprach, zog ich die Klingel. Mustapha erschien und brachte sehr rasch das Verlangte. Während wir im schattigen Zimmer saßen und an dem erfrischenden Getränk nippten, sprach Tabitha von der langen, qualvollen Zeit, in der sie verheiratet gewesen war – und doch keine Ehefrau im normalen Sinn. »Es ist über zehn Jahre her, daß er in die Anstalt gebracht werden mußte«, sagte sie. Ich wußte nicht, was in ihrem seltsam tiefen Blick überwog – der Schmerz oder das Leuchten. »Und nun«, wiederholte sie fast unhörbar, »bin ich frei.«

Trotz ihres Vertrauens war mir klar, daß ich im Moment nur Lückenbüßer für Tybalt war. Ihm wollte sie sich mitteilen, und daß sie sich auch mir gegenüber so offen aussprach, ging wahrscheinlich auf Konto ihrer Erregung. Und dann hatte die Ärmste nicht einmal Gelegenheit, mit ihm zu sprechen, als er endlich in den Palast zurückkam, denn es war schon Tischzeit, und gleich danach fuhr Tybalt mit seinen Mitarbeitern wieder hinaus.

Ich beobachtete Tabitha heimlich. Kein Zweifel – sie wollte ihm die große Neuigkeit erst sagen, wenn sie mit ihm allein war.

Nachts wurde ich meiner Sache sicher. Ich sah Tybalt nach Mitternacht in den Hof kommen, aber es dauerte mehr als eine Stunde, bis er das Schlafzimmer betrat. Natürlich hatte Tabitha auf ihn gewartet und ihn abgefangen.

So weit, so gut – aber warum brauchte sie mehr als eine Stunde, um ihm den Tod ihres Mannes mitzuteilen? Böse kleine Gedanken krochen wie Würmer durch mein Hirn. Nanny Testers giftige Andeutungen kehrten immer wieder. Gewiß, Nanny war schon etwas wunderlich und konnte Tabitha nun mal nicht leiden, aber . . . Hatte ich nicht selbst oft gedacht, die beiden wären sicher gern ein Paar geworden, wenn es möglich gewesen wäre? Und nun war Tabitha frei.

Ich hörte Alison sagen: »Du bist zu rasch, Judith. Daraus kann eine Menge Unglück entstehen. Zähle im stillen immer bis zehn, wenn du im Begriff bist, etwas Überstürztes zu denken oder gar zu tun.«

Jetzt hatte ich schon mehrmals bis zehn gezählt, aber es half mir gar nichts. Ich konnte mir nur vornehmen, meine Zunge zu hüten. Tybalt würde sicher nicht sehr entzückt auf offen bekundete Eifersucht reagieren.

Was machten sie nur so lange miteinander? Feierten sie Tabithas Freiheit?
Hundert Empfindungen bestürmten mich, darunter auch wilde Wut. Er hatte mich nur geheiratet, weil er wußte, daß ich Sir Ralphs Tochter war und ein Vermögen erben würde. Hatte er das wirklich vorher gewußt . . .? Jedenfalls war Tabitha zur Zeit unserer Heirat nicht frei gewesen – und *das* wußte er.
Ich meinerseits liebte Tybalt derart, daß mein Leben ohne ihn keinen Sinn mehr gehabt hätte. Aber ich war seiner nicht sicher. Denn nun war Tabitha frei . . .
Die Tür öffnete sich. Tybalt trat ein. Ich schloß schnell die Augen und stellte mich schlafend, denn ich traute mir nicht die nötige Fassung zu, jetzt auch nur ein Wort mit ihm zu sprechen. Womöglich schrie ich ihm meine Zweifel und Ängste ins Gesicht – und er bestätigte sie! Also lag ich lieber ganz still.
Tybalt setzte sich in einen Sessel und blieb lange tief in Gedanken. Ich wußte: Er dachte an Tabitha.
Und ich tat mindestens eine Stunde lang, als ob ich schliefe.

Warum sieht bei Sonnenaufgang immer alles wieder anders aus? Hier stieg die Sonne schnell und blendend am Himmel empor; man konnte nur in den ersten paar Minuten hinsehen.
Zu Hause vollzog sich das Schauspiel viel langsamer, milder und stimmungsvoller, wenn es sich überhaupt vollzog – aber gerade weil die Sonne nicht jeden Tag durch die Wolken drang, wußte man sie zu würdigen. Doch ob in Ägypten oder in Cornwall – der Tag vertrieb die Schatten und Ängste der Nacht.
Ich verstand meine eigene Torheit nicht mehr. Tybalt liebte mich – er hatte das oft genug bewiesen. Warum

sollte er daneben nicht auch Freundschaft für andere hegen? Natürlich schätzte er Tabitha, ganz wie sie es verdiente: Sie war schon lange vor mir ein nützliches Mitglied seines Haushalts gewesen, eine vertraute Freundin der Familie. Selbstverständlich mußten ihre Angelegenheiten auch ihn interessieren. Nanny Tester war eine boshafte alte Hexe, wenn sie aus dieser Verbundenheit falsche Schlüsse zog.
Im Licht des neuen Tages sah ich alles ganz klar. Ich lachte über mich selbst. Ich hatte schlimmere Hirngespinste als Theodosia.
Bei diesem Vergleich fiel mir ein, daß ich schon seit dem Tage des Nilfestes unruhig gewesen war. Wo war Yasmin geblieben? Wenn ich sie sehen und sprechen könnte, würde ich manche unbehaglichen Nebengedanken loswerden. Ich mochte keine Mysterien.
Theodosia litt wieder an ihrer Morgenübelkeit, und Tabitha erbot sich, mich in den Bazar zu begleiten. Natürlich sprachen wir zunächst über den Tod ihres Mannes.
»Wahrscheinlich ist es falsch, daß ich mir meine Erleichterung so anmerken lasse«, sagte sie, »aber ich kann mich nicht verstellen, wenigstens nicht vor meinen Freunden. Und für meinen Mann ist es wirklich eine Erlösung, Judith. Er führte kein Leben mehr. Er hatte Angstzustände und wußte nicht mal, wer er selber war.«
»Sie dürfen sich keine Vorwürfe machen, wenn Sie sich erleichtert fühlen«, versicherte ich ihr.
»Das tut man, ob man will oder nicht. Man fragt sich, ob man nicht mehr hätte tun können.«
»Was hätten Sie in so einem Fall tun sollen?«
»Ich weiß nicht. Niemand konnte ihm helfen. Aber ich war all die Jahre hindurch froh, wenn ich seine Existenz überhaupt vergessen konnte, und darin sehe ich mein Unrecht.«

Hierauf wußte ich nichts zu erwidern. Ich sah sie von der Seite an: Sie schien jünger, beschwingter. Ihre Schönheit war wie von Glanz umgeben und deutlicher denn je.
Wir kamen an der Lederbude vorbei, in der auch heute der ältere Mann auf Yasmins Schemel saß. Er blickte auf, erkannte mich – und beugte sich sofort wieder über seine Arbeit.
Der nächste alte Bekannte war der Wahrsager, der uns, anders als Yasmins Vater, dringend zum Sitzen aufforderte. Zuerst wandte er sich Tabitha zu.
»Große Last von Seele. Lady ist glücklicher als lange Zeit. Lady wird geliebt. Lady sollen aber weggehen, weit weg ins grüne Land des Regens. Wenn Lady gehen, große Freude für sie, denn sie wird geliebt, und große Last ist von ihr genommen.«
Tabitha war tief errötet. Ich dachte: Er meint Tybalt. Er liebt sie, und sie liebt ihn, und sie ist jetzt frei . . . Aber er nicht. Warum hatten sie nicht ein paar Jahre gewartet? Er hätte sich nicht so unbedacht in eine Geldheirat stürzen sollen . . .
Der Wahrsager war mit Tabitha fertig und heftete jetzt die Augen auf mich.
»Heimgehen, Lady«, raunte er beschwörend. »Große schwarze Fledermaus über Ihnen. Wie der unerbittliche Falke. Wartet alle Tage.«
»Danke, das weiß ich schon«, versetzte ich schnippisch. »Meine Zukunft ist laut Ihnen ja immer höchst bedrohlich. Ich hoffe, sie fledermaus- und falkenfrei zu halten.«
Soviel rasches Englisch auf einmal verstand der Mann natürlich nicht. Tabitha und ich entrichteten unseren Obolus und gingen weiter.
»Diese Leute«, meinte Tabitha, »machen es im Grunde genauso wie unsere Zigeuner in England. Sie sagen im-

mer das, womit sie am meisten Eindruck zu schinden hoffen.«

»Mich beeindrucken diese düsteren Schicksalsprophezeiungen schon lange nicht mehr«, versicherte ich. »Ich möchte nur nicht, daß die arme Theodosia weiter damit aufgeregt wird.«

»Man muß die ganz andere orientalische Mentalität im Sinne behalten. Die Menschen hier sind Fatalisten, das heißt, sie stellen sich gern Gefahren vor, die nur durch Weisheit und Allahs Güte abgewendet werden können. Und das möchte der Wahrsager auch Ihnen beibringen.«

»Ich finde das nicht gerade gastfreundlich. Dauernd sagt er mir, wenn auch nicht mit so groben Worten, ich soll mich nach Hause scheren. Dabei hat er recht gut an mir verdient. Er würde das wohl etwas vermissen, wenn ich seine geheimnisvollen Todesdrohungen ernst nähme. Komisch bei der sonstigen Geschäftstüchtigkeit der Orientalen.«

»Ja, ich gebe zu, seine Versuche, Kunden zu vertreiben, sind ein bißchen merkwürdig.«

»Wenigstens hatte er recht mit seinem Spruch, daß Ihnen eine Last von den Schultern genommen ist, Tabitha. Nun ja, erstens sieht man es Ihnen an, und zweitens wird bestimmt unheimlich über uns getratscht. Und alles das, was ihm zugetragen wird, flicht er in seine Weissagungen ein.«

»Das würde mich nicht überraschen«, sagte Tabitha lächelnd.

Evan gesellte sich zu mir, als ich gegen Abend desselben Tages allein auf der Terrasse saß, um den Sonnenuntergang zu sehen. Das Schauspiel verblüffte und faszinierte mich immer von neuem: Eben noch war der riesige rote

Ball am Horizont zu sehen, dann verschwand er, und fast augenblicklich brach die Dunkelheit herein. Wie anders unsere langen Dämmerstunden zu Hause, besonders im Sommer, wenn das Licht nur spät und zögernd wich!

»Gut, daß ich dich mal allein treffe, Judith«, sagte Evan. »Ich möchte schon lange mit dir über Theodosia reden. Sie wird immer deprimierter.«

»Meinst du, sie sollte besser heimfahren?«

»Es wäre mir schrecklich, und doch komme ich allmählich zu der Ansicht, daß es für sie wahrscheinlich das Beste wäre.«

»Ohne dich wird sie kaum abreisen wollen. Kannst du nicht mit?«

»Ich fürchte, Tybalt würde mich nicht so ohne weiteres aus meinem Vertrag entlassen.«

»Oh ... Ich verstehe.«

»Wenn ein schwerer Notfall vorläge, würde er es sicher tun, aber als solchen kann man unsere Lage ja nun wirklich nicht bezeichnen. Theodosia verträgt das Klima nicht sehr gut, und nun, da sie das Kind erwartet ...«

»Aber bis zur Geburt sind wir doch längst wieder in England.«

»Leider scheint diese Aussicht sie wenig zu trösten. Es geht ihr täglich schlechter, und sie bildet sich das nicht nur ein. Nicht nur das Klima, sondern auch die ganze Atmosphäre hier haben eine sehr nachteilige Wirkung auf sie.«

»Also dann sollte sie wirklich allein fahren und daheim auf dich warten.«

»Wo daheim? In unserer Wohnung auf dem Universitätsgelände käme sie sich ohne mich und in ihrem Zustand ganz verloren vor. Bei ihrer Mutter? Na, du kennst ja Lady Bodrean zur Genüge. Außerdem war sie

von Anfang an gegen unsere Heirat. Theodosia würde sich in Keverall Court nicht gerade geborgen fühlen.«
»Vielleicht könnte sie für die paar Wochen zu meinen Tanten ziehen. Dorcas und Alison würden sie mit Wonne hegen und pflegen. Oder zu Sabina ins Pfarrhaus.«
»Das ist eine Idee. Die Trennung würde uns zwar beiden schwerfallen, aber sie wäre das kleinere Übel. Ich werde Theodosia gut zureden.«
Er verließ mich schon ein wenig zuversichtlicher, als er gekommen war.

Am nächsten Tag befand ich mich gerade im Innenhof, als eine Stimme hinter mir flüsterte: »Lady!«
Ich drehte mich um, konnte aber zunächst niemanden entdecken. Dann löste sich langsam eine Gestalt aus einer von Blütenbüschen verdeckten Nische: ein junger Araber, den ich meines Wissens noch nie gesehen hatte.
Er hielt mir seine linke Hand entgegen, die leicht blutete.
»Lady haben Zaubersalbe in Glas . . .«
»Gewiß, ich werde sie salben und verbinden«, sagte ich. »Komm mit.«
Ich führte ihn in einen kleinen ebenerdigen Raum, in dem sich alles für solche Fälle Nötige befand, auch unser Erste-Hilfe-Kasten und mein berühmtes Marmeladenglas.
Der junge Mann sah zu, wie ich die Wunde reinigte, die nicht viel mehr als ein Kratzer war, und flüsterte dann: »Lady, ich gekommen, weil ich mit Ihnen reden muß.«
Ich sah forschend in die tiefschwarzen Augen, in denen die Angst flackerte.
»Ja? Worüber?« fragte ich abwartend.

»Über Yasmin. Sie immer gut zu Yasmin gewesen.«
»Wo ist sie jetzt?«
»Tot. Ich beten immerzu zu Allah . . .«
»Tot?!«
Er nickte. Sein Gesicht verzog sich schmerzlich.
»Wie ist sie gestorben? Warum?« drängte ich.
Er hatte Schwierigkeiten, sich verständlich auszudrükken.
»Ich haben Yasmin geliebt.«
»Arbeiten Sie für Sir Tybalt Travers?«
»Guter Master«, nickte er, »sehr gute Lady. Sie geheim halten.«
»Natürlich, Sie können volles Vertrauen zu mir haben Wie heißen Sie?«
»Hussein.«
»Gut, Hussein, erzähle mir, was du über Yasmin weißt. Ich werde es nicht weitersagen, wenn es kein Verbrechen war.«
»Oh, Verbrechen . . . Niemand Mörder verfolgen. Yasmin und ich, wir uns lieben. Aber ihr Vater sagen nein. Yasmin altem Mann versprochen, der viele Ziegen und Leder hat.«
»Ich verstehe. Bei euch werden die Heiraten so ausgehandelt.«
»Liebe stärker als Vater, Lady. Wir uns treffen heimlich. Ich wagen kaum zu sagen, wo. Wir die Pharaonen beleidigt.«
»Komm, Hussein, die toten Pharaonen sind nicht mehr zu beleidigen – schon gar nicht von einem Liebespaar. Sie hatten zu ihrer Zeit auch allerhand Affären. Das weiß doch jedes Kind.«
»Ja . . . Yasmin und ich, wir nicht wissen, wo heimlich treffen. Aber ich arbeiten im Grab innen. Ich einer von Sir Tybalts besten Arbeitern, so er selber sagen. Ich wis-

sen immer, wann Leute da und wann nicht. Darum wir treffen in Grab, wenn sonst keiner da.«

»Das war aber ziemlich gewagt von euch beiden, Hussein.«

»Einziger stiller Platz, Lady, und Liebe ist stark. Überall sonst wir würden gesehen, und wenn Vater hört, er geben Yasmin noch schneller dem alten Mann mit den vielen Ziegen.«

»Gut, ich verstehe das alles, aber was ist mit Yasmin geschehen?«

»Es war der Abend, an dem großer Pascha kommen. Yasmin und ich wieder im Grab verabredet. Aber Sir Travers sagt zu mir: ›Hussein, bringe bitte diese Botschaft zu Ali Moussa.‹ Das ist der Mann, der Werkzeuge für uns macht. ›Und das und das bringst du zurück‹, sagt Sir Travers. ›Ich dir Papier mitgeben.‹ Ich müssen gehorchen und haben keine Zeit, ins Grab zu gehen. Yasmin vergebens auf mich warten . . . Es war die Nacht, als der Pascha da war. Ich Yasmin nicht lebend wiedergesehen. Man hat sie beim Nilfest in den Fluß geworfen.«

Ich holte tief Luft. »Das habe ich geahnt«, sagte ich leise. »Aber, Hussein . . . warum nur?«

Er hob die dunklen Augen flehend zu mir auf. »Das *Sie* mir sagen, Lady. Lady ist weiser als ich. Warum hat man Yasmin den Krokodilen vorgeworfen?«

»Den Krokodilen?« wiederholte ich schaudernd.

Hussein senkte den Kopf wieder. »Heilige Krokodile. Ich schon welche gesehen mit Juwelen um Hals und Beine . . . Mädchen wie Yasmin von solchen Juwelen nur träumen.« Er warf einen furchtsamen Blick zur Tür, als könne er für diese rebellische Bemerkung sofort erschlagen werden.

»Aber warum? Was soll dieser ganze Wahnsinn?« rief ich.

»Die Mächtigen so wollen, Lady. Yasmin haben Großmächtige beleidigt, weil sie war in Grab, in heiligem Grab. Das ist der Fluch der Pharaonen.«

»Immer wieder die Pharaonen«, seufzte ich. »Hussein, Sie sind doch ein vernünftiger junger Mann. Die Pharaonen sind nur eine Ausrede für die Verbrechen anderer. Verstehen Sie mich? Wenn Yasmin getötet worden ist, muß ein handfester Grund dahinterstecken.«

»Sie müssen in Grab gewesen sein, als Sir Travers mich zu Ali Moussa senden. Sie immer gekommen, wenn verabredet.«

»Ein tapferes Mädchen. Sich bei Nacht allein da hinaus zu trauen . . .«

»Liebe macht tapfer, Lady.«

»Und Sie denken, man hat sie entdeckt?«

»Das eben ich nicht wissen, und das machen mich noch verrückt. Ich nur weiß, daß sie in Fluß geworfen ist.«

»Ich habe den Festzug gesehen, Hussein. Wir dachten, das Mädchen im Wagen sei eine lebensgroße Puppe. Die Augen über dem Schleier waren geschlossen, und sie regte sich nicht.«

»Vielleicht war sie schon tot, Lady, oder mit Gift betäubt. Ich weiß nicht. Alles, was ich wissen, ist – jetzt ist sie tot.«

»Aber wenn jemand sie töten wollte, warum dann auf eine so auffallende Art?«

»Lady sehen überall Bilder auf Palastmauern. Auch Gefangene, die Pharaonen von Kriegen mitbringen. Haben Sie gesehen?«

»Natürlich, oft, und ich habe mir meine Gedanken darüber gemacht. Es sind ja oft recht grausame Szenen.«

»Dann wissen Lady, was denen geschieht, die Pharao beleidigen. Sie werden den Krokodilen vorgeworfen. Arme, Beine, Ohren, Nasen werden abgeschnitten.

Manche verkehrt herum am Schiffskiel aufgehängt. Die Gefangenen, die leben bleiben, und Volk sehen, was passiert, wenn ungehorsam. Yasmin den Krokodilen vorgeworfen, weil sie in heiligem Grab war. Lady verstehen?«

»Für uns Engländer ist das kaum verständlich, Hussein, aber ich weiß, was Sie meinen. Haben Sie Angst, daß es Ihnen auch so ergeht?«

Er nickte zögernd.

»Hussein, wenn es so wäre, würden Sie heute nicht mehr leben. Ich glaube nicht, daß man Sie verdächtigt. Yasmin ist in jener Nacht unglücklicherweise von irgendwem entdeckt worden, und der hat sie dann wahrscheinlich getötet. Erzählen Sie nur niemandem von Ihrer Liebschaft.«

»Nein. Es war unser Geheimnis. Darum wir ja brauchen so einen heimlichen Ort für unsere Liebe.«

»Also seien Sie klug, Hussein, sprechen Sie nicht von Yasmin, und zeigen Sie Ihren Kummer nicht.«

Er sah mich mit seinen dunklen Augen an, als sei ich die Weisheit in Person. Mir wurde fast bange vor so viel Vertrauen.

»Das«, er deutete auf seine inzwischen verbundene Hand, »war nichts. Nur ... wie Sie sagen? ... Vorwand. Ich mußte weise Lady sprechen.«

Ich hätte gern abgewehrt, sah aber ein, daß ich ihn nur trösten konnte, indem ich ihm seinen Kinderglauben ließ.

»Es war gut, daß Sie zu mir gekommen sind«, sagte ich. »Kommen Sie wieder, falls Sie etwas Neues hören.«

Er verbeugte sich tief.

»Ich wußte, Sie weise Lady«, sagte er. »Sie haben Zaubermittel im Glas.«

Die Zeit bis zu Tybalts Heimkehr dehnte sich unerträglich. Ich konnte es kaum erwarten, mit ihm allein zu sein. Natürlich mußte ich ihm Husseins schreckliche Geschichte erzählen und mit ihm beraten, was gegen solche fürchterlichen Landessitten zu tun sei.
Aber wie schwierig war es neuerdings, ein Gespräch unter vier Augen mit dem eigenen Mann zu führen!
Er kam erst am späten Nachmittag mit einem Gesicht, das nicht viel Gutes verhieß, und ging sofort in unser Appartement. Ich rannte ihm nach und fand ihn in einem Sessel, ungewöhnlich hingeflegelt und auf seine Stiefelspitzen starrend.
»Tybalt«, sagte ich, »ich muß mit dir reden. Es ist wichtig.«
Er blickte geistesabwesend auf. Es war zu bezweifeln, daß er mich überhaupt gehört hatte.
»Yasmin ist tot!« schrie ich ihn an.
»Wer ist Yasmin?«
»Ach ja, du kennst sie nicht. Sie ist – oder war – ein reizendes junges Mädchen, das in den *souks* Lederarbeiten machte. Beim Nilfest wurde sie als Opfer in den Fluß geworfen.«
»Oh?« Das war alles, was Tybalt zu erwidern hatte.
»Das war glatter Mord!« rief ich.
Tybalt sah mich mit einem Blick an, dem ich entnahm, daß er immer noch weit weg von mir war.
Ich schlug mit der Faust auf die Sessellehne. »Tybalt, ein Mädchen ist ermordet worden – und dir scheint es vollkommen egal zu sein! Diese Yasmin war in der Nacht des Paschabesuchs in irgendeinem Ausgrabungsstollen, und . . .«
»Was?« Er fuhr auf, und ich dachte in letzter Verzweiflung: Man braucht nur sein verdammtes Grab zu erwähnen, und sofort ist er wieder da! Der Tod eines jun-

gen Mädchens ist ihm weniger wichtig als die Tatsache, daß sie sich in *sein* Terrain eingeschlichen hat!
Ich fuhr möglichst ruhig fort (»weise Lady!«): »Einer deiner Arbeiter hat mich heute aufgesucht. Er ist vor Grauen ganz durcheinander, darum sage ich dir nicht, wer es war. Er und Yasmin waren Liebesleute. Schwer hierzulande, wie wir wissen. Sie haben sich ein paarmal in dem Grab getroffen, und dann wurde das Mädchen ermordet.«
»Rendezvous im Grab! Wer würde das hier je wagen!«
»Der junge Mann hat mich nicht angelogen, dessen bin ich sicher. Aber das Furchtbare daran ist, daß das Mädchen jetzt tot ist. Sie wurde beim Nilfest in den Strom geworfen.«
»Unsinn, das ist doch seit Jahrhunderten nur eine Puppe«, sagte Tybalt.
»Diesmal warfen sie eine Lebende – oder eben erst Ermordete – hinein, und es war Yasmin. Theodosia und ich sagten gleich, sie käme uns so bekannt vor. Nun wissen wir es genau. Was gedenkst du zu tun, Tybalt?«
»Meine liebe Judith, du regst dich um Dinge auf, die dich nichts angehen.«
»Ach, du meinst, ich sollte selbst einem Mord ruhig zusehen?«
»Man hat dir einen Bären aufgebunden. Wer war es?«
»Einer deiner Arbeiter, wie ich dir schon sagte; aber der Name tut hier wirklich nichts zur Sache. Tybalt, hör doch endlich zu! Er liebte Yasmin, und sie wurde ihm auf grausame Art entrissen.«
»Du bist einer Räuberpistole aufgesessen, Judith. Die Leute hier lieben das Dramatische.«
»Dieser Kummer war echt. So blöd bin ich auch nicht. Tybalt, was können wir tun?«

»Absolut nichts ... selbst wenn die Geschichte wahr ist.«
»Willst du damit sagen, daß wir sogar als Augenzeugen eines Mordes schweigen müssen?«
Tybalt sah mich an. »Wir sind nicht die Richter dieses Volkes. Nichteinmischung ist das erste, das man hier lernen muß. Und im übrigen kommt mir die Geschichte doch ein bißchen zweifelhaft vor. Die Opferzeremonie beim Nilfest verlangte von Urzeiten an eine *Jungfrau*, erst eine lebendige, dann eine Puppe. Wenn deine Yasmin sich wirklich öfters mit ihrem Liebhaber an einem so geheimen Ort getroffen hat, ist zu bezweifeln, daß sie noch Jungfrau war.«
»Egal, irgend jemand wollte sie loswerden!«
»Das geht hierzulande auch sehr viel diskreter als in aller Öffentlichkeit.«
»Vielleicht sollte es eine Warnung sein.«
Tybalt strich sich müde über die Stirn und schwieg.
»Ich glaube, du hast mir gar nicht richtig zugehört«, sagte ich.
Er hob den Kopf und sah mich fest an. »Judith, heute haben wir die Ausgrabungen beendet, auf die ich all meine Hoffnungen setzte. Sie endeten wieder in einer Sackgasse. Weiter geht es nicht. Der Stollen muß vor Jahrtausenden angelegt worden sein, um schon die damaligen Grabräuber irrezuführen. Der alte Trick hat auch uns wieder ganz schön hereingelegt.«
»Oh, Tybalt!«
»Ja, all unsere monatelange Arbeit hat zu nichts geführt. Geld, Kraft und Zeit sind verschwendete Liebesmüh.«
Ich hätte ihn in diesem Moment gern umarmt und getröstet, aber er war zu weit weg von mir. Alles, was ich sagen konnte, hätte banal geklungen. Erst in diesem

Moment erfaßte ich ganz, daß nichts auf Erden ihm wichtiger war als seine Arbeit – auch ich nicht.
Ich zwang mich zu Sachlichkeit und Kühle. Wahrscheinlich konnte er diese Haltung jetzt am besten ertragen.
»Somit ist alles zu Ende?«
»Die komplette Pleite«, bestätigte er.
Ich schwieg. Jedes Wort hätte jetzt albern gewirkt. Tybalt sank in seinen Sessel zurück, und das bedrückende Schweigen dauerte an.
Ich wußte, daß er Yasmin völlig vergessen hatte, falls er ihre traurige Geschichte überhaupt gehört hatte. Was galt sie ihm! Was galt ich ihm! Er dachte an nichts als an seinen niederschmetternden Mißerfolg.

8
Ein Sturz vom Gerüst

Am nächsten Tag wurde allgemein nur von der Heimreise gesprochen. Eine der teuersten Expeditionen aller Zeiten hatte wieder zu nichts geführt.
Tybalt hatte den Fehler begangen, die letzten Worte seines Vaters als Verheißung und Verpflichtung aufzufassen. Darauf lief jedes Gespräch dieser Tage hinaus. Nur weil sein Vater auf unerklärliche Art gestorben war – sein Tod war und blieb geheimnisvoll, das konnte niemand wegdisputieren –, hatte Tybalt geglaubt, dem Geheimnis auf der Spur zu sein. Diesem Irrtum waren schon andere Forscher vor ihm verfallen. Sie alle hatten bittere Enttäuschungen und Verluste, nicht nur finanzielle, hinnehmen müssen.
Nur Theodosia wagte, ihr Glück ganz offenherzig zu zeigen. Der Gedanke, so unverhofft rasch nach Hause zu dürfen, berauschte sie.
»Natürlich tut mir der Fehlschlag für Tybalt leid«, murmelte sie anstandshalber. »Aber ... daheim fühlen wir uns doch alle wohler!«
»Tja, Schluß und aus mit allen hochfliegenden Abenteuergelüsten«, sagte Hadrian. »Bist du kuriert, Judith? Du warst ja mit am verrücktesten darauf, ins Wunderland der Pharaonen zu kommen.«
»Und ich fand es auch wunderbar, trotz allem.«
»Obwohl du meistens als Strohwitwe herumsitzen

mußtest? Wie ich dich kenne, hast du ganz nett mit den Zähnen geknirscht, wenn es keiner hörte. Wer spielt gern die zweite Geige neben Staub und Knochen – die dann nicht mal gefunden werden!«

»Ich habe auch den Mißerfolg stets in Rechnung gezogen«, erwiderte ich mit Würde, »und volles Verständnis für Tybalts Arbeitsbesessenheit gehabt.«

Hadrian kam ein wenig näher – wir standen momentan sowieso allein – und sagte leise: »Ich hätte dich nicht so vernachlässigt, Judith. Und alles für nichts und wieder nichts!«

»Ein loyaler Gefolgsmann seines Expeditionsleiters, muß ich schon sagen!« fuhr ich ihn wütend an.

Er grinste spitzbübisch. »Unter Freunden darf man ehrlich sein, dachte ich. Waren wir nicht immer gute Freunde?«

»Bis zu diesem Moment – ja«, fauchte ich.

Hadrian lachte auf und wurde dann plötzlich ernst. »Wir bleiben Freunde, Judith, auch wenn du im Moment Gift und Galle spuckst. Wenn du mich je brauchen solltest . . .«

»Ich dich brauchen!!«

»Teure Cousine, auch die Selbstbewußtesten unter uns brauchen manchmal andere.«

»Soll das eine Anspielung auf etwas Bestimmtes sein?«

Er zuckte die Achseln und lächelte auf die schiefe Art, die ich immer recht nett und lustig gefunden hatte, zumal ich wußte, daß er damit stets Dinge zu kaschieren suchte, die ihm schwer auf dem Herzen lagen. Er *weiß* etwas, dachte ich. Er will mich auf seine Art warnen. Wovor? Vor wem? Tybalt?

»Drück dich bitte etwas genauer aus«, sagte ich scharf.

Er zog sich zurück. Wahrscheinlich fürchtete er selbst, schon zu weit gegangen zu sein.

»Genau? Aber Judith, es ist doch wie immer: Nichts Genaues weiß man nicht.«
Mehr war nicht aus ihm herauszubringen, aber es war ihm gelungen, mich stark zu beunruhigen und unsicher zu machen.

Nur wenige Tage später war die Situation wieder total auf den Kopf gestellt. Tybalt jubilierte – soweit dies Wort auf ihn anwendbar war –, und der ganze Palast summte vor Aufregung.
»Jetzt weiß ich, daß ich monatelang auf den klassischen Trick hereingefallen bin«, sagte Tybalt zu mir. »Wir haben nur Sackgassen neu ausgegraben. Die wirklich wichtige Grabanlage ist hinter einer anderen Mauer.«
»Und wenn da auch nur wieder eine Sackgasse ist?«
»Nanu, Judith, solche Zweifel sehen dir ja gar nicht ähnlich. Ich habe so bedeutsame neue Hinweise, daß ich ihnen folgen muß.« – »Und wie lange wird das noch dauern?« – »Keine Ahnung. Natürlich müssen wir schon aus Finanzgründen versuchen, möglichst rasch ans Ziel zu kommen.«
Die meisten seiner wissenschaftlichen Mitarbeiter waren ebenso begeistert und neu belebt wie Tybalt, vor allem Terence Gelding. Auch Tabitha strahlte.
Arme Theodosia! Sie war furchtbar enttäuscht und Evan auch, glaube ich – nicht der Mehrarbeit wegen, sondern wegen seiner Frau. Er war in erster Linie rücksichtsvoller und liebender Mann – der tüchtige Archäologe kam erst in zweiter Linie. Und in meinem tiefsten Innern zog ich manchmal Vergleiche ...

Einmal in diesen aufgeregten Tagen sagte mir Tabitha im Vertrauen:
»Theodosia sollte ihre Melancholie nicht so zur Schau

tragen. Können Sie nicht ein bißchen auf sie einwirken? Sie belastet auch Evan damit, und Tybalt wird nervös, weil Evan sich vor dauernder Sorge um seine Frau nicht richtig auf die Arbeit konzentriert.«
Ich brachte es fertig, eine nichtssagende Antwort zu geben, statt Tabitha diesmal über den Mund zu fahren. Tybalt und sie steckten ein bißchen zu oft die Köpfe zusammen, und ihre Befugnisse gingen längst weit über die einer Hausdame hinaus. Tabitha organisierte alles – für Tybalt. Sie war es auch, die eine allgemeine Besichtigungstour vorschlug, angeblich zu dem Zweck, auch die Damen, vor allem Theodosia, mehr für die Arbeit ihrer Männer zu erwärmen. Der Antiquitätenhändler Leopold Harding, der keine Gelegenheit ausließ, sich mit den Expeditionsteilnehmern zu unterhalten, sollte auch mit von der Partie sein.
»Es geht uns hauptsächlich um Theodosia«, sagte Tabitha eindringlich. »Sie war ja noch nie am wirklichen Arbeitsort. Wenn sie mit eigenen Augen sieht, wie ernsthaft und interessant das alles ist, wird sie ihre nervösen Einbildungen leichter überwinden.«
Zu meinem Erstaunen sagte Theodosia fast freudig zu. Sie war wirklich rührend bemüht, sich zusammenzunehmen und Evan keinen unnötigen Kummer zu machen.

Noch vor diesem Ausflug machten Hadrian und ich das lange gegebene Versprechen wahr, Leopold Hardings Lager zu besichtigen. Die beiden trafen sich öfters zu einem Drink im Hotel, und Hadrian erzählte mir, wie sehr sich der Kunsthändler für alles interessiere, was in sein Fach schlüge, und daß er bei der Falschmeldung von der total gescheiterten Expedition ganz geknickt gewesen sei.

»Er versteht von manchem mehr als ich«, gab Hadrian freimütig zu, »und freut sich natürlich enorm, daß er zu unserer internen Besichtigungstour zugelassen wird. Aber er fragt auch immer wieder, warum wir uns seine Sächelchen noch nicht angesehen haben. Wollen wir nicht mal hingehen?«

Ich sagte ja, und am nächsten Morgen besuchten wir Mr. Harding. Er hatte einen kleinen Schuppen am Ende der *souks*, dessen Tür mit schweren und komplizierten Vorhängeschlössern versehen war. Schon dies ließ vermuten, daß einige seiner »Sächelchen« recht wertvoll waren, und drinnen wurden unsere Erwartungen vollauf erfüllt.

Leopold Harding zeigte uns alles mit einer Mischung von Begeisterung und Humor.

»Sehen Sie diesen Klappstuhl mit dem kunstvollen Blattmuster. Löwenköpfe an der Lehne, Pranken an den vier Beinen, wie es sich gehört. Ich habe das Stück *hier* gekauft, aber es kann ebensogut skandinavisch sein, vielleicht aus dem zwölften Jahrhundert. Ein Vexierspiel – aber das macht die Sache ja so reizvoll.«

Hadrian hatte schon ein anderes Stück in der Hand, einen unregelmäßigen Wandbrocken mit der typischen ägyptischen Malerei: ein Pharao, der dem thronenden Horus Opfer darbot. »Hier würde ich schwören, daß es echt ist.«

»Hübsch, nicht?« sagte Leopold Harding. »Die meisten Leute würden mit Ihnen schwören. Sieht es nicht aus, als sei es mühevoll von der Wand eines Pharaonengrabes abgetragen worden? Nichts da. Es ist zwar alt, aber nicht *so* alt. Etwa dreihundert Jahre. Auf Fälschungen versteht man sich hierzulande praktisch ebenso lange wie auf Grabraub. Aber schauen Sie dies hier an«, fuhr er fort, indem er ein kleines, nicht besonders auffälliges

Schmuckkästchen von einem Regal nahm. »Die kleinen Elfenbeinkaros auf dem Deckel sind typisch für eine sehr frühe Dynastie. Ich halte es für echt und daher für eins meiner wertvollsten Stücke.«
Wir bewunderten das Kästchen und ließen uns von einem Objekt zum andern weiterführen. Dabei erzählte uns Mr. Harding auch von seinen Zoll- und anderen Schwierigkeiten. Er war immer froh, wenn seine Erwerbungen so klein waren, daß er sie unauffällig am Körper oder im Gepäck nach England bringen konnte. Er zeigte uns eine Anzahl schöner Schmuckgegenstände, die diese Bedingungen erfüllten. Aber ich war schon wieder abgelenkt, und zwar von einer herrlichen goldenen Horus-Statue, über deren Haupt der göttliche Falke schützende Schwingen ausbreitete. Unter meinen Blicken schien sie ins Überlebensgroße zu wachsen; ich war wie hypnotisiert. Der Gott – oder sein Symbol – bannte mich.
Kein Wunder, daß ich heftig zusammenzuckte, als Leopold Harding mir auf die Schulter klopfte und lächelnd fragte:
»Schön, was? Eine der besten Kopien, die ich je gesehen habe.«
»Wo ist das Original?«
»Das ist leider sogar der Fachwelt verlorengegangen, aber es schmückte sicher die Grabkammer eines Pharaos. Paradoxerweise sollten gerade *diese* Statuen Räuber abschrecken.« Mr. Harding wandte sich zu Hadrian. »Sie wissen darüber wahrscheinlich mehr als ich.«
»Kaum«, sagte Hadrian. »Ich habe noch nie eine Grabkammer betreten, die nicht ausgeplündert war.«
»Und dabei wirkt das Bildwerk doch wirklich ehrfurchteinflößend. Schlechte Menschen hat's eben immer gegeben. Was halten Sie von dieser kleinen Alabaster-

Sphinx? Gut, nicht? Auch ziemlich wertvoll. Jedenfalls ausgezeichnetes Kunsthandwerk.«
So ging es noch eine Weile weiter. Ich dachte immer noch an den drohenden Horus. Dann hatten wir alles gesehen.
Wir verabschiedeten uns mit herzlichem Dank.
»Keine Ursache«, sagte Leopold Harding. »Vergessen Sie nicht, daß ich auch bei Ihnen zu einer Besichtigung eingeladen bin!«

Unsere Gesellschaft machte sich abends zum Ausgrabungsort auf, als kein Arbeiter mehr da war.
Ich konnte diese höhlenartigen Felsgänge nie ohne das Gefühl betreten, etwas ganz Einzigartiges zu erleben, und setzte ähnliche Empfindungen auch bei Theodosia voraus. Ihre Schwangerschaft war jetzt deutlich sichtbar. Sie stützte sich schwer auf Evans Arm, aber ich sah zu meiner Freude, daß sie guter Laune war und sich offenbar mit dem längeren Hierbleiben abgefunden hatte.
Die Herren hatten sich mit Laternen versehen. Terence leuchtete voran, und Hadrian machte das Schlußlicht. Es war kalt, natürlich; die Neulinge unter uns waren daher rechtzeitig aufgefordert worden, leichte Mäntel oder sonst etwas Wärmendes mitzubringen.
Terence hob seine Laterne und begann im Ton des erfahrenen Fremdenführers:
»Auf den Wandgemälden hier sehen Sie die üblichen Götter- und Menschendarstellungen – Amon Ra mit den Widderhörnern, den Horusfalken, den schakalköpfigen Anubis, deren Bedeutung ich Ihnen allen ja wohl nicht wiederzukäuen brauche. An der serienmäßigen Art der Ausführung erkennen wir, daß es sich um kein sehr bedeutendes Würdenträgergrab handeln konnte. Immerhin muß es ein Reicher gewesen sein, der

es sich einiges kosten ließ, würdig bestattet zu werden. Vielleicht waren es auch mehrere.«
»Eine Art Syndikat?« fragte Leopold Harding.
»Aber wie konnten sie das vereinbaren, wenn sie alle schon tot waren?« ließ sich Theodosia vernehmen, und jedermann freute sich, ein Zeichen eigenen Interesses von ihr zu hören.
»Das wurde schon lange vor dem Tod vereinbart«, erklärte Terence. »Die Gräber waren meist schon zu Lebzeiten fertig. Bei den Pharaonen wurde, wie Sie wissen, jahrzehntelang daran gearbeitet, und der Bau wurde erst beendet, wenn sie starben.«
»Darum«, fügte Hadrian hinzu, »wurde die Pyramide um so großartiger, je länger sie lebten. Nicht gerade fair gegen die Frühverblichenen, deren es ja damals nicht wenige gab. Leben und Denkmal gingen miteinander flöten.«
Wir schlängelten uns im Gänsemarsch durch den engen Gang, Terence immer voranleuchtend. Plötzlich öffnete sich ein weiterer Raum. »Das ist noch nicht die Grabkammer«, erläuterte Terence. »Die kommt erst später. Was Sie hier sehen, ist eine Grube, die früher vielleicht auch einmal eine Grabkammer war, aber längst leer ist. Wir haben ein Gerüst darüberbauen müssen, um in den nächsten Gang zu gelangen. Schauen Sie, da fangen die Fresken wieder an.«
Das Flackerlicht seiner Laterne schweifte über die jenseitige Wand, und Theodosia, wahrscheinlich, um Evan endlich zu beweisen, daß sie eine verständnisvolle Archäologengattin war, betrat den Laufsteg als erste.
Die nächsten Sekunden waren wie ein böser Traum. Das Gerüst wankte und brach zusammen. Theodosia stürzte mit splitternden Latten zusammen in die Grube hinab. Atemlose Stille . . . Mir schien sie eine Ewigkeit zu dau-

ern, obgleich sie höchstens die berühmte Schrecksekunde betrug.
Dann hörte ich Hadrian aufschreien: »Großer Gott!« und sah Evan in die Grube klettern. Es war mehr ein Rutschen, denn die Wände waren steil, und das zerbrochene Gerüst war ihm im Weg.
Terence faßte sich als erster. »Harding, eine Bahre und einen Arzt!« befahl er und gab ihm seine Laterne. »Egal, wo und wie, nur bald, verstanden?« Damit rutschte er Evan nach und kniete neben ihm bei der reglosen Theodosia nieder.

Der Alptraum dauerte fort: Grabesdämmer, Schweigen, Theodosias schlaffer, bewußtloser Körper, ihr verzweifelter Mann.
Natürlich ging nichts mit der notwendigen Schnelligkeit. Wir improvisierten zwar eine Trage aus Latten und Mänteln, aber es war keine Kleinigkeit, Theodosia aus der Grube zu hieven und ohne Stolpern durch die engen, gewundenen Gänge zum Ausgang zu transportieren. Terence und Tabitha erwiesen sich an diesem Abend als echte Führernaturen, die auch in größter Bedrängnis nicht den Kopf verloren und vernünftige Anweisungen gaben.
Alles, was ich tun konnte, war, mich um Evan zu kümmern, der völlig aufgelöst war und immerzu stammelte: »Es ist meine Schuld. Ich hätte sie nie hierher mitschleppen dürfen.«
In derselben Nacht kam Theodosias Kind tot zur Welt, ein Fünf-Monats-Mädchen. Theodosia selbst war noch ohne Bewußtsein. Tabitha, die einiges von Krankenpflege verstand, blieb bei ihr, während ich nebenan Evan zu trösten versuchte.
Was konnte ich schon sagen? Immer nur dasselbe ...

»Es wird alles wieder gut, Evan. Kopf hoch. Es ist furchtbar traurig, daß ihr euer erstes Kind verloren habt, aber ihr werdet bald ein neues bekommen.«
»Wenn sie dies übersteht«, murmelte Evan, »werde ich sie nie mehr nötigen, England zu verlassen. Du weißt, wie ihr vor der Ägyptenfahrt graute. Sie hat das Unheil vorausgespürt. Es ist meine Schuld.«
»Unsinn, was heißt hier Schuld!« sagte ich. »Natürlich fuhr sie mit. Du bist ihr Ehemann, und so etwas gehört nun mal zur Ehe.«
»Aber sie sehnte sich täglich nach Hause, und nur ich hab' sie hier festgehalten. Sie hat sich so rührende Mühe gegeben, ihre Ängste zu verbergen. O Gott, warum habe ich nicht alles andere einfach im Stich gelassen und *sie* nach Hause gebracht!«
Ich wollte auf seinen Forschungsauftrag und andere Vernunftgründe hinweisen, aber in diesem Moment erschien Tabitha in der Tür, und Evan sprang auf. Sie legte den Finger auf die Lippen und winkte uns dann hinein.
Theodosias bleiches Gesicht auf dem Kissen sagte alles. Es glitzerte von feinen Schweißperlen und war schon fast unkenntlich. Mir stockte das Herz. Sie war doch meine Schwester. Nun sah ich, daß sie im Sterben lag.
Evan kniete am Kopfende des Bettes nieder. Die Tränen strömten ihm über die Wangen.
Theodosia öffnete die Augen und flüsterte: »Evan.«
»Hier bin ich, Liebste ... Liebste ...«
»Hab keine Angst, Evan. Ich hab' auch keine mehr.«
Dann erkannte sie auch mich. »Judith?«
»Ja, Theodosia, ich bin hier.«
»Meine ... Schwester ...«
»Ja, liebe Schwester«, sagte ich.
»Die große schwarze Fledermaus ... der Schatten ... nun senkt er sich auf mich herab.«

»Theodosia ...«
»Aber ich fürchte ihn nicht mehr. Evan, du ...«
Die Flüsterstimme verstummte, und ich hörte Evan hervorstoßen: »O Gott!«
Tabitha legte mir die Hand auf die Schulter. »Es ist vorbei, Judith«, sagte sie kaum hörbar.
Ich stand benommen auf. Es war unfaßbar. Gestern war sie noch so wohl und gesund gewesen, wie eine werdende Mutter eben ist. Vorgestern waren wir zusammen durch den Bazar gegangen. Und nun war sie tot.

Theodosias Tod schlug in der Öffentlichkeit wie eine Bombe ein. Alle alten Gerüchte wurden neu aufgewärmt. War die vorige Expedition nicht Sir Edwards Verderben gewesen? Und diesmal eine unschuldige junge Frau! Wenn das nicht der Fluch der Pharaonen war!
Mustapha und Absalam verfolgten mich mit großen flehenden Augen, wo ich ging und stand. »Geht heim, Lady«, sagten diese Augen, obwohl die Münder schwiegen. »Geht heim, ehe der Fluch den nächsten von euch trifft.«
Selbst Tybalt war außer Fassung. »Tabitha kann es nicht verwinden«, sagte er, »daß sie Theodosia dauernd zugeredet hat, ihren Mann zu begleiten. Sie meinte es gut, aber das ist ihr jetzt kein Trost.«
Ich hatte ihn selten so um das Seelenleben anderer besorgt gesehen. Nun ja, es war das Seelenleben Tabithas! Was war mit mir los? Ich wurde argwöhnisch und empfindlich. Immerhin fand ich es sonderbar, daß er sich mehr um die Wirkung kümmerte, die Theodosias Tod auf Tabitha ausübte als um die auf ihren bedauernswerten Mann – oder auf mich, deren Halbschwester und Freundin sie ja schließlich gewesen war.

»Ich habe natürlich sofort eine Untersuchung veranlaßt«, teilte er mir mit. »Es ist mir ein Rätsel, wie es zu dem Unfall kommen konnte. Das Gerüst wurde täglich benutzt und war stark genug, um mehrere Männer mit beladenen Schubkarren gleichzeitig zu tragen. Wie konnte es da unter einer einzigen Frau zusammenbrechen? Wir müssen das ganz klarstellen, damit die blödsinnigen Gerüchte aufhören.«
Das blieb natürlich ein frommer Wunsch. Die Gerüchte nahmen phantastische Formen an, zumal die Unfallursache trotz fachmännischer Untersuchungen nicht geklärt werden konnte. Folglich mußte es der Fluch gewesen sein.
Aber warum traf er gerade die arme Theodosia, die weder den Göttern noch den Pharaonen je zu nahe getreten war? Sie hatte das Grab zum erstenmal betreten, und nicht auf eigenen Wunsch. Warum fiel sie den geheimnisvollen Mächten zum Opfer?
Mehrere Arbeiter weigerten sich, die Gänge noch zu betreten, was die Arbeiten verzögerte und Tybalt sehr ärgerte. Ich sorgte mich mehr um Evan, der vor Schmerz beinahe den Verstand verloren hatte. Er war kaum ansprechbar und gab wirre Antworten. Wenn er von Theodosia, dem Kind und dem erhofften glücklichen Familienleben sprach, liefen ihm die Tränen über die Wangen, ohne daß er es merkte. Es war schrecklich mit anzusehen; es war unerträglich. Ich nahm mir Tybalt unter vier Augen vor.
»Evan muß zurückfahren. Er kann es hier nicht mehr aushalten.«
»Wir brauchen ihn noch«, sagte Tybalt.
»In seinem jetzigen Zustand kann er euch schwerlich helfen.«
»Tja, im Moment ist er leider unbrauchbar.«

»Tybalt«, sagte ich scharf, »er hat gerade Frau und Kind verloren!«
»Das weiß ich so gut wie du. Vielleicht wäre es gut für ihn, sich mit doppelt intensiver Arbeit abzulenken.«
Ich lachte kurz auf. »Du bist ein Gemütsmensch, Tybalt! Meiner Meinung nach muß er nach Hause, sonst wird er verrückt. Alles hier erinnert ihn jede Minute an seinen Verlust.«
»Und was macht er zu Hause? Da trauert er doch ebenso. Arbeit ist das beste Heilmittel.«
»Ich wage zu behaupten, daß du die Gefühle, die Evan für Theodosia hegte, überhaupt nicht nachempfinden kannst. Es war nämlich echte Liebe.«
Tybalt sah mich verdutzt an und schwieg.
»Kannst du dir gar nicht vorstellen«, fuhr ich mit steigender Erregung fort. »Aber *ich* verstehe ihn. Arbeit kann ihn nicht retten. Nichts kann ihn retten als schleunigste Abreise. Er muß von den schrecklichen Erinnerungen weg.«
»Erinnert er sich in England nicht auch?«
»Ja, aber anders. Dort sieht er Theodosia, wie sie früher war. Hier hat er ständig den Unglücksort vor Augen, ihre Ängste, ihren Wunsch, möglichst schnell zurückzukehren ... Er macht sich die schrecklichsten Selbstvorwürfe. Er ist am Rande des Zusammenbruchs. Wenn du sein Gesicht an ihrem Totenbett gesehen hättest ...«
Die Stimme versagte mir, und Tybalt klopfte mir beruhigend auf die Schulter. Ich sah in sein kühles Gesicht und dachte erbittert: Das einzige, was ihn jetzt beschäftigt, ist die Frage, wer Evans Platz einnehmen soll, wenn Evan wirklich so untauglich bleibt.
»Wir müssen natürlich die beste Lösung finden«, sagte er.
»Die Arbeit muß weitergehen, ich weiß. Das ist wichti-

ger als jede menschliche Rücksicht. Aber wie ich schon sagte und wie selbst du allmählich einzusehen scheinst, ist Evan auf längere Zeit hinaus kein erstklassiger Mitarbeiter. Ich werde jetzt an meine Tanten schreiben und sie bitten, ihn für ein paar Wochen in ihrer Nähe unterzubringen und ihm neuen Lebensmut einzuflößen.«
Damit wandte ich mich energisch zur Tür. Tybalt sah mir erstaunt nach, erhob aber keine Einwände mehr.

Ich setzte mich unverzüglich an den Schreibtisch und schrieb:
Liebe Tanten, Evan wird in den nächsten Tagen bei Euch in der alten Heimat eintreffen. Ihr habt ja schon von dem furchtbaren Unglück gehört. Er hat Theodosia über alles geliebt und ist jetzt vor Verzweiflung fast von Sinnen. Theodosia und ich waren uns eigentlich erst hier draußen richtig nahegekommen, wie Schwestern es sein sollten ...
Bis zu diesem Moment hatte ich nicht weinen können, aber nun fielen plötzlich ein paar Tränen auf das Papier und verwischten die Tinte. Wenn meine Tanten das sahen, würden sie auch weinen. Ich schrieb das Blatt trotzdem nicht neu. Wir alle hatten Grund zu Tränen.
Arme kleine Theodosia, die immer ein bißchen Angst vor dem Leben gehabt hatte! Und gerade in den Augenblicken vor ihrem Sturz hatte sie Tapferkeit demonstrieren wollen. Hätte sie doch nie den Fuß auf das Gerüst gesetzt ... Aber dann wäre es jemand anderes gewesen. Vielleicht Tybalt! Mein Herz stockte. Oder ich? Wenn der Unfall auf Sabotage zurückzuführen war, lag die Wahrscheinlichkeit näher, daß einer von uns das Opfer werden sollte. Seit ich in Ägypten war, hatten meine idealistischen Träume mancherlei Trübung erfahren.
Zu oft wurde ich an die Tatsache erinnert, daß ich jetzt

eine reiche Frau war und die Expedition zum großen Teil mit meinem ererbten Geld finanziert wurde. Zu oft spürte ich, daß Tybalt mir sein inneres Wesen längst nicht so rückhaltlos erschloß wie ich ihm das meine. Er kannte mich in- und auswendig mit all meinen Fehlern und Vorzügen; ich wäre nie imstande gewesen, mich vor ihm irgendwie zu verstellen. Er hingegen war mir trotz aller ehelichen Intimität in mancher Beziehung noch immer ein Fremder. Fehlte es ihm an menschlicher Wärme? Brauchte er im Grunde niemand anderen – auch mich nicht? Jedenfalls stand seine Arbeit bei ihm an erster Stelle. *Vor* Tabitha?

Da war es wieder einmal heraus. Ich war eifersüchtig. Sein Verhältnis zu Tabitha war mir so unklar wie seine wahren Motive, mich zu heiraten.

Ich riß mich zusammen, nahm die Feder wieder auf und beendete energisch meinen Brief an Dorcas und Alison.

Natürlich antworteten sie umgehend und aufs herzlichste, Evan sei ihnen willkommen. Sie beide, Sabina und Oliver würden alles tun, ihm über die schlimmste Trauer hinwegzuhelfen. Evan selbst äußerte sich kaum; er ging umher wie ein Traumwandler. Und so verließ er uns, nachdem Tybalt ihn ordnungsgemäß aus seinem Vertrag entlassen hatte, und kehrte nach Cornwall zurück.

Leopold Harding wurde, nachdem er den Unglücksabend miterlebt hatte, beinahe einer der Unseren. Er war oft am Ausgrabungsort, sprach sachverständig mit den Wissenschaftlern und den Vorarbeitern, und Tybalt lud ihn öfters zum Abendessen ein. Mit Hadrian, der geradezu fleißig wurde, wälzte er Fachliteratur, und ihre Diskussionen beim Drink auf der Hotelterrasse gingen vom Hundertsten ins Tausendste.

Tybalts Depression nach dem ersten Fehlschlag und

dem alle erschütternden Unfall war ohnehin bald überwunden. Er zweifelte jetzt nicht mehr daran, daß er sehr bald zum Kernpunkt des Grablabyrinths vorstoßen würde, und da es derart raffiniert verborgen war, stieg seine Hoffnung, es unberührt zu finden.

Seit Evan heimgekehrt war, schrieben die Tanten mir noch häufiger als sonst. Sie berichteten, er rede zwar kaum, schiene aber schon ein wenig gefaßter. Sabinas Baby war nun bald fällig; es gehe ihr blendend, und ihr einziger Wunsch sei, daß ich wenigstens zur Taufe wieder nach Hause käme. Lady Bodrean habe einen Gedächtnisgottesdienst für Theodosia halten lassen und einen Gedenkstein in die Kirche gestellt. Die Leute redeten über das Unglück wie damals bei Sir Edwards Tod. Lady Bodrean hätte sie übrigens nach den Feierlichkeiten zum Tee eingeladen und dabei auch über mich gesprochen. Wie seltsam das Schicksal doch spiele: Ich, ihre einstige Bedienstete, sei nun eine reichere Frau als sie selbst, denn mit Theodosias Tod falle ja auch deren gesamtes Erbteil an mich . . .

An dieser Stelle des Briefes bekam ich schreckliches Herzklopfen. So unglaublich es klingen mag – an diesen Aspekt des Unfalls hatte ich noch keine Sekunde lang gedacht. Das Testament Sir Ralphs bestimmte ja tatsächlich, daß wir Schwestern uns im Falle des Todes der einen gegenseitig beerben sollten; und nach Lady Bodreans Tod würde mir auch Keverall Court und alles übrige gehören!

Ich war nie geldgierig gewesen; im Gegenteil, seit ich soviel hatte, wünschte ich manchmal, ich hätte nie ein Vermögen geerbt. Dann hätte ich wenigstens nicht daran zu zweifeln brauchen, daß Tybalt mich aus Liebe geheiratet hatte . . .

Tybalt sagte immer wieder, wir müßten uns in der Öffentlichkeit benehmen, als ob nichts geschehen wäre. So würden wir den Leuten am ehesten den Mund stopfen. Aber ich spürte allerorten bedenkliche Blicke im Rükken. Das einfache Volk hielt es natürlich für eine tollkühne Vermessenheit, daß wir weiter dem Fluch der Pharaonen trotzten. Wie viele Warnungen brauchten wir denn noch? Wie viele Menschenleben gedachten wir noch aufs Spiel zu setzen?

»Sie gehen gar nicht mehr in den Bazar, Judith«, bemerkte Tabitha eines Tages.

»Ich mag nicht. Es erinnert mich zu sehr an die vielen gemeinsamen Gänge mit Theodosia.«

»Aber die Leute reden darüber. Wir sollten uns doch alle so normal wie möglich benehmen.«

»Ich habe keine Lust. Allein schon gar nicht.«

»Dann erlauben Sie, daß ich mitgehe.« Und sie setzte es fast mit sanfter Gewalt durch, daß wir nach längerer Pause wieder einmal durch die *souks* wanderten.

»Sie brüten zuviel, Judith«, sagte sie unterwegs. »Ich gestehe, daß ich mich oft selbst daran hindern muß. Sie erinnern sich zweifellos, daß *ich* die abendliche Besichtigungstour vorgeschlagen und Theodosia extra dazu ermuntert habe. Hätte ich das nicht getan ... so lebte sie noch.«

»Dafür wäre jemand anderer von uns tot oder zumindest schwer verletzt. Der Steg war brüchig – wahrscheinlich angesägt oder sonstwie präpariert. Das konnten Sie so wenig ahnen wie wir alle.«

Tabitha schüttelte traurig den Kopf. »Trotzdem mache ich mir Vorwürfe.«

»Warum ist das Gerüst gerade an dem Abend zusammengebrochen?« stieß ich hervor. »Tybalt sagt, es sei den ganzen Tag mit schweren Lasten begangen und befahren worden. Ich bin sicher, daß irgend jemand vor unserem Ausflug . . .«

»Nein, nein, Judith, so einen Verdacht dürfen wir nicht konstruieren. Die Untersuchung hat nicht den geringsten Anhaltspunkt ergeben. Es war wirklich nur ein tragischer Unfall.«

Ich schwieg. Ich war keineswegs überzeugt. Wenn Theodosias Tod geplant war – wer profitierte davon? Wer hatte ein Motiv? Ich war diejenige, die mit einem Schlag doppelt so reich geworden war . . .

Inzwischen waren wir auf den offenen Marktplatz inmitten der *souks* gelangt. Lärm, Buntheit, Gerüche wie eh und je. Ein Feuerfresser zeigte seine Künste, von jubelnden Kindern umringt; ein Jongleur machte ihm Konkurrenz; der Schlangenbeschwörer und seine Schlangen dösten vor sich hin. Wir gingen an der Lederbude vorbei, in der keine Yasmin mehr über die Arbeit gebeugt saß . . . und stolperten beinahe über den Wahrsager.

»Allah sei mit euch«, sagte er mit einem schrägen Aufwärtsblick.

Ich versuchte, Tabitha weiterzuziehen, aber sie zögerte. Der Alte wußte natürlich von Theodosias Tod.

»Kleine Lady mit gesegnetem Leib – nicht auf mich gehört«, murmelte er. Mir schossen die Tränen in die Augen. Ich sah Theodosia fast leibhaftig auf der Matte neben ihm sitzen und mit schreckensstarrem Gesicht seinen Unheilsprophezeiungen lauschen.

»Schatten immer noch da«, verkündete er düster, indem er den Blick durchbohrend auf mich richtete. »Jetzt über Ihnen. Senkt sich tiefer und tiefer.«

»Ich will nichts mehr davon hören«, sagte ich abweisend.

Er wandte sich von mir zu Tabitha. »Lady hat große

Last von den Schultern. Viel Glück möglich. Letztes Hindernis wird weichen. Viel Glück, wenn weise genug, es zu nehmen – und zu gehen.«

Ich bückte mich, um Geld in seine Schale zu werfen, aber er wehrte mit großartiger Gebärde ab.

»Heute nicht, Lady, danke. Ich kein Bettler – ich nehme nur Bezahlung für neue gute Dienste. Ich können nur immer sagen, Lady: Hüten Sie sich!«

Wir gingen.

Trotz der Hitze fröstelte ich.

»Es ist wahr . . . in Theodosias Fall hat er recht behalten.«

»Judith, jeder Wahrsager trifft manchmal das Richtige.«

»Und jetzt warnt er mich.«

»Das hat er doch von Anfang an getan.«

»Ihnen scheint er freundlicher gesinnt zu sein. ›Viel Glück, wenn alle Hindernisse beseitigt und Sie weise sind.‹ Darf ich fragen, welches Hindernis da gemeint sein kann?«

»Ach, das ist doch auch nur eine dieser Wahrsager-Schablonen, die auf jeden passen – wie die Horoskope in den Zeitungen. Wir dürfen den Leuten hier keine Unruhe zeigen. Das wäre Wasser auf ihre Mühle.«

Aber ich war beunruhigt . . . tief beunruhigt.

Und wie ich Theodosia vermißte! Oft steigerte ich mich geradezu in Gewissensbisse hinein, weil ich in unserer Kindheit durchaus nicht immer nett zu ihr gewesen war und bis zu ihrem Tod eigentlich nie so recht gezeigt hatte, wie schön es für mich war, sie als Schwester zu haben. Oft saß ich mit aufgestütztem Kopf an dem Terrassenplatz, wo ich so oft mit ihr gesessen hatte, und rief mir alle Einzelheiten unserer Gespräche ins Gedächtnis zurück. Wie lieb und absolut offen sie gewesen war! Tabitha konnte sie nie und nimmer ersetzen; ich traute Tabitha nicht.

Tybalts und ihre Freundschaft wurde immer auffälliger. Ich wunderte mich, daß die andern noch nicht über unser merkwürdiges Dreiecksverhältnis tuschelten, aber vielleicht hörte ich nur nichts davon. Wenn Tybalt zufällig einmal mit mir über Dinge redete, die ihm am Herzen lagen, und ich hingerissen zuhörte, brauchte Tabitha nur dazuzukommen, und schon richtete er das Wort fast nur noch an sie. Sie war eben »expeditionserfahren«, sie wußte noch alles über Sir Edwards frühere Planungen, und damit war ich ausgeschlossen. Kein Wunder, daß ich unsicher und übelnehmerisch wurde.

War ich unfair?

Jahrelang hatte ich von Tybalt nur das Beste gedacht. Er war der Mann meiner Träume gewesen – aber nun drängten sich mir gewisse reale Beobachtungen auf. Er konnte im Verfolgen seiner Ziele unwahrscheinlich rücksichtslos sein. *Nur* im Dienste der Wissenschaft? Ich wußte es nicht. Tybalt wurde mir in diesen Wochen immer fremder.

Einmal, als ich wieder auf der Terrasse saß, kam Leopold Harding und fragte, ob er mir ein wenig Gesellschaft leisten dürfe. Auf mein Nicken hin setzte er sich und seufzte tief auf.

»Welch wunderbarer Blick auf den Nil . . . Immer ist etwas zu sehen. Jetzt stellen Sie sich nur vor, wie es vor ein paar Jahrtausenden hier zugegangen ist – mit Staatsbarken und so. Ist Ihr Gatte mit seinen Fortschritten zufrieden?«

»O ja, ich glaube schon.«

»Ich bin noch nicht ganz über Mrs. Callums Tod hinweg. So jung, erst am Anfang des Lebens, werdende

Mutter – und dann dieses furchtbare Ende. Das Personal in meinem Hotel spricht immer noch davon.«
»Ich weiß. Das tun doch alle Leute hier.«
»Das Volk führt es natürlich auf den Fluch der Pharaonen zurück.«
»Der alte Unsinn.« Ich sprach, wie Tybalt es von mir gewünscht hätte. Die Gerüchtebildung allerorten war ihm ungeheuer lästig. »Wenn es so einen Fluch gäbe – der sowieso nur im Aberglauben existiert –, warum mußte er dann gerade auf Theodosia fallen, die Harmloseste von uns allen?«
»Immerhin gehörte sie der Expedition an.«
»Nicht einmal das. Sie war lediglich mit einem der Expeditionsteilnehmer verheiratet.«
»In Ägypten scheint das schon zu genügen. Die Volksmeinung ist, daß jeder, der sich auch nur von fern an Ausgrabungen beteiligt, die Rache der alten Götter oder Pharaonen heraufbeschwört. Haben Sie in letzter Zeit englische Zeitungen gelesen? Auch dort wird Theodosias Tod journalistisch aufgebauscht. ›Wieder ein Opfer‹ und so weiter.«
»Wieder . . .! Man kommt also auch auf Sir Edwards Tod zurück.«
»Und auf viele frühere. Die Leser fliegen ja auf solche Gruselgeschichten. Übrigens reise ich jetzt wahrscheinlich bald ab. Meine letzten Erwerbungen sind schon fast alle glücklich verschifft, und ich habe im Moment nicht viel Neues hier in Aussicht. Aber dieser Aufenthalt war – dank Ihrer Expedition – interessanter als die meisten andern. Ich hoffe, Ihr Gatte nimmt es mir nicht übel, daß ich so oft aufkreuze.«
»Wenn es so wäre, würde er es ungescheut sagen. Im allgemeinen freut er sich über Sachverständige, solange sie nicht direkt im Weg stehen.«

»Diesbezüglich nehme ich mich immer in acht. Sie verstehen sehr viel von der Arbeit Ihres Gatten, Lady Travers.«

»Ach, wenn man lange mit Fachleuten zusammen ist, merkt man täglich mehr, wie wenig man weiß. Als junges Mädchen habe ich eine Menge über Ägyptologie gelesen, und Evan Callum war sogar eine Zeitlang unser Lehrer. Aber das ist Ihnen ja wohl schon lange bekannt.«

»Ja, Ihr Vetter Hadrian hat mir davon erzählt. Auch, daß Sie und Mrs. Callum erst spät erfuhren, daß Sie Halbschwestern waren. Freunde waren Sie alle von Kind auf. Sie müssen Mrs. Callums Verlust besonders schmerzlich empfinden.«

»Natürlich. Hadrian auch, das weiß ich.«

»Ja, er hat Sie beide immer sehr gern gehabt – besonders Sie.«

»Nun ja, wir haben manchen Kinderstreich miteinander verübt. Und dann interessierten wir uns unter dem Einfluß der Älteren sehr frühzeitig für Altertumskunde im allgemeinen und Ägyptologie im besonderen. Die makabre Kunst des Einbalsamierens fesselte unsere Phantasie. Ich war ganz wild darauf, einmal eine alte Grabanlage von innen zu sehen ... Bis zu dem schrecklichen Unfallabend. Was, meinen Sie, war mit dem Gerüst los?«

»Es wird einen oder mehrere morsche Pfosten gehabt haben.«

»Könnte es nicht präpariert worden sein?«

»Aber, Lady Travers – von wem und warum?«

»Um jemanden umzubringen, wie es ja dann auch geschehen ist.«

»Aber gerade Mrs. Callum ... Nein, das scheint mir sinnlos.«

»Vielleicht war jemand anderes gemeint. Oder es war ganz egal, wer umkam, solange nur jemand von uns umkam.«

»Sie meinen als Warnung von irgendwelchen Fanatikern? Ich neige mehr zu der Unfalltheorie. Wenn es nicht gerade Mrs. Callum, noch dazu in ihrem Zustand, gewesen wäre, hätte ja selbst ein Sturz ganz glimpflich ablaufen können. Sie können das besser abwägen als ich. Ich betrachte es schon als großes Privileg, ab und zu ein wenig den Zaungast spielen zu dürfen. Diesen Aufenthalt in Ägypten werde ich nie vergessen.«

»Den wird wohl keiner von uns je vergessen. Genau wie die vorige Expedition unter Leitung Sir Edwards, die wegen seines Todes vorzeitig abgebrochen werden mußte.«

»Hatte er etwas entdeckt?«

»Absolut nichts. Aber Tybalt glaubte, er sei am Rand einer großen Entdeckung gewesen, und das war der Hauptantrieb für ihn, weiterzumachen.«

»Ja, ich kann nur wiederholen, daß ich dankbar bin, einen gewissen Zugang zu Ihrem illustren Kreis gewonnen zu haben. Jetzt muß ich aber weiter. Tausend Dank für dieses Gespräch, Lady Travers.«

Er beugte sich über meine Hand und verließ mich. Auch ich entschloß mich, den Platz auf der Terrasse zu verlassen, da es mir im Freien zu heiß wurde. Ich nahm den Weg durch den schattigen Innenhof. Aus dem kleinen Erste-Hilfe-Raum hörte ich Stimmen und blieb wie angenagelt stehen. Tabitha sagte gerade: »Ja, es ist eine ungeheure Erleichterung, endlich frei zu sein. Wenn es nur ein paar Jahre früher geschehen wäre! Jetzt, Tybalt, jetzt ist es zu spät ...«

Ich fürchtete umzusinken. Es klingelte in meinen Ohren, alles drehte sich vor meinen Augen.

»Zu spät!« Das war deutlich. Ich hatte es ja geahnt ...
Nun wußte ich es.
Mit letzter Kraft drehte ich mich um und rannte auf einem anderen Weg in unser Appartement.

Ich lag auf dem Bett. Tybalt kam nicht; wahrscheinlich war er wieder am Arbeitsort, vielleicht auch nicht. Ich war im Moment froh, allein zu bleiben. Ich konnte ihn nicht sehen, bevor ich irgendwie mit mir selbst ins reine gekommen war.
Jede Kleinigkeit, die mit Tabitha und Tybalt zu tun hatte, fiel mit erschreckender Deutlichkeit über mich her. Die beiden am Flügel. Die beiden in der Kutsche bei der »zufälligen« gemeinsamen Rückkehr aus London. Nanny Testers Anspielungen. Und Tabitha war schön, hochgebildet und erfahren. Mit ihr verglichen war ich ein Trampel. Ich konnte nie den Mund halten und fiel dauernd aus der Rolle, weil es mich schmerzte, daß Tybalt sich mehr um seinen Beruf kümmerte als um mich.
Sie, Tabitha, hatte ihn dagegen immer verstanden. Sie war die perfekte Partnerin. Er liebte sie, sie hätte er geheiratet, wenn sie frei gewesen wäre.
Aber selbst wenn es so war – warum hatte er mich genommen? Er wußte doch, daß Tabithas Mann krank war. Konnte er nicht ein paar Jahre warten?
Die Antwort lag auf der Hand. Ich wurde plötzlich reich. Tabitha wäre es nie geworden.
Und nun war sie hier an seiner Seite; er hatte beides, mein Geld und die Geliebte. Gott mochte wissen, wie weit ihr heimliches Einverständnis ging. Ich quälte mich mit Phantasiebildern und kam mir schrecklich dumm und jung vor. Was sollte ich tun? Wen konnte ich um Rat bitten?

Hadrian? Ach nein ... Jugendfreundschaft hin und her – meine Eheprobleme gehörten nicht vor seine Ohren. Aber dieser Sturz vom Gerüst ... Konnte man den nicht auch plötzlich von einem ganz anderen Gesichtspunkt aus betrachten? Theodosias Tod hatte mich doppelt so reich gemacht wie vorher. Falls auch ich starb, erbte Tybalt das Ganze. Und dann stand ich nicht mehr zwischen ihm und Tabitha ...

Meine Vorstellungen gerieten ins Alptraumhafte.

9
Warnungen

Vielleicht bildete ich es mir nur ein, aber von diesem Tage an fühlte ich mich dauernd verfolgt. Ich bekam »Nerven« – einen Begriff, den ich früher kaum gekannt hatte. Wenn ich mich in einem abgelegenen Teil des Palastes zufällig allein fand, schrak ich zusammen; alle Schritte klangen verstohlen, und ich sah mich oft ängstlich über die Schulter um. Das alles war ganz wider meine Natur. *Ich* war diejenige gewesen, die sich über die Fledermausgeschichten des Wahrsagers lustig gemacht und Theodosia damit aufgezogen hatte. Jetzt hatte ich offenbar nicht nur ihr Geld, sondern auch ihre Furchtsamkeit geerbt.

Dennoch verspürte ich einen unbezähmbaren Drang, diesen schlimmen Veränderungen auf den Grund zu gehen. Wer oder was steckte dahinter? Tybalt, antwortete etwas in mir. Er will und wird sich deiner bald entledigen, denn er liebt seinen Beruf und eine andere Frau weit mehr als dich. Doch diesem Gedanken folgte jedesmal der zweite auf dem Fuße: Auch wenn das wahr ist, wird er dir nie ein Leid antun. Er ist schließlich kein Verbrecher.

In diesem zerrissenen Gemütszustand nahm ich eines Morgens eine *arabiya* und ließ mich zum Sonnentempel fahren. Ich sagte dem Kutscher, er solle auf mich warten, und stieg allein die Stufen empor. Es war totenstill; offenbar war ich heute die einzige Besucherin. Während ich in dem Säulenwald umherging, gedachte ich des Tages, an dem ich mit Theodosia hiergewesen war. Ich versuchte, mich wie damals auf die Bildschnitzereien im Stein zu konzentrieren, aber ich war sonderbar abgelenkt ... Fortwährend horchte ich auf Fußschritte oder das Rascheln langer Gewänder. Mir war, als sei ich doch nicht allein, als ob irgend etwas mich im Verborgenen belauerte ...

Krampfhaft studierte ich die kunstvolle Darstellung König Setis mit seinem Söhnchen, der später Ramses der Große werden sollte. Und gleich daneben war die ruhmreiche Königin Hatschepsut. Und zwischen den Säulen verbarg sich ein lebender Mensch, jetzt war ich dessen ganz sicher. Ich glaubte, sein unterdrücktes Atmen zu hören. Er brauchte nur plötzlich den Arm hervorzustrecken, um mich zu packen.

Mein Herz trommelte. Ich mußte hier heraus, ins Freie, so schnell wie möglich. Die Tempelsäulen standen so dicht beieinander, daß sich hinter jeder ein Mörder verstecken konnte, ohne für mich sichtbar zu sein. Meine Leiche konnte ohne Aufhebens im Sand verscharrt werden. Und der Kutscher meiner *arabiya*, der auf mich wartete? Würde der nicht Alarm schlagen, wenn ich nicht zurückkehrte? Ach was – ein bißchen Schweigegeld genügte, und er würde kein Wort von der englischen Dame verlauten lassen, die er heute zum Sonnentempel gefahren hatte. So einfach war das hier. Wenn ein Mädchen aus den belebten *souks* verschwinden und als Puppe in den Fluß geworfen werden konnte, ohne daß ein Hahn danach krähte, war mein Verschwinden auch kein Problem. Ich hatte niemandem gesagt, wohin ich führe. Aber ich war die Frau des bekannten Expeditionsleiters! Bei mir mußten amtliche Nachforschungen

über meinen Verbleib angestellt werden! Doch wenn sich der Leiter mit irgendeiner fadenscheinigen Erklärung zufriedengab? Schon Yasmins Ermordung hatte ihn kaum berührt. Und in meinem Fall ... wenn er nur zu froh war, mich loszuwerden?
Da – jetzt wußte ich genau, daß jemand mich belauerte. Ein breiter Schatten fiel über die Bodenplatten. Der dazugehörige Mann stand noch hinter einer Säule; aber im nächsten Moment konnte er vorspringen und mir die Kehle zudrücken, und ich würde sein Gesicht sehen. Tybalts Gesicht? Nein, das ging zu weit ... Natürlich das Gesicht eines Fremden, eines gedungenen Mörders, der einen weiteren »Unfall« inszenierte, um uns alle aus dem Lande zu treiben. Einer von denen, die das Gerüst zum Einsturz gebracht und – vielleicht unabsichtlich – Theodosia getötet hatten. Wieviel effektvoller würde es doch sein, die Frau des Expeditionsleiters zu ermorden!
Ich stand ganz still und rang um Fassung. Sicher spielte meine Phantasie mir wieder einmal einen Streich. Hatten Dorcas und Alison mich nicht von Kind an ermahnt, meine allzu lebhafte Einbildungskraft zu zügeln?
Eins war jedenfalls sicher: Ich hatte Angst. Und plötzlich rannte ich los – aus den Säulenschatten hinaus ins Freie. Die grelle Sonne traf mich wie ein Keulenschlag. Und so fiel ich fast in die Arme Leopold Hardings, der eben die Stufen herauf wollte.
»Nanu, Lady Travers! Was ist denn los?«
»Oh ... Nichts. Entschuldigen Sie, ich habe Sie nicht gesehen.«
»Sie scheinen mir etwas aufgelöst. Ich wollte gerade in den Tempel.«
Vielleicht war er der Unbekannte, der hinter der Säule gelauert hat, dachte ich wirr. Vielleicht hat er dich nur

entkommen lassen, weil die *arabiya* zu nahe steht ... Laut sagte ich:
»Ja, der Tempel ist einen zweiten Besuch wert.«
»Mehr als zwei«, meinte Leopold Harding. »Ich komme öfters her. Fehlt Ihnen wirklich nichts?«
»Nein, danke. Bloß die Hitze war heute ein bißchen zuviel für mich.«
»In diesem Land sollte man sich nicht zu schnell bewegen. Darf ich Sie noch einmal *ruhig* herumführen?«
»Danke, ich habe für heute genug gesehen und möchte jetzt zurückfahren. Meine *arabiya* wartet.«
»Dann gestatten Sie, daß ich Sie zurückbegleite. Nein, lehnen Sie nicht ab – das ist ja wohl die elementarste Kavalierspflicht.«
Ich war ganz froh über dieses Anerbieten. Sein völlig normales Verhalten beschwichtigte meine absurden Ängste. Er sprach über seine nunmehr abgeschlossenen Geschäfte.
»Es war ein erfolgreicher Aufenthalt diesmal«, sagte er unter anderem. »Natürlich muß man auch immer eine Menge minderwertiges Zeug nehmen, aber gerade das bringt den Profit, der den Ankauf besserer Objekte ermöglicht. Der ganz große Fund ist und bleibt selten, und dann weiß man immer noch nicht, ob man auch den entsprechend finanzstarken Käufer dafür findet. Aber das ist eben Geschäftsrisiko und macht die Sache erst spannend. – So, da sind wir schon am Palast. Fühlen Sie sich wieder ganz wohl, Lady Travers?«
»Ja, danke. Es war nur die Hitze, wie gesagt.«
»Die wirft hier manchmal den stärksten Mann um. Ich bin froh, daß ich Ihnen behilflich sein konnte.«
»Und ich danke Ihnen herzlich für Ihre Liebenswürdigkeit.«
»Es war mir ein Vergnügen. Auf Wiedersehen.«

Ich ging ins verdunkelte Schlafzimmer und legte mich auf das Bett. Die Angst steckte mir noch immer in den Knochen, auch wenn es mir in der letzten Viertelstunde gelungen war, sie zu überspielen. Hatte ich im Tempel Halluzinationen gehabt, oder war ich wirklich in Gefahr gewesen? Hing, wie der Wahrsager es formuliert hätte, der drohende schwarze Fledermausschatten über mir? Oder bildete ich mir das alles nur ein, weil ich mir der Liebe meines Mannes nicht mehr sicher war?
Ich lag kaum zehn Minuten, als es an die Tür klopfte. Ich setzte mich hastig auf und rief »Herein«. Die Tür öffnete sich langsam, und ein Paar schwarzer Augen spähte durch den Spalt.
»Lady wünschen Tee? Lady müssen müde sein.«
Es war Mustapha, der sich so teilnahmsvoll erkundigte. Ich verneinte dankend. Er stand noch ein paar Sekunden da, ehe er sich mit einer Verbeugung wieder zurückzog.

Am späteren Nachmittag, als die schlimmste Tageshitze nachließ, fiel mir ein, daß ich mich wieder einmal um Tybalts Papierkram kümmern müsse, den ich in den letzten Tagen vernachlässigt hatte.
An der Unordnung dieser Dinge hätte er leicht merken können, daß auch meine Gemütsverfassung nicht in Ordnung war . . .
Ich ging also in das Zimmer, das uns als Büro diente, und begann die Papiere zu ordnen, die auf dem Schreibtisch für mich bereitlagen. Sehr wichtig waren die täglichen Arbeitsberichte, die genau nach dem Datum in eine besondere Mappe gehörten, so daß Tybalt bei etwaigen Rückfragen mit einem Handgriff hatte, was er suchte. Die Mappe war aus feinem schwarzen Leder und mit schwarzem Rips gefüttert, ein liebes Erinnerungsstück an Tybalts Vater, wie er mir erzählt hatte. Sir Edward

hatte sie auf Forschungsreisen und zu Hause ständig in Gebrauch gehabt.
Kein Wunder, daß sie allmählich etwas schadhaft wurde. Die Futternaht an der einen Kante war gerissen. Da heute sonst nicht viel zu tun war, beschloß ich, sie endlich auszubessern, und holte zu diesem Zweck Nadel und Faden. – Als ich mit der Hand zwischen Leder und Futter fuhr, spürte ich etwas wie zerknittertes Papier. In der Annahme, es sei eine Art Verstärkung, die ich durch etwas Besseres ersetzen könnte, zog ich es heraus. Zu meiner Überraschung war es ein leicht vergilbter Brief, dessen Unterschrift »Ralph« mir zuerst ins Auge sprang. Ich glättete das Papier und las mit angehaltenem Atem:

... ein teures Projekt, selbst für unsereinen. Aber unter gewissen Bedingungen bin ich bereit, Euch wieder unter die Arme zu greifen. Ich wünschte, ich könnte mitkommen. Wenn nur dieses verdammte Herz nicht wäre! Aber das Klima dort würde mich fertigmachen, und ihr könnt ja wahrhaftig keinen Invaliden gebrauchen. Besuche mich morgen, dann besprechen wir euren Plan weiter – und meine Bedingungen. Dein Sohn und meine Tochter müssen ein Paar werden, alter Freund – mein Herz hängt an dieser Verbindung. Tybalt wird Dir von Tag zu Tag ähnlicher. Stell Dir vor, Dein Geist und meine Vitalität! Was gibt das mal für Enkel! Also das ist meine Bedingung. Gib dem Jungen gelegentlich einen zarten Wink. Keine Heirat – kein Geld. Morgen unterhalten wir uns weiter. Herzlichst Dein alter Ralph.
Mir schwindelte. Nun hatte ich es schriftlich. Sir Ralph hatte damals natürlich Theodosia gemeint, aber als er so krank wurde und Theodosia durchaus Evan heiraten wollte, hatte er auf mich zurückgegriffen. Ich war ja ebenfalls seine Tochter, sogar die »Vitalere«, und er

hatte gemerkt, wie verliebt ich in Tybalt war. Das Geschäft konnte also mit leichter Abwandlung immer noch zustande kommen.

Es war alles so klar – herzzerreißend klar.

Theodosia war aus Liebe geheiratet worden, und der Ärmsten war nur ein so kurzes Eheglück beschieden gewesen. Meine Heirat hingegen hatte der Wissenschaft bedeutende Mittel gesichert und tat dies auch weiterhin – und nun war Tabitha frei.

Was wußte ich von Tabitha?

Bei ihrer berühmt damenhaften Zurückhaltung sehr wenig. Sie hatte ihre Geheimnisse, und wer garantierte mir, daß die seltenen Mitteilungen über ihre Person immer stimmten?

Und Tybalt? Was wußte ich von Tybalt?

Eigentlich nur, daß ich ihn schon als Backfisch, vom ersten Blick an, auf meine stürmische Art geliebt hatte. Meine Liebe war nicht geringer, nur erwachsener geworden. Ich sah manches klarer, zum Beispiel seine Härte und Rücksichtslosigkeit, wenn es sich um den geliebten Beruf handelte. Würde er auch mich rücksichtslos opfern können, wenn es ihm aus irgendwelchen Gründen so paßte?

Herrgott, was war in letzter Zeit in mich gefahren?

Ich ging zum Fenster und stieß die durchbrochenen Läden auf. Die Luft, die hereinkam, war schon ein wenig kühler, aber sie genügte mir noch nicht. Ich konnte nicht im Zimmer bleiben. Ich würde mich auf unseren Balkon setzen.

Auf dem Korridor traf ich Tabitha, die gerade in ihr Zimmer wollte.

»Wo haben Sie denn gesteckt, Judith?« fragte sie. »Ich wollte Sie fragen, ob Sie mit mir ein bißchen spazierengehen würden.«

»Während der Hitze habe ich gelegen, und eben jetzt war ich im Büro. In den letzten Tagen hat sich einiges angesammelt.«

»Sie sind wirklich eine Mustergattin. Ich habe mich wieder im Bazar herumgetrieben. Wissen Sie, was der Wahrsager mir diesmal prophezeit hat? Ich würde bald glückliche Braut werden.« Sie lachte. »Mir scheint, ich habe bei dem alten Schwarzseher einen Stein im Brett.«

»Keine böse Fledermaus für Sie – oder andere nette Tierchen?«

»Nein, ein Mann, nichts weniger. Nett wird er ja hoffentlich sein.«

»Darf man schon gratulieren? Und wer ist der künftige Bräutigam?«

Tabitha lachte wieder und senkte die Augen. »Das zu sagen, wäre wohl etwas verfrüht. Bisher hat mir niemand einen Antrag gemacht. Aber was nicht ist, kann ja noch werden.«

Still vor sich hin lächelnd setzte sie ihren Weg fort.

Ich zitterte wie heute früh im Tempel. Und obwohl es auf dem Balkon immer noch recht warm war, klapperten mir die Zähne.

Natürlich erzählte ich Tybalt nichts von meiner zufälligen Entdeckung. Ich verbarg den Brief in einem Lederkästchen, das ich einmal von Yasmin gekauft hatte. Die schwarze Mappe hatte ich repariert und die Papiere darin geordnet wie immer.

Leopold Harding kam zu einem Abschiedsbesuch. Er sagte, er sei diesmal viel länger geblieben, als er eigentlich beabsichtigte. »Die Bekanntschaft mit Ihnen allen war so schön und in jeder Weise förderlich für mich, daß ich mich auch jetzt nur ungern losreiße.«

Tybalt sagte, er müsse uns in England einmal besuchen.
»Ich werde Sie bestimmt beim Wort nehmen«, war die Antwort.
An einem der nächsten Tage wurde eine Konferenz im Hotel anberaumt. Ich vermutete, daß die Mittel, die für diese Expedition bewilligt worden waren, zur Neige gingen und das Team darüber beraten mußte, ob und wie die Arbeiten fortgesetzt werden konnten.
Tybalt war nervös. Er fürchtete, von den Zweiflern überstimmt zu werden, was er kaum ertragen hätte.
»Es wäre glatter Wahnsinn, die Arbeit jetzt einzustellen«, sagte er. »Genau das hat damals das Werk meines Vaters zunichte gemacht. Trotz seines Todes hätten seine Mitarbeiter es vollenden können. Nur diese blödsinnigen Gerüchte waren schuld daran, daß alles abgebrochen wurde – und ein Neubeginn kostet natürlich immer praktisch noch einmal soviel.«
Damit begab er sich mit Terence, Hadrian und den anderen Wissenschaftlern zum Hotel. Der Palast wirkte ohne sie wie ausgestorben.
Am selben Vormittag berichtete mir ein Diener, ein junger Arbeiter bitte um meine Hilfe. Er habe sich verletzt und hoffe auf meine berühmte Zaubersalbe.
Ich ging in den Hof hinunter und fand dort einen guten Bekannten vor: den jungen Mann, der mir seine Liebschaft mit Yasmin anvertraut hatte.
»Lady«, sagte er und hielt mir pro forma seine Hand entgegen, die wieder ein wenig blutete. Ich erriet, daß er sich vorsätzlich ein bißchen gekratzt hatte, weil er mir etwas Wichtiges mitzuteilen hatte, und nahm ihn daher mit in den Erste-Hilfe-Raum.
»Yasmin nie wiederkommen«, sagte er klagend. »Yasmin ist tot. Sie in den Strom geworfen.«

»Das weiß ich doch schon, Hussein.«
»Aber Lady wissen nicht, warum – nicht alles.«
»Erzähle es mir.«
»Yasmin wurde an jenem Abend in Grab entdeckt. Ich nicht dabei, sonst ich heute auch tot. Sie nur getötet worden, weil an geheimer Stelle, die niemand wissen darf. Ich haben Geständnis von Mann, der sie töten – auf Befehl. Dann brechen Gerüst ein – auch auf Befehl. Sollte Warnung sein von ... Damit Sie weggehen.«
»Habe ich mir schon gedacht«, sagte ich leise. »Und von wem kamen diese Befehle?«
Der Junge zitterte und sah sich scheu um.
»Sprich«, ermunterte ich ihn. »Ich kann schweigen.«
»Wenn jemand hören – mein Tod.«
»Wer sollte uns hier hören?«
»Seine Diener überall.«
»Nicht hier.«
»Doch, Lady, auch hier in diesem Palast. Sie sehen ihr Zeichen ...«
»Den Schakal?«
»Kopf von Anubis ... Totengott, erster Einbalsamierer.«
»Und ihr Herr ist der Pascha?« fragte ich in plötzlicher Erleuchtung. Der junge Mann schwieg so verschüchtert, daß ich wußte, ich hatte recht.
»Er war es also«, fuhr ich fort, »der Yasmin töten ließ und befahl, daß mindestens einer von uns mit dem Gerüst verunglücken sollte. Warum nur?«
»Er will, daß Sie alle aus dem Land gehen. Er fürchtet ...« Hier stockte er schon wieder.
»So mußte Yasmin sterben«, sagte ich, »und so mußte meine Schwester sterben.«
»Andere Lady Ihre Schwester, Lady?«
Ich nickte nur. Er starrte mich entsetzt an. Womöglich

dachte er – nach irgendwelchen Volksvorstellungen –, ich würde nun auf Rache sinnen.

»Heimlicher Platz in Grab«, flüsterte er hastig, »wo Yasmin und ich uns treffen – bisher nur ich gefunden. Kleine Höhle, nicht weit von Grube mit Gerüst. Yasmin im Gang nach mir suchen, als ich nicht kommen – nur deshalb entdeckt und getötet.«

Das waren also die leisen Schritte gewesen, die auch Tybalt und ich gehört hatten!

Während ich eine Mullbinde um seine Hand wickelte, sagte er:

»Ich Ihnen erzählen, Lady, weil Sie gut zu mir waren – und zu Yasmin. Und weil Befehle sind, noch mehr Unfälle – bis Sie alle gehen. Sie sollen wissen, daß Fluch noch lebendig. Tote Könige zürnen, wenn ihre Ruhe gestört wird.«

»Danke für den Hinweis«, sagte ich.

»Sie reden mit Sir. Aber nicht sagen, daß ich haben gesagt. Dann Sie gehen fort und sein sicher.«

»Ich werde mit ihm sprechen«, sagte ich.

»Er werden Rat annehmen. Nächste könnten Sie sein, und Sie seine Geliebte.«

Ich entließ ihn mit nochmaligem Dank und dem Versprechen, ihn nicht zu verraten, und eilte in unser Zimmer zurück. Mir war elend zumute. Ich mußte allein sein und nachdenken.

Der Pascha wollte uns also aus dem Land treiben! Warum? Er hatte doch stets vorgegeben, lebhaft an den Forschungen interessiert zu sein; er hatte uns sogar wieder seinen Palast zur Verfügung gestellt. Um uns besser beobachten zu können – das war vielleicht der wahre Grund seiner scheinbaren Großzügigkeit. Die Diener, die uns aufwarteten, waren vermutlich alle Spitzel, die ihm über jeden unserer Schritte Bericht erstatteten.

Aber warum hatte die kleine Yasmin, ein Kind seines eigenen Volkes, sterben müssen? Nur weil sie sich unerlaubt in einer Grabnische mit ihrem Liebsten traf?
Plötzlich fiel mir ein, daß auch der Wahrsager einen Schakalkopf auf dem Arm tätowiert trug. Er stand also ebenfalls in den Diensten des Paschas – mit dem Auftrag, uns dauernd Tod und Verderben zu prophezeien, um uns wegzuscheuchen.
Ich mußte mit Tybalt sprechen. Leider war er noch auf der Konferenz. Es blieb mir nichts übrig, als seine Rückkehr abzuwarten.
Der stille Palast wurde mir unheimlich. Die Wände schienen Augen und Ohren zu haben. Alle Diener waren Diener des Paschas, bis auf die beiden, die wir selbst mitgebracht hatten: Mustapha und Absalam.
Aber auch sie waren Ägypter. Sir Edward hatte sie vor Jahren angestellt. War ihnen zu trauen?
Das mußte ich jetzt herausbekommen. Ich klingelte, und als Mustapha kam, bat ich ihn um den üblichen Pfefferminztee. Während er mir das Tischchen deckte, näherte ich mich und rief unvermittelt: »Oh, da ist irgendein Insekt ... da, es kriecht Ihnen am Arm hoch ... Moment ...« Und damit hatte ich schon seinen weiten Ärmel etwas aufgestreift.
Meine kleine List gab mir Gewißheit über das, was ich wissen wollte. Auch Mustapha hatte einen Schakalkopf auf dem Unterarm.
»Jetzt ist es weg«, sagte ich so ruhig wie möglich. »Die Insekten hier sind wirklich eine Landplage. Und die Stiche können bösartig sein. Immerzu kommen Leute wegen meiner Salbe.«
Ich ließ den Ärmel wieder fallen. Mustapha hatte nichts gemerkt, dessen war ich sicher. Er servierte fertig und ließ mich mit meinem Tee allein.

Ich trank ihn in tiefem Nachdenken. Wenn Mustapha zu den Agenten des Paschas gehörte, galt für Absalam dasselbe.
Sir Edward war in diesem Palast gestorben, nachdem Mustapha und Absalam ihm »eine leichte Mahlzeit« bereitet hatten. Und selbst der Arzt, der gerufen worden war, konnte im Dienst des Paschas gewesen sein.
Tybalt war genauso gefährdet wie sein Vater. Wir waren alle gefährdet.
Ich schauderte. Ich mußte ihn sprechen. Vielleicht erriet er die Zusammenhänge eher, wenn er hörte, was ich jetzt wußte.

10
Finale im Grab

Die Zeit zog sich in die Länge. War die Besprechung nicht bald zu Ende? Vielleicht hätte ich mit Tabitha plaudern können, aber dazu hatte ich am allerwenigsten Lust. Ich traute ihr ja nicht mehr. Ich wußte nicht, wem ich überhaupt noch trauen sollte.

Lieber suchte ich mein schattiges Lieblingsplätzchen auf der Terrasse auf. Doch saß ich noch nicht lange dort, als ich zu meinem Erstaunen Leopold Harding die Treppe heraufkommen sah.

»Ich dachte, Sie seien schon abgereist?« sagte ich.

»Ich wurde unvermutet noch ein paar Tage lang aufgehalten. Geschäfte, Sie wissen ja ... Ich komme direkt vom Hotel. Ihr Gatte hat mich gebeten, Ihnen etwas auszurichten.«

»Ja, was?«

»Sie möchten bitte zum Ausgrabungsort kommen.«

»Jetzt gleich?«

»Ja, er erwartet Sie dort. Er selbst ist schon unterwegs.«

»Hat er gesagt, wo?«

»Ja, er hat es mir genau beschrieben und mich gebeten, Sie hinzubegleiten, da ich im Moment nichts anderes mehr vorhabe. Natürlich ist es mir eine Ehre.«

Ich setzte den Strohhut auf, der neben mir lag, und sagte, ich sei bereit.

Wir gingen die paar Schritte zur Anlegestelle hinunter

und ließen uns mit einem Boot zum anderen Ufer übersetzen.
Die harten Nachmittagsschatten ließen das Felsental noch karger und zerklüfteter erscheinen als gewöhnlich. Trotz der Windstille schwebte hier immer etwas wie feiner Wüstenstaub in der Luft.
Heute wurde nicht gearbeitet. Tybalt hatte den Leuten – ungern – freigegeben, weil erst das Resultat der Konferenz abgewartet werden mußte.
Wir kamen zu dem Stollen, den ich schon kannte, aber Leopold Harding führte mich daran vorbei zu einer Höhlung, die vielleicht natürlich war, aber ebensogut kürzlich angelegt sein konnte. Für die letztere Annahme sprach, daß von ihr aus ein weiterer Gang in den Felsen führte, der mit einer Holztür verschlossen war. Leopold Harding drückte sie vor meinen erstaunten Augen auf und sagte: »Ja, das ist das Neueste. Ihr Gatte möchte es Ihnen zeigen. Darf ich um Ihre Hand bitten? Hier geht's ein paar Stufen hinunter. Vorsicht, sie sind gerade erst ausgegraben und etwas uneben.«
»Wo ist denn Tybalt?« fragte ich zögernd.
»Er wird sich schon weiter drinnen umsehen. Hier hängen zwei Laternen. Moment, ich zünde sie an, dann kann jeder von uns eine nehmen.«
»Merkwürdig, daß Sie sich schon so gut auskennen . . .«
»Ja, Sir Tybalt hat mich freundlicherweise eingeweiht«, lächelte Leopold Harding. »Ich bin ja auch ein bißchen vom Fach, und vielleicht machen wir künftig Geschäfte miteinander.«
»Ist dieser Gang mit dem übrigen Kammersystem verbunden?«
»Ja, er war nur verschüttet, und bis vor kurzem scheint niemand draufgekommen zu sein.« Er reichte mir eine

der angezündeten Laternen, und wir gingen die Stufen hinab, die an einer zweiten, halboffenen Tür endeten.
»Darf ich vorangehen?« fragte Leopold Harding höflich und hob seine Laterne. Wir gelangten in eine ziemlich enge Kammer, von der wiederum ein Gang abzweigte. Ich ging darauf zu und rief: »Tybalt, wir sind da!«
Keine Antwort. Der Gang mündete in eine weitere, diesmal größere Kammer. Kälte wehte mich an – und der erste Anflug von Mißtrauen. »Tybalt!« rief ich. Meine Stimme klang unbeabsichtigt schrill. »Wo bist du denn? Melde dich doch!«
Ich sah mich um. Ich stand allein in der Kammer.
»Mr. Harding«, sagte ich laut, »das muß ein Irrtum sein. Mein Mann erwartet mich sicher woanders.«
Er antwortete nicht. Ich ging rasch in die erste Kammer zurück. Leopold Harding war nicht mehr da.
Ich strebte zum Ausgang, durch den kein Tageslicht mehr hereinfiel. Die Tür, die vorhin offengeblieben war, war jetzt geschlossen. Ich versuchte sie aufzustoßen – vergebens. Ich suchte nach irgendeinem Griff, einer Klinke, einem Riegel. Nichts!
»Mr. Harding!« schrie ich. »Wo sind Sie? Lassen Sie mich hinaus!«
Nur das hohle Echo meiner eigenen Stimme antwortete mir. Jetzt erfuhr ich, was es heißt: »Die Haare stehen einem zu Berge.« Es ist keine Redensart. Ich spürte, daß sich jedes einzelne Haar auf meiner Kopfhaut aufrichtete, und über meinen Körper lief es wie Tausende von Ameisen. Die schaurige Wahrheit drang in mein Hirn: Ich war hier eingeschlossen, und nur Mr. Harding wußte, wo ich war.
Was hatte das zu bedeuten? Wer war dieser Mann wirklich? Was wollte er mir antun und warum? – Unsinn, ich phantasierte wieder einmal. Er war einen Moment hin-

ausgegangen und würde gleich zurückkommen. Ein Tourist, ein harmloser Geschäftsmann, ein flüchtiger Bekannter . . . welchen Grund sollte er haben, mich in einem uralten Grablabyrinth einzusperren?
Mein verzweifelter Argwohn gegen Tybalt regte sich aufs neue. Vielleicht wollte *er* sich auf diese hinterhältige Art meiner entledigen? Aber warum benutzte er gerade Leopold Harding als Handlanger? Weil *er* nicht zuletzt mit mir zusammen gesehen werden wollte, logisch. Und wenn ich nicht wieder auftauchte . . .
Nein, das war ja der helle Wahnsinn. Aber eine Situation wie die meine konnte einem jede Vernunft rauben.
Ich stellte die Laterne auf den Boden und hämmerte mit beiden Fäusten an die Tür. Sie gab nicht nach. Wo war der Verschluß? Wie war sie geöffnet worden? Leopold Harding hatte nur leicht dagegengedrückt, als wir eintraten. Aber nun saß sie unverrückbar fest, und ich war auf der falschen Seite.
Nein, nein, Tybalt mußte irgendwo in der Nähe sein. In diesen verschlungenen Gängen konnte man sich ja nur zu leicht verfehlen. Besser noch einmal gründlich nachsehen, ehe ich mich hysterischen Angstzuständen anheimgab.
Ich nahm die Laterne auf und ging resolut wieder die Stufen hinunter, den Gang entlang, durch die kleinere Kammer in die größere. Die hatte ich mir noch nicht genau angesehen. Wahrscheinlich ging es von ihr aus wieder weiter, und Tybalt wartete schon ungeduldig auf Leopold Hardings und mein Erscheinen.
Im Flackerschein der Laterne nahm ich undeutlich nackte, nicht einmal andeutungsweise bemalte Felswände wahr und – Gott sei Dank! – eine runde Öffnung, die abermals in einen Gang führte. Ich drängte mich hindurch, hob meine Laterne und rief:

»Tybalt! Tybalt, wo bist du?«
Tiefes Schweigen.
Wieder öffnete sich eine Kammer. Ich leuchtete die Wände ab, die hier ungewöhnlich reich und prachtvoll bemalt waren. Ganze Ketten des Königsgeiers reihten ihre ausgebreiteten Fittiche aneinander. Doch von hier aus schien es nicht weiterzugehen. Ich fand keine Spur eines Durchschlupfes mehr. Und niemand erwartete mich ...
Meine Knie wurden so weich, daß ich mich auf den Boden setzen mußte. Nie zuvor hatte ich ein derartiges Grauen empfunden. Ich war unter falschen Vorwänden hierhergelockt worden. Ich sollte sterben. Ich hätte eher auf die mannigfachen wohlmeinenden Warnungen achten sollen ...
Aber warum hatte gerade ein Landsmann wie Leopold Harding sich zu einer so gemeinen Irreführung hergegeben? Ich erinnerte mich, wie ich auch neulich, als ich im Tempel ungewohnte Ängste erlebte, just *ihm* in die Arme gelaufen war. Hatte er mir schon damals aufgelauert, um mich zu ermorden?
Wenn dem so war, mußte er im Auftrag eines anderen handeln. Ihm persönlich war ich doch ganz egal.
Tybalt! Was verband ihn mit Tybalt, wenn er derartige Befehle ausführte?
Ich richtete den Oberkörper ruckartig auf. Irgend etwas bewegte sich über mir und beobachtete mich. Ich hob die Laterne.
Die Decke der höhlenartigen Kammer war vollständig von einer riesigen eingekratzten und ausgemalten Fledermaus mit ausgebreiteten Schwingen eingenommen. Sie schwebte so über mir, daß ich ihren Bauch, die Zähne und die Augen sah, die aus irgendeinem glitzernden schwarzen Gestein bestanden. Der Eindruck im zuk-

kenden Schein der Laterne war fürchterlich lebensecht.
»Schwarzer Schatten, Lady«, glaubte ich die Stimme des Wahrsagers von fern her zu hören. »Große schwarze Fledermaus. Kommt näher, immer näher . . .«
Und da war sie. Ich starrte benommen hinauf und dachte: Ist das wahr, oder werde ich verrückt? Wieso bin ich hier?
War es wirklich so kalt in diesem Felslabyrinth, oder war es nur die Angst, die mir wie Eis durch die Glieder kroch? Ich mußte mich bewegen, sonst blieb ich wie gelähmt liegen.
Ich stand schwankend auf und leuchtete abermals die Wände ab. Außer den Geiern waren, wie ich jetzt erst sah, auch reichlich »heilige«, juwelengeschmückte Krokodile dicht über dem Boden vorhanden. Die Luft war knapp. Wenn die Archäologen hier wirklich eine Mumie suchen, dachte ich, werden sie nach einiger Zeit bestenfalls meine ausgedörrte Leiche finden . . .
Plötzlich entdeckte ich eine schattige Höhlung in der Mauer und trat freudig erregt heran. Ein Ausgang! – Ach nein, es war nur eine tiefe Nische, ähnlich der, in welcher sich Yasmin mit ihrem Liebhaber getroffen haben mochte.
Während ich noch hineinleuchtete, stieß mein Fuß an einen harten Gegenstand, und ich zuckte zusammen. Im Moment war ich auf jegliche Art Falle gefaßt. Aber was ich dann sah und aufhob, war ein verstaubtes goldenes Zigarettenetui.
Ein Zigarettenetui – hier! Merkwürdig! Das konnte natürlich nicht aus der Pharaonenzeit, sondern nur aus unserem Jahrhundert stammen. Ich wischte den Staub ab und sah den eingravierten Namenszug: E. Travers.
Sir Edward Travers! Er war also hier gewesen! Vielleicht am letzten Abend seines Lebens . . .?

Die Gedanken schossen mir kreuz und quer durch den Kopf. Klaustrophobie und Luftmangel fingen an, sich bemerkbar zu machen. Sir Edward hatte in dieser Nische sein Zigarettenetui verloren, möglicherweise in der Aufregung über eine ungeahnte Entdeckung. Er war noch in den Palast zurückgekehrt – und gestorben, ohne der Spur weiter nachgehen zu können. Hatte er deshalb sterben *müssen*? Mustapha und Absalam, die beiden schakal-tätowierten Diener, hatten ihm die letzte Mahlzeit zubereitet ... Und Tybalt hatte nur noch erraten können, daß sein Vater etwas gefunden hatte, nur nicht wo und wie.

Daß Sir Edward ermordet worden war, unterlag für mich jetzt keinem Zweifel mehr – und zwar auf Befehl des Paschas. Ebenso war die kleine Yasmin getötet und öffentlich in den Nil geworfen und der »Unfall«, dem Theodosia zum Opfer fiel, inszeniert worden ... Alles, um jedermann zu zeigen, daß der »Fluch der Pharaonen« jedermann bedrohte, der in ihre Gräber einzudringen wagte.

Warum? Das Motiv des weltläufigen, im Westen gebildeten Paschas, der soviel Interesse für Archäologie bekundete, konnte wohl kaum volkstümlicher Aberglaube sein. Ich sah ihn vor mir, wie er fett und juwelenglitzernd bei Tisch saß und uns Frauen mit den Blicken abtaxierte, und ich hörte, wie er gackernd erzählte: »Der Reichtum meiner Familie soll von Grabräubern begründet worden sein.« Es hatte wie ein Witz geklungen. Aber wenn es nun stimmte – und wenn seine großmächtige Familie den Grabraub bis zum heutigen Tage als Haupteinnahmequelle weiterbetrieb?

In diesem Falle konnte er legalen wissenschaftlichen Forschungsunternehmen nicht sehr freundlich gesinnt sein. Er mußte jede diplomatische oder grobe List ge-

brauchen, sie sich vom Leibe zu halten. Das war die Lösung des Rätsels!
Selbst Leopold Harding war vermutlich vom Pascha bestochen. Deshalb hatte er mich hierhergelockt und eingeschlossen. In den Zeitungen würde nur stehen: ARCHÄOLOGENGATTIN SPURLOS VERSCHWUNDEN. *Lady Travers verließ den Palast, in dem die Expeditionsgemeinschaft einquartiert war, mit unbekanntem Ziel und ward nicht mehr gesehen ... Der Fluch der Pharaonen hat binnen weniger Monate ein weiteres Opfer gefordert.*
Ich sah die bleichen, verzweifelten Gesichter meiner armen Tanten, wenn sie dies in England lasen. Es würde ihnen das Herz brechen.
Das durfte nicht sein! Ich mußte einen Ausweg finden!
Ich drückte Sir Edwards goldenes Zigarettenetui an mein Herz, als ob es ein Talisman wäre.

Es wurde dunkler. War die Laterne am Verlöschen? Ging mein Leben zur Neige wie das Öl in der Lampe? Wie lange konnte man in dieser stickigen Grabesluft atmen?
Meine Hände und Füße begannen schon abzusterben – ob vor Kälte oder vor Angst, wußte ich nicht. Über mir glitzerten die Augen der Fledermaus, die auf mich niederstoßen wollte. Ich murmelte vor mich hin, Gebete, Erinnerungen, Unverständliches. Mein Kopf war schon ein bißchen verwirrt. Manchmal glaubte ich, die Schritte des Retters zu hören – aber es war nur das dröhnende Klopfen meines eigenen Herzens.
»Tybalt«, ächzte ich abgerissen, »suche mich doch! Du mußt mich finden. Dein Vater ist schon hier gewesen. Warum wäre sonst auch die Sicherungstür da oben angebracht worden? Oder *willst* du mich gar nicht finden?

Bin ich mit deinem Wissen und Willen hier eingeschlossen? Nein ... das kann ich nicht glauben!«
Dann war ich plötzlich zu meinem Entzücken im Schulzimmer als kleines Mädchen, das die anderen neckte ... im Pfarrhaus bei Alison und Dorcas ... auf dem Friedhof, wo der alte Mr. Pegger gerade ein Grab schaufelte.
»Für wen ist das, Mr. Pegger?«
»Für Sie, Miß Judith ... Sie waren immer ein Naseweis, und nun sehen Sie, wohin das führt ... geradenwegs ins Grab ...«
»Nein!« Ich fuhr auf – und *war* wieder im Grab. Ich mußte sekundenlang bewußtlos gewesen sein.
Ich raffte mich empor, nahm die fast heruntergebrannte Laterne und taumelte durch Gänge und Kammern zur Eingangstür zurück, um mit letzter Kraft dagegenzutrommeln.
»Hilfe!« schrie ich. »Gott, Allah, Osiris, Tybalt – wer es auch sei –, helft mir!«
Und gerade als ich halb irre lachend, halb schluchzend zusammensank und das Gesicht mit den Händen bedeckte, geschah das Wunder. Von außen wurde an der Tür gerüttelt. Ich hörte Männerstimmen, Werkzeugklirren. Rettung nahte!
Ich hockte einfach da, tränenüberströmt, die erloschene Lampe neben mir, als Tybalt durch die splitternde Tür brach und mich vom Boden empor in seine Arme riß.
»Judith! Liebste ... Liebste!«
Jetzt sterbe ich nicht mehr vor Angst, dachte ich, sondern vor Glück. Er hat mich geholt. Er nennt mich »Liebste«!
»Schon gut, Tybalt«, murmelte ich an seiner Brust, als müsse ich *ihn* trösten. »Nun ist alles wieder gut.«

11
Die große Entdeckung

Die folgenden Tage verbrachte ich in einer Art Dämmerzustand. Ich hatte einen schweren Schock erlitten. In klaren Momenten wurde mir ununterbrochen versichert, alles würde gut werden, und vor allem: Tybalt war öfter bei mir und zärtlicher als je zuvor. Wenn mich das nicht entschädigte! Er hatte mich gerettet – und aus Erfahrung glaubte ich ihm jetzt gern, daß auch ihm bei der Suche nach mir die Haare zu Berge gestanden hatten.
In der ganzen Geschichte der Ägyptologie war nur selten jemand, der in den Pharaonengräbern verschüttet oder vorsätzlich eingeschlossen worden war, lebend wieder zum Vorschein gekommen.
Wer hatte diesen Anschlag auf mich verübt und warum? Das war eine der Fragen, die ich in meinen wachen Stunden immer wieder stellte. Und wo war Leopold Harding geblieben?
»Er ist seit jenem Abend auch verschwunden«, sagte Tybalt. »Aber wir werden ihn schon finden.«
»Warum hat er das getan, Tybalt? Er sagte, er solle mich in deinem Auftrag zum Ausgrabungsort begleiten.«
»Ich habe ihm nie solch einen Auftrag erteilt. Wir alle stehen vor einem Rätsel. Und zur Zeit ist er unauffindbar, wie schon gesagt. Zerbrich dir jetzt nicht den Kopf darüber, Liebste. Du bist in Sicherheit, und ich werde dich nie wieder aus den Augen lassen.«

»O Tybalt«, murmelte ich selig ermattet, »dann war es eine Prüfung, die sich gelohnt hat.«

Einmal, als ich die Augen öffnete, saß Tabitha an meinem Bett.

»Ich muß Ihnen etwas sagen, Judith. Sie haben in den ersten Fiebernächten ziemlich viel geredet, und wir waren entsetzt über das, was schon längere Zeit in Ihnen vorgegangen sein mußte. Sie glaubten, Tybalt und ich seien ineinander verliebt! Meine liebe Judith, wie konnten Sie nur ... Gewiß, ich mag Tybalt, seit ich ihn kenne – vor allem als Sohn seines Vaters. Ich schätze ihn hoch. Aber lieben ...? Wie Sie wissen, kam ich als Hausdame zu den Travers', nachdem mein Mann als unheilbar in die Anstalt gebracht worden war. Lady Travers lebte damals noch, war aber ständig krank. Nun kommt mein Geständnis, Judith: recht oder unrecht, Sir Edward und ich verliebten uns ineinander ... Nanny Tester merkte es und spionierte uns nach. Sie liebte ihre ›Miß Ruth‹ von Babyzeiten an und haßte mich. Sie haßte auch Sir Edward, und als Lady Travers starb, gab sie uns die Schuld daran. Das Verhältnis zwischen Sir Edward und mir war tief und ernst. Ich begleitete ihn auf einigen seiner Expeditionen. Nach Lady Travers' Tod hätten wir geheiratet, wenn ich frei gewesen wäre. Aber ich wurde es erst, als es viel zu spät war ...«

Zu spät! Das ominöse Wort, das ich belauscht und mißverstanden hatte!

»Ich begreife jetzt alles«, sagte ich. »In meiner eigenen Liebe zu Tybalt habe ich die Situation manchmal geradezu falsch sehen *müssen.*«

»Dann wird es vielleicht Ihren letzten möglichen Verdacht bereinigen«, sagte Tabitha lächelnd, »daß Terence Gelding mir heute einen Heiratsantrag gemacht hat.«

»Gratuliere! Sie haben doch ja gesagt?«
»Noch nicht. Ein bißchen Bedenkzeit brauche ich schon. Aber ich glaube, ich werde ja sagen. Wir passen sehr gut zueinander.«
»Das find' ich auch. Ich gönne Ihnen so von Herzen, Tabitha, daß Sie glücklich werden – endlich!«
»Und ich wünsche Ihnen dasselbe. Ich habe Tybalt nie so wildwütig an der Arbeit gesehen wie beim Einschlagen jener Tür, nicht einmal, wenn er vor einer Jahrhundertentdeckung zu stehen glaubte. So eine Verzweiflung, so ein unbedingter Wille, Sie lebend herauszuholen ...«
Ich lachte zittrig. »Womöglich bedeute ich ihm doch mehr als sämtliche Pharaonen?«
»Das dürfte wohl klar sein«, sagte Tabitha.

Beim nächsten Erwachen saß Tybalt an meinem Bett.
»Sobald du aufstehen kannst, fahren wir heim«, sagte er.
»Aber Tybalt! Meinetwegen kannst du doch die Expedition nicht abbrechen!«
»Für mich ist sie ohnehin vorbei.«
»Oh ... Mein armer Tybalt!«
»Arm? Wo ich dich habe, lebendig und so gut wie gesund?« Er schloß mich in seine Arme.
Nach Minuten stummen Glücks fragte ich plötzlich: »Wo ist eigentlich Hadrian? Er hat mich noch kein einziges Mal besucht.«
»Wenn du ihn sehen möchtest, kommt er gern.«
Hadrian stellte sich bald bei mir ein. Er hatte sich innerhalb der letzten Woche erstaunlich verändert. So nüchtern und ernst hatte ich ihn hier in Ägypten noch nie gesehen.
»Judith!« Er nahm meine Hände und küßte mich brü-

derlich auf beide Wangen. »Daß gerade dir so etwas passieren mußte! Es muß grausig gewesen sein.«
»Das war es.«
»Dieses Schwein!« stieß er hervor. »Dieses niederträchtige Schwein – und ich habe fast täglich in aller Harmlosigkeit beim Drink mit ihm zusammengesessen! Hoffentlich vergißt du dein scheußliches Erlebnis im Laufe der Zeit.«
»Ganz vergißt man so etwas wohl nie. Aber danach weiß man die Freuden des Lebens doppelt zu schätzen. – Hast du eine Ahnung, Hadrian, warum er das getan hat?«
»Nein. Das weiß Gott allein. Vielleicht war er ein Irrer.«
»Er schien eigentlich immer sehr vernünftig, der geborene Geschäftsmann, der sich freute, daß bei ihm Geschäft und Hobby so schön Hand in Hand gingen. Welches Motiv konnte er für ein Verbrechen haben?«
»Ja, das müssen wir noch herauskriegen. Ein Glück, daß die Konferenz nicht länger dauerte und Tybalt gleich in den Palast zurückfuhr. Einer der Diener hatte gehört, daß Harding dir eine angebliche Botschaft von ihm – Tybalt – überbracht hatte, worauf du mit ihm über den Fluß gesetzt warst. Tybalt war perplex. Ich glaube, er ließ sich gar nicht anmerken, wie beunruhigt er wirklich war. Wir fuhren alle hinüber und machten uns auf die Suche, die lange Zeit hoffnungslos schien. Aber Tybalt gab nicht auf. Und endlich hörten wir dein Klopfen und Schreien – und das übrige weißt du.«
»Was *kann* nur Hardings Motiv gewesen sein? Ich glaube jetzt bestimmt, daß er mir schon einmal im Tempel aufgelauert hat – sicher schon da in der Absicht, mich zu ermorden.«
»Was hätte er von deinem Tod gehabt?«
»Das macht das Ganze ja so mysteriös.«

»Jetzt muß ich an Theodosia denken, Judith ... Glaubst du, daß Harding auch sie auf dem Gewissen hat?«
»Nein, das war der Pascha.«
»Der Pascha?!«
»Einer der Arbeiter – Yasmins Liebhaber – warnte mich sehr glaubwürdig vor ihm und allen seinen Bediensteten hier. Yasmin hatte sich zu einem Rendezvous in das Grab geschlichen, leider gerade an dem Abend, als der Pascha hier war. Sie wurde entdeckt, getötet und zur Warnung für alles Volk in den Fluß geworfen. Du erinnerst dich an die große Nilfeier?«
»Mein Gott, Judith, wir sitzen in einem Intrigennetz, scheint mir.«
»Statt Theodosia hätte jeder beliebige andere von uns vom Gerüst stürzen können. Das Gerüst war angesägt oder sonstwie unsicher gemacht. Der Pascha wollte ein Opfer aus unserer Mitte, egal welches.«
»Aber er hat uns doch jahrelang unterstützt!«
»Reinste Maskerade. Er will uns für immer aus dem Land graulen. Solange er sein Ziel nicht erreicht hat, werden weitere Morde geschehen.«
Tybalt kam herein und betrachtete mich besorgt.
»Du hast Judith aufgeregt!« beschuldigte er Hadrian.
Seine Fürsorge tat mir unendlich wohl, aber ich sagte wahrheitsgemäß, mein Gespräch mit Hadrian schiene mir zur Klärung der letzten Ereignisse sehr nötig. Wir hätten über Harding, den Pascha und die denkbaren Mordmotive gesprochen.
»Dieser Harding wußte jedenfalls mehr, als er zugab«, sagte Tybalt.
»Vielleicht«, sagte ich langsam, »könnte dieser junge Mann – Yasmins Liebhaber – uns nähere Auskunft geben. Ich habe dir von ihm erzählt. Laß ihn holen – aber

ohne daß jemand merkt, warum. Es könnte auch *sein* Tod sein. Du als Expeditionsleiter kannst ja am ehesten einen unverfänglichen Vorwand angeben.«

Der junge Mann kam. Wir hatten inzwischen ausgemacht, daß ich mit ihm reden sollte. Vor mir hatte er am wenigsten Angst.

»Was wissen Sie von Leopold Harding, Hussein?« fragte ich.

»Er waren schon öfters in Ägypten, Lady.«

»Warum?«

»Er Freund von Pascha. Pascha ihm geben schöne Dinge.«

»Was für schöne Dinge?«

»Schmuck, Steinbilder, Möbel . . . Alles, was in unserem Land zu finden. Mr. Harding damit wegreisen und immer wiederkommen.«

»Er stand also auch in Diensten des Paschas?«

Der junge Mann nickte. »Gute Lady«, sagte er. »Gut zu Yasmin, gut zu mir. Pascha Sie in Grab einschließen lassen . . .« Das Grauen stand in seinen ausdrucksvollen schwarzen Augen.

»Na, ich bin ja glücklich wieder herausgekommen«, sagte ich.

»Sie große, weise Lady. Sie und großer Sir gehen wieder ins grüne Land des Regens. Dort für immer Frieden und Glück.«

»Danke, Hussein«, sagte ich. »Sie haben uns einen großen Dienst erwiesen.«

Ich war genesen. Während wir die Vorbereitungen für unsere Heimkehr trafen, hörte ich, was sich in letzter Zeit noch alles begeben hatte.

Mustapha und Absalam waren verschwunden. Auf Be-

fehl des Paschas? Und, noch aufregender: Hinter der Nische, in die ich gestolpert war und in der ich Sir Edwards Zigarettenetui gefunden hatte, befand sich ein Gang, der sich endlich nicht als Sackgasse erwies. Die so lange vergeblich gesuchte Entdeckung winkte also doch noch! Und nun war auch klar, mit welcher sensationellen Erkenntnis Sir Edward in jener Nacht in den Palast zurückgekehrt – und gestorben war.
Zu meiner maßlosen Verblüffung sagte mir Tabitha in diesen Stunden allgemeiner Aufregung unter vier Augen, Tybalt hätte die Leitung Terence übertragen, weil er selbst mit mir nach Hause fahren wollte.
Ich stürmte in unser Appartement, wo Tybalt einige Akten zusammenpackte.
»Das lasse ich nicht zu!« schrie ich. »Tybalt, du bleibst!«
»Wo?« fragte er mit gerunzelter Stirn.
»Hier!«
»Wir fahren mit dem nächsten Schiff nach Hause«, entgegnete er fest.
»Du weißt, daß du vor dem vielleicht größten Forschungserfolg der Ägyptologie stehst. Ihr habt bereits den neuen Gang aufgebrochen, der nach völliger Freiräumung in ein Grab führen wird, und zwar in ein äußerst bedeutendes. Wenn es das nicht wäre, hätte man sich in alten Zeiten nie die Mühe gemacht, ein derart ausgeklügeltes Labyrinth von minderen Fundstätten rundherum anzulegen!«
»Mag sein.«
»Du kannst das Vermächtnis deines Vaters nicht im Stich lassen! Jetzt, nach Monaten voller Mühe und Fehlschläge, *mußt* du sein Werk zu Ende führen!«
»Der Arzt rät, dich so bald wie möglich nach Hause zu bringen. Wir packen.«

»Fällt mir nicht ein«, sagte ich. »Wir bleiben, bis deine Aufgabe erfüllt ist. Es ist *deine* Expedition. Denkst du, nach all den Opfern und Mühen lasse ich Terence Gelding allein die Ehre – sowenig ich ihm seinen sonstigen wissenschaftlichen Rang abspreche?«
»Ich lasse sie ihm gern«, sagte Tybalt störrisch. »Wir fahren!«
Ich jubelte innerlich. Er liebte mich, wie ich ihn liebte. Aber gerade deshalb mußte ich jetzt meinen Willen durchsetzen, und ich tat es, indem ich mich schlicht weigerte, zu diesem Zeitpunkt abzureisen.

Was weiter geschah, ist bekannt. Die neue Ausgrabung wurde *nicht* die Sensation des Jahrhunderts.
Tybalt und die Seinen erreichten das Königsgrab kurz vor dem Arbeitstrupp des Paschas, der sich von der Gegenseite her durch den Fels wühlte.
Welche Schätze hätte man dort finden müssen! Alles deutete darauf hin, daß es die letzte Ruhestätte eines ganz Großen gewesen war – bis vor zwei-, dreitausend Jahren. Die Kammer war total ausgeraubt, bis auf den Sarkophag, die stark lädierte Mumie und das Seelenhaus, das den Dieben früherer Epochen nie des Mitnehmens wert gewesen war.
Vielleicht wollte es die Ironie des Schicksals, daß die räuberischen Ahnen des heutigen Paschas ihm – und uns – zuvorgekommen waren ...

Der Pascha machte uns keinen Abschiedsbesuch. Wir erfuhren, daß er nach Alexandria gereist war. Und wir reisten nun alle heim nach England.
Die Wiedersehensfreude war riesig. Ich hatte alle Eingeweihten gebeten, Alison und Dorcas nichts von meinen persönlichen Abenteuern zu erzählen, damit sie nicht

die Hände über dem Kopf zusammenschlugen, wenn ich das nächste Mal mit Tybalt auf Forschungsreisen ging – was natürlich meine Absicht war.
Ein paar Tage nach unserer Rückkehr lasen wir in der *Times* die kurze Notiz, ein bekannter englischer Antiquitätenhändler namens Leopold Harding sei ertrunken aus dem Nil gezogen worden. Ob er einem Verbrechen oder einem Unfall zum Opfer gefallen war, mußte noch geklärt werden.
Seine Schädelverletzungen konnten auf die Kollision mit dem gekenterten Boot zurückzuführen sein. Seine Kunden waren hauptsächlich namhafte Privatsammler gewesen.
Tybalt und ich begriffen nun zweifelsfrei, daß er zu den Hehlern des Paschas gehört hatte. Der hohe Herr selbst konnte natürlich keine Geschäfte dieser Art betreiben. Aber unterderhand, mit Hilfe international anerkannter Fachleute, war auch heute noch viel Geld zu verdienen.
Daß der Pascha und Sir Edward gleichzeitig auf eine Spur gestoßen waren, die sie für *die* Entdeckung des Jahrhunderts hielten, hatte Sir Edward das Leben gekostet – und Yasmin und Theodosia und beinahe auch mich und schließlich sogar Leopold Harding, der bei meinem Mordversuch versagt hatte und dem Pascha als Schwätzer gefährlich werden konnte.
Trotz all dieser schrecklichen Begleitumstände fühlte ich mich durch das ägyptische Abenteuer unendlich bereichert. Vielleicht hätte ich noch jahrelang an Tybalts Liebe gezweifelt, wenn jener kritische Abend nicht gewesen wäre.
»Mein armer Tybalt«, sagte ich in einer stillen Stunde, »ich habe dir die große Entdeckung so innig gewünscht!«

»Aber ich habe doch die größte Entdeckung meines Lebens gemacht«, erwiderte er lächelnd und zog mich in seine Arme.
»Nanu? Welche?«
»Daß ich nie etwas so Kostbares finden werde wie dich . . .«
Was konnte ich mehr verlangen?